카피는 ●●●다

카피는 거 시 기 다

윤준호

카피, 시, 혹은 아이디어를 위한 메타포 50

ㄴㄴ〉〈ㄷㄴ

거시기를 위한 거시기

삼 년 반 걸려 쓴 원고를 삼 년 동안 끌어안고 있었습니다. 탈고와 동시에 바짝 대들었어야 했는데 차일피일한 탓이지요. 천성이 게으른 탓이라 할 수도 있지만, 그래도 이유를 대보라면 둘러댈 구실도 없진 않습니다. "미덥지 못한 자식처럼 아침저녁으로 살피느라 그랬습니다. 어찌해야 덜 부끄러운 '물건'이 될까 궁리하느라 그랬습니다. 조금 더 고치고 다듬느라 그랬습니다."

그럼에도 불구하고 크게 달라진 것은 없습니다. 배움의 얕음, 재주의 모자람, 광고의 '정답 없음'을 새삼 절감했을 뿐입니다. 분명히 깨친 것은 크리에이티브의 세계에 숙련이란 없다는 사실입니다. 무슨 일이나 한 십 년쯤 하다보면 눈 감고도 하게 된다는데, 제가 하는 일은 어림도 없는 것 같습니다. 내일모레면 카피라이터 삼십 년인데 어찌된 것이 병아리 시절이나 지금이나 쩔쩔매기는 마찬가지입니다. 아니, 더욱 어려워지는 것 같아서 걱정입니다.

현장에서의 카피쓰기도 그렇거니와 광고와 카피에 관해서 설명하고 발언하는 일도 난감해질 때가 많습니다. 카피라이터와 대학 선생으로 살아가느라 자기검열의 담을 자꾸 높여놓아서 그런 걸까요. 독자나 소비자 혹은 학생이라는 이름의 심판들이 제가 던지는 메시지의 스트라이크 존을 나날이 좁혀놓고 있기 때문일까요.

광고 세상의 혼선과 불화도 저 같은 사람을 지치게 합니다. 사나운 가설이 선량한 정설을 잡아 삼킬 듯 으르렁거리며 적의를 드러냅니다. 지금 막 생겨난 유행과 패션 앞에 견고한 전통과 원칙이 어처구니없이 무너집니다. 이론과 실제의 격차가 그저 세월의 간극이나 세대 차라고 간단히 말하기 어려울 만큼 벌어집니다. 가야 할 길을 묻는 이에게 교실과 현장은 영판 다른 곳을 가리킵니다. 시니어와 주니어가 서로를 답답해하고 한심해하더니 이내 말문을 닫아겁니다.

저절로 변하는 것과 변해야 할 것들이 모습을 바꿔가는 것이야 무슨 문제겠습니까. 그러나 오늘 우리가 사는 시간의 소실점 너머로 사라지고 있는 것들은 그런 것들만이 아니란 데에 심각성이 있습니다. 소중히 지켜져야 할 가치와 의미들이 아무런 성찰의 과정도 거치지 않고 버려지고, 변해도 아주 천천히 변화해야 할 덕목들이 하루아침에 하찮은 유물이 되고 있으니까요.

시대의 과속이 이성의 눈금을 희미하게 하고 문명의 허상이 질서의 경계를 흐려놓고 있습니다. 개념과 본질의 외곽선을 다시 긋고, 경계선의 도색 塗色이라도 새로 해야 할 일입니다. 처음으로 돌아가 기본을 짚어볼 일입니다. 트릭이나 기교의 액세서리를 치우고, 아이디어의 맨살을 볼 일입니다. 짙은 화장을 지우고 광고의 민낯을 들여다볼 일입니다.

이 책은 광고에 대한 바람직한 이해와 카피 혹은 아이디어에 관한 자각에 이르는 길들에 독자들의 동의를 구하기 위한 시험적 담론들입니다. 카피의 착상과 표현의 다양한 방법론들을 두루 짚어가며 광고라는 건축에 동원되는 갖가지 자재의 기능적 책임과 심미적 풍경에 빠져서 많은 시간을 몽환적으로 소비한 카피라이터의 비망록입니다.

딴에는 기도하는 마음으로 썼습니다. 광고를 공부하는 학생들이 모쪼록 올바른 개념으로 일을 배워서 엉뚱한 길을 헤매지 않기를 기원하였습니다. 카피나 아이디어에 관한 오해가 굳어진 후배들이 엇나간 생각을 바로잡는 데 다소간의 도움이 될 수 있기를 희망하였습니다.

설명하고 해석하고 나열하고 요약하는 방식의 교과서적인 글쓰기에는 아예 흥미조차 두지 않았습니다. 그보다는 제 경험과 믿음의 창고를 뒤져서 다른 이들에게 진정으로 권할 만한 단서들을 찾아내려 하였습니다. 제

개인적 주장보다는 이 시대의 광고인들이 여전히 믿고 따르는 위대한 스승들의 생각에 초점을 맞추려 했습니다. 그분들의 생각이 어째서 진리에 가까울 만큼 빛나는 것인지를 염두에 두어가며 제 얕은 생각의 바닥을 높여보려 했습니다.

'비유metaphor'의 힘을 빌려보고 싶어졌습니다. 카피에 대한 백 가지 비유쯤을 만들어보자는 생각이 들었습니다. 대저, '비유'는 세상 모든 말씀의 영약靈藥입니다. 온갖 메시지의 생약을 복합처방한 당의정입니다. 광고는 그것의 제조업이지요. 그것은 '거시기'를 찾는 일입니다. 본문에서 밝히고 있거니와 거시기는 세상 모든 어휘를 '종합대행'하는 참으로 신묘한 말씀의 사리舍利입니다

무엇인가를 쉽게 설명하고 이해시키는 데에 비유보다 더 좋은 방편은 없다는 사실에 이론異論이 있을 리 없습니다. 수많은 종교경전이 그것으로 그득 차 있는 이유를 새삼스레 물을 이유가 어디 있겠습니까. 그것은 학습자의 흥미와 관심을 한껏 고조시키면서 결정적이고도 적확한 깨달음을 얻게 합니다. 학습의 길에 있는 사람으로 하여금 우회와 방황의 시간적 낭비를 최소화시키며 현학과 맞서는 고통 없이 '자각'에 이르게 합니다.

이 책에 실린 글들은 대부분 '카피'와 '아이디어'라는 두 단어가 같은 말

이라는 인식에서 출발합니다. 아울러, 카피가 단순한 글쓰기의 산물이 아니라, 인간이 의사소통 수단으로 활용하는 모든 방법과 도구를 두루 활용하는 일이라는 데에 초점이 맞춰져 있습니다. 말과 글만이 카피라이터의 언어가 아니란 것과 펜만이 그의 연장이 아니라는 주장과 맞닿아 있습니다.

'카피쓰기'는 결국 가장 효율적이고 생산적인 커뮤니케이션의 방편을 발견하는 일이지요. 그럼에도 불구하고, 아직도 많은 이들이 구태의연한 카피의 정의에 머물러 있거나 잘못 이해된 카피의 의미에 붙잡혀 있는 것은 자못 안타까운 일입니다. 모름지기 용어나 개념에 대한 그릇된 인식이 개인적 해석의 오류로만 끝나는 것이 아닌 까닭입니다. 그 용어가 통용되는 분야 전체의 시대적 성취도를 저해할 수도 있는 치명적 위험으로 이어지니까요.

광고인 누구나 자신이 지니고 있는 커뮤니케이션 도구의 유용성과 언어로서의 장점과 단점을 명확히 이해하지 못한다면, 효율적인 크리에이티브 시스템은 기대하기 어렵습니다. 타깃 오디언스target audience와의 소통은 차치하고 동업자들끼리의 커뮤니케이션에도 여러 가지 제약과 장애가 빈번히 일어날 테니까요.

카피란 용어는 '광고 문안'쯤으로 요약되거나 '광고를 구성하는 일체의 문안 요소' 정도로 옮겨지는 기존의 개념에서 어서 탈피해야 합니다. 나아가, '아이디어' 혹은 '크리에이티브' 란 용어와 의미상의 동렬同列에 놓이는 술어일 수 있어야 합니다.

이 책은 '가장 빠르고 정확한 아이디어로서의 카피'에 이르는 여러 가지 경로를 두루 체험할 수 있는 '생각의 트래킹 코스' 라고 할 수 있습니다. 그러나 저는 이 책이 거시기라는 제목처럼 그저 나이브naive한 비유의 숲으로 받아들여지길 희망합니다. 카피와 아이디어 세계를 새롭게 조감 혹은 조망케 하는 봉우리로 이어지는 적절한 힌트와 조언의 숲일 수 있으면 좋겠습니다.

세상의 모든 숲이 그렇듯이 이 책에는 입구와 출구가 따로 없습니다. 기승전결도 없고, 줄거리도 없습니다. 차례로 따라 읽으셔도 좋고 흥미로운 꼭지의 글만 골라 읽으셔도 괜찮습니다. 이 대목에서 터무니없는 기대와 욕심도 백일몽처럼 일어납니다.

누군가 뜻 없이 던진 '거시기'에서 '금싸라기'의 가치를 발견하는 사람처럼, 이 책의 독자들 중에도 그런 분이 계실지도 모른다는! 이 책을 읽는 즐거움이 있다면 그것은 아마도 '숨은그림찾기'를 할 때 포기하려던 맨 마지막 '거시기' 하나를 우연히 찾게 되었을 때의 기분 같은 것일지도 모른다는! 이 책을 읽는 맛이 있다면 그것은 '십자말풀이'를 할 때, 머릿속에서 그저 '거시기'로만 뱅뱅 돌던 한마디가 툭 튀어나온 순간의 개운함 같은 것일지도 모른다는!

끝으로, 이 책의 잉태와 출산을 도와주신 분들께 감사드립니다. 특히 세 여인의 배려와 도움이 무엇보다 깊고 컸습니다. 송은아 기자, 김민정 시인, 그리고 남산 김여사.

아울러, 소생의 광고 삼십 년과 관계 깊은 어른님, 벗님, 아우님들…… 모든 인연의 이름들 앞에 지극한 공경과 사랑의 인사를 전합니다.

2012년 가을 남산 자락에서,
지은이 올림

contents

1부

카피와 '남녀 간의 사랑'은 무척이나 닮았습니다.
일이든 사랑이든 무덤 속까지 가져갈 수도 있지만
가슴이 식어버리면 꽃다운 나이에도
휴업을 해야 하니까요.
하여, 저는 후배들과 제 학생들에게
끊임없이 '청춘사업(연애)'을
게을리하지 말 것을 주문합니다.
연애를 해야 '크리에이티브' 해지니까요.

01

카피는 제록스다

고니가 수면을 차고 날아오르는 것을 본 일이 있습니까. 본 적이 없다면 비행기가 활주로를 차고 날아오르는 광경을 떠올리면 됩니다. 놀라우리만치 똑같으니까요. 미끄러지듯이 달리다가 날아오르는 그 경쾌한 비상飛翔은 우리가 공항에서 목격하는 비행기의 이륙을 고스란히 빼닮았습니다. 창공에 오른 그 새가 다리를 가슴께로 접어넣으며 날개를 쫙 펴는 모습은 하늘 길의 방향을 잡은 비행기가 바퀴를 기체 안으로 밀어넣는 모습과 판박이지요.

누가 누구를 따라하는 것일까요. 말할 것도 없이 비행기가 고니의 흉내를 내는 것입니다. 대자연 앞에 인간은 마치 어린아이와 같아서 보는 대로 따라합니다. 누구나 알다시피 인간의 역사란 하나부터 열까지 자연의 이치와 생김새를 좇아온 모방의 세월 아니던가요. 신 혹은 조물주란 이름의 디자이너 흉내를 내온 시간의 기록이지요. 생각해보십시오. 인간이 지어낸 물물物物 중에 허락도 없이 신의 디자인을 베껴오지 않은 것이 하나라도 있는가. 그렇습니다. 모조리 무단 복제!

말이 나왔으니 이야깁니다만, 디자인이란 단어만큼 광대무변한 어의語義를 지니는 단어도 흔치 않습니다. 돌, 풀, 꽃, 별, 산, 강, 나무, 구름…… 세상에 디자인 아닌 것이 없으니까요. 개, 소, 말, 돼지…… 그리고 사람까지! 그 모든 것을 디자인한 사람의 기기묘묘한 발상과 표현의 테크닉은 이 강산에서도 쉽게 확인됩니다. 바위로 한 세상을 만드는데도 그리 오랜 시간이 걸렸을 것 같지 않은 솜씨지요. 이를테면 금강산 만물상萬物相.

그리고 보면 우리 사는 세상은 참으로 치밀한 디자인의 집합이 아닐 수 없습니다. 디자인이란 단어의 어원이 괜한 것은 아닌 듯합니다. '기획하다'는 의미로 새겨지기도 하는 라틴어(designare) 말이지요. 그런 점에서 신은 우주의 디자이너인 동시에 기획자라 할 수 있습니다. 그 크고 거룩한 이가 뜻 없이 빚어낸 물건으로 무엇이 있겠습니까.

윌리엄 블레이크William Blake의 〈지구를 작도하는 신〉이란 그림이 떠오르는군요. 허연 수염을 늘어뜨린 노인이 거대한 컴퍼스를 들고 자연을 디자인하는 장면 말입니다. 아무러나, 우주의 저작권을 지닌 이가 누구라고 잘라 말하긴 어렵지만 우리 사는 지구가 그의 디자인 갤러리라는 사실을 부인할 사람은 아무도 없습니다. 얼마나 노고가 많으셨을까요. 생명 하나하나 물건 하나하나를 꼼꼼히 '차별화'해가며 제각각 '뜻function'을 갖게 하고 어울려선 아름다운 '꼴form'을 이루게 했으니 말입니다. 얼마나 가슴 벅찬 프로젝트였을까요. 완성의 순간, 그 거룩한 성취감을 표현하는 데에도 긴 말이 필요 없었을 것입니다. 한마디로 충분했겠지요. "음, 됐어(Good)!". 그러니까 경전에도 그렇게 그려지고 있는 것 아닐까요. "보시기에 좋으셨다."

그토록 엄청난 노작勞作을 인간은 아무렇지도 않게 베꼈습니다. 정지 화면을 베끼고 동영상을 베꼈습니다. 빛의 점층법gradation을 베끼고 레이아웃을 베꼈습니다. 생물 무생물의 모든 시간과 공간을 베꼈습니다. 그렇게 수천 수만 년. 결국은 우주와 생명이라는 디자인 전집全集의 완전복제를 꿈꾸기에 이르렀습니다.

꿈꾸고 생각한다면서, 쓰고 그리고 짓는다면서, 짜고 세우고 만든다면서 끊임없이 신의 아이디어를 훔쳤습니다. 생각의 도둑들이지요. 한둘입니까. 그들의 이름은 시인, 화가, 조각가, 음악가, 건축가, 발명가…… 인간의 역사에 고딕체로 남은 이름들, 크고 굵은 글자로 남은 사람들일수록 대도大盜라 해야 옳을 것입니다.

만일 그들을 검찰이나 경찰서에 데려다놓고 조서를 꾸민다고 합시다. 그들 모두를 한통속으로, 특수절도죄로 다스린다고 합시다. 아니, 그 정도로는 너무 싱겁군요. 사실이지, 그들의 죄상罪狀은 복잡하기 짝이 없어서 한마디로 표현하기가 쉽지 않습니다. 그들을 한꺼번에 부를 만한 이름도 마땅치 않아 보입니다.

하여, 그들의 죄목을 보다 상세히 따져볼 필요가 있습니다. 조물주를 사칭한 죄. '짝퉁' 우주를 만들어 하늘의 질서를 교란한 죄. 자신의 손길을 거친 물건이란 이유 하나로 100퍼센트 자신의 아이디어인 것처럼 원작자도 원산지도 표시하지 않은 죄. 위작들을 진품보다 더 훌륭한 것처럼 호도糊塗하고, 선후를 구분할 수 없게 만들어서 원조元祖조차 짐작할 수 없게 만든 죄.

한마디로 창조 혹은 창작이라는 미명을 내세워 전지전능한 존재로 행세한 죄지요. 신들의 말끝마다 "나도(me too)"를 외친 죄지요. 신화 속 주인공들처럼 하늘의 재산을 제 물건처럼 가져다 쓴 죄지요. 인간 역사를 꾸며온 그 수많은 크리에이터들을 한자리에 집합시켜놓고 형량을 논한다면 별나게 앳된 얼굴들도 눈에 띌 것입니다. 아주 어린(시와 드라마의 나이를 생각해 보십시오) 도둑들이지요. 자본주의를 대표하는 크리에이터의 한 부류인 카피라이터.

이들이야말로 베끼기 선수, 복사複寫의 달인들이지요. 그래도 이들은 정직한 사람들입니다. 자신들의 작품을 솔직히 드러내놓고 원본이 아니라 카피copy라고 부르니까요. 자신을 '베끼는 사람'이라 자백하니까요. 그렇습니다. '카피라이팅'은 베껴쓰는 일, 카피라이터는 복사하는 사람입니다.

적어도 20년 이상의 경력을 지닌 카피라이터들 중에는 이런 시절을 기억하는 이들이 많을 것입니다. 카피와 카피라이터라는 개념에 대한 일반의 이해가 전무全無하던 시절 말입니다. "카피라이터? 그게 뭐하는 직업이지요. 복사하는 사람인가요?" 그럴 때면 카피라이터들은 답답하다는 듯이, 억울하다는 듯이 구구하게 토를 달며 자신들의 직업을 설명하느라 땀을 빼곤 했지요.

카피는 제록스XEROX(영어사전에까지 오른 복사기상표. 한때는 복사한다는 말 대신 '제록스한다'는 표현을 더 많이 썼다)가 아니라 '광고의 꽃' 어쩌고 하면서 장광설長廣舌을 늘어놓기 마련이었습니다. 카피라이터의 임무는 단순히 광고의 문안을 짓고 꾸미는 일이 아니라 광고의 뼈대를 만드는 사람이란 사실을 힘주어 말하곤 했습니다. 광고문안이라는 말 대신 카피라는 명칭이 본격적으로 쓰이기 시작하던 1970년대 중반경의 이야기지요. 아니, 1980년대까지만 해도 흔히 있던 일이었습니다.

왜 그랬을까요. 왜 그렇게 극구 부인해가면서 카피는 그것 자체가 온전한 창조적 메시지인 것처럼 항변을 했을까요. '카피는 복사!' 사실은 그것이 맞는 말인데 말입니다. 카피를 설명하거나 카피의 본질을 깨닫게 하는 방편 중에 그만한 비유의 지름길도 드물지 싶은데 말입니다. 지금 누가 제게 카피가 무엇이냐고 묻는다면 저는 이렇게 말하며 빙긋이 웃겠습니다. "비유컨대 카피를 쓰는 일은 제록스나 신도리코 복사기가 하는 일과 다를 바 없지요. 제 생각보다는 남의 생각이나 세상의 풍경을 빌려서 표현해야 할 때가 많은 일이니까요."

　그렇습니다. 카피라이터의 일은 복사기나 복사하는 사람copier의 일을 닮았습니다. 커뮤니케이션 상대방의 생활상slice of life을 포착하여 그 마음의 풍경 landscape of mind 을 옮겨 적는 일이니까요. 카피를 쓰지 못하고 있다는 건 복사할 내용을 발견하지 못했다는 것과 다르지 않습니다. 그래서 저는 제 학생들에게도 이렇게 설명하기를 좋아합니다. "쓴다고 생각하면 어려운 일이지만 베낀다고 생각하면 얼마나 쉬워집니까. 친구의 숙제를 옮겨 적는 것처럼 편한 일이 될 것입니다. 아이디어를 짜낸다고 생각하면 멀미가 나지만, 찾는다고 생각하면 얼마나 흥미로워집니까. 소풍날의 보물찾기나 숨은그림찾기처럼 설레는 일이 될 것입니다.

02 카피는 걸어다닌다

저는 글이 잘 되질 않으면 집을 나섭니다. 붙잡고 앉아 있어봤자 신통한 글거리가 잡힐 것 같지 않고, 방향이 잡혀서 쓰던 글이라도 도통 진척이 없으면 떨치고 일어나는 쪽을 택합니다. 카피를 쓸 때는 물론이거니와 일반적인 원고를 쓸 때도 그렇습니다. 이렇게 이야기하면 '당신이 무슨 말을 하려는지 내 알지' 하는 표정으로 '하지만 그것도 다 시간 여유가 있을 때 얘기지 마감이 코앞인데 어떻게 책상을 떠날 수 있느냐'며 힐문하는 사람이 있게 마련입니다. 그런 사람들을 위해서 저는 이런 대답을 가지고 다니지요.

"A4용지 한 장 분량의 글을 써야 한다고 생각해봅시다. 그것을 펜으로 쓰거나 타이핑하는 데 시간이 얼마나 걸릴까요? 대략 5분쯤 걸린다고 합시다. (물론, 남은 시간이 딱 5분밖에 없다면 어쩔 수 없겠으나) 마감까지 두 시간이 남았다고 가정해본다면, 아직도 1시간 55분은 책상을 떠나 있을 수 있다는 이야기입니다. 그 시간 동안 이것저것을 눈에 넣고 코에 넣고 귀에 넣고 걷다보면 무엇인가가 이마에 와 부딪치는 것이 있다는 말씀이지요. 해결해야 할 숙제가 카피라면 몇 분을 더 걸어다닐 수 있을 것입니다. 헤드라인 하나 적어내는 일은 1, 2분이면 충분할 테니까요. 아니, 굳이 펜으로 쓰지 않으면 어떻습니까. 정말 좋은 카피, 좋은 아이디어라면 그냥 말로만 옮겨도 '좋다' 소리가 절로 나올 텐데요. 시원찮은 카피는 아무리 멋진 자체字體로 단장을 해서 내보여도 반응이 없긴 마찬가지 아닙니까. 더 중요한 사실 하나. 카피를 쓰는 일은 결국 용龍그림의 '눈알' 같은 단어 하나 찾기 아니던가요. 한술 더 떠볼까요. 말만 말이던가요. 그림도 말이 되고, 소리도 말이 되지 않던가요. 말 한마디야 어딜 간들 못 찾을까요(물론 찾기 쉽다는 것은 아니지요. 카피란 놈은 그저 벽이나 책상 서랍 속보다는 길에서 발견될 가능성이 높다는 이야기일 따름이지요)."

어디서 많이 듣던 이야기 같다고요? 왜 아니겠습니까. 카피의 위대한 스승 핼 스테빈즈Hal Stebbins를 흉내낸 이야기지요. "3주일 동안 생각해서 30분 동안 써라(Think about it 3 weeks—write it in 30 minutes)." 3주라는 시간이 놀라움을 찾아가는 여정旅程임은 말할 것도 없습니다. 폭스바겐 광고를 불후不朽의 캠페인으로 만들어낸 DDB가 고집스럽게 걸었을 길이기도 합니다.

'폭스바겐 광고 만드는 법(How to do a Volkswagen ad.)'이라는 광고 카피로도 충분히 짐작할 수 있듯이, DDB의 사장 윌리엄 번벅William Bernbach과 카피라이터 케니그Julian Koenig가 찾아낸 놀라움들 역시 펜을 들기 전의 시간을 충실히 활용한 결과였다고 해야 옳을 것입니다. 그 광고가 카피라이터들에게 말합니다. "첫째, 물건을 보라(Look at the car). 둘째, 열심히 보라(Look harder)." 물론 당연한 이야기지요. 그러나 대개의 카피라이터들은 그저 한번 쓱 훑어볼 뿐, 열심히 보려고 하지 않습니다. 놀랄 만한 풍경이 보이는 지점이 나올 때까지 걸으려 하지 않습니다. 차를 타고 지나갑니다. 안타까운 일입니다. 그래서 선배들의 잔소리는 반복되지요. 이를테면, 맛있는 집은 뒷골목에 숨어 있듯이 멋진 카피도 어느 후미진 골짜기에 숨어 있을 때가 훨씬 더 많더라는 이야기. 다급할수록 돌아가라는 이야기는 어쩌면 숙제를 받아놓은 카피라이터들에게 정말 가치 있는 충고인지도 모릅니다.

예전에 회사생활을 할 때 저는 자리를 자주 비우는 사람이었습니다. 하루 반나절은 길에서 보내는 날들이 많았지요. 그럴 때면 저는 책상 앞에 이런 글귀를 써놓고 밖으로 나가곤 했답니다. "I'm Walking! Working!"

03
카피는 구름 속의 부엌칼이다

　세상은 거대한 '숨은그림찾기 판'이 아니면, 엄청나게 인색하거나 짓궂기 짝이 없는 선생님들이 감춰놓은 보물을 찾으러 들어온 아이들의 숲 속입니다. 그렇게 말할 때 카피 아이디어는 '종이배' 혹은 '모종삽'이거나 붉은 도장 위에 숫자가 적힌 종이쪽지입니다. 카피를 의뢰받는 순간 카피라이터는 보물찾기 게임에 참가한 어린이가 되는 것이지요.

　어디서 찾을 것인가. 영리한 카피라이터는 숨겨진 물건을 유난히 잘 찾아내는 어린아이처럼 그 비밀의 문장을 잘도 찾아냅니다. 지도라도 가지고 있는 것처럼 망설임 없이 보물이 숨겨진 나무 밑으로 성큼성큼 다가갑니다. 숨겨진 그림들은 다른 종류의 선으로 도드라져 보이기라도 하는 것처럼 목록에 적힌 이름들을 척척 집어냅니다.

　그는 압니다. 사람의 생각이란 것이 거기서 거기여서 아주 엉뚱해진다는 것이 얼마나 어려운 일인지를 압니다. 기상천외奇想天外의 발상이란 것이 아무에게나 일어날 수 없는, 희귀한 경우의 수임을 압니다. 딴에는 무척 어렵게 떠올린 장소가 오히려 쉽게 발각이 된다는 것과 아무 생각 없이 감춰놓은 보물을 아무도 찾아내지 못할 때가 있다는 사실을, 그는 압니다.

영리한 아이는 자신이 선생님이라면 어디에 보물을 숨길 것인지를 생각합니다. 스스로 출제자의 처지가 되어보면 답의 실마리를 찾기 쉬워지니까요. 그러고는 대부분의 아이들이 어느 쪽으로 몰리는지를 참고하면서 우등생과 꼴찌의 움직임을 중요한 판단의 잣대로 삼습니다. 천재와 바보는 같은 코드니까요. 정말 좋은 답은 평균값에 있지 않으니까요.

의외로 많은 사람들이 숨은 그림 속의 부엌칼을 꼭 부엌 쪽에서만 찾으려 합니다. 자동차 광고 아이디어를 찾는다고 자동차 관련 자료만 산더미처럼 쌓아놓고 끙끙댑니다. 구두 광고를 만든다고 신발 관련 스크랩만 뒤적입니다. 안타까운 일입니다. 그렇게 온종일 씨름을 해보았자 자료에서 발견된 것 이상의 아이디어를 찾기는 어려우니까요. 남의 아이디어를 베끼거나 훔치고 싶은 충동만 자꾸 일어날 테니까요.

부엌칼은 부엌에만 있는 것이 아닙니다. 나뭇가지에 걸려 있기도 하고 구름 속에 파묻혀 있기도 하지요. 대문 틈에 끼어 있기도 하고 강아지 밥그릇에 들어 있기도 합니다. 카피라이터의 숨은그림찾기라면 부엌과 멀리 떨어질수록 좋은지도 모릅니다. 부엌에서 찾을 것이 아니라 십 리 밖의 대장간에 가볼 일입니다. 생각의 틀^{frame}을 넓혀볼 일입니다. 아예 그림 밖으로 나가볼 일입니다.

자동차의 비유로 돌아가자면, 그것은 자동차 마케팅이라는 이름의 싸움터가 어디까지인지를 생각하는 일입니다. 크리에이티브의 전장^{戰場}이 얼마나 넓은가를 따져보는 일입니다. 자동차회사의 경쟁자는 자동차회사만이 아닙니다. 버스회사나 지하철공사도 경쟁자입니다. 자전거나 모터사이클

메이커도 경쟁자입니다. 심지어는 구두나 운동화를 만드는 기업도 경쟁자입니다. 어떤 영화에 나오는 어머니처럼 차멀미 때문에 평생을 걸어다니는 사람의 고무신까지 경쟁 제품입니다.

최북崔北이란 사람이 있었습니다. 조선조 후기의 전설적인 천재 화가, 갖은 기행으로 세간의 화제를 모으던 그 사람 말입니다. 그림이 잘 되지 않는다고 제 손으로 제 눈을 찔러 스스로 애꾸가 되었던 사람. 천하제일의 화가는 천하제일의 명승지에서 죽어야 한다며 금강산에서 자살소동을 벌인 사나이. 자신의 그림을 가질 만한 위인인지를 가려서 작품을 팔던 사람. 터럭 하나로 밥을 벌어먹는 팔자라는 뜻으로 아호를 호생관毫生館이라 지었던 사람.

한번은 그가 어떤 이에게 산수화 한 점을 주문받고는 산만 하나 덩그마니 그려서 건네주더랍니다. 손님이 의아해하며 따져 물었겠지요. "산수화를 그려달라 했는데 이 그림에는 산뿐이구려. 물은 어디 있소." 그 질문에 대한 이 괴짜 화가의 대답. "어허. 몰라서 묻소. 그림 밖은 죄다 물이라오."

그려진 부분만 볼 것이 아니라 틀 바깥에 숨은 경치까지 넘겨다보라는 뜻이지요. 왜 아니겠습니까. 좋은 그림은 끝 간 데를 모르게 상상력의 울타리를 확장시켜줍니다. 그런 그림은 물감의 종류라도 알아내려는 듯이 액자 속에 코를 박으며 바투 들여다볼 이유가 없지요. 눈 밝은 관객은 그림 속의 풍경이 동서남북 전후좌우로 어디까지 뻗어 있는지를 금방 알아차리지요.

이런 커머셜을 본 일이 있습니다. 비주얼은 연설을 하는 고르바초프 Mikhail Gorbachëv 대통령의 모습이 전부. 거기에 이런 카피가 따라붙지요. "당신이 고르바초프를 보고 있을 때, 고르바초프는 '이케가미('이케가미'는 유명한 방송용 카메라 브랜드)'를 보고 있습니다." 당연한 일입니다. 우리가 대통령의 연설을 보고 있을 때, 대통령은 TV카메라를 보고 있다는 이야기니까요.

　TV화면에는 카메라가 숨어 있었군요. 어디 카메라뿐이겠습니까. 그것 말고도 참 많은 것이 숨어 있을 것입니다. 한번 찾아보시지요. TV속에 얼마나 많은 그림이 숨어 있는지. 그림을 찾는 순간 숨은 이야기도 함께 달려 나올 것입니다. 그것이 그대로 카피가 될지도 모릅니다.

04
카피는 돌밭의 버펄로다

　이 땅의 한 시절에 '수석壽石'이란 것이 크게 유행한 적이 있습니다. 그것은 '돌'의 매력에 빠진 사람들이 저 남한강 목계 같은 곳에 가서 채취해온 '아름다운 돌'을 지칭하는 이름이면서, 그런 사람들의 취미를 일컫는 말이기도 했지요. 제가 가까이 모시는 어른 한 분은 한 세월을 그것에 흠씬 취하셔서 금쪽같은 청춘의 상당량을 아낌없이 돌밭에 가져다 바치셨지요. 그분께 들은 '탐석探石'의 에피소드들 중에는 카피라이터들이 귀를 기울여도 좋을 만한 것들이 여럿 있습니다.

　대표적인 이야기가 이런 것. 마음에 드는 돌멩이 하나를 찾아 드는 일은 심마니의 산삼 보기만큼이나 어렵다지요. 온종일 돌밭을 헤매고도 작은 돌 하나 하지(수석꾼들은 돌을 찾아다니는 일을 '돌을 한다'라고 표현한답니다) 못하는 날(혹은 사람)이 허다하다는 것입니다. 그런가 하면 엄청나게 운수 좋은 날도 있어서 배낭 밑이 빠질 만큼 큰 수확이 있는 날이 있답니다. 일행 모두가 시샘할 만큼 빼어난 물건을 안고 돌아오는 길의 기쁨은 비할 데 없이 컸다지요.

한 떼의 탐석꾼들이 드넓은 돌밭을 한 번 훑고 지나노라면 돌들이 손에 들렸다 내동댕이쳐지는 소리가 요란하다지요. 그런데 묘한 것은 앞사람이 들었다가 놓은 것을 다음 사람이 꼭 집어보게 된다는 것입니다. 이상하지 않습니까. 남이 버렸으면 시원찮은 것이겠지 하고 그냥 지나치는 것이 아니라 다시 들어서 이리저리 살피는 사람들의 그 마음 말입니다. 그런데 문제는 거기서 '심봤다' 소리가 터진다는 것입니다.

아홉 사람이 한쪽만 보고 지나간 것을 마지막 사람이 뒤집어보고는 경이로운 발견을 한다는 것이지요. "바보들, 뭘 본 거야. 이 안에 이렇게 멋진 버펄로buffalo가 살고 있는데." 모두가 놀라서 돌아다보면 자신들이 집었다가 던져버린 바로 그 돌이 영락없는 물소의 형상을 하고 있더라는 것이지요.

이 대목에서 아이디어의 유머러스한 정의 하나가 생각나는군요. "저런 이야기가 왜 내 입에서 나오질 않고, 저 녀석한테서 나왔을까. 저런 생각쯤 은 나도 숱하게 했었는데." 누가 아니랍니까. 누가 한번 더 생각해보지 말라 했습니까. 누가 뒤집어보지 말라고 했습니까. 누가 그리 쉽게 휴지통에 던지라 했습니까.

05

카피는 놀라움의 기록이다

『의자들』『코뿔소』『대머리 여가수』로 유명한 프랑스의 극작가 이오네스코Eugène Ionesco가 우리나라에 왔던 일이 있습니다. 1977년 봄이었지요. 이화여대 강당에서 강연회도 열렸습니다. 강연 제목('나는 왜 글을 쓰는가')은 좀 싱거웠으나 내용은 퍽이나 인상적이었습니다. 더구나 스무 살 뛰는 가슴으로 들은 이야기라서 그런지 제 기억의 필름과 사운드트랙에는 아직도 그 거장의 표정과 제스처 그리고 육성이 선명하게 남아 있습니다.

왜 글을 쓰느냐는 물음에 대한 그의 답은 의외로 심플했지요. "세상에서 발견되는 놀라움을 전하기 위해 글을 씁니다." 경이감의 발견과 표현, 그것이 그의 글쓰기라는 이야기였습니다. 그러나 대부분의 청중들은 고개를 갸우뚱하면서 의아해했습니다. 놀라움이라니! 대체 무슨 소릴까. 이 지루하고 시시한 일상 속에 무슨 놀라움이 그리 많아서 그로 하여금 그토록 끊임없이 펜을 들게 할까 하는 의문이었지요.

궁금증은 이내 풀렸습니다. 놀라움과 만나는 방법에 대한 그의 설명이 금세 이어졌기 때문입니다. "나는 사물을 볼 때마다 내가 그것을 가장 처음 본 순간이 언제였던가를 생각합니다. 아주 어린 시절의 기억으로 거슬러올 라가는 것이지요. 대여섯 살, 혹은 두어 살 때 내 눈에 처음 비친 그것이 어 떤 모습이었던가를 떠올리려고 노력합니다. 그 어린 눈으로 세상을 다시 보려는 것입니다."

그렇습니다. 어린 시절이란 생전 처음 보는 것에 대한 경탄과 흥분의 연 속이지요. 보이는 것마다 새롭고 마주치는 것마다 신기하지요. 주체할 수 없는 호기심이 그들을 키웁니다. 놀라면서 어른이 되고 놀랄 일이 현저히 줄어들었을 때 그들은 평균적인 어른의 한 사람이 됩니다. 어른이 된다는 것은 처음 만나는 사물이나 풍경이 흔치 않게 된다는 뜻 아닐까요. 우리가 세상에 처음 나온 날 우리들 눈에 비치던 꽃이나 나무, 구름의 모습을 까맣 게 잊어버린 상태를 가리키는 것인지도 모릅니다.

이오네스코는 덧붙입니다. "어린아이의 눈으로 만물을 보려 한다는 것 은 마치 지금 막 지구에 도착한 외계인의 눈으로 세상을 보려는 것과 다를 바 없지요. 상상해보십시오. 저 머나먼 어느 별에서 온 사람들의 눈에 비치 는 우리들과 이 세계가 어떤 모습일까를 말입니다."

흥미롭지 않습니까. 그의 이야기를 따라가자니, 우리가 지구에 태어나 살고 있다는 사실은 우리가 지구 바깥 어느 다른 세상에서 지구로 이주해 온 것이나 다르지 않다는 생각이 듭니다. 그렇다면 생일은 지구에 온 날, 이 나라에 입국한 날이라 할 수 있지요. 그래서 저는 제 가까운 사람들이 생일 을 맞으면 축하카드에 이런 문장을 써넣길 좋아합니다. "Welcome to the earth." 옮긴다면 이쯤 되겠지요. "지구에 오신 것을 환영합니다." 혹은 "너 참 지구에 잘 왔다!" 그러곤 이렇게 묻습니다. "지구에 막 내렸을 때의 느낌이 어땠어?" 마치 인천공항 입국심사대를 빠져나오는 외국인에게 한국에 처음 온 소감을 묻는 것처럼 말입니다.

말할 것도 없이 하나부터 열까지 새로웠을 것입니다. 눈에 비치는 것마다 놀랍기 그지없었을 것입니다. 낯설다는 것은 새롭다는 의미와 다르지 않고 새롭다는 느낌은 대개 놀랍다는 감정의 일렁임을 동반하니까요. 그러나 그 놀라움이란 것들도 어처구니없이 짧은 시간에 실망과 권태로 바뀌고 마는 경우가 많습니다. 우리가 엄마 품에 안겨서 손짓하면 따라서 손짓을 하던 나무가 언제부턴가 데면데면한 태도를 보입니다. 유모차에 앉아서 웃고 있으면 활짝 웃는 얼굴로 인사하던 구름이 심드렁한 표정으로 딴청을 부립니다.

> 태어나 몇 개월 안 되어 나는 거의 세상에 익숙해졌다. 스스로를 인식하고 타인을 알아볼 수 있게 된 것이다. 내가 있다는 것, 내가 아니라는 것이 명확해졌다. 서로 다른 물건들과 사람들이 있었다. 내가 가장 좋아하는 엄마와 장난감 곰이 있었고, 그것들보다 덜 좋아하는 것과 싫어하는 것 등 거의 모든 것이 있었다. 나의 발가락, 하늘의 일부분, 이런저런 물건들, 그 가운데 내가 부르면 오는 것이 있었고 나를 거부하는 것도 있었다. 나는 그러한 것들을 발견하고 놀랐던 무수한 순간들을 기억한다.
> ─『이오네스코의 발견』(외젠 이오네스코, 박형섭 역, 새물결, 2005)

그 놀라운 감격의 시간들을 연장시키려면 어느 소설의 주인공처럼 성장을 멈춰야 합니다. 어른들의 규범이나 질서 속으로 편입되기를 거부하면서 독자적인 노선을 걸어야 합니다. 한마디로 동심童心을 잃지 않는 어린이가 되어야 합니다. 아니, 어린이로 오래오래 살아남을 수 있어야 합니다. 빈 방에 홀로 있어도 심심하지 않은 사람이 되어야 합니다. 꽃들의 표정을 읽어내고 나무들의 이야기에 고개를 끄덕이는 어른이 되어야 합니다.

그러자면, 날마다 보고 지나치는 것들에서 놀라운 변화를 읽어내는 사람이어야 합니다. '세상에 이런 일이!'가 TV 프로그램 속의 유별난 이야기가 아니라 우리를 둘러싸고 있는 수많은 사물들이 다반사茶飯事로 일으키는 사건이란 것을 알아야 합니다. 숨 쉬지 않는 사물, 살아서 꿈틀거리지 않는 물건은 없다는 '물활론物活論'을 철저히 믿고 따라야 하는 일이기도 하지요.

그런 이의 눈에는 저 사진작가 배병우가 잡아낸 경주 계림의 소나무 숲 사진에서처럼 한 나무가 다른 나무를 껴안으려는 장면이 잡힙니다. 호젓한 산사에 어둠이 찾아들면 대웅전 처마 밑의 풍경風磬이 물고기가 되어 먼 바닷속 고향엘 다녀오는 모습이 보입니다.

그런 사람 귀엔 책상이 되는 것이 꿈이었던 밥상의 이야기가 들립니다. 하마비下馬碑 앞에서 자신들의 상전을 기다리는 마부들처럼 주차장에서 주인을 기다리며 푸념을 하는 자동차들의 수다가 들립니다. 냉장고 속의 음료수 병과 참치 캔이 더 좋은 자리를 차지하려고 다투는 소리도 들립니다.

어린이들의 눈과 귀엔 저절로 보이고 들리는 것들이지만 어른들은 만나기 어려운 빛과 소리입니다. 어린이가 맨눈으로 보는 풍경을 보는 사람이라면 어른은 두꺼운 돋보기를 꺼내들어야 보입니다. 어린이는 맨 귀로 다 듣지만 어른들은 큼직한 보청기를 끼지 않으면 들을 수 없습니다. 어른들은 그렇게 우리가 떠나온 별에서 가져온 놀라운 시력과 청력 등의 갖가지 신비한 능력들을 잃고 삽니다.

되찾기는 쉽지 않습니다만, 기억의 지도 속 옛길을 찾아내기만 한다면 아주 불가능한 일도 아닙니다. 그 놀라운 쾌감을 맛볼 수 있는 유일한 길은 어린이의 눈으로 세상을 좇는 방법 밖에 없으니까요. 퇴행退行 아니냐고요? 천만에요. 아름다운 진보지요. 다시 말하거니와 어른은 어린이의 상위개념이 아닙니다. 적어도 무엇인가 새로운 것을 만들어내려는 사람들의 세계에서는 분명히 그렇습니다. 그렇기에 세상의 모든 크리에이터들이 그렇게 어린이가 되려고 무진 애를 쓰는 것이겠지요.

저는 정말 백번 천번 그렇게 되고 싶습니다. 어린이가 되고 싶습니다. 어린이처럼 그리는 데 오십 년이 걸렸다고 말한 피카소Pablo Picasso의 길을 따라가고 싶습니다. 유치원생의 그림을 생각나게 만드는 '바보 산수山水'로 만년을 보낸 김기창金基昶이나 순진무구한 눈으로 세상의 정수리를 찌르던 걸레스님 '중광重光'이 되고 싶습니다. 꾸밈없는 선과 색으로 동심의 일생을 보낸 화가 장욱진張旭鎭을 배우고 싶습니다.

그렇게 무욕無慾의 눈이 되었을 때 다음과 같은 카피도 보이겠지요. "한번 선물하면 받은 사람이 영원히 지니고 다닐 선물을 준 적이 있나요? (Have you ever given a gift so wonderful, someone carries it with them the rest of their life? ; 미국 적십자사의 헌혈 권유 캠페인)" 아, 정말 그렇군요. 피를 주는 일이란 평생을 몸에 간직하고 다닐 선물을 주는 것이군요. 피는 반지처럼 빼놓고 다닐 수도 없고 목걸이처럼 풀어놓고 다닐 수도 없으니까요. 죽을 때까지 그(그녀)의 몸속 깊이 살아 있을 지독한 사랑의 선물이군요.

그런 생각이 닳고 닳은 어른의 머릿속에서 눈을 뜰 수 있을까요. 불가능하겠지요. 그러고 보니 문득 떠오르는 광고 하나가 더 있습니다. 『애드에이지』가 우리 시대 최고의 광고라 했고, 미국인들이 독립 200주년 기념일에 자신들의 역사 속에서 가장 빛나는 캠페인으로 뽑기도 했던 광고들입니다.

폭스바겐Volkswagen 시리즈입니다.

저는 폭스바겐 광고캠페인이야말로 '어린이처럼 투명한 직관의 눈으로 찾아낸 놀라움의 기록'이라 생각합니다. 거기엔 저 「벌거벗은 임금님」이야기의 어른들에게서 보이는 가식과 허위의식이 없어 좋지요. 속임수나 사탕발림도 없고 터무니없는 과장이나 허무맹랑한 트릭이 없어 좋지요. 그저 처음 본 사람의 꾸밈없는 시선으로 차근차근 읽어낸 폭스바겐의 숨길 수 없는 매력들이 한껏 도드라져 보일 뿐입니다.

물론 제일 먼저 세상을 놀라게 한 것은 제품 그 자체입니다. 폭스바겐을 처음 본 어떤 부인이 이렇게 말했다지요. "세상에, 뭐 이렇게 생긴 차가 다 있지? 꼭 딱정벌레처럼 생겼군." 그 말은 금세 카피라이터를 놀라게 했을 것입니다. 짐작해보건대 그 순간 카피라이터의 머릿속은 이런 생각으로 가득했을 것입니다. '그렇다, 폭스바겐은 딱정벌레다. 그런데 그게 왜 나쁘지? 그것이 폭스바겐의 고유한 이미지 아닌가. 그런 점이 놀랍게 보인다면 그 점을 자신 있게 부각하는 광고 역시 놀라운 것이 아니고 무엇이랴.'

즉시 딱정벌레 한 마리가 그려진 광고가 만들어졌지요. "맞아요, 우린 벌레처럼 생겼답니다(Our Image)"라는 내용의 메시지로 구성된 그 광고 말입니다. 차의 크기와 생김새에 놀랐던 소비자들이 이번에는 폭스바겐의 용기에 놀랐을 것입니다(용기가 없으면 정직해지기도 어렵지요). 그리고 이어지는 광고들의 진솔한 고백과 연출에 놀랐을 것입니다. 폭스바겐의 뜨거운 신념과 치밀한 메커니즘에 놀랐을 것입니다.

"아, 그게 그런 거야? 알고 보니 더 굉장해 보이는데!" 폭스바겐 광고 한 편 한 편은 그런 프로세스로 사람들의 눈을 휘둥그렇게 만들었을 것입니다. 폭스바겐 캠페인이 지금도 그렇게 놀라움 가득한 광고 교과서 노릇을 하고 있는 것도 바로 그런 이유에서겠지요.

이 대목에서 저는, 광고회사 'DDB^{Doyle Dane Bernbach}'가 폭스바겐을 클라이언트^{Client}로 받아들이던 날 지체 없이 팀을 구성하고 그들에게 긴급 출장 명령을 내렸던 사실이 떠오릅니다. 물론 그 구체적인 내용이야 제가 어찌 알겠습니까만, 추측건대 이런 정도가 아니었을까 싶습니다. "당장 독일행 비행기를 타시오. 그렇소. 볼프스부르크 공장으로 떠나란 말이오. 가서 폭스바겐이 과연 어떤 물건인지 알아내시오. 몇 날 며칠이든 폭스바겐을 완전히 이해했다는 생각이 들 때까지 보고 또 보시오. 공장의 근로자들과 함께 일하고 밥 먹고 이야기하면서 폭스바겐의 모든 것을 알아내시오. 10년 가까운 세월 동안 광고 한번 하지 않았는데도 그렇게 잘 팔려나갔던 물건이니까 틀림없이 무언가 놀라운 비밀들이 많을 것이오. 생산공정, 작업과정과 공법, 검사시스템 어디에든 여러분의 눈길을 끌어당기는 포인트들이 하나둘이 아닐 것이오. 그 놀라운 풍경들을 빠짐없이 잡아오시오. 어린이의 눈으로 있는 그대로를 보고 오시오."

06 카피는 선생의 일이다

선생이라는 직업을 갖게 되고부터, 부쩍 자주 떠오르는 선생님 한 분이 계십니다. 고등학교 시절 은사님으로 고문古文을 가르치던 분이지요. 저와 제 친구들 사이에선 할아버지 선생님으로 기억되는 분입니다. 저희가 배우던 시절에 이미 환갑을 넘긴 어른이셨거든요. 그 연세에도 손에서 책을 내려놓는 일이 없던 분입니다.

제자들이 기억하는 그분의 모습이란 두어 가지가 고작이지요. 두꺼운 돋보기안경 너머로 때 절은 책들과 씨름하거나, 원고를 쓰고 계시는 모습 정도입니다. 제 어린 눈에 비친 그분의 풍모는 고등학교 국어교사가 아니라 어느 대학 국문학과 교수의 그것과 다르지 않았습니다. 당신께서 지으신 책도 한두 권이 아니어서 저와 제 친구들은 고등학교 시절에 이미, 저자로부터 직접 강의를 듣는 행운을 누리곤 했습니다. 주로 교과서 속의 두보杜甫나 이백李白의 시 혹은 옛 문법 같은 것을 배우던 시간이었지요.

그 무렵의 이야기입니다. 빈틈없는 분이셨지만 쇠하는 기억력은 어쩔 수 없으셨는지, 칠판에 틀린 글자를 쓰실 때가 있었습니다. 그럴 때면, 눈 밝은 친구 하나가 짐짓 우쭐거리는 태도로 선생님의 실수를 지적하곤 했지요. "선생님, 잘못 쓰셨어요." 순간, 선생님의 얼굴은 금세 붉은빛으로 물들었습니다. 진정으로 부끄러워하시는 표정이었습니다. 그 자괴감, 당혹감을 몸으로도 표현하셨지요. 선생님께서는 망설임 없이 저희 어린것들에게 정중히 허리를 굽히셨습니다. 곧이어 사과의 말씀을 하셨지요.

"여러분 미안합니다. 제가 스무 살 때부터 교단에 섰으니 40년쯤 선생 노릇을 해온 사람 아닙니까. 그런데 아직도 이렇게 실수가 많답니다. 정말 미안합니다. 그래도 여러분은 여러분 선배들에 비하면 운이 좋은 사람들입니다. 지금도 이렇게 틀리는 것이 많은데, 옛날에 저한테 배운 학생들은 얼마나 엉터리로 배웠을까요. 제대로 가르친 것이 몇 가지나 되었을까요. 그 학생들을 생각하면 자다가도 식은땀이 흐릅니다. 그때 그 사람들을 찾아낼 수 있다면 만나서 제가 잘못 가르친 것 하나하나를 고쳐주고 싶어집니다."

저는 그 말씀을 '사람이라는 물건'을 만드는 데 평생을 바친 어른의 양심 선언으로 기억합니다. 또는 가르친다는 것과 잘 가르친다는 것 사이에서 끊임없이 번민해온 한 원로교사의 뜨거운 자기고백으로 이해합니다. 아무려나 제 선생님께서는 그렇게나 맑고 고운 분이셨지요. 당신께서 혹시 잘못 쏟아놓은 말 한마디가 있었다면 얼마나 많은 학생들이 잘못된 지식의 소유자가 되었을까 하는 걱정으로 잠을 못 이루셨습니다. 하여, 하나를 더 가르치기보다는 하나라도 제대로 가르치려 애를 쓰셨습니다. 곁가지보다는 기둥을 보여주려 하셨습니다. 그런 분답게 사람이 사람을 가르친다는 것의 어려움에 관해서도 많은 이야기를 하셨습니다.

"세상엔 두 부류의 사람들이 있어요. 한쪽은 사람을 움직이는 사람들이고 다른 한쪽은 기계를 움직이는 사람들입니다. 사람이든 기계든 자신의 뜻대로 움직이게 하려면 꾸준히 그리고 열심히 공부를 해야 하는 것은 말할 것도 없지요. 어느 쪽인들 어렵지 않겠습니까만, 그래도 굳이 어느 쪽 공부가 더 힘든지를 따지자면 아무래도 문과文科 쪽이라 할 수 있지요. 문학, 사학, 철학 따위의 인문학 공부는 평생을 해도 끝이 없으니까요. 생각해보세요. 기계를 다루는 법이나 기술을 익히는 일이야 끝이 있겠지만, '사람이라는 우주'를 이해하고 연구하는 일에 어떻게 다함이 있겠어요."

제 선생님 말씀을 따르자면, 저의 직업은 사람이라는 우주를 움직이는 일입니다. 선생이라는 일과 카피라이터라는 일 모두 마찬가지지요. 전자는 학생이라는 이름의 사람들을 움직이고, 후자는 소비자라는 이름의 사람들을 움직이니까요. 아, 그리고 보니 선생과 광고인은 똑같은 일을 하는 사람이라는 생각이 드는군요. 거기에 이런 표현을 덧붙여도 괜찮을 것 같습니다. 세상이라는 이름의 거대한 학교에서 휴일도 없이 이뤄지는 수업, 그것이 광고라고 말입니다.

굳이 광고의 사회적 기능(혹은 교육적 기능)을 들먹이지 않아도, 그것의 존재 가치 하나는 누군가를 끊임없이 가르치는 데에 있다는 사실을 부인할 사람이 있을까요. 좋은 카피라이터가 되려는 노력은 좋은 교사가 되려는 노력과 다르지 않을 것입니다. 잘 가르치는 사람이란 말 속에는 좋은 기술자technician란 뜻도 들어 있을 테니까요. 아무리 많은 지식과 경험을 가진 이라도 그것을 전달하고 표현하는 방식이 서툴다면 그는 답답한 선생일 수밖에 없지 않겠습니까.

이런 말을 꺼내놓자니, 제 스스로에 대한 질문이 벽력霹靂처럼 가슴 깊은 곳을 후려칩니다. "그러는 너는 카피라이터로 일하는 동안 얼마나 충실한 선생 노릇을 해왔느냐?" "너의 과문寡聞과 무지無知가 얼마나 많은 소비자들을 오해와 오류誤謬의 구렁으로 몰아넣었는지 아느냐?" "진부하고 상투적인 표현, 지루하고 따분한 말들로 얼마나 많은 시청자들이 광고에 염증을 느끼게 되었는지 아느냐?" 왜 아니겠습니까. 시원찮은 선생은 참 많은 죄를 짓게 된다는 생각이 듭니다.

탁월한 교사는 학생으로 하여금 하나를 듣고 열을 알게 만듭니다一聞而知十. 좋은 카피라이터는 많은 것을 말하려 애쓰지 않습니다. 하나라도 제대로 알리려 합니다. 설명하거나 진술하지 않습니다. 대신에, 요약하고 함축합니다. 비유나 상징을 만듭니다. 그러고는 공부하기 싫어하는 학생과 다를 바 없는 소비자들의 처지를 헤아려 이렇게 말합니다. "다 잊어도 좋다, 이 것 하나만 기억해다오."

선생으로서의 카피라이터는 여름날의 수박 장수를 닮았지요. 자신이 고른 수박이 과연 달고 맛있는지, 잘 익었는지를 궁금해하는 손님을 위해 수박 장수는 수박의 한 쪽을 도려내어 보여주지요. 칼끝에 꽂힌 세모뿔의 한 조각을 맛보게 합니다. 그 작은 조각 하나로 수박 전체의 맛을 알게 합니다. 그 수박 조각이 바로 카피지요. 자동차라면 어떤 부위를 따서 보여주어야 소비자로부터 이런 말을 듣게 될 것인가를 생각하는 일이 카피쓰기의 출발점입니다. "아, 이 자동차 참 잘 익었군. 맛있는 자동차로군."

가령, 이런 자동차 카피가 있다고 합시다. "이 작은 나사못 하나에도 세 사람의 손길이 더해집니다." 그 말을 들은 소비자가 어떤 반응을 보일까요. 적어도 이렇게 말하지는 않을 것입니다. "나사못만 잘 박는 자동차로군." 그보다는 '참으로 꼼꼼하게 만들어지는 차'라는 느낌을 받게 될 테지요. '도려낸 한 조각(나사못)'이 자동차라는 수박 전체의 맛을 알게 했다고 할 수 있을 것입니다.

카피라이터라는 이름의 선생이 이상적인 교육 목표 하나를 세운다면, 이런 것은 어떨까요? "모든 소비자를 홍길동으로 만들자." 왜? 홍길동은 하나를 들으면 열을 통하는 사람이었으니까요. "길동이 점점 자라 팔 세 됨에 총명聰明이 과인過人하여 하나를 들으면 열을 통하니, 공公이 더욱 애중愛重하나 근본 천생賤生이라……"(「홍길동전」)

07

카피는 학생의 일이다

만일, 카피라이터의 몸이 저 반인반수^{半人半獸}처럼 두 쪽으로 이뤄져 있다면, 그것은 아마도 '반은 학생, 반은 선생'의 모습을 하고 있을 것입니다. 소비자라는 이름의 학생을 가르치는 좋은 교사가 되려면 자신이 먼저 성실한 학생이 되어야 하니까요. 그렇지 않으면 그는 아래 글의 지은이처럼 참으로 부끄러운 자화상의 주인공이 될 것입니다.

"나 서른다섯 될 때까지/ 애기똥풀 모르고 살았지요/ 해마다 어김없이 봄날 돌아올 때마다/ 그들은 내 얼굴 쳐다보았을 텐데요// 코딱지 같은 어여쁜 꽃/ 다닥다닥 달고 있는 애기똥풀/ 얼마나 서운했을까요// 애기똥풀도 모르는 것이 저기 걸어간다고/ 저런 것들이 인간의 마을에서 시를 쓴다고"

―안도현, 「애기똥풀」

저는 이 시를 볼 때마다 이런 생각을 해봅니다. '나를 한심하게 바라보는 사람들, 섭섭하거나 안타깝다는 눈초리로 쳐다보는 물건들이 얼마나 많을까. 한술 더 떠서, 나를 손가락질하거나 비난하는 상품들은 또 얼마나 많을까.' 급기야 안도현의 시구詩句는 이렇게 바뀌고 맙니다. "애기똥풀도 모르는 것이 카피라이터라고/ 저런 것들이 인간의 마을에서 카피를 쓴다고."

그런 생각을 하노라면 카피라이터야말로 '죽을 때까지 학생'일 수밖에 없다는 결론이 훤히 보입니다. 학생도 보통 학생이 아니지요. 날마다 새로운 과목을 배워야 하는 학생입니다. 셀 수 없이 많은 과목을 공부해야 하는 학생입니다. 카피라이터가 몰라도 되는 분야란 없고, 모르고서 할 수 있는 일도 없기 때문입니다. 그런 점에서 카피라이터의 일과는 하나부터 열까지 공부로 채워진다고 해도 과언이 아닐지 모릅니다. 소림사 스님들에게 행주좌와行住坐臥 모든 것이 수련이듯이, 선가의 스님들에게 어묵동정語默動靜 모두가 수행이듯이.

하긴, '공부工夫'나 '쿵후功夫'나 똑같은 말 아닙니까. 카피라이터는 이연걸李連杰처럼 자나 깨나 앉으나 서나 공부하는 사람입니다. 신문을 읽든 만화책을 보든 그에게는 공부입니다. 음악을 들어도 공부, 비디오를 봐도 공부입니다. 옷 한 벌을 사도 공부, 자동차를 고치러 가도 공부입니다. 정거장에 마중을 나가도 공부, 공항으로 배웅을 나가도 공부입니다. 시장에 가도 공부, 백화점에 가도 공부입니다. 세탁기를 돌려도 공부, 라면을 끓여도 공부입니다. 술을 마셔도 공부, 취해도 공부입니다. 성룡의 술에서 〈취권醉拳〉이 나왔다면, 카피라이터의 술에서는 이런 카피가 나온 것이겠지요. "주인이 보면 벌써 반병, 손님이 보면 아직도 반병(To the host it's half empty. To the guest it's half full.; Chivas Regal)."

아무리 좋아하는 것도 일이나 공부가 되는 순간 따분하고 힘들어지는 법. 카피라이터는 참으로 외롭고 고단한 학생이지요. 교재도 선생도 스스로 찾아다녀야 하는 학생입니다. 학교가 어찌나 큰지, 교실 찾다가 하루해를 다 보내는 날도 있습니다. 시험에 대한 중압감은 또 얼마나 큽니까. 고3 못지않습니다. 그는 날마다 수험생입니다. 시험 범위도 모르고 시험을 칠 때도 있습니다. 채점을 할 사람도 정답을 모르는 경우가 허다한 시험이지요. 아니, 처음부터 정답도 모범답안도 없을 때가 대부분입니다. 그럼에도 불구하고 출제자는 학생의 답안이 적절 타당relevance한지, 독창성originality이 있는지, 힘impact이 그득한지를 따지기 일쑤입니다. 날마다 새롭고new 번번이 달라지길different 바라며, 언제나 특별한special 생각으로 가득 채워진 답안을 주문합니다.

시험을 거부하거나 피할 수 없음은 물론입니다. 낙제가 거듭되면 퇴학을 당할 수도 있기 때문입니다. 고등학생 퀴즈 프로그램 〈도전 골든벨〉에서처럼 최후의 1인이 되어야 박수를 받습니다. 1등만이 대접을 받는 학교입니다. '서바이벌 게임'이나 '창조적 도박creative gamble'이라는 말도 그런 어려움을 이야기하는 것이겠지요. 문득 기타노 다케시北野武의 영화 〈배틀로얄 Battle Royale〉이 생각나는 것은 또 무슨 이유에설까요.

제 학생들보다 조금 늙은 학생인 저는, 대학 졸업장을 받고 교문을 나서는 학생들에게 다음과 같은 이야기를 해주는 것을 좋아합니다. 말하자면 선생, 아니 학우學友로서의 충고입니다.

"'졸업'이라 생각하지 말고, '진학'한다고 생각하십시오. 어디로? 세상이라는 이름의 상급 학교로! 세상은 끝이 보이지 않을 만큼 커다란 캠퍼스를 가진 학교입니다. 스승도 셀 수 없이 많은 학교입니다. 더군다나 여러분들의 전공은 '세상과 인간에 대한 이해'를 토대로 하는 공부 아닙니까. 그런 점에서 교문 밖은 참으로 위대한 교실입니다.

그 학교 역시 '크리에이티비티creativity'로 성적을 평가합니다. 다시 말해서 인생의 품질을 좌우하는 척도 역시 '크리에이티비티'라는 말입니다. 늘 차별화差別化를 생각하고 될 수 있으면 독특한 길을 걸어보려고 노력하십시오. 길이 없으면 만들어보겠다는 자신감을 가지십시오. 상품시장에만 '틈새'가 있는 것이 아니라, 인생살이에도 틈새가 있습니다.

'인생의 콘셉트concept'를 생각하고, '자신의 포지셔닝positioning'에 관해 생각하십시오. 나태해져서는 곤란하지만 조급해하거나 초조해지는 마십시오. 더구나 불쌍해 보여서는 안됩니다. 동정심만으로 물건을 구입하는 사람이 없듯이 그대가 딱해 보인다는 이유로 그대를 채용해줄 사람은 없기 때문입니다. 자신감을 가지십시오. 비싸게 구십시오. 건방진 사람이 되십시오(그러나, 그런 사람이 되기는 말처럼 쉽지 않을 것입니다. 쥐뿔도 없이 건방질 수는 없기 때문입니다. 스스로에 대한 신뢰가 쌓여서 자존심이 되고 자존심이 밖으로 드러나면 자신감이 되는 것입니다).

멋진 광고 아이디어 하나를 찾기 위해 밤을 새우고, 카피 한 줄을 만들기 위해 식사시간을 줄이던 날들을 떠올려보십시오. 그 열정과 태도를 잊지 않는다면 무엇인들 어렵고 두렵겠습니까. 어떤 일을 하든지 목표를 분명히 하고 모든 상대의 입장에서 생각하십시오. 가능한 '경우의 수'를 두루 헤아리는 사람을 누가 이길 수 있겠습니까. 그런 사람에게서 나온 생각이나 물건이 어찌 빛나지 않겠습니까. 거기에 광고 공부의 매력이 있습니다.

광고 교실은 세상 곳곳에 있습니다. 하여, 여러분은 광고를 통해서 다른 세계로 가는 길을 발견할 수도 있을 것이고, 엉뚱한 쪽으로 떠났다가 광고의 길로 돌아올 수도 있을 것입니다. 길은 어디에나 있으니까요. 길은 별의 수만큼 많으니까요.

　실패를 두려워하지 마십시오. 여러분은 언제까지나 학생입니다. 학생다운 패기로 소리 높여 노래하십시오. '새파랗게 젊다는 게 한밑천인데, 쩨쩨하게 굴지 말고 가슴을 쫘악 펴라. 내일은 해가 뜬다, 내일은 해가 뜬다!' 끊임없이 실험하고 모험하면서 '앞으로, 앞으로 자꾸 걸어나가'십시오. '지구는 둥그니까 자꾸 걸어 나가면(……) 온 세상 어린이' 아니 온 세상 사람들을 다 만나고 올 것입니다. 그들 모두가 여러분의 스승입니다. 학창시절은 계속됩니다. 인간은 죽을 때까지 학생입니다."

08
카피는 비례식이다

"부자가 천당에 가기는 낙타가 바늘구멍을 지나는 것보다 어렵다"는 말이 있습니다. 성서에 나오는 가르침이지요. 하지만 저는 기독교인도 아니고 깊이 있는 성서 공부를 해본 사람도 아니어서 그 말의 참뜻은 알지 못합니다. 그저 제 생각이 가닿는 대로 헤아려볼 뿐입니다. 부유하고 풍족하게 살다보면 다른 사람들의 아픔이나 고단함은 눈에 띄기 어려워서 선행의 기회를 놓치기 쉽다는 뜻이 아닐까요.

제 짐작이 옳다면 그것은 부자들에 대한 하느님의 당부라 해도 좋을 것입니다. 이를테면 이런 말씀 "부자들이여, 이웃을 둘러보고 나누는 삶을 살아야 복을 받는다", 이른바 '노블레스 오블리주noblesse oblige'를 가르치려는 의도라 할 수 있겠지요. 그렇다면 그것은 아주 훌륭한 권선勸善의 '카피'입니다.

생각해보십시오. 하늘의 그 말씀을 듣고 얼마나 많은 부자들이 자칫 추해지기 쉬운 마음결을 닦고 또 닦았을까요. 그렇습니다. 하느님은 아주 위대한 카피라이터입니다. 그것을 직접 쓰지 않고 시원찮은 카피라이터를 시켰다면 어떤 문장이 되었을까요. 고작해야 이 정도였을 것입니다. "부자가 천당에 가기는 가난한 사람보다 천 배 만 배나 어렵다."

그런 말을 들은 부자들은 이런 반응을 보이기 십상이었을 것입니다. "쳇, 별 웃기는 소릴 다 듣겠네. 신경 쓸 것 없어. 가난한 녀석들이 부자인 우리를 보고 배가 아파서 지어낸 이야기에 불과하니까." 그러나 하느님의 카피는 달랐습니다. 그들의 '천당행'이 얼마나 어려운 일인가를 그림으로 그려주셨습니다. 부자들로 하여금 자신들의 앞길이 눈앞에 선명하게 떠오르게 하셨습니다. '비유比喩의 힘'입니다.

낙타와 바늘구멍. 물론 '낙타'는 '밧줄'의 잘못된 번역이란 주장도 있습니다만 그것은 그리 중요하지 않습니다. '낙타와 바늘구멍'이 아니라 '밧줄과 바늘구멍'이라도 좋습니다. 낙타만은 못하지만 큰 차이 없이 강력한 대조contrast를 이루니까요. 그 이야기를 듣는 순간 부자들은 공포에 떨게 됩니다. 어려움의 극치極致가 피부로 느껴지기 때문입니다. 더군다나 그것이 남의 이야기가 아니라 자신들의 이야기인 데야! 하여, 그들의 입에서는 이런 소리가 절로 흘러나올 것입니다. "착하게 살아야지."

카피 솜씨로 말하자면 이분도 하느님 못지않으십니다. 부처님. 아니, 이분이야말로 빼어난 그림 솜씨를 가진 분이라 해야겠군요. "중생은 어리석다. 어둠에 싸여서 빛을 보지 못한다. 헛것에 팔려서 '참 나眞我'를 찾지 못한다." 이렇게 어렵고 복잡한 내용의 이야기를 한 장의 그림으로 명쾌하게 보여주시니까요.

"옛날 옛적에 어떤 부잣집에서 큰 불이 났습니다. 부자는 황급히 집을 빠져나왔지만, 이걸 어쩝니까. 집 안에는 아이들이 남아 있습니다. 발만 동동

구르며 아이들을 외쳐 부르지만 아이들은 요지부동搖之不動! 놀이에 정신이 팔려서 불이 난 줄도 모릅니다. 애가 달아서 어쩔 줄 몰라 하던 부자가 문득 이렇게 소리칩니다. 집 밖으로 나오면 재미있는 장난감 수레를 주겠다고 말입니다. 그런데 참 신기하기도 하지요. 그렇게 외쳐대도 반응이 없던 아이들이 우르르 달려나옵니다. 부자는 기뻐서 아이들에게 약속한 사슴의 수레, 양의 수레, 소의 수레를 줍니다."

『법화경法華經』에 나오는 저 유명한 '화택火宅'의 비유지요. 세상이 불타는 집과 같은데 중생은 어리석은 아이들처럼 하잘것없는 쾌락에 빠져서 헤어날 줄 모른다는 경책警策의 말씀입니다. 깨달음을 얻으려 하지 않는다는 것은 불 속에서 타 죽겠다는 것이나 다르지 않다는 이야기입니다. 그 비유 하나가 불난 집 속의 우리로 하여금 세상살이에서 가장 위급하게 생각해야 할 일이 무엇인지를 확연히 알게 합니다.

대구 팔공산의 어느 암자에서 30년을 두문불출杜門不出, 오직 수행에만 몰두하는 어느 큰 스님의 법문 한 토막이 떠오릅니다. "예수나 부처는 십 원짜리 한 장도 만져본 일이 없습니다. 그럼에도 불구하고 수천 년 동안 온 세상의 목사, 신부, 중들을 먹여 살리고 있지요. 성서나 불경에는 위대한 경영원리가 담겨 있습니다." 십 원짜리 한 장 쥐어본 일이 없는 사람들이 무슨 힘으로 그렇게 많은 식솔들을 거뜬히 거느릴 수 있는 것일까요. 그것은 말의 힘입니다. 비유의 힘입니다.

종교 경전은 비유로 시작해서 비유로 끝난다고 해도 과언이 아니지요. 한마디로 비유의 보고寶庫입니다. 성경에 보이는 온갖 상징어들에 관하여 쓴 책 제목 하나가 경전의 그러한 의미를 명료하게 요약해줍니다. "비유가 아니면 말하지 아니하였다." 대체 무슨 까닭일까요. 종교 경전들은 어째서 그렇게 수많은 비유들로 가득한 것일까요.

말할 것도 없이 듣는 사람들을 위해서지요. 그 위대한 분들의 금언金言을 보다 쉽게, 분명하게, 실감나게 이해하도록 하기 위함이지요. 그래서 초등학교 문턱에도 못 가본 할머니가 성경 말씀에 고개를 끄덕입니다. 글씨도 모르는 인력거꾼이 부처님 말씀 한마디에 얼굴빛이 환해집니다. 세상과 높은 담을 쌓고 사는 사람이나 철창에 갇혀 사는 사람도 자신이 세상에 나온 뜻과 살아가야 하는 이유를 알게 합니다.

카피라이터는 그분들에게 배워야 할 것이 무척 많습니다. 이를테면 세상을 쓰윽 한번 훑어보고는 세상 사람 모두의 처지를 두루 헤아리는 법. '하늘의 달 하나가 천 개의 강을 고루 비추듯이月印千江' 온 세상을 차별 없이 끌어안는 법. 지상의 모든 사람들을 향하여 한마디만 던져도 땅 위의 모든 이들이 저마다 자신에게만 주신 말씀으로 여겨 가슴 깊이 간직하게 하는 법.

그런 능력만 전수받을 수 있다면 세상에 카피쓰기만큼 쉬운 일도 없을 것입니다. 물론 불가능한 일이지요. 인간의 언어로는 감히 넘볼 수 없는 신성불가침의 영역일 테니까요. 그렇다고 방법이 아주 없는 것은 아닙니다. 그중에 하나가 그분들의 화법을 흉내내는 일입니다. 설득과 공감이 전광석화처럼 오고가는 그 신비한 커뮤니케이션의 비밀을 캐내는 일입니다. 의외로 쉬운 일일 수도 있습니다. 우리가 항상 하고 있는 일과 다르지 않은 것일 수도 있습니다. 지극히 일상적인 일일 수도 있습니다.

말하자면 '대기설법對機說法' 같은 것이 그 좋은 예가 되겠군요. '근기根機에 따라 법을 설說한다'는 말로 상대의 능력과 수준에 맞춰서 가르침을 전한다는 뜻이지요. 눈높이에 맞춰서 진리를 설한다고 하면 조금 더 쉬운 표현이 될 것 같습니다. 듣는 사람이 농부라면 농부의 관점에서 출발하고 상인이라면 상인의 관심사에 이야기의 포커스를 맞춘다고 생각하면 좋을 것입니다. 그의 학력과 교양, 직업과 취미, 나이와 재산 따위를 고려해야 하는 일임은 물론이지요.

그런 태도로 이야기하는데 누가 못 알아듣겠습니까. 어떤 이야기가 어렵겠습니까. 좋은 비유란 것도 결국 '청중audience'을 먼저 헤아리는 마음에서 나오는 것 아닐까요. 듣는 사람은 말하는 사람의 마음 씀씀이에서 자신에 대한 상대의 태도를 읽어냅니다. 그 태도에 맞추어 자신의 태도를 결정하게 됩니다. 자신을 위해 매력적인 비유를 끌어다 대주는 사람을 누가 마다할까요. 그런 점에서 카피를 쓴다는 일은 비유를 찾아내는 일!

여기 멋진 비유가 하나 있습니다. 청춘 남녀가 뜨겁게 입을 맞추고 있는 모습이 비주얼의 전부인 광고 속에 보이는 헤드라인입니다. "당신이 만일 키스를 해본 일이 있다면, 당신은 이미 '헤네시 코냑'의 맛을 알고 있는 것입니다(If you have ever been kissed, you already know the feeling of COGNAC HENNESSY)."

저는 이 카피를 비유라고 말하기보다는 '비례식比例式'이라는 이름으로 말하길 좋아합니다. 동시에 저는 카피쓰기가 '비례식 풀기'와 다르지 않다고 이야기하는 것을 즐깁니다. 'A:B=C:D'와 같은 유형의 문제를 푸는 것 말입니다. 위의 '헤네시 코냑' 헤드라인은 좋은 비례식입니다. 다음과 같은 구조를 가졌기 때문입니다. "'헤네시 코냑의 느낌(A)'이 얼마나 매력적(B)인가 하면, 당신이 경험한 입맞춤(C)의 기억(D)과 같다."

이 술의 목표 청중이라면 입맞춤 한번 못해본 사람은 없겠지요. 이 카피에 눈길이 멎은 대개의 사람들은 자신도 모르게 입안에 군침이 돌았을 것입니다. 이상한 일 아닙니까. 술맛에 관해서는 일언반구도 없었는데 꼴깍 침이 넘어갈 만큼 야릇한 '욕구needs'가 일어나니 말입니다. 보기 좋게 비례식을 성립시킨다면 아무런 의문의 여지도 남지 않는 것은 당연한 일이지요.

몇 편이 더 있습니다. "당신이 만일 겨울 햇살의 따스함을 느껴본 일이 있다면 당신은 이미 '헤네시 코냑'의 맛을 알고 있는 것입니다" "당신이 만일 실크 천의 감촉을 몸으로 느껴본 일이 있다면 당신은 이미 '헤네시 코냑'의 맛을 알고 있는 것입니다." 루이 암스트롱의 트럼펫 선율과 '헤네시 코냑'의 맛을 견주었던 것도 있지요, 아마. 여하간, 비례식의 등호等號가 쉽게 성립된다면 그것은 좋은 비유임에 틀림이 없을 것입니다.

바꿔 말하면 좋은 카피라이터는 비례식을 잘 푸는 사람입니다. 일본의 유명한 카피라이터 나카하타 다카시仲畑貴志도 그런 사람의 하나입니다. 멋진 비례식이 하나둘이 아니지만 'TOTO 비데'의 TV광고 카피가 단연 압권입니다. "여러분, 손이 더러워지면 씻지요. 이렇게 종이로 닦는 사람은 없잖아요. 어째서 그러지요. 종이로는 닦여지지 않기 때문이죠. 엉덩이도 마찬가지입니다. 엉덩이도 씻어주세요."

어떻습니까. 비데는 꼭 필요한 물건이 아니라며 관심조차 없던 사람이라도 '엇, 그게 아닌데!' 하고 생각을 바꾸게 될 것 같지 않습니까. 비유의 힘입니다. 비례식의 힘입니다. 잉크나 물감이 묻은 손을 휴지로 닦고 만족할 수 없듯이 그곳 또한 다를 바가 있겠느냐는 질문에 누군들 고개를 끄덕이지 않을 수 있겠습니까. 비데 구입의 시기를 '언젠가 돈 많이 벌면'이라고 멀찌감치 미뤄놓았던 사람도 '지금 당장!'으로 스케줄을 고치게 만들 것만 같습니다.

'벤자-S'라는 감기약 광고도 좋은 비례식입니다. "감기는 사회에 폐를 끼치는 일입니다(かぜは社會の迷惑です)." 우리 관점에서 보면 대수롭지 않게

보일 수 있습니다만, 일본 사람들의 의식 구조를 감안하면 참으로 강력한 은유입니다. 아니 무서운 경고입니다. 일본 사람들은 남에게 폐를 끼치는 일을 죽기보다 두려워합니다. 지하철에서 자리를 양보하는 일조차 '상대를 귀찮게 하는 일이 될까봐' 머뭇거리는 사람들이니까요. 그런 사람들이 사회에 폐를 끼치는 사람이 되고 싶겠습니까.

저도 그 '메이와쿠迷惑'라는 단어를 키워드로 카피를 쓴 일이 있습니다. 일본 교과서의 우리 역사 왜곡 시비로 온 나라가 시끄럽던 때였지요.

일본 국민 여러분께

귀국의 국어에
'메이와쿠迷惑'란 단어가 있지요?
'폐를 끼친다'고 할 때의
그 '폐'라는 말.
일본의 부모들이 자식에게
가장 먼저 가르치는 말이라지요.

말로든 행동으로든 다른 사람들을
성가시게 하지 말라고 하면서
낯선 사람이든 이웃 사람이든
그가 원치 않는 일은
삼가라고 하면서.

참으로 훌륭한 교육입니다.

자신이 조금 불편하더라도

상대의 처지를 헤아리며,

남을 먼저 생각하라는 말.

폐를 끼친다는 것은

엄청나게 부끄럽고

죄스러운 일이라는 가르침.

그런 나라가 어찌된 일이지요?

이제 이렇게 가르치실 건가요.

다른 나라는 배려할 필요가 없다고,

일본의 이익만을 생각하라고

학교에선 이렇게 가르치실 건가요.

이웃 나라는 귀찮게 해도 괜찮고,

화가 나고 눈물이 나게 해도

별것 아니라고.

귀국은 지금 이웃 나라에게

엄청난 폐를 끼치고 있습니다.

　　　― SK텔레콤 '일본 국민 여러분께' 『새로운 대한민국 이야기』 (샘터, 2005)

비례식 풀기는 생각의 저울질입니다. 천평저울天平秤 양쪽에 올려놓은 콘
셉트와 아이디어가 기막힌 평형을 이루는 방법을 찾아내는 일이지요. 그렇

다고 해서 이쪽과 저쪽에 똑같은 물건을 올려놓고 '만세'를 부를 수는 없는 일입니다. 한쪽에는 콘셉트, 반대쪽에는 콘셉트와 별반 다를 것이 없는 진술이나 설명. 그런 경우라도 저울은 어느 쪽으로도 기울지 않겠지요. 그렇다면 그것은 필경 동어반복 아니면 '사은유死隱喩, dead metaphor'처럼 무가치한 비유일 것입니다.

당연히, 우리들이 안고 있는 비례식의 답은 사물의 크기나 질량에 있지 않습니다. 동서남북 어느 쪽으로나 가능성의 창이 열려진 전방위 사고에 있습니다. 자동차와 운동화 한 짝이 평형을 이루고 아파트와 까치집이 균형을 이루는 지점에 있습니다. 시간과 공간 그리고 인간 사이에 있습니다―時間, 空間, 人間 모두 '사이 간間' 자가 들어갑니다―세상에 뚝 떨어져 있는 사람이나 사물 혹은 풍경은 없다고 믿는 생각의 틈새에 있습니다.

그것은 때로 직소퍼즐jigsaw puzzle 조각처럼 아주 우연히 발견됩니다. "(옛날에 내가 결혼 승낙을 받기 위해 그녀의 집에 처음 갔을 때) 장인한테서 '집 한 채도 없는 놈이'라는 말을 듣고 불끈했던 적이 있었는데 (세월이 흘러) 지금 딸아이가 결혼하겠다고 데려온 젊은이한테 내가 똑같은 말을 하고 있다. '집 한 채도 없는 놈이' 그런 말들은 반복되는군." 나카하다 다카시가 쓴 『주간주택정보』라는 부동산 잡지의 카피입니다.

우리네 인생의 한 장면 한 장면이 그렇게 숨 막히는 평형을 이루고 있는데, 우리 아이디어의 저울에 올려놓을 카피가 왜 없겠습니까.

09
카피는 청춘사업이다

광덕사廣德寺라는 절을 아시는지요. 천안 광덕면에 있는데, 신라 선덕여왕 때에 세워졌다는 천년 고찰입니다. 임진왜란 전까지만 하여도 경기 충청 지역에선 첫손을 꼽을 만큼 컸다는 절입니다. 거기 가서 그런 이야기를 하면 절 앞의 거대한 나무 한 그루가 '그 말이 맞다'고 고개를 끄덕일 것입니다. 400살쯤 먹은 나무입니다. 여기가 천안 명물 '호두胡桃'의 고향임을 증명하는 나무이기도 하지요.

이 절 근처에는 유명한 여류시인 한 사람이 잠들어 있습니다. 김부용이란 기녀妓女지요. '부용芙蓉'이란 이름처럼 어여쁜 여인이었으며, 유학자 집안 출신답게 학식 또한 빼어났다고 전해지는 사람입니다. 새파랗게 젊은 나이에 칠십 노인을 사랑했던 여인입니다. 그것도 아주 뜨거운 사랑이었지요. 정경부인도 아닌 소실小室의 신분으로 평양감사를 지낸 대감의 발치에 묻혔다는 사실은 그녀가 예사로운 사랑이야기의 주인공이 아니었다는 것을 짐작하게 합니다.

흔한 문자로 그녀는 꽃보다 더 아름다운 여인이었습니다. 아침저녁 둑길을 걷노라면 "사람들이 부용꽃은 왜 아니 보고 내 얼굴만 보는지" 모르겠다며 은근히 자신의 미모를 뽐내던 사람이었으니까요. 요즘 식으로 말하면 퍽이나 '쿨'한 여자였던 것 같습니다. 그러나 부용과 남편 김이양金履陽은 관능적 사랑이나 좇는 시시한 연인들은 아니었습니다. 그들이 남긴 아름다운 연시戀詩들이 보여주듯이 그들의 사랑은 뜨거운 정신의 교류였습니다. 그녀가 50년 연상의 남편에게 아낌없이 바친 것은 젊은 영혼이었습니다.

저는 그들의 연애에서 스무 살 연인들과 다를 바 없는 생각의 '모더니티'를 읽습니다. 사랑이란 자신의 육체에서 변함없는 역동성을 확인하거나 정신으로부터 젊음의 평형감각을 발견하는 일일 테니까요. 부용은 늙은 연인을 처음 만나는 자리에서 이렇게 말합니다. "나이는 중요하지 않습니다. 30 노인도 있고, 80 청춘도 있지 않습니까." 어디서 많이 듣던 소리지요. "나이는 숫자에 불과하다." "30 노인이 있는가 하면 50 청춘이 있습니다." 앞의 것은 어느 이동통신회사의 카피, 뒤의 것은 원로 카피라이터 김태형金泰亨 선생의 유명한 헤드라인이지요.

이 대목에서 광고와 연애의 유사성 하나가 보이는군요. '젊음'이 가장 중요한 기본적 속성이란 것 말입니다. 광고 하나가 생각납니다. 광고회사 레오버넷의 기업PR 광고입니다. '젊다는 게 무엇인가(What is young?)'란 질문을 헤드라인으로 삼고 그 대답을 보디카피로 구성한 것이지요. 첫머리에 그 결론이 있습니다.

What is 'young' — and when is it?

Young is an attitude, a spirit. A way of looking at things. Of responding to them.

왜 아니겠습니까. 젊음은 '태도'입니다. '정신'입니다. 펩시콜라가 '새로운 세대의 선택(The choice of next generation)' 캠페인을 통해 내세운 것도 육체의 젊음이 아니라 정신의 젊음이었지요. 하여, 그들은 '젊다고 생각하는 사람들For those who think young'에게 '펩시세대Pepsi generation'라는 이름을 부여했던 것 아닙니까. '펩시'의 자화상이라 해도 좋은 '브랜드 프린트Brand-print'에도 그런 표현이 나옵니다.

> Pepsi is an attitude.
> It's a defiant shout: "I make the decisions that my own future!"

"내 미래는 나 스스로 결정한다는 도전적인 외침!" 그것이 젊음의 태도라면 사랑의 태도는 어떤 것일까요. 이쯤 되겠지요. "내 인생은 나 스스로 결정한다는 운명적인 외침!" 그런 점에서 19세기 여인 부용은 아주 싱그러운 여인이었습니다. 김이양 역시 '연부역강年富力强'한 젊은이와 별반 다를 것이 없을 만큼 멋진 사나이였습니다.

그렇다면 카피라이터가 하는 일은 이렇게 정의되어도 무방할 것입니다. 소비자 혹은 고객이라는 여자나 남자가 늘 함께 있고 싶어할 만큼 젊고 멋진 연인을 소개해주는 일. 그렇기에 카피라이터가 먼저 늙어버린다는 것은 생각할 수도 없는 일임은 물론입니다.

달리 말하면, 카피라이터의 눈에 비치는 세상 사람들은 딱 두 종류라 할 수도 있을 것입니다. "진짜로 젊은 사람들과 젊다고 생각하는 사람들!" 그

래서 카피라이터는 매 순간 인생의 정점頂點에 서 있어야 합니다. 일본의 어느 백화점 광고 헤드라인이 말하듯이 "40세는 두 번째 스무 살(四十才は二度目のハタチ)"이라고 믿는 사람이어야 합니다.

많은 이들이 카피라이터라는 직업에 대한 부러움을 표할 때 '잘 나오는 만년필 한 자루만 있으면 죽을 때까지' 할 수 있는 일이 아니냐는 찬사를 보냅니다. 틀린 말은 아니지요. 그러나 그런 사람들이 간과하는 것이 있습니다. 죽을 때까지 할 수도 있지만 서른이나 마흔에도 정년停年을 맞을 수 있다는 사실이지요.

그런 점에서도 카피와 '남녀 간의 사랑'은 무척이나 닮았습니다. 일이든 사랑이든 무덤 속까지 가져갈 수도 있지만 가슴이 식어버리면 꽃다운 나이에도 휴업을 해야 하니까요. 하여, 저는 후배들과 제 학생들에게 끊임없이 '청춘사업(연애)'을 게을리하지 말 것을 주문합니다. 연애를 해야 '크리에이티브' 해지니까요.

10
카피는 동행이다

  남녘 사람들의 언어습관 중에서 제가 참 흥미롭게 생각하는 것이 하나
있습니다. 전라도 사람들의 "갑시다, 잉!"이라는 말과 경상도 사람들의
"가입시더, 마!" 하는 말이 그것입니다. 식당에서 밥을 먹고 나오거나 차에
서 내릴 때 흔히 듣게 되는 말이지요. 주인이 나그네를 배웅하면서 던지는
인사입니다. 물론 외지인에게만 그러는 것은 아니지요. 친구나 이웃사람들
과 헤어질 때도 그런 인사를 합니다.
  '잘 가' 혹은 '안녕히 가세요' 라는 말처럼 빈번하게 쓰는 하직의 인사
지요. 저는 그 인사를 가슴이 꽉 막히게 좋아하는 사람입니다만, 문득문득
일어나는 궁금증은 누르기 어렵습니다. 어째서 그런 인사법이 생겼을까 하
는 의문이지요. 서울이나 중부지방 사람들한테 '갑시다' 라는 말은 함께 따
라나서거나 앞장서서 걷는 사람이 뒷사람을 이끌거나 길을 재촉할 때 쓰는
말 아니던가요. 그런데 그들은, 자신들은 가만히 있으면서 마치 함께 길을
나서줄 것처럼 말을 하니까요.

저는 그것을 그 고장 사람들 특유의 '동행同行 의식'이라 여깁니다. 몸이야 그러지 못해도 마음만은 떠나는 사람을 따라나서 함께 길을 가주겠다는 표시지요. 아니, 그것은 어쩌면 남는 자가 떠나는 자와 헤어지지 않으려는 의지의 강력한 표현인지도 모릅니다. 길을 나서는 사람을 진심으로 염려하며 그의 앞길이 무사하길 비는 지극한 사랑과 배려의 인사라 할 수도 있습니다.

그런 태도로 사람을 떠나보낸 이는 밤새 이런 생각을 할 것입니다. "어디쯤 가고 있을까?" "아무 일 없이 잘 도착했을까?" "다시 올 때가 되었는데." 자신이 믿고 따르는 절대자의 이름을 빌어 떠난 이의 건강과 행운을 기원해줄 것입니다. 그것이 '동행'이 아니고 무엇이겠습니까. 길동무의 마음, 가족의 심정이 되어 생각의 길을 함께 가는 사람이니까요.

저는 카피를 쓰는 일이란 바로 그렇게 누군가의 동행이 되는 일이라 믿습니다. 말하자면 저 백제의 노래 〈정읍사井邑詞〉에 담긴 여인의 마음을 닮는 일이라고 해도 좋을 것입니다.

> 달님이시여, 높이 좀 떠올라서
> 멀리멀리 비추어주십시오.
> (……)
> 어긔야, 내 가시는 곳 저물세라
> 어긔야 어강됴리 아으 다롱디리.

우리나라 남녘 사람들 화법에 보이는 '동행' 의식의 뿌리로 생각하고 싶은 이 노래에서 제가 가장 흥미롭게 여기는 부분은 '내 가시는 곳'의 '내'란 말입니다. 여기서 '내'는 노래의 지은이가 아니라 장사를 나간 남편을 가리키지요. '남편 가시는 곳'을 '내 가시는 곳'이라 함으로써 생각의 간절함을 더할 나위 없이 절실한 기도의 언어로 바꿔낸 것입니다.

저는 영호남 사람들과 '정읍사'의 여인으로부터 '동행'의 정신을 배우고 싶습니다. 카피라이터는 다른 사람의 말과 글을 대신해주는 사람이 아니라 광고주의 길이나 소비자의 길을 함께 따라나서주는 사람이어야 한다고 믿기 때문입니다.

카피라이터가 소비자와 한 몸이 되어 '내'가 될 때 카피는 저절로 써집니다. 예를 들어봅시다. '치질 약' 카피를 쓴다는 것은 치질로 고생하는 사람과 동행하는 일입니다. 밤낮으로 그의 뒤를 졸졸 따라다니는 일입니다. 그가 앉으면 앉고 일어서면 일어서고, 계단을 오르면 따라 오르고 화장실엘 가면 쫓아가고. 집으로 가는 막차까지 지겹게 따라붙는 일입니다. 그림자처럼 함께 가는 길입니다. (오해하지는 마십시오. 동행은 미행이나 스토킹과는 분명히 다르니까요.)

그런 카피라이터가 이런 아이디어를 만났을 것입니다. (일러스트로 된 비주얼이 아직도 또렷이 떠오르는 광고입니다.) 밤늦은 시각인지 텅 빈 지하철 내부가 보입니다. 승객은 딱 한 사람. 그런데 무슨 까닭일까요. 자리가 그렇게 많은데 그 남자는 서서 갑니다. 거기에 이런 헤드라인. "이 사람은 왜 서서 이럴까요?" 말할 것도 없이 치질약 광고입니다.

카피라이터와 소비자의 동행은 결국 소비자와 광고주의 동행을 만듭니다. 한번 인정받은 동행의 자격은 쉽사리 깨지거나 버려지지 않지요. 좋은 기억을 함께 한 길동무는 평생의 반려伴侶가 됩니다. 어떤 상품이나 기업이 누군가의 인생에 으뜸가는 파트너가 되는 것보다 더 이상적인 일이 어디 있겠습니까.

copy is

2부

베끼십시오.
완전범죄나 영구 미제謎題의 표절이라면
그것은 표절이 아닙니다.
수없이 베꼈지만 아무에게도 들키지 않고,
날마다 훔쳤지만 영원히 걸리지 않는다면
그는 위대한 카피라이터입니다.

11

카피는 러브레터다

이옥봉李玉峰이란 여인이 있습니다. 조선조 중기의 천재적인 여류시인으로 제가 참 좋아하는 여자입니다. 그녀의 뛰어난 문재文才를 유감없이 보여주는 연애시 한 편을 보여드리지요.

近來安否問如何/ 月到紗窓妾恨多/ 若使夢魂行有跡/ 門前石路半成砂

이 근래 우리 님은 어이 지내나/ 사창에 달 밝으니 생각 간절타/

오고가는 꿈길이 자취 있다면/ 임의 문전 돌밭이 모래련마는.

— 김안서金岸曙 역

'문전석로반성사'. 밤마다 꿈마다 님의 집 앞을 얼마나 찾아다녔는지 돌길이 절반은 모래가 되었다는 이야기입니다. 엄청난 '거짓말'이지요. 그러나 그녀를 '거짓말쟁이'라거나 '사기꾼'이라고 부를 사람은 없습니다. 그 터무니없는 과장법이 오히려 커다란 공감으로 다가옵니다. 사랑의 스크린은 아무리 확대되어도 상像이 흐려지거나 일그러지지 않습니다. 육안으로 알아보기 어려운 진심의 디테일을 큼직하게 키워 보여줍니다. 사랑의 과장 법은 천체망원경만큼이나 엄청난 배율의 돋보기입니다.

더 지독한 과장도 꽤 있습니다. 대표적인 것이 고려가요 〈정석가鄭石歌〉지요. '모래밭에 군밤 다섯 되를 심어 그 밤이 움이 돋아 싹이 나거든 이별하자'는 내용입니다. '옥玉으로 연꽃을 새겨 바위에 접을 붙여서 그 꽃이 세 송이가 피거들랑 헤어지자'는 노래입니다. 그뿐이 아닙니다.

'무쇠로 지은 옷이 다 떨어지고, 무쇠로 만든 소가 철로 된 풀을 먹을 때'가 되어야 임과 헤어지겠다는 무시무시한 사랑의 맹세가 뒤를 잇지요.

옛날 옛적 사랑의 노래니까 그렇게 허황한 것이라고 폄하하진 마십시오. 현대시에도 있습니다. 청록파 시인 박목월의 초기 시 「임에게」가 좋은 예입니다. '얼마나 많은 눈물을 떨어뜨려야 어둡고 아득한 바위가 거울처럼 맑아져서 거기에 임의 얼굴과 하늘빛이 비치겠느냐'고 묻는 얼얼한 사랑의 시입니다. 고려가요 못지않은 거짓말 솜씨지요.

그런데 그 역시 그냥 웃어넘겨지지만은 않습니다. 우습기는커녕 소름끼칠 만큼 질긴 사랑의 리얼리티가 읽힙니다. 그 얘기 반半의반만 믿어도 아니 또 그 절반만 믿어도! 사랑의 순도나 용량을 측정하는 저울의 눈금은 흐릿해서 여간 눈 밝은 사람이 아니면 정확히 읽기 어렵습니다. 그래서 대개의 사람들은 아래쪽을 읽어서 깎아내리기보다는 위쪽 금을 읽어 후한 판정을 내리지요. 사랑의 크기를 재는 자의 눈금도 대부분 성글게 만들어져서 억울한 오해를 받는 사랑이 생겨나는 것을 막아줍니다.

광고 메시지의 진정성을 체크하는 이들, 곧 소비자의 채점 기준도 사랑의 도량형度量衡과 크게 다르지 않은 것 같습니다. 광고를 대상으로 한 그들의 이성과 논리의 잣대는 우리가 생각하는 것보다 훨씬 더 탄력적이며, 오차의 허용범위도 생각보다 훨씬 넓지요. 그럼에도 불구하고 어디까지 '세이프safe'고, 어디부터가 '아웃out'인지는 명확히 가려냅니다. "광고 한두 번 보았나, 새겨들어야지." "흠, 엄청난 허풍이긴 하지만 무슨 이야길 하고 싶은 건지는 잘 알겠군."

카피는 어쩌면 '프러포즈'가 포함된 연애편지 같은 것 아닐까요. 그렇기에 '문전석로반성사' 쯤은 아주 기본적인 테크닉이라 해야 할 것입니다. 침소봉대針小棒大의 기술 없이 어떻게 행복한 사랑의 결말에 이릅니까. 고양이로 호랑이를 만들어 보이거나 모자 속에서 비둘기를 꺼내는 재주 없이 어떤 연인을 사로잡겠습니까.

어떤 사랑의 진심이 진실로만 통할 수 있을까요. 진실은 때로 무력하기 짝이 없습니다. 카피란 결국 우리의 소비자가 숱한 연적들을 제치고 우리들의 제품과 만나는 해피엔딩의 러브스토리를 쓰는 일. 사랑할 땐 누구나 시인이 된다 했던가요. 비슷하게 말해보자면, 절실한 사랑의 편지를 쓰려는 사람은 누구나 카피라이터가 됩니다. 아무리 터무니없는 어법이라도, 동기가 순수하다면 참뜻은 통하기 마련이니까요.

참다운 사랑의 '극劇'은 '극極과 극' 사이에 존재하는 것 아닐까요. '극적劇的'인 광고를 만드는 일, 그것은 아무래도 '극적極的'인 연애편지를 쓰는 일과 다르지 않은 것이라 말하고 싶습니다.

12

카피는 장물臟物이다

"표절剽竊에 대해 어떻게 생각하십니까?" 크리에이터들이 자주 받는 질문의 하나입니다. 대개는 학생들의 궁금증이거나 광고 세상과 멀리 떨어져 있는 사람들의 물음일 경우가 많지요. 한마디로 난감한 문제입니다. 딱 부러지는 정의를 내리기도 어렵고 예를 들어가며 이해시키기도 쉽지 않습니다. 구렁이 담 넘어가듯 얼버무리려 해도 자존심이 허락하지 않습니다. 아니, 비웃는 소리를 듣기가 십상입니다. "아이디어 제조업에 종사한다는 사람이 그까짓 것 하나 시원하게 설명을 못하는가. 명색이 카피라이터요, 광고 선생이라는 사람 머리에 그런 대답 하나 준비되어 있지 않다니. 말뜻이라도 썰어보거나 신념이라도 펼쳐보라고."

그런 순간이면 저는 제 믿음을 이야기하는 쪽을 택합니다. "세상에 뚝 떨어진 것이 어디 있겠습니까. 저 홀로 생겨난 것이 어디 있겠습니까. 사물이건 관념이건 아버지 없는 자식이 어디 있겠습니까. '하늘 아래 새로운 것이 없다' 했는데 절로 솟아난 물건이 어디 있겠습니까. 무엇이건 원산지가 있겠지요. 저 살던 동네가 있겠지요. 태어난 집도 있고 산파産婆의 집도 있겠지요. 젖어미라도 있고 의붓아비라도 있겠지요. 탯줄 묻힌 곳이라도 있을 테지요. 지상의 식구들 가운데 아무 내력도 없이 둥지를 틀고 사는 존재가 있을까요. 이 푸른 별의 동서남북 전후좌우 어느 곳인들 그것들의 집이 아닐까요."

요약하자면, 표절에 관한 이야기는 우리들의 불감증에서부터 시작되어야 마땅하다는 뜻입니다. 굳이 '미메시스mimesis'를 들먹일 필요도 없습니다. 점잖게 이야기해서 '모방의 산물'이지, 우리들이 이뤄낸 생각과 연장의 대부분은 장물贓物. 어디선가 훔쳐오지 않은 것이 얼마나 됩니까. 남의 집에서 가져오지 않은 것이 어디 있습니까. 더러는 주인의 허락을 받아 들고 온 것도 없지 않지만, 대부분은 슬쩍해온 것들입니다. 물론 이유도 많고 사연도 많습니다. 양해를 구하고 가져오려 했는데 주인이 출타중이었다거나, 나중에 말하려 했는데 기회를 놓쳤다거나.

개중에는 죄의식에 사로잡혀서 한참을 망설이다가 그냥 두고 오는 사람도 있지요. 그러나 열에 아홉은 '이번 한 번만'이라거나 '이것 하나쯤이야' 하면서 슬그머니 주머니에 넣고 옵니다. 대의大義와 역사 혹은 인류나 미래를 위해서랍시고 엉뚱한 자리로 옮겨놓는 것을 합리화하기도 하지요. 남의 나라, 남의 고장, 남의 집, 남의 물건을 말입니다. 그런 적이 없다고요? 그런 것은 나폴레옹 같은 천하의 대도大盜들한테나 할 이야기라고요? 실크로드의 눈부신 보물들을 제 것들인양 들고 가버린 페리오나 스타인 아니면 오타니 같은 돈황敦煌의 약탈자들에게나 해당되는 죄목들이라고요?

천만의 말씀. 죄질로야 그들과 견줄 바가 아니지만 우리는 누구나 절도 혐의로부터 자유로울 수가 없습니다. 인간으로 살아간다는 것은 도벽盜癖과

'닭 잡아먹고 오리발 내미는' 식의 **뻔뻔스러움**에 길들여져가는 과정이라 해도 좋지요.

문제의 심각성은 '병식病識'이 없다는 데에 있습니다. 자신의 집과 남의 집 울타리도 구분 못할 때가 있으니까요. 세상이 모두 자신의 영역인 것처럼 착각을 합니다. 당연히, 거리낌 없이 남의 물건에 손을 댑니다. 아! 여기 천지간에 얼마나 많은 집들이 있는지, 주인들이 있는지 나직한 목소리로 차근차근 설명해주는 사람이 있군요. 우리가 자신도 모르는 사이에 얼마나 큰 실수를 저지를 수 있으며 본의 아니게 가해자일 수 있는지를 가르쳐줍니다.

> 내 집 속의 땅바닥 틈새엔 쥐며느리의 집이 있고 천장엔 쥐들의 집이 있다
> 문밖을 나서면 집 앞의 나무 위에 까치의 집이 있고 문 앞의 바위 밑엔 개미들
> 의 집이 있고 텃밭엔 굼벵이들의 집이 있다 산은 나무들의 집이다 나무 사이엔
> 새들과 숱한 곤충들의 집이 있다 들판은 풀들의 집이요 시내는 물고기의 집이
> 다 하늘은 구름의 집이요 우주는 별들의 집이다 그리고 나는 내 마음의 집이다
>
> ─유승도, 「집」

쥐며느리의 집, 쥐의 집, 까치의 집, 개미의 집, 풀의 집, 물고기의 집, 구름의 집…… 인터넷 세상의 블로그만큼이나 많은 집들입니다. 발아래, 머리 위에, 나무에, 냇물에 가득한 집들. 인간은 남의 집 마당을 지나지 않고선 한 발자국도 옮기질 못합니다. '가택 침입죄'를 저지르지 않고서는 사진 한 장도 찍지 못합니다. 남의 집 열려진 창을 거치지 않고는 나무 한 그루 바라보기 어렵습니다. 일일이 양해를 구하려 들면 '일거수일투족' 허락받

는 데 하루해를 다 써야 할지도 모를 지경입니다.

물론 대부분은 주인의 동의 없이 무시로 드나들 수 있는 곳들입니다. 마음대로 만지고 기대도 괜찮은 물건들이 훨씬 더 많습니다. 우리들 생활 반경에도 공유면적 같은 것이 있어서 시민 다수가 주인인 곳도 적지 않으니까요. 그런 곳의 물건이야 그저 감사하는 마음으로 사용하면 될 것입니다. 쓰고 나서는 원래 있던 자리에 돌려놓을 수 있는 물건이라면 양심껏 그렇게 하면 그만입니다. 가져다 쓴 값으로 자신이 쓰기 전보다 더 반짝이게 닦아놓으면 더할 나위 없이 좋은 일이지요. 한 술 더 떠서 그것보다 더 빼어난 물건을 가져다 보태놓거나 그보다 더 좋은 것을 만들어 세상을 이롭게 한다면!

그러나 그런 이야기들도 아이디어의 세계로 넘어오면 공허해집니다. 보이지 않는 생각을 어찌 그리 평화롭게 돌려쓸 수 있겠습니까. 다른 사람의 생각 울타리를 넘어가 훔쳐내온 아이디어는 한 사람에겐 횡재지만 한 사람에겐 '십 년 공부 도로 아미타불'의 비탄을 안깁니다. 더군다나 쥐며느리나 쥐 혹은 곤충처럼 힘없는 집주인이 피해자라면 상처는 훨씬 더 크고 깊을 것입니다.

'표절' 이야기로 돌아가봅시다. 그것은 두말할 것도 없이 저주받아 마땅한 범죄입니다. 참으로 부끄러운 소행입니다. 크리에이터의 자존심이 달린 문제이기에 그렇습니다. '표절' 혐의를 받거나 시비에 휘말렸다는 사실 하나만으로도, 스스로의 창의력이 정년停年에 이르렀음을 고백하는 것이 됩니다. 더이상 생산할 능력이 남아 있지 않음을 자인하는 일이 됩니다. 그럴 각오가 아니라면, 벼랑 끝 이판사판의 처지가 아니라면 그 부끄러운 붓질은 멈추는 것이 좋지요.

그럼에도 불구하고, 우리는 하릴없이 남의 생각을 훔쳐야 하는 사람들입니다. 끊임없이 남의 울타리 너머를 흘끔거려야 합니다. 생각의 출발선을 찾기 위해서 그렇고 아이디어의 품질이 세상에 내놓을 만한 것인지를 재기 위해서 그렇습니다. 그러기 위해서 우리들의 절도 예비행위는 끊임없이 계속될 것입니다.

견물생심見物生心. 좋은 물건을 보면 욕심이 생기는 것이야 너무도 당연한 일이지요. 더군다나, 밤을 새워 풀어야 할 문제의 답이 눈앞에 펼쳐져 있는데 누군들 탐심貪心이 생기지 않겠습니까. 그런 순간이라면 저는 스스로에게 이렇게 묻습니다. "내가 이것을 그냥 베낄 수 있을 만큼 자존심이 약한 사람이었던가?" 금세 '아니!'라는 답이 나오면 다행이지만, '지금 자존심을 따질 계제냐'면서 범행을 종용한다면, 내 안에선 이런 최후통첩이 내려집니다. "좋다, 베껴라. 단, 누구도 네가 이 광고(또는 창작물)를 보았다는 사실조차 알 수 없게 베껴라!"

간단히 말해서 아무런 표도 나지 않게 베끼라는 이야기지요. 누가 보아도 이것이 저것을 베꼈다는 실마리조차 발견하기 어려울 때 그것은 실로 행복한 표절일 것입니다. 1988년 서울올림픽 가이드북 광고 헤드라인을 이렇게 썼던 기억이 납니다. "15일 동안 볼 책을 왜 이렇게 잘 만들었을까?" 밤새 끙끙거리다가 어떤 철학자의 다음과 같은 이야기를 베낀 것이지요. "나는 왜 이렇게 똑똑한가. 나는 왜 이렇게 좋은 책을 쓰지 않으면 안 되었는가."

베끼십시오. 완전범죄나 영구 미제謎題의 표절이라면 그것은 표절이 아닙니다. 수없이 베꼈지만 아무에게도 들키지 않고, 날마다 훔쳤지만 영원히 걸리지 않는다면 그는 위대한 카피라이터입니다.

13
카피는 화살이다

퀴즈 하나를 내겠습니다. "우리나라 최초의 CM 송이 무엇인지 아십니까?" '에이, 그걸 누가 모를까' 하는 표정이군요. '직접 불러볼 수도 있지' 하는 눈빛이군요. 손을 번쩍 드는 분도 계시는군요. 아뿔싸, 결국 흘러나오네요. "야야야…… 차차차…… 진로 파라다이스." "닭이 운다 꼬끼요…… 맛을 낼 땐 닭표간장."

그런데, 어쩌지요. 유감스럽게도 그것들은 답이 아닙니다. 역사가 5천 년이 넘는 나라에 고작 몇십 년 전 광고노래가 최초의 것이라면, 좀 섭섭한 일 아닙니까. 물론 교과서적인 질문이라면 그 노래들이 당연히 정답이겠습니다만, 제가 내고 혼자 푸는 이 문제의 답을 찾으려면 천 몇백 년 전으로 거슬러올라가야 합니다. 『삼국유사』 속으로 걸어들어가야 합니다.

제30대 무왕武王의 이름은 장璋이다. 그 어머니는 과부가 되어 서울 남쪽 못가에 집을 짓고 살고 있었는데, 그녀는 그 못의 용과 관계하여 장을 낳았다. 아이 때 이름은 서동이다. 재기와 도량이 커서 헤아리기가 어려웠다. 늘 마를 캐어서 생업으로 삼았으므로 나라 사람들이 그 때문에 서동이라 이름했다.

　그는 신라 진평왕의 셋째공주 선화가 아름답기 짝이 없다는 말을 듣고 머리를 깎고 신라의 서울로 가서 마를 동네 아이들에게 먹이니, 아이들이 친해져 그를 따르게 되었다. 이에 그는 동요를 지어 여러 아이들을 꾀어서 그것을 부르게 했는데 그 노래는 이렇다.

　善花公主主隱 他密只嫁良置古 薯童房乙 夜矣卯乙抱遺去如
　선화공주님은 남 몰래 사귀어두고 서동방을 밤에 몰래 안고 간다

　드라마로도 제작되어 한결 더 친숙해진 사나이 서동과 선화공주, 그 환상적 로맨스의 열쇠가 된 노래지요. 〈서동요薯童謠〉. 저는 이 노래를 우리나라 최초의 CM 송으로 이야기하기를 좋아합니다. 아울러 서동을 빼어난 카피라이터로 생각하기를 즐깁니다. CM 송이 무엇입니까. 이름 그대로 커머셜 메시지가 담긴 노래 아니던가요. 그것은 다시 누군가의 마음을 흔들기 위한 커뮤니케이션 메시지라 옮겨도 틀리지 않을 터!

　서동은 분명한 목표의 구현을 위해서 카피를 썼습니다. 꿈이 이뤄진 모습을 그렸습니다. 말이 씨가 된다는 생각으로 꿈의 씨앗을 뿌렸습니다. 한 마디 한마디에 주술을 걸어가며 썼을 것입니다. 그 간절한 기원이 선화공주가 제 색시가 되어서 자신을 안고 다닌다는 내용의 노랫말이 된 것 아니겠습니까. 그의 카피는 결국 '선화를 서동의 아내로, 자신을 선화의 낭군'으로 만들어내지요. 그것이나 다음과 같은 소화제 카피나 다를 것이 있습니까. "나, 소화 다 됐어요!"

꿈을 꿈이라 말하지 않고, 기정사실화함으로써 듣는 이의 기댓값과 실현 가능성을 한껏 올려놓는 방법은 카피라이터가 소비자를 만나러 가는 아주 좋은 지름길의 하나지요. 새해 아침에 할아버지나 할머니가 아들딸 며느리 손자손녀에게 던지는 덕담을 떠올려보십시오. "아범, 올해 과장 됐다!" "우리 손자 올해 대학생 됐구나." "우리 이쁜이 올해는 시집갔다." 그 순간 할머니 할아버지는 무당이 되셨다고 해도 좋을 것입니다. 시간과 공간을 훌쩍 넘어, 승진한 아들과 대학에 합격한 손자 그리고 결혼식장에 서 있는 손녀딸을 만나고 오셨으니까요.

서동은 용龍의 아들답게 참으로 영특한 사내였던 모양입니다. 그가 이용한 것은 언어의 마력만이 아니었습니다. 그는 말이 노래가 되면 얼마나 더 큰 힘이 되는지를 알았습니다. 메시지를 노래라는 화살에 매달면, 아주 빠른 시간에 아주 먼 데까지 날려보낼 수 있다는 사실을 알았습니다. 요소요소에 적확히 날아가 박힐 것임을 일찌감치 알아차렸습니다.

당장 충직한 '궁수弓手'들을 고용했지요. 일일이 '보수(광고비, 마)'를 지불하면서, 그들로 하여금 쉬지 않고 '노래(CM 송)의 화살'을 '날려줄 것(방송)'을 당부했습니다. 서라벌의 매스컴은 정직했고, 광고 효과는 훌륭했습니다. 그 사연을 『삼국유사』는 이렇게 적고 있지요.

동요가 서울에 퍼져서 대궐에까지 들리니 백관이 임금에게 극력 간하여 공주를 먼 곳으로 귀양 보내게 했다. 떠날 즈음 황후는 순금 한 말을 노자로 주었다. 공주가 장차 귀양터에 이르려 하는데 서동이 도중에 나와 절하면서 모시고 가겠다고 했다. 공주는 비록 그가 어디서 왔는지는 알지 못했으나 우연히 믿고 좋아했다. 이로 말미암아 서동을 따라갔으며 몰래 관계했다. 그런 후에야 서동의 이름을 알았으며, 동요의 영검(童謠之靈驗)을 알았다.

'동요의 영검^{靈驗}'은 어쩌면 매체의 힘입니다. 어린이 방송국이 '불방^{不放}' 한번 내지 않고 성심껏 전파해준 까닭에 서동의 작업은 성공할 수 있었던 것입니다. 물론 공짜는 아니었지요. 예나 지금이나 무료광고가 어디 있겠습니까. 그렇기에, 세상 모든 광고의 정의엔 꼬박꼬박 '유료^{有料, paid}'라는 단서가 붙는 것 아니겠습니까. 서동은 그 동요캠페인에 얼마나 많은 광고비를 쏟아부었을까요. 마를 캐어 먹고살던 가난한 젊은이에겐 아마도 엄청난 비용이었을 것입니다. 서동은 어쩌면 그 사랑의 커뮤니케이션을 위해 전 재산을 털어넣었을지도 모릅니다. 생각해보십시오. 서라벌 장안의 모든 어린이들에게 마를 나눠주려면 얼마나 많은 양이 필요했을까를.

그러나 어쩌겠습니까. 사랑에는 돈이 드는 것을! 남녀 간의 연애는 물론 부모 자식 간에 사랑의 농도를 보이는 일에도, 이웃과 사회 혹은 나라에 대한 애정을 표현하는 데에도 돈이 들지요. 광고에 막대한 돈이 드는 이유도 따지고 보면 그것이 소비자라는 이름의 연인으로부터 사랑을 얻어내기 위한 구애^{求愛}의 행위인 까닭일 것입니다. 전설적인 카피라이터 핼 스테빈스가 불우이웃을 돕는 공동모금 캠페인을 위해 만든 유명한 카피 한 줄이 떠오릅니다. "사랑에는 돈이 든다(Love costs money)." 무슨 돈이겠습니까. '큐피드의 화살' 값 아닐까요.

14
카피는 떡이다

우리나라 지식인들 중에 광고에 관한 이해가 가장 깊은 분이 누구냐 묻는 이가 있다면, 저는 주저 없이 이 어른의 함자御字를 댈 것입니다. 이어령李御寧. 하긴, 이분에게 화제가 궁한 분야란 아예 없을지도 모릅니다. 그야말로 무불통지無不通知. 통하지 않는 데가 없는지라 이분의 책이나 강연에는 서부활극이나 무협영화를 닮은 스릴과 서스펜스가 넘치지요. 넋을 잃지 않으리라 굳세게 마음을 다잡아도 소용없습니다. 동서고금을 종횡으로 꿰고 엮는 언어의 무예와 정신의 활극 앞에 저 같은 범인凡人은 벌린 입을 다물기가 어렵지요.

선생의 '이야기 화수분'에서는 광고 화제 역시 무궁무진하게 솟아납니다. 카피라이터가 무엇을 하는 일인지조차 잘 알려지지 않았던 시절에 카피라이터 이야기를 다룬 소설(『둥지 속의 날개』, 1984)을 써낸 분이니까요. 프로야구 초창기에 어느 구단이 '응원가' 가사를 누구에게 맡기는 것이 좋겠느냐 여쭈었더니 그런 일은 작사를 전문으로 하는 사람보다는 카피라이터에게 맡기는 편이 좋을 것이라고 충고를 하셨다는 분이니까요.

그분이 한번은 이런 요지의 말씀을 하셨습니다. "우리나라는 예로부터 광고가 생활화된 나라입니다. 태어나자마자 광고의 주인공이 되지요. 아이가 태어나면 대문에 드리우던 '금禁줄', 그것이 얼마나 좋은 광고입니까. 말 한마디 하지 않았는데, 아무개네 아들 낳았다는 소식을 온 동네가 다 알아버리지 않습니까. 또 있어요. '시루떡'입니다. 한국인들은 널리 알려야 할 일이 생기면 떡을 해서 돌립니다. 떡을 받는 사람마다 '웬 떡이냐' 묻고, 그 뜻을 새기며 먹습니다. 세상에! 소비자들이 스스로 광고의 뜻을 캐묻고 자발적으로 메시지를 학습하게 하는, 떡은 얼마나 이상적인 광고입니까. 우리나라 사람들, 광고 선수들입니다."

이어령 선생다운 발견과 해석입니다. 평범한 사물이나 진부한 사실에서 새로운 가치를 솎아내는 안목이 놀랍지요. 저는 그분의 그런 능력을 '생각과 사물을 새로운 관점으로 교직交織하고 편집하는 힘'이라고 표현하곤 합니다. 카피라이터에게 요구되는 아주 이상적인 능력이지요.

아무려나, '금줄'과 '떡'은 정말 좋은 광고의 필요충분조건을 두루 갖추고 있습니다. AIDMA(Attention—Interests—Desire—Memory—Action) 원칙이 고스란히 들어앉아 있잖아요. 눈이 끌렸나 싶은 순간에 광고주가 알아주길 바라는 모든 메시지를 알아차리게 합니다. 어떤 행동을 보여야 할지도 깨닫게 합니다. 광고주와 소비자 양쪽 모두에게 만족스런 보상감報償感을 안겨줍니다.

문득, 시루떡이 먹고 싶어집니다.

15
카피는 번역이다

카피라이터의 일은 번역가나 통역사의 역할을 닮았습니다. 서로 말이 통하지 않는 두 나라 사람 사이의 의사소통을 돕는 행위 말입니다. 이렇게 말하면 고개를 갸우뚱하겠지요. 번역? 누구와 누구 사이에? 누구겠습니까. 당연히 소비자와 생산자 사이지요. 그러면 또 이렇게 묻겠지요. "소비자와 생산자 사이에 언어가 다른 경우가 얼마나 되느냐? 국제광고 혹은 수입, 수출과 관련된 일을 하는 카피라이터가 몇 명이나 되느냐?"

그 질문의 답을 얻으려면 약간의 동화적 상상이 필요합니다. 세상에는 두 나라가 있습니다. 소비자 나라와 생산자 나라. 불행히도 두 나라는 언어가 다릅니다. 사이가 나빠서 그런 것도 아니고, 왕래가 적어서 그런 것도 아닙니다. 처지가 다르고 관점이 다른 까닭입니다. 원래는 한 나라였지요. 생각해보십시오. 자신이 쓸 것은 제 스스로 만들어 먹고 입던 시절에야 복잡한 말이 필요했겠습니까. 그렇게 멀리 올라갈 것까지도 없군요. 물건이 모자라서 내남없이 같은 물건을 쓰던 시절에 서로가 알아듣지 못할 말이 어디 있었겠습니까.

그러던 것이 잉여 산물剩餘産物이 늘고, 전문적인 일들이 생겨나고, 산업이 발달하고, 경쟁이 치열해지니 언어도 따라서 복잡다단해진 것이지요. 같은 물건을 놓고 서로 다른 표현을 하는 경우가 빈번해진 것입니다. 덩달아 두 나라 사람들의 눈높이까지 달라졌지요. 그리하여, 재화와 용역의 교환을 위한 커뮤니케이션이 일상의 차원을 넘어서게 된 것입니다.

생산자 나라의 글은 의사의 처방전처럼 어렵고, 말은 정치가의 언어처럼 알쏭달쏭합니다. 그들의 언어 가운데엔 소비자 나라 사람들이 알아듣기 어려울 만큼 딱딱하고 생경한 말들도 허다합니다. 말이 통할 리가 없지요. 더군다나 요즘의 소비자 나라 사람들은 아주 쉽고 재미있는 말, 인상적인 언어가 아니면 흥미조차 갖지 않는 사람들 아닙니까. 그렇다고 해서 말을 하지 않고 지낼 수도 없는 일입니다. 애당초, 두 나라는 등을 돌리거나 담을 쌓고 지낼 수도 없는 사이니까요. 그랬다간 서로가 불편해서 견딜 수가 없을 것입니다. 양쪽 모두가 서로를 돕지 않으면 하루도 살아갈 수 없다는 것을 너무도 잘 아는 사람들이니까요.

답답하고 아쉬운 쪽은 아무래도 생산자 나라 사람들. 자신들이 직접 나서봐야 관심도 끌기 어렵고, 일껏 설명해봐야 알아듣는 이도 드물어 벙어리 냉가슴을 앓을 때가 많지요. 급기야, 생산자 나라 사람들은 번역가(통역사)를 찾게 됩니다. 자신들의 뜻을 분명하게 전해주고, 소비자 나라 사람들의 마음을 읽고 사로잡아줄 사람 말입니다. 그가 누구겠습니까? 그렇습니다. 카피라이터입니다.

예를 들어볼까요. 생산자 나라의 어떤 회사가 신제품 하나를 내놓게 되었다고 합시다. 그들은 이렇게 말할 것입니다. "今番弊社에서는 劃期的인

秋季新商品을 出市하게 되었는바, γ-oryzanol 成分의 美白效果가 卓越한……!" 알아들으시겠습니까? 어렵지요. 무슨 상품인지, 어떤 효능의 물건이란 것인지. 어리벙벙해하는 소비자 나라 사람들을 향해 번역가가 이렇게 소리칩니다. "소비자 나라 국민 여러분, 특히 여성 여러분. 생산자 나라에서 훌륭한 화장품 하나를 새로 만들었답니다. 피부를 하얗게 만들어주는 물건이랍니다." 글로는 이렇게 표현할 것입니다. "이 가을, 여름내 그을린 당신의 피부를 하얗게 만들어드립니다."

어떻습니까. 카피를 쓴다는 일, 번역하는 일이나 다름없지요. 어렵기로 따져도 난형난제難兄難弟. 좋은 카피든 좋은 번역이든 설명explanation이나 해석interpretation이라는 고개를 열두 번쯤 넘어야 만날 수 있으니까요. 하여, 번역은 그 개념 정의부터가 여간 어렵지 않습니다. 『번역학』의 저자 김효중金淳中은 자신의 책에서 다음과 같은 개념들을 예시하면서 그 곤혹스러움을 토로합니다.

진정한 번역은 영혼의 재생이다.(Wilamowitz)

그리스 작품을 번역으로 읽는 것은 무용하다. 번역은 불확실한 등가를 제공할 뿐이다.(V. Woolf)

모든 번역은 내게 있어서는 해결할 수 없는 문제를 해결하려는 하나의 시도이다.(W. von Humboldt)

우선은 의미 면에서, 다음으로는 문체에 대응하여 원문에 가장 가까우면서

도 자연스럽게 동등하도록 재현하는 것이 번역이다.(E. A. Nida)

번역은 진실의 언어에 호소함으로써만이 언어의 화해를 가능하도록 해주는 왕국을 약속하며 이 약속은 두 언어를 가깝게 해주고 짝지어주고 결혼시켜준 다.(Johnson)

번역이 자식이라면 원문은 부모이다. 원어와 역어 사이에 시간적, 문화적 차 이가 나는 것은 부모와 자식의 세대차이와 비슷하다.(Waldrop)

번역은 작가의 의도를 헤아리는 작업이다.(Angilotti)

번역은 한마디로 어렵기 짝이 없는 일이라고 말하고 싶어하는 것임이 틀림없는 숱한 정의들 속에서 카피의 동류항同類項이라 해도 좋을 표현들이 언뜻언뜻 눈에 띕니다. '재생' '등가等價의 제공' '문제를 해결하려는 하나의 시도' '재현' '의도를 헤아리는 작업'…… 그 문장 하나하나에서 번역은 결코 창작의 아랫자리가 아니라면서 무게를 잡는 번역가의 얼굴이 보입니다. 번역은 아무나 할 수 있는 일이 아니라며 목에 힘을 주는 모습도 떠오릅니다. 아마도, 자신들의 일에 대한 권위의 설정이면서 실패나 실수의 가능성에 대한 면책특권을 얻어내려는 엄살의 방패막이일 것입니다. 그런 모습까지도 번역가는 카피라이터를 빼닮았습니다.

번역과 카피의 유사성은 '번역'이란 한자어 가운데 '번'이란 글자가 감추고 있는 뜻에서 더 쉽게 읽힙니다. '날다, 펄럭이다, 돌이키다, 뒤집다, 옮기다'라는 뜻의 번飜!(같은 책) 그렇군요. 카피 역시 '번'의 행위입니다. 카피라이터는 생산자 나라에서 소비자 나라로 메시지의 연鳶을 날립니다. 날리기가 어려우면 깃발이라도 만들어 펄럭이게 하지요. 크고 무거워 움직이기 힘든 물건이라면 소비자 나라 쪽에서 잘 보이도록 뒤집어놓기라도 합니다. 뭐니 뭐니 해도 제일 좋은 방법은 소비자 나라 사람들 눈앞으로 옮겨오는 것이겠지만.

자동차 카피를 쓴다는 것은 소비자의 집 앞 마당에 자동차를 옮겨다놓으려는 노력 아닙니까. 일일이 가져다놓을 수 없으니 언어로 그림을 그려 소비자들 생각의 마당에 가져다놓는 것이지요. 카피는 어쩌면 이삿짐센터의 일을 닮았는지도 모릅니다. '번역translation'이란 영어 단어의 어원이 그런 상상을 불러일으킵니다. '옮긴다'는 뜻의 라틴어 동사 'transferre'의 과거분사 'translatus'에서 '번역'이란 말이 나왔다니까요. 그렇다면 카피쓰기는 '옮김', 카피라이터는 '옮기는 이'가 되는군요.

병아리 카피라이터 시절의 어느 날이 생각납니다. 선배가 숙제를 주었습니다. 영문 슬로건 하나를 던져주면서 우리말로 바꿔보라는 것이었습니다. 세 단어짜리 아주 간단한 문장이었습니다. "3M hears you." '이쯤이야!' 하고 대든 일이었지만, 몇 날을 끙끙거렸습니다. 신통한 답 하나 건지지 못하고 무릎을 꿇었지요. 결국은 아주 보잘 것 없는 결과를 내밀면서 선배 카피라이터가 너그럽게 '합의'를 보아주길 기다릴 수밖에 없었습니다. "소비자의 의견에 귀 기울입니다."

저는 그때 말 한마디가 얼마나 무거운 것인가를 절실히 깨달았습니다. 단어 세 개를 들었다 놓았다 했을 뿐, 한 발자국도 옮겨놓지 못했으니까요. 자신 있게 옮겨올 것처럼 큰소리를 쳤지만 시원하게 들어올려보지도 못하고 그 자리에 두고 온 것입니다. 저쪽 나라의 것을 이쪽 나라로 옮겨오질 못하고 엇비슷한 '짝퉁' 하나를 만들어냈을 뿐이지요. 영어에 부끄럽고 모국어에 부끄러웠습니다.

순간, 시원찮은 카피는 시원찮은 번역물과 다를 것이 없다는 생각이 들었지요. 번역이나 카피의 이상적인 목표 수준을 발견한 것도 그 무렵이었을 것입니다. 극장에서 외화外畵를 보다가 생긴 일이었지요. 자막 한 줄이 느닷없이 뒤통수를 후려쳤습니다. "짜식, 꼭 이주일李周逸같이 생겼군!" 자막과 함께 클로즈업 된 한 건달의 얼굴을 보면서 관객들은 폭소를 터뜨렸습니다. 정말 우리 코미디언 이주일씨만큼이나 희극적인 얼굴의 주인공이 보였기 때문이었습니다.

"짜식 꼭 이주일같이 생겼군!" 참 잘된 번역이란 생각이 들었습니다. 동시에, 도대체 어떤 이름이 이주일로 옮겨진 것일까 궁금해졌지요. 존? 잭? 마이클? 토마스? 아무려나, 그것이 누구였느냐 하는 것은 문제가 아니었습니다. 중요한 것은 그를 미국에서 한국으로 데려온 번역가의 솜씨. 시원찮은 번역가였다면 이렇게 썼겠지요. "짜식, 꼭 토마스같이 생겼군!" 그랬다면 아무도 웃지 않았을 것입니다. 토마스가 누군지 아무도 모르니까요. 연달아 떠오르는 장면이 있습니다. 고등학교나 대학 시절, 번역 서적을 읽던 기억의 장면입니다. 문학, 철학 따위의 고전을 읽으면서 다음과 같은 의문에 부딪칠 때가 한두 번이 아니었지요. "이 세계적인 문호의 작품에서 왜 나는 전혀 감동을 느끼지 못하는 걸까." "이렇게 재미없는 글이 어째서 그렇게 위대한 걸작이라는 것일까." 그런 의문은 곧 스스로에 대한 열등감으로 이어지기 마련이었습니다. "나는 머리가 나쁜가보다." "이해력이나 상상력이 형편없이 부족한 모양이다." "내 두뇌회로는 B급이다."

그러나 최근에 저는 그때 그 자학에 가깝던 자기비판에 대해 다소 억울하다는 생각을 갖게 되었습니다. 그 시절에 읽던, 이른바 고전들을 요즘 나온 책들로 다시 읽게 되면서부터입니다. 그랬습니다. 학창시절 제 독서의 소득이 시원찮던 이유 하나는 양질의 번역서가 드물었다는 사실에서 찾아야 할 것입니다. 원저原著의 번역이 아니라 중역重譯, 완역完譯이 아니라 초역抄譯이 판을 치던 시절이었으니까요. 뿐입니까. 조금 과장하여 말하자면, 유명 대학교수 몇 사람이 이 나라에서 간행되는 거의 모든 번역서 표지에 찍히던 시절이었습니다. 저를 한없는 열등감에 빠지게 만들던 어떤 책들은 찢어버리거나 던져버려도 아깝지 않았을 만큼 부실한 것들도 꽤 있었을 것입니다. 물론 제 지적 수준이 빼어나지 못하고, 감성의 채널이 무뎌서 그랬을 거라고 할 수도 있지요. 그러나 (카피가 그렇듯이) 번역 또한 지극히 보편적인 수준의 대상을 목표청중target audience으로 설정하여도 아무런 무리가 없는 것이어야 하지 않을까요. 무엇보다 독자를 '오해와 오류'의 구덩이로 밀어넣는 결점이 눈에 띄어선 곤란할 것입니다. 그런 까닭에 '빛나고 아름답게' 보다는 '분명하고 정확하게'가 당연히 우위에 놓이는 미덕이어야겠지요.

정확한 번역이란 '평균의 독자들에게 얼마만큼 이해되었느냐 하는 범위로 결정되어야'(같은 책)한다는 설명은 '옮기는 이'로서의 카피라이터에게도 시사하는 바가 큽니다. 그가 '잘 옮기는 사람'이 되자면 무엇을 중요하게 여겨야 하는지를 일러줍니다.

두말할 것도 없이 '전달력'. 곧, 노리는 바 과녁의 한가운데를 보기 좋게 꿰뚫는 힘일 것입니다. 그런 믿음을 갖지 못한 카피라이터에겐 "번역은 반역叛逆"이라는 이탈리아 속담도 말장난에 불과한 언어의 사치품이겠지요. 목표를 잃고 빗나가는 반역이란 아무짝에도 쓸데없는 일일 테니까요.

16
카피는 거시기다

　제 후배 중에 '거시기'라는 별명을 가진 녀석이 있습니다. 요즘 한창 문단의 관심을 모으고 있는 젊은 소설가인데, 그 독특한 말버릇은 문단에서도 벌써 호가 난 모양입니다. 오죽하면 그의 첫 장편소설 뒤표지에 한 선배 작가가 써준 소개글 머리가 이렇겠습니까. "대화의 반을 '거시기' 한 단어로 처리하는 손홍규는 촌놈이다. 소가 고집 부리면 짊어지고라도 갈 확실한 국산 촌놈답게 바람이 불거나 누가 귓속말을 하거나 고개 한번 흔들지 않고 목표를 향해 묵묵히 나아가는 우직한 작가이다."

　그렇습니다. 제 후배 홍규는 그런 물건입니다. 전화를 걸어도 이런 식입니다. "선배님 저 거시긴데요" 하고 인사말을 꺼내고, "거시기하고 있다가 선배님 생각이 나서요. 날씨도 거시기한데 거시기로 나오세요. 거시기나 한잔 하시지요." 거시기 좀 빼고 이야기하라고 하면 아무 말도 못합니다. 그래도 신기한 것은 거시기로 시작해서 거시기로 끝나는 그 희한한 화법이 의사소통에 아무런 지장을 주지 않는다는 것입니다.

거시기는 참으로 신묘한 말입니다. 홍길동 같은 말입니다. 대명사인가 하면 명사입니다. 명사인가 하면 동사입니다. 동사인가 하면 부사나 형용 사입니다. 못 하는 역할이 없습니다. 거시기는 세상 모든 언어를 '종합 대행'하는 말입니다. 그 말이 지닌 가장 큰 힘은 흡인력이지요. 주목시키고 집중하게 만드는 힘입니다. 거시기란 포장 속에 담긴 내용을 뜯어 읽자면 한눈을 팔거나 딴청을 피우기 어렵지요. 거시기는 그렇게 듣는 사람을 이 야기의 프레임 안쪽 깊숙이 끌어들입니다. 말하자면 소비자 스스로 광고 속으로 걸어들어오게 만듭니다.

존 케이플스John Caples가 '성공하는 헤드라인을 만드는 29가지 공식'에서 꼽고 있는 '이것This'이란 단어의 마력 같다고나 할까요. '이것'이라는 지시 어가 자신을 향해 날아오는데 외면할 수 있는 사람은 드물 것입니다. 아, 얼 마나 많은 카피라이터들의 희망사항이 그것입니까. 소비자를 적극적으로 참여시키는 광고.

제가 보기에, 거시기의 '주목Attention' 효과는 비주얼의 상상력을 자극하 는 데에서 일어나는 것 같습니다. 궁금증을 이기지 못하는 마음이 서둘러 찾게 되는 그림 속에서 메시지가 떠오르는 것이지요. 스스로 그리고 저절 로! 재미있는 이야기라면 상대의 말이 입에서 나오길 기다리는 것은 너무 나 지루한 일입니다. 그럴 때, 듣는 이는 말하는 사람의 머릿속을 열고 들어 가려 하지 않던가요.

그렇게 소비자가 카피라이터의 책상 앞까지 찾아오게 만드는 어휘가 있 다면 그것 참 백만 달러짜리 카피 아닐까요. '말이 곧 시'가 되었던 사람 미 당 서정주가 이야기하는 '거시키'처럼.

신라^{新羅}사람 지대로왕^{智大路王}의 거시키의 길이는/ 거짓말 좀 보태서/ 한 자 하고 또 다섯 치는 너끈한지라.

—「지대로왕 부부의 힘」 부분

17

카피는 사람 찾기다

"우리 고장 사람들은 여간해서 속내를 잘 드러내질 않아요. 딱 부러지게 잘라 말하는 것보다는 공연히 에둘러서 이야기하는 경우가 많습니다. 직설법보다는 은근한 비유가 많지요. 이 고장 사람들의 그런 점이 그 독특한 어법에 익숙하지 않은 사람들을 적이 당황스럽게 만들기도 합니다. 생각하기에 따라서는 메시지의 흑백과 곡직曲直을 가리기가 난감한 표현들도 꽤 있습니다.

그렇다고 우리 고장 사람들이 호오好惡가 분명치 않다거나 의사표현이 흐릿하다는 것은 아닙니다. 흐리기는커녕, 너무나 명료한 결론에 이르는 표현들이 많아서 듣는 이를 질리게 만드는 경우도 적지 않습니다. 촌사람이라고 얕잡아보았다가는 큰 코 다치기 십상이지요. 다소 어눌하고 느릿느릿한 말투로 툭툭 던지는 한마디 한마디가 핵심과 결론의 '스트라이크 존'을 벗어나는 법이 없거든요."

어느 고장 이야기인가 궁금하시겠지요. 서해안고속도로를 타고 한 시간쯤 달리면 나오는 바닷가 고을 이야기입니다. 거기서 나고 자란 사람한테서 직접 들은 것이지요. 그가 워낙 타고난 재담가라서 그랬겠지만, 어찌나 우습던지 눈물까지 질금거리며 들었습니다. 그가 예로 든 것 중에 몇 가지만 옮겨보겠습니다.

잔칫집 같은 데서 상다리가 휠 정도로 잘 차려놓고서 주인이 손님에게 음식을 권하는 인사말 한마디. "채린 거 읍시유(차린 것 없어요)." 지독한 반어법이지요. 그러나 사실이랍니다. 차린 것이 부실하다면 그런 말은 절대 못한답니다. 그 말속엔 '이 정도는 기본이지' 하면서 넉넉한 살림살이를 넌지시 뽐내려는 의도와 주인장^{host}의 자부심이 담겨 있기 마련이란 것입니다.

그렇게 말하는 주인에게 살림살이의 규모를 물으면 대개는 이런 대답이 돌아온다더군요. "밥술이나 먹어유." 그 말을 곧이곧대로 듣는다면 겨우 입에 풀칠이나 한다는 뜻으로 알기 쉽습니다. 그러나 이 고장 사람들에게 그 말은 양식 걱정 따위는 잊고 살 만큼 무척 여유로운 집의 의미로 받아들여집니다. 그렇다면, 그 집에서 한 상 잘 얻어먹고 나온 사람은 필경 이렇게 말을 옮기고 다닐 것입니다. "부잣집은 다르더래니께(다르더라니까)."

단연 압권은 장마당 같은 곳에서 상인과 손님이 흥정하는 대목에 있습니다. "월매 남두 않었는데, 삼천 원에 줘유(얼마 남지 않은 물건이니, 삼천 원에 주세요)." "그렇게는 안 되는구먼유. 오천 원은 주셔야 혀유." 이런 실랑이 끝은 으레, 손님이 삼천 원을 던지다시피 하면서 물건을 잡아채려고 하는 장면이지요. 그럴 때, 주인은 대개 그냥 못이기는 척하면서 떨이를 하게 마련인데, 이 고장 사람들은 그렇지 않습니다. 터무니없는 에누리다 싶으면 가차 없이 상담^{商談}을 끝내버리지요. 그렇게 어림없는 값을 부르는 사람에겐 팔지 않겠다는 뜻을 단호히 밝히면서 보따리를 챙겨들고 일어납니다. 이 순간에 나오는 대사가 있습니다. "됐슈(됐어요). 우리 돼지 줄끼유(줄 거예요)!"

상황이 거기까지 진행되면 손님은 완전히 KO패를 당한 꼴이 되고 맙니다. 그런 말을 듣고 돌아서는 사람의 열패감은 아마도 무릎을 꿇은 격투기 선수의 그것 못지않을 것입니다. 생각해보십시오. 상인의 이야기는 결국 이런 뜻 아니겠습니까. 당신 같은 사람한테 파느니, 우리 집 돼지한테 주겠다! 얼마나 기막힌 언도言渡입니까. 점잖게 바꿔 말하면 이런 문장이 될 것입니다. "미안합니다. 이 사과는 아무래도 손님 것이 아닌 모양입니다. 임자가 따로 있는 것 같습니다. 이 사과의 주인은 우리 집 돼지입니다."

사과를 사지 못한 손님은 사과장수에게 진 것이 아니라 돼지에게 진 것입니다. '자신이 먹고 싶은 사과가 돼지에게 넘어간다는 말'에 쓰러진 것입니다. 바로 이 대목에 제가 이렇게 장황한 서두를 펼쳐 보인 까닭이 있습니다. 저는 지금 '세일즈 메시지는 결국 상품의 주인을 찾고 결정하는 메시지'라는 말을 하고 싶은 것입니다. 생각해보십시오. 물건을 팔고 산다는 것은 물건의 주인을 바꾸는 행위 아닙니까.

그렇다면 카피에 대한 이런 정의도 성립될 수 있겠지요. '카피는 광고하려는 물건의 주인이 누구인가를 가르쳐주는 일!' 소비자의 입에서 이런 말들이 흘러나오게 하는 일일 것입니다. "어머 저거, 나를 위해 만든 구두잖아." "저 넥타이, 우리 그이 까만 양복에 잘 어울리겠다." "어머님도 저런 보청기 하나 해드려야겠네."

광고를 보는 순간, 지갑을 들고 뛰거나 주문(혹은 예약이나 신청) 전화번호를 누르는 행위는 바로 '손대지 마라, 그것은 내 물건이다'라는 속마음의 표현이지요. 저 바닷가 사람들에게 퇴짜를 맞은 손님처럼 낭패를 보지 않으려면 부지런히 태도를 결정해야 함을 직감적으로 느낀 결과일 것입니다. '어물어물하다가는 돼지에게 뺏길지도 모른다는 불안감'이 겹쳐졌기 때문이기도 하겠지요. 그러니까 그렇게 서둘러 구매의사를 보이는 것 아니겠습니까. 그 반대라면 지갑도 전화도 떠오르지 않을 것입니다. 그것은 필시 자기 자신은 물론이거니와 주변의 아무도 그 물건과 상관관계가 없다는 뜻이겠지요.

하여, 훌륭한 광고란 누군가와 눈이 마주치는 순간 스파크가 번쩍 일어나게 만들어진 것이라 해도 좋을 것입니다. 비유컨대, '짚신도 짝이 있다'는 말만 철석같이 믿으며 느긋하게 기다려온 노총각이 정말 마음에 드는 사람을 발견한 상태라고 해도 좋겠지요. 그 순간, 총각은 가슴으로 소리칠 것입니다. "이 여자는 내 것이다 → 이보세요, 아가씨. 당신의 주인은 나요 (이렇게 말하면 무슨 시대착오적인 발상이냐고 꾸중을 듣겠지요. 여자가 남자의 전유물이냐고)."

아가씨는 너무나 황당해서 한동안 할 말을 잊겠지요. 그러나 잠시 뒤, 겨우 진정된 가슴을 쓸어내리며 느닷없이 자신에 대한 소유권을 주장하는 무뢰한에게 이렇게 쏘아붙일 것입니다. "당신은 나를 갖고 싶은지 모르겠으나 나는 당신의 주인이 되고 싶은 생각이 전혀 없는데요." 그렇습니다. 연애나 결혼은 일방적 주종主從의 관계를 이루는 일이 아니라, 서로가 서로의 주인이 되는 일이지요. 그런 관점에서 저는 다정다감한 할아버지가 할머니를 부를 때 쓰는 '임자'라는 호칭을 참 좋아합니다. "임자." 마치 '할멈, 당신이 내 몸과 마음의 주인이야'라는 말처럼 들리기 때문입니다. 램프 속 거인이 '알라딘'을 부르는 소리처럼 들리는 까닭입니다.

그렇게 찰떡궁합의 관계를 맺어주는 사람이 바로 카피라이터지요. 어째서 이 물건이 세상에 하고 많은 사람 다 제쳐두고 당신을 만나야 하는지를 설명하는 일이 카피입니다. 물건이 사람을 보고 넙죽 절하며 "주인님" 할 수 있다면 카피라이터는 필요 없겠지요. 모든 소비자들이 언제 어디서나 자신의 물건을 알아보고 두 팔 벌려 맞을 줄 안다면 카피는 없어도 되겠지요. 그러나 불행히도 물건은 말을 못합니다. 그만큼 눈이 밝은 소비자는 무척 드뭅니다.

이 대목에서 생각나는 사람이 있습니다. (지금도 그 자리를 지키는지 모르겠습니다만) 동대문운동장 근처에서 좌판을 벌여놓고 장사를 하는 노인입니다. 노인의 좌판은 볼 때마다 새로운 물건들로 가득 차 있곤 했지요. 주로 제철 과실과 희귀한 약재들이 대부분이었습니다. 흥미로운 것은 이 노인의 태도였습니다. 노인은 소리를 질러대며 길 가는 사람의 관심을 끈다거나 손님의 비위를 맞춰가면서 물건을 팔 생각은 아예 없는 사람처럼 보였습니다. 그는 그저 신선처럼 앉아서 먼 산이나 볼 뿐이었습니다. 신기한 것은, 그렇게 말없이 앉아 있는데도 물건은 심심치 않게 팔려나간다는 사실이었습니다. 저런 걸 누가 사랴 싶은 물건들이 슬금슬금 좌판을 떠나갔습니다.

어떻게 알고? 카피의 힘이었습니다. 노인은 좌판에 놓인 물건마다 이름과 산지産地와 용법用法, 특성 따위를 적은 표찰을 일일이 붙여놓고 있었습니다. 그러곤 헤드라인까지 달아놓았습니다. 아주 인상적인 문장들이었지요. 그중엔 이런 것도 있었습니다. "(물건을) 볼 줄 아시거든 사 가시오." 오만방자한 카피라고요? 그렇게 볼 수도 있지만, 그것은 자신의 물건에 대한 애정과 자신감의 표현이었습니다.

아니면, 이렇게 말하고 있는 노인의 육성이랄 수도 있습니다. "이 물건이 얼마나 귀한 물건인 줄 모르시는군요. 얼마나 어렵게 구한 물건인데. 아무나 주인이 될 수 있는 물건이 아니라오. 당신은 임자가 아닌 것 같소. 물건볼 줄 모르면 가시오. 이 물건의 주인이라면 단박에 알아볼 테니까." 앞에서 이야기한 서해 바닷가 상인들과 아주 비슷한 논리지요. 진짜 주인이라면 대번에 물건을 알아볼 것이란 말, 자신의 물건이 맞다 싶으면 군말 없이 그리고 지체 없이 사 간다는 말.

그럼, 어떻게 해야 금세 주인이 나타나게 할 것인가. 어떻게 해야 더 많은 주인을 만나게 할 것인가. 그저 머리만 숙이며 굽실굽실한다고 해서 되는 일이 아니지요. 가장 좋은 광고는 물건의 품질(혹은 성능)이라는 말도 있거니와, 카피라이터가 상품의 주인을 찾는 지름길의 하나는 그 물건이 어떤 사람을 위해 세상에 나왔는지에 포커스를 맞추는 것입니다. 누구를 기다려 아직도 죽지 않고 살아 있는지에 생각을 집중하는 것입니다. 상품의 존재 이유와 존재 가치를 드러내 보이려는 노력과 다르지 않은 일이겠지요.

그런 노력의 결과로, 소비자로 하여금 (이산가족 상봉장에서) 수십 년 수절守節 끝에 지아비를 만난 지어미의 기쁨을 안겨줄 수 있다면 그 카피라이터는 그가 도달할 수 있는 최상의 엑스터시를 경험하게 될 것입니다. "내가 언젠가는 저런 물건 나올 줄 알고 기다렸다니까!" "내가 저래서 평생 이 물건만 써온 거 아냐." "저 회사는 내 마음을 들여다보기라도 하는 것처럼 마음에 쏙 드는 물건만 만든단 말이야."

광고가 상품의 주인이 될 사람의 조건이나 인상착의, 성격이나 행동특성 따위를 상세히 설명할 수 있다면 좋겠지요. 한술 더 떠서 몽타주까지 만들 수 있다면! 광고가 나가자마자 주인으로부터 연락이 올 것입니다. 그러고 보면 세상의 모든 광고가 '구인求人광고'인지도 모르겠다는 생각이 듭니다.

쓸 사람, 먹을 사람, 입을 사람, 일할 사람, 동행할 사람. 아니, 세상 모든 광고들의 목적은 틀림없이 '주인 찾기'라 말하고 싶습니다. 자동차의 주인, 햄버거의 주인, 청바지의 주인, 아파트의 주인, 비워둔 책상의 주인, 옆자리의 주인.

MEN WANTED for Hazardous Journey.
Small wages, bitter cold, long months of complete darkness,
constant danger, safe return doubtful. Honor and recognition
in case of success

—Ernest Shackleton

험악한 여행을 할 사람 구함.
저임금, 혹한, 장기간의 암흑, 부단한 위험에 귀국 장담 못함.
성공하면 명예를 얻고 세상이 알아줌.

—어니스트 섀클턴

어떤 광고든지 그것이 세상 누군가로 하여금 '나'를 찾고 있다는 생각이 들게 할 수만 있다면 절반은 성공했다 할 것입니다. 그런 점에서 위의 광고가 찾는 모험 프로젝트의 주인공도 어렵지 않게 구해졌을 것입니다. 그렇다면 그것은 진솔한 고백의 힘이라 해야겠지요. 공연히 숨기려 한다거나 부풀리지 않고 담담하게 이야기함으로써 모종의 비장함까지 느끼게 하는 카피입니다만, 이 광고가 타깃으로 삼고 있는 부류의 사람들에겐 더없이 매력적인 제안으로 읽혔을 것입니다.

꼭 주인만을 겨냥할 필요는 없습니다. 광고를 접한 사람으로 하여금, 본인을 위한 광고는 아니지만 번쩍 떠오르는 누군가에게 소개하고 싶어지는 카피라면 그 역시 성공적인 광고라 할 것입니다. 여드름약 광고를 본 친구가 여드름투성이 친구에게 전화를 걸어 이야기를 전할 수 있다면 무척 신나는 일 아닙니까. 자동차를 무엇으로 바꿀까를 고민하는 부장님을 위하여 광고 메시지를 옮기는 부하 직원이 있다면 그것 역시 광고 속 상품의 주인을 직접 찾아낸 것이나 다를 바 없지 않을까요.

사람들은 정말 좋은 것을 만나면 누군가를 생각하게 됩니다. 아름다운 광경 앞에선 함께 보았으면 더 좋았을 사람을 떠올리며 아쉬워합니다. 맛있는 음식 앞에선 그것을 좋아하는 누군가의 부재^{不在}를 안타까워합니다. 여행을 가도 그렇고, 영화를 보아도 그렇습니다. 찻집에 가도 그렇고 빵집에 가도 그렇습니다. 광고를 보았을 때 역시 다르지 않을 것입니다.

말하자면, 우리 주변에 흔히 있는 이런 일들. 미스코리아를 찾는 광고를 본 사람이 자신의 친구에게 나가볼 것을 권합니다. 우주인을 모집하는 광고를 본 사람이 친구에게 한국 최초의 우주인이 될 것을 강력히 권합니다. 자신의 친구가 그 광고가 찾는 자리에 적역^{適役}일 것이라는 믿음 때문이지요. 사랑하는 사람을 발견하면 주인 찾기는 훨씬 더 쉬워집니다. 누구네 집을 찾아 헤매다가 아무나 붙잡고 물었는데, 그가 마침 찾고 있는 이의 가족이나 친구였을 때처럼 쉬워지지요.

저의 그런 생각이 아주 효과적인 '사람 찾기'의 방법론임을 확인시켜주는 시 한 편이 있습니다.

문득 아름다운 것과 마주쳤을 때

지금 곁에 있으면 얼마나 좋을까, 하고

떠오르는 얼굴이 있다면 그대는

사랑하고 있는 것이다

그윽한 풍경이나 제대로 맛을 낸 음식 앞에서

아무도 생각하지 않는 사람

그 사람은 정말 강하거나

아니면 진짜 외로운 사람이다

종소리를 더 멀리 내보내기 위하여

종은 더 아파야 한다

―이문재, 「농담」

누군가 자신을 떠올려준다는 건 참으로 기분 좋은 일입니다. 더구나 지극한 사랑의 마음으로 이름이나 얼굴을 생각해준다면 더더욱 행복한 일입니다. 광고의 세계라고 다르지 않을 것입니다. 카피라이터가 진심으로 소비자의 얼굴을 떠올려줄 때 그(그녀)는 반가워할 것입니다. 신이 나서 자신의 가족을 소개하고 친구를 소개할 것입니다. 직장 동료를 소개하고 학우를 소개할 것입니다. 생각나는 모든 사람을 우리들의 커뮤니케이션 메시지 안으로 데리고 올 것입니다.

얼마나 고마운 분들입니까. 우리가 일일이 찾아뵙고 인사드려야 할 분들을 한자리에 모아주는 사람들. 전국 방방곡곡을 헤매 돌며 우리들이 직접 찾아내야 할 사람들을 가르쳐주는 사람들. 자신의 일처럼 앞장서서 온 동네 골목골목을 누비며 우리가 해야 할 말까지 대신해주는 사람들.

카피쓰기는 바로 그런 사람들을 찾아내는 일입니다.

18

카피는 CEO의 일이다

제 인생행로의 결정적 장면 하나는 1983년 어느 가을날에 있습니다. 광고회사 O사에 들어가기 위해 참으로 지루한 입사시험의 계단을 밟아 오르던 때지요. 서류전형→실기고사→면접시험. 멀리서 볼 때는 세 단의 뜀틀처럼 쉬워 보이던 것이, 막상 오르려니 아흔아홉 계단은 되는 것처럼 힘이 들었습니다. 무척이나 가파른 길이었습니다. 얼마나 올라가야 끝이 나올 것인지 가늠하기도 어려웠지요. 그렇게 헐떡이고 투덜대면서 대학에서 사회로 통하는 '계단 오르기'에 한철을 다 보냈습니다.

다행히도 결과는 나쁘지 않았습니다. 인내력이 바닥을 보일 만큼 지루해져서 취직이고 뭐고 집어치우고 싶던 어느 날, 계단의 끝에 올라섰음을 직감케 하는 전갈을 받았습니다. 사장 면접을 통과했으니, 을지로에 있는 그룹 본사 건물로 집합하라는 통보였지요. 기뻤습니다. 그것은 누가 보더라도 최종합격을 의미하는 신호였으니까요. 그 반가운 뉴스를 혼자서 던지고 받고 하면서 한참이나 즐거워했습니다. "그룹빌딩으로 나오라고? 아, 합격한 사람들을 데리고 그룹에 인사를 시키려나보다. 가슴이 설렌다. 나는 이제 카피라이터라는 이름의 광고인."

그러나 그것은 오해였습니다. 을지로에서 우리를 기다리는 것은 사령장辭令狀이 아니라 '그룹 회장의 최종면접'이었습니다. 그곳은 결승 테이프가 있는 골인 지점이 아니라 당락의 마지막 관문이 있는 최후의 결전장이었습니다. 더욱 기가 막힌 것은 그곳에 도착한 사람들이 예상보다 훨씬 많았다는 것입니다. 뽑을 인원의 두 배쯤에 해당하는 숫자였지요.

우리 모두는 궁금해졌습니다. "도대체 어쩌려는 속셈일까. 그렇다면 여기서 두 사람 중의 하나는 떨어진다는 말인가. 말도 안 돼. 산 넘어 산을 넘어 여기까지 왔는데, 절반은 여기서 낙방의 고배를 마셔야 한다니. 대관절 무엇을 물어보는 것일까. 소문대로 점쟁이를 앉혀놓고 관상을 보는 것은 아닐까. 설마 그렇게 치졸한 짓이야 하려고. 그렇다면 정말 무엇으로 당락을 가르는 것일까. 영어로 질문을 던지는 것은 아닐까. 아니면,『타임』지 같은 것이라도 던져주며 읽고 해석해보라는 것은 아닐까."

그러나 우리를 '시험에 들게' 한 것은 관상도, 영어 질문도,『타임』지도 아니었습니다. 아주 짧은 물음 하나였지요. 너무도 단순했습니다. 그러나 누구도 예상치 않은 질문이었습니다. "아버지 뭐해?" 그것이 전부였습니다. 회장은 입사 지원자 모두에게 그것 하나만을 물었습니다. 희한한 일 아닙니까. 그 물음에 대한 대답 하나로 우리 중의 절반은 떨어지고 절반은 붙었으니 말입니다. 물론, 어느 쪽이건 고개를 갸우뚱거리기는 마찬가지였지요.

하지만, 붙은 사람들은 더이상 문제의 기이함과 결과의 적부適否를 논할 필요가 없었습니다. 그러나 반대쪽 사람들은 '말도 안 된다, 어이가 없다'

는 표정으로 발길을 돌리지 못하고 있었습니다. 삼삼오오 몰려서서 노골적으로 불만을 토로하기도 했습니다. 합격자들까지 공연히 미안한 마음이 생기기 시작했지요. 불길한 생각마저 들었습니다. 어쩌면 우리가 받은 합격 판정이 무효가 될지도 모른다는, 터무니없는 걱정이었지요. 하여, 우리 합격자들은 그 복잡하고 곤혹스런 감정을 재빨리 합격의 성취감으로 바꾸기 위해 서둘러 그 자리를 떠났습니다.

그러나 그 문제는 입사 이후로도 오랫동안 제 머리를 떠나지 않았습니다. 특히, 아버지의 이름이나 얼굴이 떠오를 때면 그 물음이 함께 따라 왔습니다. "아버지 뭐해?" 그럴 때마다 저는 그때 어떤 대답을 어떻게 했던가를 되새김질하곤 했지요. 아버지에 대한 증오심이나 수치심으로 쭈뼛대지는 않았는지, 말을 더듬거나 말끝을 흐리지는 않았는지, 어법이나 예법에 어긋난 표현을 쓰지는 않았는지.

그러던 어느 날, 오랫동안 얽혀 있던 의문의 실타래가 풀렸습니다. 그것은 참으로 훌륭한 시험이란 사실을 깨닫게 된 것입니다. "아버지 뭐해?" 그것은 한 문장으로 한 사람의 모든 것을 읽어낼 수 있는 백만 달러짜리 문제임을 알게 된 것이지요. 세상의 어떤 질문도 그것만큼 많은 비밀을 그처럼 순식간에 드러나게 하지는 못할 것입니다. 생각해보십시오. 고향이나 출신학교 따위를 확인하고 교양 수준이나 시사상식을 테스트하는 것으로 한 인간이 얼마나 성숙하고 따뜻한 사람인지를 읽어낼 수 있겠습니까.

질문을 받은 사람이 자신의 아버지가 무슨 일을 하는지를 말하는 동안, 회장은 생각했을 것입니다. '이 젊은이는 아버지를 한없이 존경하는군. 당당한 어조, 분명한 발음으로 아버지의 일을 자랑스럽게 표현하고 있어. 집안 분위기가 보이고 가족들 간의 체온이 실린 사랑이 느껴져. 이 사람은 어

디 두어도 변함없고 어떤 일을 해도 한결같을 거야.'

아버지의 업業을 묻는 그 질문은 우리 옛 어른들이 사람의 됨됨이를 가늠하던 잣대 '신언서판身言書判'을 닮았습니다. 그 방식의 간편함으로 보자면, 리트머스 시험지를 닮았습니다. '척하면 삼척'이요, '하나를 보면 열을 안다'고 하지 않던가요. '아버지 뭐해?' 그것은 한 사람의 '열+'을 순식간에 드러내주는 아주 경제적이고 효율적인 '하나一'입니다. 회장은 그렇게나 생산적인 문제를 찾아낸 것입니다.

바로 그런 점에서 CEO의 일은 카피라이터의 그것과 비슷하다고 할 수 있지요. 카피가 무엇입니까. 저는 그것을 '언어의 경제원칙'을 추구하고 실현하는 일이라 말하기를 좋아합니다. 어떻게 해야 너절하게 많은 말을 동원하지 않고도 일이나 사물의 핵심을 낚아챌 것인가 하는 문제와 싸우는 일이니까요.

그렇다면 '아버지 뭐해?'라는 문제를 출제한 회장은 준수한 카피라이터입니다. 카피라이터가 누굽니까. 저는 그 사람을 이렇게 정의하기를 좋아합니다. '어떻게 하면, 한마디로! 아니면, 한마디도 하지 않고 하고 싶은 말을 다할 수 있을까(make a statement without saying a word)'를 궁리하는 사람.

빼어난 CEO라면 문제의 핵심이 어디에 있는지를 단박에 알아내고, 길게 말하지 않습니다. 많은 시간을 허비하지 않고도 정곡을 짚어내는 예지와 통찰력을 지닌 사람입니다. '하나'가 어떻게 '나머지 아홉'을 거느리며, '아홉'이 어느 '하나' 앞에서 머리를 조아리고 무릎을 꿇는가를 아는 사람입니다. 어느 '하나'가 우두머리인지를 아는 사람입니다. 천지만물에서 '일즉다 다즉일一卽多 多卽一'의 끈을 찾아내는 사람입니다.

만해 한용운 선생과 같은 시절을 사셨던 큰스님 영호선사映湖禪師도 바로 그런 분이었습니다. 그분의 일화 중에 이런 것이 있습니다. 스님께서 상좌 아이 하나를 데리고 한적한 암자에 기거하실 때의 일이랍니다. 하루는 상좌 아이가 이른 새벽부터 스님을 찾으며 뛰어와 호들갑을 떨더랍니다. "스님 큰일 났습니다. 절에 남아 있는 것이 없습니다. 쌀 떨어지고, 장작 떨어지고, 소금 떨어지고, 간장 떨어지고, 기름 떨어지고……"

잠자코 듣고 있던 스님이 나직하게 대답을 하셨답니다. "별것도 아닌 일을 가지고 난리법석을 피우는구나. 내가 보기엔 꼭 한 가지가 떨어진 것을 가지고 뭘 그리 야단이냐." 상좌 아이가 답답하다는 표정으로 잽싸게 말을 받았겠지요. "한 가지라뇨? 쌀 떨어지고, 장작 떨어지고, 소금 떨어지고……" 가만 놔두면 몇 번이라도 반복될 것 같은 상좌 아이의 말을 막으며 스님이 마지막 답을 주시더랍니다. "허허. 그것이 다 한 가지가 없어서 생긴 일 아니더냐. 돈 말이다, 돈! 돈이 떨어졌다 하면 될 것을 무얼 그리 복잡한 문제를 만들고 있느냐 말이다. 내가 편지 한 장을 써줄 테니 그분께 가서 돈을 빌려가지고 필요한 것들을 장만해오너라."

어리석은 이는 한 가지 걱정을 열댓 가지 걱정으로 키워놓고 애를 태웁니다. 슬기로운 이는 아흔아홉 가지 걱정도 하나로 꿰어냅니다. 병아리 의사는 고작 한 가지 병을 고치는 데에도 스무 가지 약을 쓰지만, 노련한 의사는 한 가지 약으로 스무 가지 병을 다스립니다(The young physician starts life with twenty drugs for each disease. The old physician ends life with one drug for twenty diseases. —H.Stebbins).

그런 이들은 대개 눈 하나를 더 가진 분들이지요. 혜안慧眼. 지혜의 눈 말입니다. 투명하거나 감춰져 있어서 범부凡夫들에게는 보이지 않는 '관계의 끈'을 보는 눈입니다. CEO 또한 고승高僧과 명의名醫의 눈을 가진 사람임에 틀림없습니다. 그러니까 다음과 같은 언행도 가능한 것 아닐까요.

"도쿄에 사는 까마귀는 모두 몇 마리인가?" 최근 이건희 삼성그룹 회장이
던진 질문에 삼성 임직원들은 혼이 났다고 한다. 물론 아는 직원이 있을 턱이
없다. 그렇다고 얼렁뚱땅 대답했다가는 이 회장 특유의 "그런데" "왜?"라는 스
무고개식^式 질문에 금방 들통이 나고 만다. 담당임원이 조사한 끝에 도쿄는 까
마귀가 너무 많아 고민이 많고 최근엔 광섬유 케이블을 부리로 쪼아 절단하는
피해도 자주 발생했음을 파악했다고 한다. 삼성 관계자는 (이회장이) "일본의
본질을 주재원이 제대로 알고 있는지 우회적으로 물은 것"이라고 말했다.
— 조선일보(2006.10.12, 최홍섭 기자) 기사 중에서

이회장의 질문은 선객^{禪客}의 화두처럼 밑도 끝도 없어 보입니다. 잠꼬대
처럼 허황하게 들립니다. "도쿄에 사는 까마귀는 모두 몇 마리인가?" 정말
이지 질문의 의도를 알기가 쉽지 않습니다. 알아오라는 말인지, 당신은 알
고 있다는 뜻인지. 미련한 사람이라면 그 '말 껍데기'에 붙잡혀 우에노^{上野}
공원으로 까마귀를 세러 나가겠지요. 까마귀를 잡아 무게를 달아볼지도 모
릅니다. 암놈이 몇 마리고 수놈이 몇 마리인지를 조사하고 다닐지도 모릅
니다.

당연히 회장의 뜻과는 거리가 먼 짓입니다. 기사가 말하고 있듯이 회장
의 주문은 까마귀와 광섬유 케이블 사이의 관계처럼 '보이지 않는 끈'을 살
펴보라는 말이요. 세상의 어떤 생물과 사물도 자신들과 관계없는 것은
하나도 없음을 지적해주고 싶었던 모양입니다. 보이는 것만 가지고는 새로
운 것을 찾아낼 수 없다, 숨겨진 부분을 주시하라는 메시지였던 것 같습니

다. 분명한 목표 아래서 '상상력의 엔진'을 가동하라는 뜻일 테지요.

　그것은 어쩌면 임직원 모두에게 카피라이터가 되라는 주문인지도 모릅니다. 햅 스테빈스의 표현을 빌자면 '이미지니어 Imagineer'가 되라는 말입니다. 이미지니어? 옮기자면, '엔지니어의 태도로 상상하는 사람'쯤 되겠지요. 그의 상상은 시인이나 영화감독의 몽상이 아니라 광산기술자의 꿈에 가까울 것입니다. 이를테면, 1온스의 금을 얻기 위해 4톤의 원광석을 파헤쳐내는 사람이니까요. 그와 다를 바 없이 카피라이터는 한 줄의 카피를 얻기 위해 4톤 트럭 분량의 자료를 뒤집니다.

　CEO의 상상력이 한 기업을 돌리듯이, 카피라이터의 상상력이 광고를 움직입니다. 상상력이야말로 위대한 동력이지요. 인간이 지닌 능력 중에 신神과 대거리할 수 있는 유일한 힘입니다. 상상력의 정의야 무수히 많지만, 철학자 베이컨Francis Bacon의 그것만큼 빼어난 해석도 드문 것 같습니다. "상상력이란 무엇인가? 그것은 신神이 붙여놓은 것을 떼어놓고, 신이 떼어놓은 것을 붙여놓는 힘이다."

　그렇습니다. 상상력은 신의 얼굴과 가장 흡사한 동물인 인간이 우주와 생명의 CEO인 신과 맞설 수 있는 힘입니다. 그것으로 인간은 하늘의 뜻을 읽어냄으로써 신의 흉내를 내기도 하고, 그 권위에 도전하면서 우쭐거리기도 합니다. 상상은 하늘의 뜻을 훔쳐 읽으려는 노력입니다. 상상력은 천상天上의 비밀창고를 여는 열쇠 꾸러미입니다.

　비슷하지 않습니까. 사람의 '마음'을 읽고, 삼라만상의 '관계'를 읽어내며, 할 수만 있다면 천기天機까지를 알아내어 인간 세상을 떠들썩하게 만들어보고 싶은 두 부류의 사람, CEO와 카피라이터. CEO들은 저절로 '이미지니어'가 됩니다. 광고회사 입사 시험도 거치지 않고 '최카피' '신카피'

'박카피'가 됩니다.

따지고 보면, 그리 이상한 일도 아닙니다. 세상의 어떤 물건이든지 그 물건을 만든 사람^{maker}보다 그것에 관해 더 잘 설명할 수 있는 사람은 없으니까요. 누가 어머니보다 자식을 더 잘 알겠습니까. 그 아이가 맨 처음 본 것이 무엇인지, 그 아이의 몸 어디에 푸른 점이 있는지. 어떻게 세상에 나왔는지. 아이의 꿈이 무엇인지. 어머니가 자식에 관한 모든 상상력을 움직여 그 자식이 나아갈 모든 길의 수를 헤아릴 때, CEO는 모든 예지와 통찰력을 모아 '살아 움직이는 물체'로서의 기업의 모든 진로를 쓸고 닦습니다.

제가 만난 광고주들 중에도 카피라이터가 참 많았습니다. 어떤 분은 팩시밀리로 TV카피를 보냈습니다. 어떤 분은 손수 제품의 이름을 지었고, 어떤 분은 기업 슬로건을 만들었습니다. 어떤 분은 당신의 육성테이프로 카피 콘셉트를 제시하셨습니다. 어떤 분은 모델을 골라주었고, 어떤 분은 성우까지 지정해주었습니다. 어떤 분은 분위기를 잡아주고, 어떤 분은 아이디어 회의에까지 동참였습니다.

개중에는 흘려버릴 것들도 많지만, CEO의 이야기 대부분은 곱씹고 되새겨볼 만한 가치가 분명히 있습니다. 만만한 '집중력의 산물'이 아니기 때문입니다. 지독한 노력의 결정結晶이기 때문입니다. 그들 역시 퇴근시간이 없는 사람들. 그들의 일 또한, 사무실을 떠나서도 얼마든지 가능한 일이기 때문입니다. 그들의 일상 역시, 노동과 휴식을 분리하기 어렵기 때문입니다. 무엇보다 상상력을 에너지로 초지일관, 때와 장소를 가리지 않고 삼매경에 들 수 있는 사람들이기 때문입니다. CEO는 카피라이터입니다.

그런 생각에서, 저는 종종 이런 날을 꿈꾸곤 합니다.

청바지에 티셔츠 차림으로 A4용지 몇 장 들고 회장실 문을 두드립니다

→응접 소파에 다리를 꼬고 앉아, 회장과 다담茶談을 나눕니다 →'썸네일 스케치'를 해가면서 머릿속의 아이디어를 풀어놓습니다 →회장의 동의를 얻어냅니다 →만족해하는 회장과 함께 밤거리로 나섭니다 →가까운 공원길을 잠시 걷다가 포장마차에서 소주잔을 기울이며 세상 돌아가는 이야기를 합니다. CEO라는 이름의 카피라이터 혹은 '이미지니어'라는 이름의 동업자와.

copy is

19

카피는 뉴스다

신문팔이들이 기차 안을 누비며 신문을 팔고 다니던 시절이 있었지요. 나이 든 사람도 더러 있었지만, 대개는 청소년을 비롯한 젊은이들의 일이었습니다. 그리 오래된 기억도 아니지요. 커다란 신문뭉치를 옆구리에 끼고 바삐 오가면서 들고 나온 신문의 이름을 외치던 사람들. "동아일보, 중앙일보, 일간스포츠!" 읽을거리 하나 챙겨오지 못한 것을 아쉬워하는 손님들과 주식 시세나 새로 나온 영화 소식 혹은 프로야구 전적이 궁금한 사람들에겐 무척 반가운 외침이었지요.

물론 환영만 받는 것은 아니었습니다. 출퇴근시간의 비좁은 차 안에선 비난의 화살을 받기 일쑤였습니다. "그만 좀 왔다 갔다 하시오!" "야, 작작 좀 다녀!" "지금 이런 데서 어떻게 신문을 읽어!" 그 짜증과 야유 속에도 그들은 꿋꿋이 지나다녔습니다. 신문은커녕 수첩 하나 펴들기 어려운 차 안을 미꾸라지처럼 오갔습니다. 저는 요즘도 문득문득 궁금해질 때가 있습니다. '그런 차 안에서 신문은 과연 얼마나 팔렸을까.'

그런 의문과 동시에 떠오르는 얼굴이 하나 있습니다. 중학생쯤으로 기억되는 소년입니다. 그는 차 안의 상황이 어떻든 다른 경쟁자들보다 몇 곱절의 신문을 팔았습니다. 더욱 신기한 것은 그 소년의 등뒤로는 아무도 비난의 화살을 날리지 않았다는 사실입니다.

소년은 달랐습니다. 그는 신문의 이름이나 밝히고 다니지 않았습니다. 대신에, 그날 신문 기사들 중에 가장 놀라운 일 하나를 골라서 내용을 알렸습니다. 소리 높여 외쳤습니다. 말하자면 이런 식이었습지요. "탈옥수 잡혔어요! 잡혔습니다." "한국이 일본 이겼습니다, 이겼어요." "북한이 핵실험한 게 사실이랍니다, 사실!"

누가 소년을 나무랄 수 있었겠습니까. 그런 놀라운 소식을 전해 듣는 순간, 소년은 성가신 신문팔이가 아니었습니다. 신문을 팔기 위해 비좁은 차 안을 헤집고 나타난 장사치가 아니었습니다. 그는 승객들에게 새로운 소식을 전하기 위해 땀을 뻘뻘 흘리면서 그 빼곡한 사람의 숲을 헤치고 온 고마운 사람이었습니다. 이를테면, 그는 기자였습니다. 현장 특파원이었습니다. 뉴스 앵커였습니다.

승객들은 내심 그의 노고를 치하하면서 다투어 손을 내밀었지요. "어이, 여기 신문 하나!" "나도!" "여기도!" 졸고 앉아 있던 사람도 손을 뻗었습니다. 책을 읽고 있던 사람도 책을 덮으며 신문을 샀습니다. 내리려고 출구 앞에 섰던 사람도 샀습니다. 소년의 신문뭉치는 잠깐 새에 반으로 줄고, 금세 반의반으로 줄었습니다.

지금 생각해보니 소년은 훌륭한 카피라이터였습니다. 그는 자신이 팔려고 하는 물건의 '세일즈 포인트'를 생각할 줄 알았습니다. 당연히 그가 일을 시작하는 방식은 신문뭉치를 들고 무작정 차에 오르는 다른 신문팔이들과 달랐을 것입니다. 아마도 그는 신문을 파는 사람이기에 앞서 신문의 독자가 되려 했을 것입니다. 플랫폼 바닥에 신문을 펼쳐놓고 어떤 뉴스가 독자의 눈을 가장 크게 뜨게 할 것인지를 헤아렸겠지요.

하여 그는 날마다 그날 신문의 헤드라인을 뽑아들 수 있었을 것입니다. 그렇게 아침저녁으로 다듬어진 솜씨라서 그랬을까요. 소년의 카피 수준은 보통이 넘었습니다. 그는 그저 톱기사나 참고하여서 헤드라인을 뽑는 것이 아닌 것 같았습니다. 신문 전체를 살펴 가장 '상품성이 높은' 뉴스 하나를 골라내는 모양이었습니다. 틀림없습니다. 그의 헤드라인은 때로 작은 가십 gossip이나 단신短信, 인물 동정動靜 같은 데서 나오기도 했으니까요. 속았다 싶은 생각이 드는 경우도 있었지만, 기분이 나빠질 정도는 아니었습니다. 과장법이 좀 지나치다 싶을 때도 있었지만, 누구에게 해가 되거나 누累가 될 일은 없었지요.

그는 점점 특별한 신문팔이가 되어갔습니다. (대부분의 신문팔이들처럼) 귀찮은 존재가 아니라 슬그머니 기다려지는 사람이 되어갔습니다. 은근히 그의 등장을 기다리는 승객들까지 생겨났습니다. 그 심정은 흡사, 옛날 시골 사람들이 방물장수나 우편집배원을 기다리던 마음이었을 것입니다. 혹은 이발소나 미장원에서 '소식통'이란 별명의 이웃사람이 나타나기를 기다리는 마음과도 다르지 않았겠지요. 막걸리집이나 역전 다방에 나타난 외지 사람이 전하는 소식에 귀를 쫑긋 세우던 촌사람들의 태도를 닮았을지도 모릅니다.

뉴스를 좇는 마음은 본능에 가깝습니다. 아니, 가까운 정도가 아니지요. 저는 그것을 호기심이나 이기심에 준하는 본능이라 말하길 즐깁니다. 그러한 저의 믿음이 강력한 원군援軍을 만났습니다. 뉴욕대학 언론정보학 교수

미첼 스티븐스Mitchell Stephens가 그 사람입니다. 그는 저서 『뉴스의 역사』를 통해서 뉴스가 우리네 삶에서 얼마나 지독한 중독 성분의 가치인지를 밝혀 냅니다. 뉴스를 주고받는 일이 식욕이나 성욕을 닮은 '원초적 본능'임을 확인시킵니다.

그는 그중의 하나를 몽고인들의 인사말에서 발견하지요. "별일 없습니까(What's New)?" 그렇습니다. 그것은 뉴스를 묻는 질문입니다. 그러고 보면 인간은 한 사람 한 사람이 신문사요, 방송국입니다. 말을 한다는 것은 끊임없는 뉴스 보도이고 커뮤니케이션은 뉴스의 교환일 것입니다. 그렇다면 "별고 없으십니까?" "별일 없지?"라는 인사말은 "나에게 전하지 않은 뉴스가 있으면 어서 말해!"라고 재촉하는 말과 다르지 않겠지요. '궁금증'은 '배고픔'만큼이나 견디기 어렵습니다. 그래서 우리는 눈만 뜨면 뉴스를 주문합니다. "아무 일 없나?"

모든 중독의 심각성은 그것이 결핍되거나 금지되었을 때의 증상으로 쉽게 알 수 있지요. 예를 들어봅시다. 이박 삼일쯤 걸려서 지리산을 종주하고 내려와 남원 추어탕집엘 가거나 구례역 대합실 같은 곳에 들어섰을 때, 자연스럽게 흘러나오는 말이 무엇입니까? "아저씨 신문 없나요?" "거 TV 좀 봅시다." 그 말은 그만큼이나 심각한 정보의 허기虛飢와 뉴스의 갈증을 느끼고 있다는 증거 아닐까요.

그것은 자신이 자리를 비워도 세상이 아무 일 없이 잘 돌아가는지에 대한 궁금증의 표현입니다. 혹은 그 사이에 자신을 향해 어떤 음모가 진행되고 있는 것은 아닐까 하는 불안감의 표시일 수도 있지요. 아무려나, 정보로부터의 격리나 소외는 견딜 수 없는 고통입니다. 그 불안과 불편을 아무렇지도 않게 견뎌낼 수 있거나, 그 중독으로부터 쉽게 놓여날 수 있다면 그는 스님이 되어도 좋을 사람임에 틀림없습니다.

이런 카피를 쓴 적이 있습니다. "9시 뉴스가 없는 곳으로 가고 싶다." 작가 정찬주鄭燦周씨의 기행문집 『암자로 가는 길』이란 책의 광고 헤드라인이었지요. '9시 뉴스'로 상징되는 세상 모든 티끌과 시끄러움, 구속과 제약으로부터 벗어나고 싶어하는 사람들의 욕구를 자극하려 한 문장이었습니다. 그러나 우리는 압니다. '9시 뉴스'로부터 벗어나고는 싶지만, 그 '벗어남'이 얼마나 혹독하게 어려운 일인지를 말입니다.

'뉴스 없는 세상'의 가혹함을 잘 보여주는 기록이 여기 있습니다(『뉴스의 역사』, 32쪽). 1945년 6월 30일부터 17일 동안 계속된 신문사들의 파업에 대한 뉴욕시민들의 반응이 그것입니다. 사회학자 버나드 베럴슨Bernard Berelson의 조사에 나타난 시민들의 발언은 '뉴스 없는 세상'의 불안과 공포를 여실히 드러내 보여줍니다.

"나는 물 밖에 나온 물고기 같다. 어찌할 바를 모르고 긴장되어 있다. 이 사실을 인정하기가 부끄럽다."

"나는 완전히 길을 잃은 것 같다. 나는 전반적으로 세계와 언제든지 연락이 닿아 있다는 느낌이 좋다."

"만약 내가 이웃에서 일어나고 있는 일에 대해 모른다면 나는 마음에 상처를 받을 것이다. 마치 감옥에 갇혀 신문을 볼 수 없는 것과 다름없다."

"나는 세계로부터 추방당하여 고립되어 있는 것 같다."

"나는 고통스럽다. 정말이다. 잠을 이루지 못할 정도로 신문이 그리웠다."

나열된 응답들 안에서 신문이란 말을 가린다면, 위의 문장들은 아마도 실연한 사람이 털어놓은 사랑의 상실감으로 읽힐지 모릅니다. 아니면 신체의 일부를 잃어버린 사람이 쏟아놓은 절망의 언어로 짐작될 수도 있을 것입니다. 미디어를 '신체의 연장延長'이라 말한 마샬 맥루한Marshall McLuhan에게 '뉴스 없는 세상'에 대해 묻는다면 어떤 대답이 나올까요. 아마도 감각 기능이 송두리째 망가진 상태를 비유하며 참담한 어조로 말할 것입니다. "뉴스가 사라진다는 것은 우리가 난장이로 돌아간다는 것이다. 아니, 개미와 같은 미물로 돌아간다는 것이다."

왜 아니겠습니까. 뉴스를 말하지 않는 TV를 본다는 것은 앉아서 천 리를 보던 사람이 실명失明을 한 경우나 다름없는 일이 될 것입니다. 그런 라디오 앞에 앉는다면, 청력을 잃은 사람과 비슷해지겠지요. 신문과 잡지가 소식을 전하지 않는다면 감옥에 갇힌 사람의 막막함을 절감하는 기회가 될 것이고 말입니다.

이 대목에서 뉴스와 광고는 무척이나 닮았다는 생각이 일어납니다. 뉴스나 광고가 기능을 잃는다는 것은 정보의 신진대사가 불가능해진다는 것을 의미한다는 점에서 그렇지요. 지나간 시간의 기록만 밀려 쌓일 뿐, 새로운 소식과 담론이 생산되지 않는 세상의 모습이란 상상만으로도 끔찍한 것이 아닐 수 없습니다.

때문에 세상의 모든 광고회사와 신문사, 방송국의 불빛은 24시간 꺼질 줄 모르는 것이겠지요. 새로운 소식 하나를 놓고, 어떻게 알릴까를 놓고 끝까지 고민하는 신문사 데스크 풍경과 새로운 제품의 탄생을 어떻게 극적으

copy is

로 표현할까를 놓고 격론을 벌이는 광고회사 회의실의 모습은 너무나 흡사합니다. "이 기사(광고)가 독자(소비자)들에게 가장 의미 있게 받아들여질 수 있는 가치는 무엇인가." "이 일(상품)이 일어나서(나와서) 세상이 어떻게 달라지는가." 그 물음들은 결국 이렇게 요약되지요. "도대체 무엇이 새롭지?" "어떤 점을 뉴스의 꼭짓점에 놓지?"

그런 질문의 끝에 '뉴스 가치News Value'라는 이름의 잣대가 나타납니다. 뉴스의 가치를 매기는 조건 말입니다. 이를테면 이런 것들. '새로운 사실fact/저명한 인물person에 관한 일이나 유명한 곳name에서 생긴 일/가까운 곳에서 일어난 일proximity/진기한 일bizarre/중대한 사건prominence/중요한 성질의 내용importance/일반의 주의나 흥미를 끄는 일impact/때를 만난 일hourly/얘깃거리interest/수용자에게 도움이 되는 일service/전쟁, 싸움conflict.'

참으로 희한한 것은 '뉴스 가치'를 좌우하는 포인트들과 광고가 아이디어의 주안점으로 삼는 조건들은 삼쌍둥이처럼 절묘하게 포개진다는 것입니다. 생각해보십시오. 얼마나 많은 광고개론과 카피 교과서들이 '뉴스'라는 단어를 큼직큼직하게 보여주고 있는지 말입니다. 뿐입니까. 얼마나 많은 광고들이 뉴스처럼 보이기 위해 갖은 노력을 다합니까. 앵커나 아나운서를 모델로 쓰지 못해서 안달입니까.

거장ES 존 케이플스의 충고에만 귀를 기울여보아도, 카피쓰기는 뉴스가치를 찾아내는 일에 다름이 아니란 것을 금세 깨닫게 됩니다. 저 유명한 '헤드라인을 쓰는 29가지 공식'의 처음 일곱 가지 말입니다.

1. 헤드라인을 '알림'이라는 단어로 시작하라.
2. 알린다는 내용을 가진 다른 단어를 사용하라.

3. '새로운' 이라는 단어로 헤드라인을 시작하라.

4. '이제' 라는 단어로 헤드라인을 시작하라

5. '드디어' 라는 단어로 헤드라인을 시작하라.

6. 헤드라인에 날짜를 집어넣어라.

7. 헤드라인을 뉴스식으로 써라.

따지고 보면, 공식이랄 것도 없지요. 그저 사람들의 마음을 움직이는 스위치가 어디에 있는지를 새삼스럽게 떠올려주는 단서들일 뿐이지요. '뉴스'를 닮은 카피가 위력적이란 것은 소비자들 마음의 급소가 거기 있다는 것을 의미합니다. 그들은 궁금해합니다. 새로운 제품(혹은 서비스)의 출현이 자신들의 인생이란 드라마의 신scene을 어떻게 바꿔놓을지를 단박에 알고 싶어합니다. 그런 이들에게 '이제'나 '드디어' 같은 단어가 갖는 힘은 엄청난 것이지요.

그런 단어를 듣고 온 세상 사람들의 눈과 귀가 번쩍번쩍 뜨인다면 그것은 카피인 동시에 뉴스일 것입니다. "드디어 물로 가는 자동차가 나왔습니다." "드디어 대머리 치료제가 발명되었습니다." 이전before과 이후after를 분명히 구분시키는 것일수록 '빅뉴스'가 됩니다. 그러나 세상의 어떤 소식도 모두를 즐겁게 하지는 않습니다. 누구에게나 반가운 뉴스는 아닙니다. "이제 기름 값 걱정은 옛말이 되었습니다." "이제 가발이나 발모제가 필요 없는 세상이 왔습니다." 세상 모든 사람이 다 웃고 떠드는 것 같아도, 세상 어디엔가는 눈물을 흘리는 사람이 있지요. 세상 모두가 울고 있는 것 같아도, 누군가는 웃고 있기 마련입니다.

하여, 뉴스는 언제나 '관점view-point'의 문제를 데리고 다니지요. "어느 곳에서 바라볼 것인가, 누구의 처지에서 가치를 읽어낼 것인가, 어디에 중심을 두어야 균형 잡힌 소식이 될 것인가……"그런 것들을 신중히 고려하지 않을 때, 누군가에게 상처를 주거나 피해를 입히는 뉴스가 됩니다. 오해와 편견과 선입견을 낳는 뉴스가 됩니다. 오보誤報가 됩니다.

거기에 기자도 카피라이터도 부지런해져야 하는 이유가 있습니다. 책상 앞에 앉아서 전화번호나 찍고 있는 기자가 특종을 잡기 어렵듯이, 컴퓨터 앞에 앉아서 인터넷 세상이나 떠다니는 카피라이터가 빅 아이디어를 잡을 가능성은 현저히 떨어집니다. '카피 특종'을 잡자면 그 물건이나 기업이 처한 현장의 살아 있는 시선을 두루 포착해내야지요. 카피쓰기는 상품이나 기업을 상대로 뉴스를 발견하는 일. 민완敏腕 기자처럼 한발 먼저 뛰고 한 걸음 앞서 달리는 사람에게는 펄펄 뛰는 뉴스가 손에 잡히게 마련입니다. 그 '싱싱한' 뉴스가 '따끈따끈한' 아이디어의 재료가 되고 '맛있는' 카피의 주성분이 되는 것임은 두말할 나위도 없지요.

20
카피에도 신神이 있다

'학제적學際的'이란 말. 광고라는 일이나 분야를 설명할 때, 그만큼이나 적확한 효용가치를 지닌 표현도 드뭅니다. 학문과 학문이 어깨동무하고 어울려 지낸다는 뜻이지요. 두 나라 이상의 이해나 관계가 얽혀 있는 경우를 '국제적'이라 하듯이, 여러 학문이 복잡한 상관관계를 이루고 있는 것을 흔히 그렇게 표현합니다.

그러고 보니 광고는 유엔UN을 닮았습니다. 유엔이 어떤 곳입니까. 지구 위의 모든 나라들이 모여서 세상의 고난과 희망을 함께 이야기하는 곳 아닙니까. '세계는 하나'란 말을 실감케 하는 '지구의 가족회의' 지요. 그럼에도 불구하고 실체는 없습니다. 미국이나 러시아처럼 거대한 영토도 없고, 중국이나 인도처럼 엄청난 숫자의 국민도 없습니다. 있다면 인류의 번영과 세계의 평화를 지향하는 이상과 이념이 있을 뿐입니다. 만국기가 펄럭이는 유엔 빌딩이 있을 뿐입니다.

광고 또한 그렇지요. 문학, 사학, 철학처럼 유구한 전통도 없고 물리, 수학, 경제 혹은 역사처럼 고유의 영역도 없습니다.(만일 광고를 구성하는 여러 분야의 일이나 학문들이 어느 날 갑자기 광고에 대한 부역을 거부하고 자신들의 영역으로 모두 철수해버린다면 광고의 울타리 안에는 무엇이 남을까요. 텅 빈 공간만 남겠지요. 광고는 독립 능력이 없습니다. 광고를 인간에 비유하자면 그는 누군가가 부축해주지 않으면 일어서지도 못하는 사람입니다. 휠체어나 보조기가 없이는 한 걸음도 나아가지 못하는 사람입니다.) '광고 세상'이라 해봐야 '수많은 일과 학문의 깃발이 나부끼는 울타리'가 전부입니다. 그것도 가상의 성곽이어서 아무도 그 주소를 모릅니다. 그저 어딘가에 존재한다고 믿고 있을 따름이지요. 분명한 것은 그곳이 인간의 모든 학문과 예술의 성취도를 총결집시켜 소비자의 꿈을 손금 보듯이 들여다보며 그들의 행복과 안녕을 빌어주는 데라는 사실입니다.

그렇습니다. 광고본부headquarter가 하는 일은 교회나 성당의 그것과 비슷해 보입니다. 사람과 사람, 사람과 하늘 혹은 사람과 자연 사이의 오래된 약속이 잘 지켜지기를 꿈꾸고 기원하면서 말이 지닌 주술呪術의 씨앗을 뿌리는 일이니까요. 그곳도 유엔처럼 세상의 모든 에너지를 한곳으로 끌어모으지만, 광고가 행사할 수 있는 무력이란 말의 힘이 전부입니다. 유엔처럼 군사력이 있는 것도 아니고, 누군가를 무릎 꿇게 할 만큼의 강력한 제재수단을 가진 것도 아니기 때문입니다.

문득 광고인을 '광고라는 성전聖殿을 지키는 사제司祭'라 부르고 싶어집니다. 그런데 어쩐 일일까요. 카피라이터에겐 사제라는 근엄한 이름이 영 어울리지 않는다는 생각이 드는군요. 그럼 그는 무어라 해야 좋을까요. 그에겐 아무래도 이런 이름이 어울립니다. '무당巫堂!'

카피라이터는 자본주의의 '만신萬神'과 자유로이 소통하는 사람입니다.

최영 장군이나 임경업 장군의 영정影幀 대신 오길비D. Ogilvy나 케이플스의 초상을 모셔놓고 천하의 '물신物神'과 '지름신'을 불러 모으는 것이 그의 주된 임무지요. 하여, 그는 샴푸의 요정과 내통하고 나이키 귀신과 이야기합니다. 아파트 도깨비를 찾아가고 자동차의 유령을 만나러 다닙니다. 이 첨단의 세상에 애니미즘animism을 신봉하는 것이지요. 삼라만상 어느 하나 살아움직이지 않고 말 못하는 것이 없다는 믿음 말입니다. 예, 물활론物活論이지요. 카피를 쓴다는 것은 상품의 말을 알아듣고 그것들이 하고 싶은 말을 대신 해주는 일 아니던가요.

그들에게도 영매靈媒가 있다면 그것은 차별이 없는 마음입니다. 아이디어는 어디에서나 발견될 수 있다는 '열린 사고'지요. 인간은 물론 하찮은 미물과 공산품에까지 귀를 기울이는 태도라 해도 좋습니다. 남들이 업신여기는 것일수록 따뜻하게 바라볼 줄 아는 자세이기도 합니다. 못난 것일수록 더 가까이 귀를 가져다 대고, 시시한 것일수록 그윽한 눈길로 바라보십시오. 아이디어의 세계에도 블루오션blue ocean이 있다면 그곳은 '말도 안 돼'라는 이름의 바다이거나 '거길 왜 가'라는 이름의 해협일 것입니다. 천재와 백치는 거기서 만납니다. 둘은 코드가 같으니까요. 그들은 원시와 첨단 사이에 개설된 직통 노선의 단골고객들입니다. 제주도 아프리카 미술관에 가보세요. 그 껌정양반들이 만든 목각인형의 동작과 표정마다 피카소, 모딜리아니, 헨리 무어, 알렉산더 콜더가 보입니다.

그래서일까요. 카피라이터들의 책상은 성황당城隍堂 뺨치게 어지럽기 마련입니다. 말괄량이 삐삐의 '뒤죽박죽 별장'만큼 복잡합니다. 당연한 일이지요. 언제 어디서 신을 영접하게 될지 모르니까요. 그들의 신은 아주 장난기가 심해서 아무도 예상치 못한 곳에서 불쑥불쑥 뛰어나오길 좋아하거든요. 사람들 눈에 발각되지 않으려고 별 희한한 가면을 다 쓰고 나타납니다. 말이 나왔으니 이야긴데, 카피라이터들한테 책상 좀 깨끗이 하라고 말하거나 대신 청소를 해주는 과잉 친절은 베풀지 마십시오. 제단이나 성물을 훼손하는 결과를 초래할지도 모르니까요.

제 이야길 하자면, 저는 별의별 것을 다 모아두는 사람입니다. 아니, 성냥갑 하나, 극장표 한 장도 잘 버리질 못한다는 쪽이 더 정확한 표현이겠군요. 두 가지 이유가 있습니다. 놓아두면 쓸모가 있을지도 모를 것이라는 생각이 들거나 버리기조차 귀찮아서 며칠이고 그냥 놓아둔 경우지요(후자가 훨씬 많습니다). 언젠가는 책상 위에 뒹굴던 과자봉지 하나가 이런 카피를 선물하더군요. 그날 제가 찾던 카피의 신은 거기 숨어 계셨던 모양입니다.

세계적인 명품 브랜드 중에/ 상당수는 사람 이름입니다./ 대부분 그 물건을 만든 디자이너나/ 그 회사 창업주의 이름이지요.// 상품이나 상점에/ 자신의 이름을 붙인다는 것은/ 한 인간으로서의 모든 것을 걸겠다는 뜻!/ 요즘 우리 주변에도/ 그런 상표 그런 상호들이/ 부쩍 많이 눈에 띕니다.// 반가운 일입니다./ 자신의 일에/ 신념과 명예를 거는 사람들,/ 자신들의 물건에/ 양심과 자존심을 거는 사람들이/ 늘어나고 있다는 증거니까요.// 뿐만이 아닙니다./ 직원의 사진과 이름과 전화번호를/ 붙이고 다니는 식품 회사 트럭,/ 과수원 주인의 웃는 얼굴이/ 인쇄된 과일상자,/ 담당자의 사진과 이름을/ 큼직하게 걸어놓은 서비스 창구,/ 품질 책임자의 이름이/ 선명한 제품 포장지……// 대한민국을 새롭게 하는 힘입니다./ 대한민국의 자신감입니다.

　　　—SK텔레콤, 「이름을 걸고 얼굴을 걸고」, 『새로운 대한민국 이야기』

3부

카피가 잘 나오지 않거든
이중섭처럼 식구들한테 SOS를 치십시오.
요즘 꼬마들의 일상이 알고 싶은 카피라이터 처녀에게
다섯 살짜리 조카는 얼마나 신속한 '114'입니까.
냉장고에 관한 주부들의 불만을
하룻밤 새에 알아내야 하는 카피라이터 총각에게
엊그제 시집온 형수는 얼마나 고마운 '119'입니까.
식기세척기를 못마땅하게 바라보는 시어머니들의 생각을
뒤집어놓는 방법을 가르쳐준 올케는
얼마나 훌륭한 '112'입니까.

21 카피는 양궁이나 사격을 닮았다

　도하Doha 아시안게임에서 또다시 입증되었다시피, 우리나라 양궁선수들의 활솜씨는 가히 세계 제일이라 해도 과언이 아닙니다. 올림픽이건 세계선수권이건 나가기만 하면 우승. 그것도 이른바 '싹쓸이'로 전 부문을 석권하곤 하지요. 한두 해의 경이로운 기록이거나 재능을 타고난 몇몇 선수들의 영웅담에 그치는 이야기라면 그럴 수도 있다 하겠지만 똑같은 쾌거가 10년 20년 끊이질 않는데 달리 무슨 해석이 가능하겠습니까.

　정말 불가사의한 일이 아닐 수 없습니다. 우리가 생각해도 그럴진대, 국제 스포츠사회의 눈에는 얼마나 놀랍고 신기할까요?(경쟁국들은 얼마나 배가 아플까요?) 한국의 독주를 막아보려고 룰을 바꿔보고 대회 진행방식을 바꾸고 해보지만 결과는 요지부동. 세상 사람들이 무슨 꾀를 내어도 명궁 한국의 무한질주는 멈출 줄 모릅니다.

　대체 무슨 비결이 있는 걸까요? 어떤 사람은 우리가 원래부터 활 쏘는 데에는 기가 막힌 자질을 타고난 민족이라서 그렇다고 하고, 어떤 사람은 우리나라 사람들 특히 여자들의 집중력을 들춰내기도 합니다. 주몽이 생각나고 웅녀를 떠오르게 만드는 제법 뿌리 깊은 해석들인지라 한국인이라면 고개를 끄덕일 만한 이야기들입니다. 하지만, 고작 그런 이유만으로 한국 선수들이 그렇게 귀신 같은 활솜씨를 보인다고 하면, 태릉선수촌의 그들이 웃을 것입니다. 우리가 신궁神弓이라 부르는 자신들이 신의 아들딸이 아니라, 얼마나 많은 과학적 시스템과 노하우의 자식들인지를 몰라서 하는 이야기라고 말입니다. 자신들이 따낸 그 숱한 메달들이 얼마나 엄청난 피와 땀의 결정結晶인지를 몰라서 하는 말이라고 말입니다.

그렇습니다. 만일 '신궁'이라 부를 만한 사람이 있다면, 그는 자신에게 남다른 기회를 부여한 신의 배려에 상응하는 열정과 노력을 바친 사람일 것입니다. 흔한 문자로 하늘을 감동시킬 만큼 혼신의 힘을 다 쏟은 사람이겠지요. 인간들이 믿고 우러르는 전지전능한 분들의 입에서 "지독한 녀석, 내가 졌다! 너는 인간의 경지를 넘었다" 소리가 절로 나오게 하는 사람일 것입니다.

우리의 궁사弓師들은 자나 깨나 앉으나 서나 활을 놓지 않습니다. 언제 어디서나 끊임없이 활시위를 당기지요. 눈을 뜨고 잠을 자는 물고기처럼 밤낮으로 두 눈을 부릅뜨고 과녁의 정중앙을 노립니다. 날마다 수천 발의 화살을 날립니다. 그렇습니다. 소위 '이미지 트레이닝'입니다. 임의의 공간 어느 지점에 자신들의 과녁을 그려놓고 마음의 시위를 당겨 마음먹은 포인트를 펑펑 뚫는 훈련이지요.

한마디로 그들에게는 훈련과 생활이 둘이 아니라 해도 좋을 것입니다. 과정이 바르고 빈틈없다면 목표는 저절로 이뤄진다는 믿음과 한시도 긴장의 끈을 늦추지 않으려는 태도의 소유자들이니까요. 그런 이들에게 어디

사대射臺가 따로 있겠습니까. 식탁, 침대, 화장실, 자동차…… 멈춘 자리가 경기장(이 나라를 대표하는 궁사가 되기 위해선 소림사의 학생들을 닮아야 합니다) 과녁이라고 따로 있겠습니까. 메뉴판, 천장, 거울, 창문…… 눈길 가닿는 곳이 타깃!(대한민국 국가대표가 되려면 옛날 서부 활극 속의 떠돌이 총잡이가 되어야 합니다)

그렇게 마음의 시위에 화살을 먹이는 순간, 세상은 거대한 양궁장이 됩니다. '흡' 하고 큰 숨 한 번 들이켜고는 몇 초 안에 눈물을 줄줄 쏟아내는 여배우처럼, 심호흡 한 번에 세상은 자신과 목표만이 팽팽히 맞서는 적막한 공간이 됩니다. 진공 상태가 됩니다. 옆에서 누가 고함을 쳐도 못 알아듣습니다. 북을 치고 꽹과리를 쳐도 모릅니다(실제로, 우리 대표팀은 붉은 악마들의 함성이 하늘 높이 메아리치고 응원의 파도가 운동장 가득히 넘실거리는 월드컵 경기장 같은 데서 활을 쏘는 훈련을 한다지요).

물론 아무 소리도 들리지 않을 리는 없습니다. 그 악머구리 끓듯 하는 소음이 어디로 가겠습니까. 우리 선수들은 아마도 초정밀회로를 닮은 정신의 스위치(ON/OFF)를 작동시켜서 방음의 커튼을 치는 모양입니다. 아니면, 몸 바깥의 소리를 덮고도 남을 기합소리 같은 것을 몸 안에서 뿜어내는 것인지도 모르지요. 깊은 산중 폭포수 아래서 득음得音의 경지에 이른 소리꾼이 자신의 목청으로 그 세찬 물소리를 고요히 잠재우듯이 말입니다.

그러한 적요寂寥의 순간이 찾아오면 궁사의 몸은 두셋으로 쪼개집니다. 육체는 사대에 남겨두고 정신은 화살이 되어 날아갑니다. 그러고는 또 하나의 분신分身으로 하여금 과녁으로 우뚝 서게 합니다. 반대편으로 미리 가서 날아드는 화살을 정확히 끌어당기기 위함이지요. 그리고 보면 명궁名弓은 활을 쏘는 사람과 화살 그리고 과녁의 마음 모두를 한 몸에 지닌 사람일

지도 모릅니다. 분명한 것은, 그는 어떤 상황, 어떤 조건에서도 목표의 끈을 놓지 않는다는 사실. 그런 사람에게야, 천지신명도 천하를 그의 합목적적 공간으로 선뜻 빌려줄 수밖에 없지요.

그 사실을 누구보다 잘 아는 사람들이 카피라이터라는 이름의 직업을 가진 이들이지요. 카피라이터는 건곤일척乾坤一擲, 말 한마디로 세상을 뒤집을 만한 명당자리를 찾아다니는 데 하루 대부분의 시간을 보냅니다. 시장에서 한나절을 보내기도 하고 백화점이나 대리점에서 하루해를 다 보내기도 합니다. 그가 가는 곳은 어디나 말과 이미지의 화살이 어지럽게 날아다니는 곳입니다. 어떤 곳에서는 스스로 화살이 되어 날아다닙니다. 때로는 자기 자신을 과녁으로 만들어 세웁니다. 날아드는 화살을 한 몸으로 다 받아냅니다.

그렇습니다. 카피라이터는 어느 시인이 '20세기의 창조자'라 불리는 아르헨티나의 작가 보르헤스Jorge Luis Borges를 칭송하기 위해 쓴 다음 문장 속에 보이는 '우리'의 대표적 부류인지도 모릅니다. "위대한 한 작가(보르헤스)가 우리 모두가 동시에 활 쏘는 이, 화살 그리고 과녁이라는 사실을 일깨워준 것을 기억하자; 멕시코 시인 '옥타비오 파스Octavio Paz'"

"활 쏘는 사람이면서, 화살이면서 과녁인 사람." 카피라이터는 그 세 가지 역할로 자유자재로 몸을 바꿀 줄 아는 사람임에 틀림없습니다. 아니 어쩌면, 그는 우리네 인간 모두가 그 삼각관계의 주인공들임을 절실히 깨닫고 있는 사람의 하나임이 분명해 보입니다.

대단히 부끄럽고 쑥스럽기 짝이 없는 고백임을 알면서도, 제 경험 하나를 소개하렵니다. 지난 연말의 어느 날, 저는 '사람을 향합니다'라는 캠페인을 전개하고 있는 기업으로부터 '송년送年 광고' 카피 한 점을 의뢰받았습

니다. 슬로건 그대로 '사람을 향向'하는 화살 하나를 지어달라는 부탁이었
지요. 저는 생각했습니다. '이것이야말로 카피라이터 스스로 화살이면서
과녁이어야 할 일이다. 스스로에게 울림을 줄 수 있는 일이라면 누구에게
나 마찬가지일 것이다.' 그런 생각으로 저는 최후의 시간까지 펜을 들기보
다는 저를 과녁 삼아 날아오는 화살 하나를 기다려보기로 마음을 먹었습
니다.

화살은 생각보다 쉽게 날아들었습니다. 이쪽 편 길가에 차를 세우고 저
쪽 편 은행 일을 보기 위해 무단횡단을 할 때였지요. 저를 미처 발견하지 못
했는지 승용차 한 대가 신경질적인 경적을 울리며 지나갔습니다. 말로 바
꾸면 욕설에 가까운 사운드였습니다. 잠깐 기분이 나빴지만, 그 사람 쪽에
서 생각을 해보니까 벌써 저만치 가버린 차를 향해 미안하다는 손짓을 몇
번이나 하게 되더군요. 순식간의 반성이었습니다. 불과 1분 전까지만 해도
저도 운전자였다는 생각이 든 것과 동시의 일이었지요. 길을 건너자마자
수첩을 꺼내어 메모를 했습니다. "보행자＝운전자." 그 두 단어가 카피 한
편이 되었습니다.

일과를 마치고 거리로 나서면/ 회사원도 은행원도 손님이 됩니다./ 직원과
고객은/ 같은 사람입니다.// 관청 문을 열고 나서면, 시장도/ 우체국장도 시민
이 됩니다./ 공무원과 시민은/ 같은 사람입니다.// 가게 문을 닫고 나서면, 이
씨도/ 장씨도 엄마 아버지가 됩니다./ 아저씨 아주머니와 어머니 아버지는/
같은 사람입니다.// 핸들을 놓고 차를 내리면, 영희 엄마도/ 택시기사도 보행
자가 됩니다./ 운전자와 보행자는/ 같은 사람입니다.// 출장, 배낭여행, 어학
연수……/ 인천공항을 떠나는 순간 한국인은/ 외국인이 됩니다. 외국인과 내

국인은/ 같은 사람입니다.// 다시 한 해가 저무는 지금,/ 사랑의 시선으로 서로를 바라보십시오./ 그것만으로도 서로의 삶에 대한/ 조용한 응원이 될 것입니다.

— SK텔레콤 송년(2006) 광고, '같은 사람입니다'

화살이 되고 과녁이 된다는 것은 이야기하려는 일과 사물의 본질을 깨닫는 일입니다. 핵심을 파악하는 일입니다. 카피란 진술하고 설명하는 일이 아니라 요약, 함축, 상징, 비유, 암시 쪽에 가까워져야 한다는 사실을 깨닫는 데서 시작되는 일이지요. 그렇기에 카피라이터는 활을 쏘는 사람에 그쳐서는 아니 되는 것입니다. 과녁인 소비자가 반갑게 끌어당기는 화제를 찾아 '쏜살' 같이 달려가는 화살이 되어야 하는 일입니다.

최근 어느 여행사 광고에서 그런 카피를 만났습니다. "집이 그립다면 그 여행은 실패한 것이다." 어떻습니까. 과녁이 마중을 나올 카피 아닙니까. 그 여행사를 따라서 관광을 떠나고 싶지 않습니까. 적어도 그런 정도의 깨달음을 가진 사람들이 짜는 여행 스케줄이라면, 기념품 가게나 끌고 다니는 일정으로 가득하진 않을 테니까요. 그런 사람들의 회사라면 덤핑상품으로 손님이나 불러모으고 웃돈이나 요구하진 않을 테니까요.

22
카피는 한판승을 꿈꾼다

　몇 년 전에 이런 라디오 광고를 만든 일이 있습니다. 신혼부부를 소재로 젊은 층을 겨냥하여 만든 광고였지요. 내용을 요약하면 이렇습니다.

　어느 집 식사시간이 떠오르게 하는 효과음Sound effect이 들립니다. 달그락 달그락 수저 부딪치는 소리, 후루룩 쩝쩝 밥 먹는 소리…… 그렇게 조용히 식사를 하나보다 했는데, 누군가 느닷없이 숟가락을 식탁에 집어던지듯 내려놓는 소리가 납니다. 그 요란한 소리로 짐작건대 그 사람은 지금 잔뜩 화가 나 있거나 무엇인가 지독히 못마땅한 모양입니다. 드디어 그 소리의 주인공인 한 남자의 목소리가 들립니다. "자기! 이 김치 이거 사왔지!?" 이어지는 겁먹은 여자의 목소리. "어? 아…… 아, 아니……" 남자가 다그칩니다. "사왔지이?!" 또다시 기어들어가는 여자의 목소리. "아, 아니." 남자가 다시 묻습니다. "사왔지이?!" 여자는 체념한 듯이 털어놓습니다. "으응. 다음부턴 절대로 안 그럴게." 이 대목에서 청취자들은 숨을 죽입니다. '저 여자 이제 맞아 죽었군.' '그릇 깨지는 소리가 나면서 대판 싸움이 벌어지겠군.' 그러나 남자의 입에서는 이런 말이 나옵니다. "아니야! 계속 사와! 이거 우리 엄마 김치 맛인데, 뭘!"

말할 것도 없이 김치 광고입니다. '사 먹는' 김치와 '집 김치' 사이에 존재하는 인식상의 대결구조를 생활 속의 갈등구조로 옮겨 극화劇化한 것이지요. 청중audience의 기억에 꽤 깊숙이 박혀서 오래도록 잔상殘像이 남은 것으로 조사된 광고입니다. 그렇다고 노출이 많았던 것도 아닌데, 제법 커다란 성과를 거둔 셈이지요.

제 생각엔 '싸움'의 힘인 것 같습니다. 사실, 모든 광고는 소비자와의 대결이지요. 광고에 호락호락 넘어가지 않으려는 자와 보기 좋게 메치려는 자의 한판입니다. 그런 점에서 광고는 유도나 씨름을 닮았습니다. 흔히 다윗과 골리앗의 싸움에 비견되는 대결장면을 떠올려보십시오. 이를테면 최홍만崔洪萬만한 거구의 선수와 그의 반쯤 되는 덩치의 선수가 상대의 샅바를 틀어쥐고 있는 씨름판의 모습을 말입니다. 그 경기가 재미있으려면 최선수가 쓰러져야 합니다. 예기치 않은 결과가 나올수록 흥미는 더해지기 마련이니까요.

광고라는 이름의 게임 또한 마찬가지입니다. 소비자의 예상을 보기 좋게 빗나가는 극적인 반전이 있을 때 그 광고는 매력적인 것이 됩니다. 결말이 뻔히 보이는 영화나 드라마가 관객을 몰입시키지 못하듯이, 예상대로 진행되는 광고가 누구를 사로잡겠습니까. 공룡만한 덩치의 소비자가 허를 찔려서 보기 좋게 나뒹굴 때 광고는 승자가 되지요.

카피라이터가 소비자라는 어마어마한 상대와 맞붙어서 시원한 승리를 따내려면, 한마디로 '큰 기술'을 걸어야 합니다. 유도 경기로 표현하자면 '유효' '효과' 따위의 쩨쩨한 기술이 아니라 '절반'이나 '한판'을 따내야 한다는 것이지요. 카피라이터는 저 유명한 이원희李元熹 선수처럼 '한판승勝'의 주인공이 되어야 합니다. 소비자와의 대결에서 '판정'으로 가면 진 게임이라고 봐야 할 것입니다. 빅 아이디어란 '한판승'입니다.

가장 중요한 관건은 역시 상대의 힘을 이용하는 일. 그럼, 상대란 누구를 말하는가? 카피라이터 자신을 제외한 모든 사람이 상대방이지요. 예. 세상 사람 모두가 상대방입니다. 단재丹齋 신채호申采浩 선생의 역사에 관한 정의를 흉내내어 이야기한다면 카피라이터의 싸움 역시 '아我와 비아非我의 투쟁'이라 할 수 있지 않을까요. 혼자서 세상을 번쩍 들어올리는 유일한 방법, 그것은 지구의 힘과 세상 사람 모두의 힘을 이용하는 것입니다.

1980년대 초반, 나이키가 우리나라에 처음 들어왔을 때 그 신발의 성공을 낙관하는 사람은 극히 드물었습니다. "나이키? 정신 나간 사람들이로군!" "몇천 원짜리 운동화나 신는 나라에서 저렇게 몇만 원 하는 고급 운동화를 누가 신겠어?" "저 사람들 금방 보따리 싸가지고 물러갈 거야, 아마." 그때 이 카피가 나왔지요. "누가 나이키를 신는가!" 나이키에 대한 세상 사람들의 온갖 비관적 예측을 보기 좋게 뒤집어놓은 한 줄입니다.

나이키의 성공은 그 카피 역시 유명하게 만들어서 이 땅에 그 문장을 모르는 사람이 없을 정도였습니다. 바로 그때, 그 카피라이터의 강력한 라이벌이 나타났지요. 남대문시장 리어카 행상이었습니다. 싸구려 운동화를 산처럼 쌓아놓고 파는 사람이었습니다. 그런 장사치가 하나둘이 아닌데 유독 그의 점포(리어카) 앞에만 손님이 끊이질 않았습니다. 물건이 없어서 못 팔 정도로 장사가 잘 되었습니다.

비결은 광고였습니다. 그의 리어카엔 다음과 같은 카피가 큼직하게 쓰여 있었지요. "누가 나이키를 신는가? 여기 천 원짜리도 이렇게 좋은데!" 유도 심판이 곁에 있었다면 그 리어카 주인의 손을 번쩍 들어주면서 이렇게 소리쳤을 것입니다. "한판승!" 상대의 힘을 이용한 업어치기 한판! 그 사람은 카피라이터였습니다.

23

카피는 물음표 너머에 있다

경기도 파주 광탄이란 곳엘 가면 보광사普光寺라는 절이 있습니다. 서울에서 한 시간이면 가닿을 수 있지만, 세월의 거리는 엄청나게 먼 곳입니다. 절의 나이를 따지면 신라 고승高僧의 목소리가 들리고, 절의 격을 논하자면 어떤 효자 임금의 그림자가 어른거리는 절입니다. 창건설화엔 도선 국사가 등장하고, 한때는 영조의 어머니 숙빈 최씨의 묘역 소령원을 위한 원찰願刹이기도 했던 내력을 지닌 까닭이지요.

나그네를 반기는 구경거리들도 제법 많습니다. 잘 생긴 대웅전, 소리가 참 좋은 동종銅鐘, 풀어놓으면 금세 헤엄쳐 달아날 것 같은 목어木魚…… 그중에 으뜸은 역시 대웅전 벽화. 그것 하나만 보고 내려와도 발품이 아깝지 않지요. 그 필치의 독특하고 세련됨이 흔히 보는 절집 그림의 수준을 훌쩍 뛰어넘기 때문입니다. 벽화의 지은이 또한 평범한 화공畵工은 아니었던 것 같습니다.

그림의 속이 참 깊고 넓어서 한참을 빠져들게 합니다. 그린 사람의 마음

속까지 들여다보게 만듭니다. 그렇게 남다른 관심을 보이는 이에겐 보답이 따르지요. 벽화 속에서 그 '생각의 디자이너'가 천천히 이야기를 건네옵니다. 시로 말을 붙여옵니다. 이를테면 황지우의 「게눈 속의 연꽃」 같은 시. "내가 그대를 불렀기 때문에 그대가 있다/ 불을 기억하고 있는 까마득한 석기시대,/ 돌을 깨뜨려 불을 꺼내듯/ 내 마음 깨뜨려 이름을 꺼내가라." 그 시의 모티프가 되기도 했던 벽화가 '마음을 깨뜨려 이름을 꺼내가라'고 소리칩니다.

이 절에서는 그 무언無言의 메시지를 공손히 받들어 말 잘 듣는 아이가 되어보는 것도 괜찮습니다. 그러자면 이 암자를 들러보는 것이 좋지요. '수구암守口庵'. 그렇습니다. 지킬 '수'에 입 '구'…… 입을 지키는 집이란 뜻이지요. 저는 그 이름을 안고 보광사 일주문을 나올 때마다 국보급 문화재를 훔쳐 나오는 사람처럼 가슴이 뜁니다. 그 두 글자와 처음 맞닥뜨렸던 때도 그랬고, 지금도 그렇습니다.

옳습니다. 사람살이란 한마디로 '수구', 입을 지키는 일이지요. 숨 쉬고, 밥 먹고, 물 마시고, 대화하고, 노래하고…… 살아 있다는 증거들이 입 하나에 다 모아집니다. 그 집 이름에 은근히 샘이 납니다. 인생을 그렇게 심플하게 정의할 수도 있다는 사실에 맥이 탁 풀립니다. 생각해보면 카피나 아이디어란 것도 꼭 그렇지요. 누군가 말해놓은 것을 보면 너무도 쉽고 빤한 것들이어서 이런 푸념이 절로 흘러나올 때가 많지 않습니까. "아, 나도 저런 생각 했었는데." 참으로 무력한 패배 선언이 아닐 수 없지요. 그러게, 누가 '먼저' 이야기하지 말라고 했습니까. 바로 그런 관점에서 누군가는 아이디어를 이렇게 정의하더군요. '내 입에서 나올 수도 있었는데 남의 입에서 먼저 나온 것'.

U. S. P(Unique Selling Proposition)의 'U'가 떠오르는 대목입니다. 우리 광고인들이 기를 쓰고 따라다니는 그 '유니크' 말입니다. 그것 역시 '남이 못 가진' 면을 말하기보다는 '남이 못 본' 쪽을 의미하는 경우일 때가 훨씬 많지요. 생각해보세요. 그것이 어느 누구도 찾아내지 못한 것만을 가리킨다면 카피라이터들이 '남다른 생각의 방 한 칸'을 장만하기란 얼마나 어려운 일일까요. 이를 불쌍히 여긴 어느 자비로운 심판이 'U'의 '스트라이크 존'을 곱절로 넓혀주었지요. "무엇이 유니크인가? 경쟁자가 말할 수 없는 것 혹은 아직 말하지 않은 것(the competition either can not or does not)."

문득, 카피라이터를 '수구암' 스님과 견주어보고 싶어집니다. '쓸데없이 입을 열지 않는 사람, 자신보다는 남을 위해 입을 여는 사람, 입을 열 때와 다물어야 할 순간을 잘 알아차리는 사람, 소리를 질러야 할 때와 속삭여야 할 때를 아는 사람'이라 말하고 싶어집니다. 한마디로 그는 말의 빗장을 풀고 걸어야 할 시간과 장소를 잘 읽어내는 사람일 것입니다.

흉내내기 어려운 '혼자'만의 이야기가 많은 사람이 입을 잘 지키는 사람이겠지요(먼저 꺼내놓고 남한테 빼앗기는 카피가 얼마나 많은지 떠올려보십시오. 어떤 회사의 이야기였는지 기억나지 않는 말은 또 얼마나 흔한지 생각해보십시오). 말을 꺼내는 순간, 그는 지체 없이 선명한 이름표를 붙입니다. 아니면, 처음부터 '이름표가 붙은 말'만을 골라서 꺼냅니다. 물론 쉽지 않지요. 그런 말을 낳으려면 한마디 한마디를 아주 오랫동안 입안에서 우물거려야 할 것입니다. 돌덩이 같은 말들은 진종일 부수고 깨물고, 쇠가죽 같은 말들은 쉬지 않고 썰고 씹겠지요.

그렇게 말을 고르고 다듬어가며 아끼고 참는 일은 스님들의 식사법을 닮았습니다. 이른바 발우공양鉢盂供養. 먹고 난 그릇엔 물을 붓고 김치 한 쪽으로 고춧가루 하나 남김없이 닦아서, 그 물까지 마시는 검약과 겸양의 식사 말입니다. 그것은 쌀 한 톨, 국 한 숟갈이 얼마나 커다란 은혜인지를 생각하게 하지요. 잘 짜인 말 한마디가 얼마나 커다란 울림을 갖는지를 깨달은 사람들, 입을 다스릴 줄 아는 사람들의 일이니까요.

입을 지킨다는 것은 결국 말과 침묵의 가치를 가늠하며, 자기 앞에 놓인 밥 한 그릇의 의미를 읽어내는 일인지도 모릅니다. 그런 추측이 아주 터무니없지 않음을 확인시켜주는 게송偈頌이 여기 있습니다. 〈오관게五觀偈〉라는 것으로 일종의 식사 기도문이지요. 저는 이 '밥'을 위한 노래가 황송하게도 금싸라기 같은 '말'을 찾아내는 법까지 가르쳐준다고 믿는 사람입니다.

　이 음식이 어디서 왔는가?

　내 덕행德行으로는 받기가 부끄럽네.

　마음의 온갖 욕심을 버리고

　몸을 지탱하는 약으로 삼아

　도업道業을 이루고자 이 음식을 받습니다.

'음식'이란 말 대신 '물건'이란 말을 넣어보면 카피 쓰는 법이 되지요. "이 물건이 어디서 왔는가?" 카피라이터의 책상 앞(혹은 머릿속)에 와 있는 상품이 어디서 어떻게 온 것인지를 곰곰이 헤아려보는 것은 윌리엄 볼렌 William H. Bolen의 다음과 같은 질문들에 대한 답을 찾는 일입니다. "Who makes it?" "How is it made?"

볍씨 하나가 어떤 길을 걸어서 자신의 밥그릇 속까지 왔는가를 생각하노라면, 저 김제나 만경 평야 같은 들판과 우리 식탁 사이의 머나먼 길과 검게 그을린 얼굴의 사람들이 보입니다. 동시에, 우리들의 머리엔 농부의 손길을 88번 거쳐야 쌀 한 톨이 된다는 이야기가 떠오르지요. '쌀 미*' 자에 숨겨진 '팔십팔八十八'이라는 숫자에서, 절로 나오는 곡식은 하나도 없음을 새삼 깨닫게 되는 순간입니다. 농부들뿐입니까. 정미소 아저씨, 트럭기사 아저씨, 쌀집 아저씨…… 그 얼굴들이 우리들 한 끼의 식사를 얼마나 거룩하게 합니까.

예를 들어, '구운 김' 카피를 쓰게 되었다고 합시다. 제일 먼저 해야 할 일은 "이 김이 어디서 왔는가"라는 질문을 던지는 것입니다. 김 양식장이나 건조장 풍경부터 떠오르겠지요. 이어 공장이 떠오르면서 대량으로 기름이 발라지고 구워지는 장면들이 눈앞에 펼쳐지겠지요. 그러다보면 유별난 '공법'이나 '제조공정'도 눈에 띌 것입니다. "어? 굽고 또 굽네! 아, 두 번 굽는구나!" 컨베이어벨트를 따라 포장되어 떨어지는 제품이 머릿속에 그려지는 장면에 이런 카피 한 줄이 뜨겠지요. "살짝살짝 두 번 구운 '동원 양반 김'."

온 곳을 생각한 다음에 살피게 되는 것은 그 물건을 받는 사람의 마음과 처지("내 덕행으로는 받기가 부끄럽네"). 소비자의 구매행동과 판매 경로 따위를 생각하는 일과 다르지 않을 것입니다. "How, when, and where is it sold?" 그런 문답을 주고받다보면 제법 쓸 만한 카피가 제 발로 걸어오는 경우도 있지요. "노는 날 아침 점심 저녁 세끼 모두 밥으로 챙겨먹는 집이 어디 있어? 이렇게 한번 외쳐보는 게 어때. 일요일은 '짜파게티' 먹는 날."

셋째 줄("마음의 온갖 욕심 버리고")은 복잡하게 생각해서는 지혜로운 판단을 만나기 어렵다는 가르침을 품고 있지요. 거기엔 한국불교 승려들의 중요한 본분本分인 선禪의 본질이 드러나 보입니다. '선'이란 글자를 쪼개봄시다. '볼see 시示' + '홑simple 단單'. 사물과 풍경 혹은 인생과 우주를 바라보되 간단하게, 명료하게! 왜 아니겠습니까. '심플하게 보는 것'이 '선'이지요. 문제를 간단하게 만들수록 답을 찾기가 좋다는 것은 스님들에게도 중요한 가이드라인이 되는 모양입니다. 바보 소리 듣지 않으려면 심플해져야지요(Keep it Simple, Stupid). 스님들의 화두話頭란 것도 그런 것 아니던가요. 싱거울 만큼 단순하지만 우주를 쓸어담는 한마디.

카피의 세계에서 그런 한마디를 찾자면 이런 물음들을 던져볼 일입니다. "What is the chief benefit it offers?" "Has the product won extraordinary praise?" 뒤의 문장은 삼십여 년 전의 헤드라인 하나를 기억나게 합니다. "워싱턴 포스트가 격찬한 신비의 와인, 마주앙." 와인 애호가들을 술병 속에 빠뜨린 한 줄이지요.

그다음("몸을 지탱하는 약으로 삼아")은 자신이 받는 '밥' 한 그릇의 가치를 스스로 가늠해보게 하는 문장입니다. 소비자가 자기 앞의 물건을 어떤 의미로 받아들일 것인가를 상상하는 일로 바꿔볼 수 있겠지요. 똑같은 보리밥 한 그릇이 어떤 이에겐 건강식이 되고 어떤 이에겐 부실한 식사가 됩니다. 어떤 이에겐 추억의 별미가 되고, 어떤 이에겐 맛없는 밥의 대명사가 됩니다. 사람에 따라, 장소에 따라, 조건에 따라 보리밥 한 그릇의 맛과 의미는 천차만별로 달라지지요.

상품(광고)도 마찬가지입니다. 그 물건의 어떤 매력을 어디에서 누구한테 팔 것인가 하는 물음에 명쾌한 해답을 얻지 못하면 펜을 들 수가 없지요. 말하자면 이런 질문. "What are the product's customers like?" 물론 그 정도야 누가 모르겠습니까. 그러나 의외로 많은 사람들이 정말 소중한 질문 하나를 간과해버리곤 합니다. "Where will the advertising appear?"

저는 광고 제작에 있어서 이보다 더 중요한 질문도 드물다고 생각합니다. 그러나 안타깝게도 우리나라 크리에이터들이 아주 등한시하는 문제의 하나지요.

끙끙대는 후배를 도와줄 요량으로 "어디에 나갈 광고냐"라고 물으면 딱하기 그지없는 답이 돌아올 뿐입니다. "신문광고인데요." 그러면 또 묻게 됩니다. "무슨 신문? 경제지? 스포츠신문? 전문지? 영자지? 대학지? 경제지라면 무슨 신문? 매일경제? 한국경제? 매일경제라면 어느 면? 사회면? 문화면? 증권시세가 있는 면? 연예가 소식이 있는 면? 일기예보가 있는 면? 거기서도 어느 위치?" 이렇게 말하면 어떤 카피라이터는 자신이 왜 그런 것까지 알아야 하는지를 되묻고 싶은 눈초리를 분명히 드러냅니다. 그럴라치면, 저는 일본의 어떤 주류 광고의 예를 드는 것으로 답을 대신하지요.

"토요일 신문인 모양입니다. 주말의 TV프로그램 가이드가 보이고, 그 아래엔 우리 식으로 말해서 5단 37cm의 광고가 보입니다. 술 광고입니다. 비주얼은 TV프로그램을 가리키고 있는 손가락 하나. 거기에 이런 카피 한 줄이 보일 뿐입니다. '오늘 볼만한 것(TV프로그램) 하나도 없지요?' 그게 메시지의 전부입니다. 말할 것도 없이, 재미도 없는 TV 앞에 앉아 있는 것보다 자신들의 제품(술)과 함께 보내는 것이 훨씬 즐거운 주말 저녁이 될 거라는 이야기지요."

그 간단한 질문(Where will……) 하나에 그렇게 멋진 카피가 숨어 있지 않습니까. 슬기로운 카피라이터는 펜을 들기 전에 이렇게 물어봅니다. "이 광고, 구체적으로 어디에 나갈 거야?" AE에게 던지는 물음일 수도 있고 스스로를 향한 질문일 수도 있음은 물론입니다.

맨 끝 문장("도업을 이루고자 이 음식을 받습니다")은 밥값을 어떻게 계산할 것인지를 말하고 있습니다. 두루 알다시피 스님들이 밥을 먹는 목적은 '깨달은 자(Buddha)'가 되려는 것, 그들이 이루겠다고 다짐하는 '도업'은 '깨달음을 향해 가는 길'입니다. 그런 점에서, 부처가 된다는 것은 평생의 식대食代를 단번에 해결할 수 있는 신분의 주인공이 된다는 것과 같은 뜻이라고 할 수도 있지요.

'부처의 열 가지 이름如來十號'의 하나인 '응공應供'이 그런 해석을 자연스럽게 도와줍니다. '응공'은 '마땅히 공양받을 만한 분'이란 의미로서, 속되게 이르자면 '밥을 (얻어)먹을 만한 자격이 있는 사람'이라는 말입니다. 그렇습니다. 스님들은 '밥 먹을 자격'을 획득하기 위하여 그 먼 길을 가는 사람들이지요. 그러기 위해 그들은 하루라도 '공空밥'을 먹지 않으려 애를 씁니다. 끊임없이 자신의 좌표를 확인하여 스스로 가는 길이 옳은지를 확인하고, 함께 길을 가는 사람들의 언행을 참조하여 자신의 거울로 삼습니다.

광고 세계에도 그런 생각의 짝이 있습니다. 목표 수행 과정의 일관성을 유지하면서 그 목표에 부합하는 가장 이상적인 도구道具로서의 남다른 이야기를 발견하기 위해 던지는 질문이지요. '샘표 간장' 카피라이터가 이렇게 물었다고 합시다. "What has prior advertising said?" "What does competitive advertising say?"

그 물음표 너머에서 노래 하나가 들려올 것입니다. "보고서는 몰라요, 들어서도 몰라. 맛을 보고 맛을 아는 샘표 간장." 제 생각에, 그 오래된 CM송을 다시 살려낸 것은 필시 이런 질문들이었을 것만 같습니다. "우리가 지금까지 무슨 이야기를 해왔지?" "남들은 요즘 무슨 이야기를 하고 있지?" 그렇게 꼬리에 꼬리를 무는 물음표 너머로, 희미해져가던 옛날 노랫소리가 들렸겠지요. 그 노래가 여전히 소비자들의 기억 속에 반짝이고 있음을 기억해냈겠지요.

물음표는 옷걸이나 낚싯바늘을 닮았습니다. 생김새만 그런 것이 아닙니다. 물음표에 모든 생각의 옷들이 걸립니다. 물음표에 모든 생각의 물고기들이 끌려옵니다.

24
카피는 속담이다

　제가 가까이 모시는 어른의 따님 가운데 뛰어난 동시통역사가 있습니다. 아니, 그녀의 출중함을 설명하자면 그저 '뛰어나다'란 말 정도로는 부족할 지도 모릅니다. 대학 재학 중에 국비유학생이 되어 프랑스를 다녀온 재원才媛인데다 그 분야 국가대표라 할 수 있는 저명한 인물의 수제자이기도 한 사람이니까요. 한마디로 스타플레이어 급 커리어우먼입니다.

　그런 자식을 두고 자랑스러워하지 않을 아버지가 있을까요. 그 어른 또한 예외가 아닙니다. 하여, 그분이 따님 이야기를 시작하면 좌중의 웬만한 화제들은 자연스럽게 생략되거나 다음 기회로 미뤄져야 합니다. 재방송이 많은 것이 흠이긴 해도, 워낙 말씀을 맛있게 지어내시는 분이라서 같은 이야기도 들을 때마다 처음 듣는 것처럼 재미있기 때문이지요. 지금 제가 꺼내놓으려는 이야기도 그런 자리에서 들은 것 중의 하나입니다.

　나라 안에서 손꼽히는 전문가답게, 그녀의 무대는 크고 높고 넓습니다. 연회복 차림의 신사숙녀들이 모이는 외교가外交街나 고급 상담商談이 오가는 호텔 파티 혹은 학술 세미나가 열리는 대규모 회의장 같은 곳들이 대부분이지요. 하는 일들이 그렇다보니 만나는 사람의 면면도 예사롭지 않을 것임은 물어볼 필요도 없습니다. 등장인물들의 이름만 들어도 절로 호기심이 발동하는데 누가 공손히 귀를 기울이지 않을 수 있겠습니까.

한번은 조금 특별한 손님들이 그녀를 찾아왔답니다. 다름 아닌 프랑스 국영방송의 뉴스 팀. 한국의 민심과 실물경제를 취재하러 날아온 사람들이었습니다. '아시아의 용龍'으로 쾌속질주를 멈추지 않던 한국이 어째서 주춤거리게 되었는지, 브레이크가 걸린 한국인들의 사는 모습은 어떤지를 눈으로 확인하고 싶어서 온 사람들이었지요. 어쨌거나 그녀는 그 일행들의 카메라가 포착하고 싶어하는 곳을 따라다니며 만나는 사람들과의 인터뷰를 진행하는 일을 맡게 되었던 모양입니다.

가벼운 영상스케치부터 시작하고 싶었는지, 바닥의 정서부터 알고 싶었는지 그들이 처음으로 찾은 곳은 남대문시장이었다지요. 입구에 도착하기가 무섭게 카메라와 마이크를 들이대더랍니다. 시장 안의 상인들, 손님들, 행인들…… 땜내 나는 삶의 주인공들을 한 사람이라도 더 만나서 보다 리얼한 한국의 표정을 담아내려는 욕심이었을 테지요. 욕심만큼 성과도 커서, 일정은 순조로웠답니다. 빛나는 통역 솜씨 아니, 선수를 잘 만난 덕분이라 해야겠지요.

그럼에도 불구하고, 그녀는 그날이 스스로의 실력에 대한 반성을 톡톡히하게 된 하루였다고 털어놓더랍니다. 자신이 통역사가 된 이래로 가장 힘든 날이었다고 말하더랍니다. 둘째가라면 서러워할 그 고수高手가 '나는 아직도 멀었다'면서 새로운 각오를 다지더랍니다. 생선가게 할머니가 자신이 넘어서야 할 통역의 한계를 깨닫게 해주었다면서 고마워하더랍니다. 대체 무슨 일이 있었던 걸까요.

이런 일이 있었답니다. 고등어 좌판을 정리하고 있는 할머니에게 프랑스 기자가 물었다지요. "요즘 경기가 나쁘다는데 지내시기가 어떻습니까?" 어리둥절해가면서 기자와 통역사를 번갈아 쳐다보던 할머니가 시큰둥한 표정으로 이렇게 대답을 하더랍니다. "산 입에 거미줄이야 치겠어?" 순간, 통역사 여인의 눈앞이 캄캄해지더라는 것이지요. 아! 산 입에 거미줄을 친다! 자신의 입만 쳐다보고 있는 프랑스 사람들에게 무엇이라 말을 전해야 할지 난감하기 짝이 없어 울고 싶어지더란 것입니다.

그렇습니다. 이 실력파의 말문을 막은 것은 외교문서 한 줄이 아니었습니다. 외무부장관의 건배乾杯 제의가 아니었습니다. 실내악이 울려퍼지는 아름답고 근엄한 자리에서 생긴 일도 아니었습니다. 기자회견 자리도 아니고, 국제회의 석상의 고담준론高談峻論도 아니었습니다. 저잣거리 한복판이었습니다. 생선장수 할머니의 입에서 불쑥 터져나온 한마디였습니다.

국가대표 골키퍼가 동네 아저씨의 슛에 혼쭐이 난 격이라 할까요. 원고도 자료도 없이, 식순도 격식도 없이 날아온 입말 한마디의 파괴력을 호되게 경험한 것입니다. 평소에는 약속대련約束對鍊 상대 노릇이나 하다가 시합에 나선 태권도 선수가 어이없는 일격一擊을 허용한 경우라 할까요. 소비자는 백화점에만 있는 것이 아니라 후미진 시장 골목에도 있다는 사실을 눈으로 확인한 게으름뱅이 카피라이터의 깨달음이라 할까요.

카피라이터 말이 나왔으니 얘기지만 저 생선장수 할머니의 말씀은 보태고 뺄 것도 없이 훌륭한 카피입니다. 자신이 처한 현실과 보이지 않는 앞날을 어찌 그리 명징하게 그려낸 것일까요. 단언컨대, 그 솜씨는 한두 해 익힌 것이 아닙니다. 적어도 수십 년 몸으로 터득한 공력에서 비롯된 것이지요.

냉소인가 하면 따뜻한 달관이 있고, 체념인가 하면 새로운 희망과 굳건한 용기가 또렷이 내비치는 한마디입니다. "산 입에 거미줄이야 치겠어?"

제 곁에도 저 할머니의 호적수好敵手 한 분이 계십니다. 저나 제 가족 중의 누군가가 밥맛이 없다거나 시간이 없다거나 해서 밥을 먹지 않겠노라고 말하면, 이렇게 말하는 노인입니다. "왜 밥을 안 먹니? 똥 눌 데가 없니?" 그분의 그런 말씀을 듣는 순간, 저는 멍해집니다. 밥을 먹을 수 없는 까닭 중에 그토록 슬프고도 안타까운 것이 또 있을까 해서입니다. 동시에, 과연 그런 상황이 정말 있을까, 하는 생각도 꼬리를 뭅니다. 그런 일이 있다면 그것 참 기막힌 일 아닙니까. 노인은 제가 밥을 먹지 않겠다는 이유가 그 정도로 암담한 일이 아님을 알고 있는 것입니다. 하여 그 은근한 종용은 제게 "잔말 말고 어서 숟가락을 들라" 하는 일종의 명령이 되지요. 알아차리셨군요. 그렇습니다. 그 노인은 제 어머니입니다.

사실 그런 분들이 어디 제 모친뿐이겠습니까. 어떤 어른은 그저 손바닥에 올려놓고 스윽 한번 쳐다보는 것만으로도 물건의 무게를 가늠해냅니다. 그런 장면을 보면서 입을 헤벌리고 신기한 표정을 지어 보이면 그분은 이렇게 대답하지요. "눈이 저울이라오." 어떤 분은 처녀 총각이 들으면 얼굴이 뜨뜻해질 만큼 야한 이야기도 해학과 풍자로 간단하게 눙쳐서 아주 맛깔스럽게 반죽을 해냅니다. 한쪽 눈을 찡긋거리며, 이를테면 이렇게 말합니다. "죽는 년이 밑 감추랴."

그런 분들의 말씀은 처음엔 그런가보다 하고 흘려듣다가도 곰곰 새기다 보면 웃음이 절로 납니다. 헤어져 돌아오는 길에 혼자서도 웃게 만듭니다. 그런데 참으로 신기한 것은 그런 웃음 끝에는 꼭 무엇인가 서늘한 깨달음이 따라붙곤 한다는 것이지요. 그런 '말의 뼈' 속엔 책에도 없는 지혜가 들었습니다. 어리석은 이들을 위한 판단의 준거나 성찰 혹은 각성의 지침이 되는 슬기지요. 예를 들어, 쓸데없이 남 좋은 일이나 하려는 사람에게 던져지는 이런 말씀. "이 사람아, 왜 양주楊洲 밥 먹고 고양高陽 굿을 하나." 그렇지요. 밥 먹은 고장을 위해 밥값을 해야지요.

힘 하나 안 들이고 쏟아놓는데 구구절절 옳은 말, 배운 것도 많지 않은 사람의 입에서 나왔는데 꼼짝없이 고개를 끄덕이게 하는 말, 케케묵은 표현 같은데 신선하게 와닿는 말, 참으로 미련한 발상이다 싶은데 문제의 실마리를 대번에 찾아주는 말, 처음엔 어색하고 생경하기 짝이 없는데 한번 들으면 좀처럼 잊히지 않는 말, 낡고 촌스럽다는 생각이 들면서도 자꾸만 써먹고 싶어지는 말. 무엇이겠습니까. 두말할 것도 없이 속담이지요.

그렇기에 저는 그것에 대해 이런 정의를 내리기를 좋아합니다. "속담은 효과가 입증된 카피다. 카피를 쓴다는 것은 새로운 속담을 만들어내는 일과 다르지 않다." 가만히 생각해보면 카피는 속담과 여러모로 닮은꼴이란 사실을 어렵지 않게 알게 됩니다. 형식과 내용, 효용 가치 등을 아우르는 교과서적인 설명에 보이는 속담의 필요충분조건들이 카피의 그것을 빼다 박았거든요.

17세기 어느 영국 학자(J. Howell)가 말하는 속담의 세 가지 요소가 그런 심증을 간단히 굳혀줍니다. 첫째, 카피와 속담 양쪽 모두가 '단형短形, short-ness'을 추구한다는 점이 그렇습니다. 둘째, '의미와 가치意義, sense'를 겸비한 내용이라야 한다는 점에서 그렇습니다. 셋째, '함미鹹味, salt'를 지녀서 말의 맛이 살아 있어야 한다는 점이 그렇습니다. 더구나 거기에 한 가지를 더해야 한다는 이은상李殷相 선생의 주장은 카피라이터인 제 입장에서는 박수라도 치고 싶을 만큼 반가운 지적입니다. 앞의 세 요소에다 '통속성'이란 단서를 추가해야 속담의 바람직한 정의가 된다는 말씀이 그것이지요. 대중의 '공감'을 얻지 못하는 속담이 무슨 존립의 가치가 있겠는가 하는 반문反問 끝의 결론입니다.

카피와 속담의 '친연성親緣性'은 하나의 속담이 생기는 과정을 살피다보면 보다 또렷이 확인되지요. 예를 들어볼까요. 김서방이 상사병으로 몸져누웠 다는 소식을 듣고 이서방이 문병을 갔습니다. "어이구. 이사람, 눈이 10리 는 들어갔네그려." 이서방이 최서방을 만나서 김서방의 소식을 옮깁니다. "그 사람 눈이 10리는 들어갔더군." 최서방이 혀를 끌끌 찹니다. "오죽 그 리웠으면 그리 되었겠는가. 얼마나 기다렸으면 눈이 그렇게 푹 꺼졌겠는 가." 소식을 듣고 찾아간 동네 사람들 모두가 하나같이 입을 모읍니다. "아 이고 불쌍한 우리 김서방. 정말 눈이 10리는 들어갔군그래."

'눈이 10리나 들어갔다'는 이서방의 묘사는 금세 온 동네 사람의 공인을 받습니다. 머지않아서 같은 상황을 만난 모든 사람들의 입에 오르내립니 다. 며칠 굶어서 눈이 움푹 꺼진 금촌댁의 얼굴을 설명할 때도 쓰이고, 빚 독촉에 시달려서 해쓱해진 대추나무 영감님의 얼굴을 말할 때도 쓰입니다. 군대 간 사내의 제대 날짜를 손꼽아 기다리는 아랫마을 처녀의 얼굴 이야 기를 하는 데에도 쓰입니다.

길지도 않은 한마디가 사람의 얼굴을 사진처럼 찍어 보여주기 때문입니 다. 어렵지도 않은 말이 씹을수록 맛이 나기 때문입니다. '사람의 눈이 어 떻게 10리나 들어가느냐'고 아무도 시비를 걸지 않기 때문입니다. 그 터무 니없는 과장법에 남녀노소 모두가 두말없이 합의를 보아준 때문입니다.

이런 슬로건 기억하십니까. "순간의 선택이 10년을 좌우합니다." 이것은 카피인 동시에 속담입니다. 수십 년 동안 이 나라의 사람과 사람 사이를 건

copy is

너다닌 말입니다. 10년쯤 묵은 금성 제품 하나 없는 집이 없던 시절이기에, 그 이야기를 듣고 보는 사람마다 고개를 끄덕였지요. 우리나라 가전제품의 원조요, 종가라는 명실상부한 자신감이 만든 그 한마디는 생활 속에서도 흥미로운 공명共鳴을 일으키며 끝없이 퍼져나갔지요.

연애와 결혼 사이 혹은 그 언저리에서 쭈뼛거리는 처녀 총각 들은 카피 속의 '10년'을 '평생'으로 바꾸어 배우자 선택의 어려움을 일컫는 비유로 써먹었습니다. 학생들은 정답을 잘 찍어야 된다는 뜻이나 공부를 방해하는 요소들의 유혹을 자신 있게 뿌리쳐야 자신들의 미래가 밝다는 의미로 읊어 댔습니다. 놀라운 일 아닙니까. 공부하기 싫어하는 학생을 닮은 소비자들이 스스로 응용력까지 발휘해가면서 광고메시지를 그토록 적극적으로 수용하고 학습한다는 사실 말입니다. 그것도 나쁜 뜻으로 쓰는 것도 아니고, 실없는 우스개도 아니며, 본래의 뜻을 심하게 비틀어놓은 것도 아니었으니, 광고주는 얼마나 흐뭇했을까요.

그 한 줄이 LG전자의 전신 금성사를 가전家電의 대명사로 만들었다면 지나친 과장이겠지만, 그 한 줄이 얼마나 많은 이들을 충성스런 고객으로 만들었을까를 짐작하기란 그리 어렵지 않습니다. 여기에서 좋은 카피의 덕목 하나가 저절로 굴러 떨어집니다. '공감대를 넓히면 방방곡곡 남녀노소가 통한다.' 이 나라뿐이겠습니까. 지구 위의 모든 나라가 통하지요. 지구 위의 모든 사람이 통하지요. 속담을 자칫 겨레붙이끼리나 통하는 폐쇄된 언어, 시시한 옛 표현쯤으로 낮춰 생각한다면, 참으로 억울한 표정을 짓는 속담들이 많을 것입니다. 여러 나라의 속담을 모아놓고 들여다보면 놀랄 만한 국제성, 현대성이 발견되거든요. 수백 수천 년 동안 다듬어져 만들어졌기 때문일까요. 그렇게 다듬어지는 동안에 다른 민족에게도 슬금슬금 옮겨진 까닭일까요. 아니면, 아주 오랜 옛날 어딘가에, 지구상에 존재하는 숱한 민족의 조상들이 모여서 국제회합이라도 가졌던 것일까요. 어쩌면 이렇게 닮았을까요.

> 벽에도 귀가 있다.(독일)
>
> 나무에도 벽에도 귀가 있다.(영국)
>
> 숲 속에 귀가 있다.(이탈리아)
>
> 벽에도 돌에도 귀가 있다.(일본)
>
> 壁有耳垣有耳.(중국)

홍미롭지요? 독일과 영국, 이탈리아가 닮은 것이나 중국과 일본이 비슷한 것은 그렇다 해도, 어쩌면 독일과 일본이 같을 수가 있지요? 영국과 중국이 저토록 닮을 수가 있지요? 오랜 옛날로 올라가면 사람은 한 모습이었음을 확인하게 하는 증거가 아닐까요. 자못 신기하다는 생각까지 듭니다. 그렇다고 하여도, 어떻게 그토록 오랜 세월을 똑같이 이어내려올 수 있었을까요.

보다 홍미로운 것은, 그 어느 나라 속담도 우리의 그것만은 못하다는 것입니다. 모두들 벽에 귀가 달렸다는 이야기만 했지, 그것이 누구의 귀인지 아무도 밝혀내진 못하고 있지 않은가요. 우리 속담은 그것을 콕 집어내고 있습니다. 구체적인 주인공을 설정함으로써 훨씬 생동감 있는 표현을 만들어내고 있습니다. "낮 말은 새가 듣고 밤 말은 쥐가 듣는다."

속담의 소비자가 살피고 주의해야 할 상대의 이름까지 들추어서 보다 각별한 '말조심, 입조심'을 실천하게 만들고 있지 않은가요. 우리 조상들은 한 수 위였습니다. 속담에 인명이나 지명, 전설이나 풍습을 결부시키면 훨씬 더 신뢰감이 드는 표현이 된다는 것을 알았으니까요. 지어낸 이야기보다는 리얼리티가 충만한 다큐멘터리가 한결 더 큰 공감을 자아낸다는 것을 깨달았으니까요. "유비劉備냐 울기도 잘한다." "한번 가더니 함흥차사咸興差使로군." "이왕이면 창덕궁昌德宮!"

문득 언젠가 속담처럼 회자되던 양복 광고의 결구結句 하나가 생각납니다. 회의실에서든, 식당이나 술집에서든…… 별로 힘들이지 않고 손쉽게 의견이 모아지는 순간 사람들은 소리쳤지요. "결론은 버킹검!"

25

카피는 세일즈맨이 잘 쓴다

20여 년 전 어느 봄날, 예비군 훈련장에서 있었던 일입니다. 연병장 귀퉁이 볕바른 비탈에 앉아서 정훈교육을 받고 있었지요. 아니, 교관 혼자서 열변을 토하고 있는 자리에 한 무리의 예비군들이 모여 있었다고 해야 더 정확한 표현일 것입니다. 반은 졸고 반은 딴청을 피우고 있었으니까요. 그렇게 흐트러지고 뜨뜻미지근한 학습 분위기를 바꿔볼 요량이었는지 교관이 뜬금없는 질문 하나를 던졌습니다.

"여러분, 중공(중국)과 소련(러시아)이 싸우면 누가 이길 것 같습니까." 그 난데없는 질문이 꽤 의미심장한 타협의 제스처임을 알아챈 예비군들이 제법 성의 있는 태도로 답을 쏟아냈습니다. "중국이요." "소련요." "에이, 소련이 이기지." "중국이 이긴다니까." 탱크가 어떻고, 제공권制空權이 어떻고, 잠수함 따위 해군력이 어떻고…… 어제의 용사들답게 진지한 해석들이 난무했습니다. 급기야 두 패로 팽팽히 의견이 갈린 우리는 선생님을 쳐다보는 초등학교 일학년의 눈망울로 교관의 판정을 기다렸지요.

교관이 만족스런 표정으로 답을 내놓았습니다. "중국입니다. 전력戰力? 전략戰略? 그런 것 들먹일 필요도 없습니다. 심플한 전술 하나로 전쟁은 끝나니까요. 그렇습니다. 인해전술. 개전開戰 초부터 중국은 무조건 투항을 하는 것입니다. 십만 명, 백만 명…… 날마다 엄청난 병력이 포로가 되는 것이지요. 순식간에 전세戰勢는 중국 쪽으로 기울 것입니다. 생각해보십시오. 잠깐 새에 몇백, 몇천으로 늘어나는 포로를 어떻게 감당할 수 있겠습니까. 먹여야죠, 입혀야죠, 관리해야죠. 시시각각으로 단위가 달라져야 하는 시설과 비용, 물자와 인력. 결국 소련은 손을 들 수밖에 없다, 이 말씀이지요."

퍽 그럴싸한 이야기 아닙니까. 13억이던가요. 그러고 보면 그 어마어마한 숫자의 '입人口'들이 중국의 발전을 가로막는 걸림돌만은 아닌 모양입니다. 아니, 어쩌면 핵폭탄만큼이나 든든한 무기지요. 아무려나, 나라는 크고 볼 일입니다. 사람이 산을 이루고 사람이 바다가 되는 나라. 몇백 만이나 몇천 만쯤은 '소수' 혹은 '일부'의 인민이라고 표현하는 나라. 명절날 고향에 가기 위해 몇날 며칠을 기차에 앉아 있어야 하는 나라. 산불 한번 나면 석 달 열흘을 타고, 사막의 일진광풍一陣狂風이 지구 동쪽 하늘을 온통 싯누렇게 만들어놓는 나라. 그 인구의 반의반 아니 10%, 아니 1%만 상대로 사업을 한대도 그게 어디냐며, 세계의 비즈니스맨들이 군침을 삼키는 나라.

하여 중국은 『걸리버 여행기』의 무대만큼이나 흥미로운 상상의 원천이 됩니다. 만일 그들이 입을 모아 소리를 지른다면, 저 일본열도까지 쾅쾅 울리겠지요. 일본이 다 뭡니까. 미국 본토까지 땅울림이 일어날 것입니다. 저 『삼국유사』 수로부인 설화에도 나오듯이 '뭇사람의 입은 쇠도 녹인다' 하지 않던가요. 바다 밑의 용까지 움직인다지 않던가요. 태평양에 거대한 쓰나미가 생길지도 모릅니다.

그런 터무니없는 공상 끝에 매달리는 생각. "'광고전쟁' 역시 규모의 게임! 승리의 비결은 상대보다 얼마나 많은 입을 가졌느냐 혹은 동원할 수 있느냐에 달린 것 아닐까요. 일시에 얼마나 큰 함성을 질러댈 수 있느냐 하는 문제랄 수도 있지요. 사실, 세일즈맨이 십만이나 백만 명쯤 된다면 광고는 필요 없지 않을까요. 광고란 것도 결국 일일이 소비자를 만나러 다닐 사람이 없고, 시간이 없어서 하는 것 아닙니까. 사람이 없으니 발행부수 백만의 신문지면을 사고, 시간이 없으니 '9시 뉴스'를 사겠지요. 세일즈맨이 십 분 이십 분 해야 할 이야기를 신문 '돌출광고' 하나가 대신하게 하고, 한 시간 두 시간 설명하고 설득해야 할 이야기를 전면광고나 십오 초 필름에 맡기는 것이겠지요. 그렇게 보면 더 좋은 지면, 더 좋은 프로그램을 잡으려는 것은 세일즈맨의 숫자를 늘리려는 일, 백만 대군 천만 대군을 불러모으는 일."

　조금 더 생각해보니 이런 결론도 나옵니다. "광고전쟁은 입의 싸움입니다. 많은 입을 가진 쪽이 유리하지요. 비교가 되지 않을 만큼 큰 소리를 낼 수 있다면 승부는 간단히 가려질 것입니다. 광고에서도 인해전술은 통한다는 이야기지요. 그러나 덩치가 크다고, 목청이 크다고 늘 이기는 것은 아닙니다. 지혜로운 세일즈맨 한 사람이 생각 없이 움직이는 열 명의 비즈니스 성취도를 훌쩍 뛰어넘는 이치와 같은 까닭에서지요."

　예를 들어봅시다. 여기는 출근시간 직후의 어느 출판사 영업파트. 팀장의 업무 지시를 듣는 세일즈맨들의 표정이 경쾌하면서도 진지합니다. "오늘의 책은 『중학생을 위한 학습백과』 십오만 원짜리 전집입니다." 더 들을 필요도 없다는 듯이 대부분의 사원들이 우르르 일어납니다. 영업 하루 이틀 해보냐는 듯이, 일분일초가 아깝다는 듯이 견본과 카탈로그를 챙기기 바쁘게 사무실을 빠져나갑니다. 고객을 한 사람이라도 더 만나야 한 질▲이라도 더 팔 수 있다는 생각으로 커피 한잔의 유혹도 뿌리치고 나서는 사람들입니다.

그런데, 어떤 조직에든 대다수의 구성원들과 여러 모로 대조적인 사람들이 있기 마련이지요. 커피를 뽑아 마시면서 여유를 부리고 있는 저 '김대리'가 대표적인 사람입니다. 김대리는 조간신문을 훑으며, 천천히 컴퓨터를 켭니다. 몇 번인가 인터넷 지식 검색창을 열었다 닫습니다. 그때마다 무엇인가를 수첩에 옮겨 적습니다. 이를테면, 우리나라 중학생 학부모의 평균연령, 아파트의 크기, 자동차의 종류……

아, 그는 커피나 즐기는 것이 아니었습니다. 이승엽李承燁의 타율이나 챙기고 인터넷 연예기사나 클릭하려고 자리를 뜨지 못하는 것이 아니었습니다. 그는 그날의 전략을 세우고 있었던 것입니다. 중학생 부모를 더 많이 만날 수 있는 아파트 단지가 어디인지, 동선動線을 어떻게 그려야 시간의 낭비가 없을지. 오늘 팔아야 할 물건의 세일즈 포인트는 무엇인지.

구상을 끝낸 김대리가 일어섭니다. 목동 무지개아파트에서 시작해서 반포 주공아파트까지 빈틈없이 계산된 코스를 따라 움직여볼 생각입니다. 예상은 적중해서 벨을 누르는 집마다 중학생 엄마가 나타납니다. 물론, 어느 집의 문이나 쉽게 열리지 않습니다. 어떤 정신 나간 여자가, 초인종 소리만 듣고 문을 선뜻 열어주겠습니까. "누구세요"라는 질문에 무어라고 답해야 쉽게 문이 열리는지를 생각할 일입니다. "드릴 말씀이 있습니다." "예. 출판사에서 나왔습니다." "좋은 책 하나 가지고 왔거든요."

당신이라면 어떻게 말하겠습니까. 김대리는 이렇게 말했습니다. "예. 이 댁에 중학생이 있지요!" 좋은 '열쇠 말key word' 아닙니까. 생각해보십시오. 이 땅에 어느 어머니가, 지금 막 학교에 간 아이의 이야기에 무심할 수 있겠습니까. 화들짝 문이 열릴 것입니다. 설거지를 하던 중이었다면 고무장갑을 낀 채로 뛰어나와 문을 열 것입니다. 굳게 닫힌 문을 열게 만드는 한마디, 그렇다면 그것은 좋은 헤드라인이라 해도 무방할 테지요. 말하자면, 김대리는 입으로 카피를 쓴 것입니다. 그 한마디를 신문광고 헤드라인의 자리로 그대로 옮겨봅시다. "댁에 중학생이 있으십니까" 혹은 "중학생 자녀를 두신 학부모님들께!" 카피 교과서들이 이른바 헤드라인의 네 가지 기능 중의 하나로 꼽는 '고객의 선정選定'을 확실하게 보여주는 준수한 카피 아닌가요.

자, 그러나 아직은 좋아할 때가 아닙니다. 대문이 열렸다고 해서 마음이 열린 것은 아니니까요. 문은 안전 고리가 채워진 채 겨우 열려 있고, 빨간 고무장갑의 주인공은 얼굴의 반쯤을 보여주고 있을 뿐입니다. 의혹의 눈초리와 함께 날아오는 질문. "그런데, 왜 그러시죠." 이 대목에서 바람직한 대사가 이어지지 않으면, 그나마 열린 문은 가차 없이 닫히고 맙니다. 소금을 뿌리는 한마디와 함께. "난 또 뭐라고!" '서브 헤드sub headline'가 형편없으면 멈췄던 시선이 황급히 거두어지는 것은 당연한 일이지요. 어떻습니까. 카피라이터와 세일즈맨의 운명은 다를 게 전혀 없지요.

일본광고업협회Japan Advertising Agencies Association의 광고에 관한 광고카피가 생각나는군요. "광고가 당신을 노크합니다. 감동이 당신의 마음을 엽니다(廣告があなたをノックする。感動があなたの心を開く)." 옳지요. 광고가 그렇다면, 카피라이터는 소비자 마음의 문을 노크하는 사람, 감동의 에너지로 그 문이 열리게 하는 사람. 세일즈맨의 역할도 마찬가지 아닙니까. 굳게 닫힌 상대로 하여금 마음의 빗장을 풀게 해서 이야기의 문을 여는 사람! 궁극적으로는 두 사람 모두 누군가의 지갑을 열기 위하여 노력하는 사람이지

요. 잠긴 문을 손쉽게 열어젖히는 법과 지갑이나 핸드백의 지퍼가 소리 없이 열리게 하는 노하우를 밤낮으로 연구하고 수련하는 사람.

그렇다면 소매치기나 강도? 그렇습니다. 광고인은 섭섭하게도 그런 흉측한 사람들과 무척이나 비슷한 일을 합니다. 특히 '목표가 뚜렷한' 일을 한다는 점에서는 비슷한 정도가 아니라 똑같다고 해야지요. 차이점이라면 지갑을 열게 하는 수단(주먹, 총, 칼 : 언어). 그러나 잘못하면 그것도 같아집니다. "칼만 안 들었지 완전히 강도네." 결국 광고인과 강도의 변별 포인트는 이것 하나인 것 같습니다. '지갑을 여는 사람의 태도!' 못 이겨서(억지로) 여는가. 마음에 들어서 (스스로) 여는가……

카피 혹은 아이디어의 위대한 스승들 중에 세일즈맨 경력을 가진 사람이 의외로 많다는 사실 또한 카피라이터들에게 소중한 교훈 하나를 던져줍니다. 카피의 기술(만일 그런 것이 있다면)이란 대학 강의실이나 교과서를 통한 학습의 대상이 아니란 것 말입니다. 보통의 세일즈맨들이 한두 대의 자동차를 팔 때 다섯 대 열 대를 파는 사람이 있다면 그는 틀림없이 좋은 헤드라인을 가지고 있거나 돌아서려는 고객을 꼼짝 못하게 사로잡는 '서브 헤드'를 만들어내는 사람임에 틀림없습니다. 야구 투수에 비유하자면 빼어난 '유인구誘引球'와 확실한 '결정구winning shot'를 가진 선수지요. 던지는 헤드라인마다 감동의 '스트라이크 존'을 보기 좋게 통과한다면, 그 카피라이터는 세상 모든 유형의 타자들 마음속을 훤히 들여다보는 사람일 것입니다. 존 케이플스의 다음과 같은 충고는 승부를 결정짓는 공, '헤드라인'의 가치를 잘 말해줍니다.

헤드라인은 광고의 생명입니다. 가장 좋은 헤드라인은 이기심을 자극하거나 새로운 뉴스를 제공하는 것입니다. 긴 헤드라인이라도 알맹이가 있다면 의미도 없이 짧기만 한 헤드라인보다는 효과적입니다. 헤드라인은 어느 것이나 하나의 역할을 하고 있다는 것을 명심해주십시오. 헤드라인은 믿을 수 있는 약속을 해서 예상 고객들의 시선을 멈추게 해야 합니다. 메시지에는 어느 것이나 헤드라인이 있습니다. 텔레비전의 경우에는 필름의 첫 시작이 헤드라인이고, 라디오에서는 처음 나오는 몇 마디 말이 헤드라인이지요. 인쇄매체의 경우에는 첫 문장이 헤드라인입니다. 심지어는 전화를 거는 데에도 헤드라인이 있습니다. 좋은 헤드라인을 쓰십시오. 그러면 틀림없이 좋은 광고가 될 것입니다. 그러나 헤드라인이 나쁘면 제 아무리 위대한 광고인이라도 좋은 광고를 만들 수가 없습니다. 아무리 카피를 잘 썼다고 해도, 사람들이 그것을 읽으려고 멈춰주지 않는다면 광고가 제 힘을 발휘할 수 없을 테니까요.

노력에 비해 성과가 시원찮은 세일즈맨이 있다면 그는 헤드라인 공부를 해볼 일입니다. 연필 끝이 자꾸만 무디어지는 카피라이터가 있다면 그는 훌륭한 세일즈맨의 헤드라인을 배워볼 일입니다. 세일즈맨의 이야기는 살아 있는 카피지요. 카피는 '인쇄된 상술printed salesmanship'이니까요. 카피가 써지지 않는다고 말하지 마십시오. 할 말이 없다고 말하십시오. 화제를 발견하지 못했다거나 관점을 찾지 못했다고 말하십시오.
　'카피copy'와 '라이터writer'라는 말의 결합은 20세기까지는 불편이 없었지만, 앞으로는 점점 더 심각한 오해와 불편을 만날 수밖에 없을 것 같습니다. 대안이 있느냐고요? 핼 스테빈스가 『카피캡슐』에서 카피라이터와 동의어로 쓰고 있는 '카피 맨copy man'이라는 말이 바람직한 카피라이터의 세계와 희망적인 미래상을 훨씬 더 잘 보여준다는 생각에서입니다. 서두를 필요까지는 없으나, 논의의 필요성은 충분해 보입니다.

카피라이터가 '쓰는 사람'이라는 생각을 버릴 때, 아이디어는 손을 들고 나옵니다. 제 발로 걸어옵니다. 카피라이터가 '작가연然, 아티스트연'하면 말과 문장이 꼬리를 칠 뿐, 마음을 열게 하고 지갑을 열게 하는 아이디어는 더 깊은 곳으로 종적을 감춰버리기 일쑤입니다. '대신 글을 써주는 사람'이란 자기암시가 은연중에 일의 내용이나 가치의 판독을 방해하기 때문이지요. 여대생들을 타깃으로 패션 가방을 판다면 가방 카피를 쓰겠다는 생각보다는 대리점 주인이 되어보는 것이 한결 더 좋은 아이디어를 만나는 지름길일 것입니다. 그보다 더 좋은 방법은 그 가방을 팔기 위해 대학가 교문 앞이나 '이대 앞' 지하철역 플랫폼에 나섰다고 생각해보는 것이지요.

병아리 카피라이터일수록 자신의 글이 '물건을 팔기 위한 글'이라는 사실을 자주 잊어버립니다. '라이터'라는 이름의 아름다운 최면 탓입니다. 그 환상이 남대문시장에서 물건을 파는 사람에게 턱시도를 입힙니다. 드레스를 입게 합니다. 물론 카피라이터의 무대엔 때로 고급스럽고 세련된 정장 차림의 역할도 있긴 있지요. 하지만 청바지나 작업복이 어울리는 역할이라면? 분명한 것은 자신이 무엇을 말하기 위해 연필을 깎는지를 항상 확인해야 한다는 사실이지요.

업계의 리더 혹은 넘버원 상품의 카피라이터라면 저 소련과 싸우게 된 중국군 병사처럼 태평할 수 있겠지만, 우리가 모시게 되는 광고주 열에 아홉은 2등이거나 3등입니다. 혹은 무명無名에 가까운 꼴찌입니다. 그럴 때, 카피라이터는 중국군 병사가 아니라, 영화 〈300〉의 스파르타 병사들이 되지 않으면 안 됩니다. 그야말로 스스로를 육탄肉彈으로 던져야지요. 클라이언트의 전력을 '일당백一當百'이나 '일기당천一騎當千'으로 키워내는 '전사戰士'가 되어야지요. 꼭 확인하십시오. 자신이 어슬렁어슬렁 걸어가 붙잡히기만 해도 이길 수 있는 나라의 병사인지 아닌지.

26
카피는 '데페이즈망'이다

영동고속도로의 시발점, 인천 외곽 어느 동네엔 '의자왕'이 살고 있습니다. 놀랍지요. 백제 마지막 임금이 천 몇백 년을 훌쩍 뛰어넘어 인천에 와 살고 있다니 말입니다. 물론 그에게는 이곳이 그리 낯선 고장은 아닐 것입니다. 저 백제의 시조 온조가 하남위례성을 이룩할 적에 그의 형 비류가 세운 '미추홀' 왕국 옛 자리가 여기서 지척이니까요. 아, '문학경기장' 근처라 하면 더욱 쉽겠군요.

그뿐 아닙니다. 백제의 사신들이 중국으로 건너가던 나루터 '능허대凌虛臺, 중국과의 뱃길이 처음 열린 곳'도 멀지 않아서 이 언저리가 백제사의 뿌리 깊은 연고지임을 증명합니다. 그렇긴 해도 의자왕의 출현은 경이로운 일이지요. 대체 어찌된 일일까요. 패망 직후 당나라로 끌려가 생애를 마친 그의 혼백이 어떻게 이곳에다 집을 마련한 것일까요.

어쨌거나 제가 지나다니는 길가에는 그의 집이 있습니다. 창고 형태의 흰색 건물 이층 이마엔 그의 이름표가 대문짝만하게 붙어 있습니다. '의자왕'. 이름 밑에는 홈페이지 주소까지 적혀 있습니다. 아, 그런데 이를 어쩌지요. 아무래도 제가 사람을 잘못 알아본 것 같습니다. 그는 '의자왕義慈王'이 아니라 '의자왕椅子王'입니다. 'www.chairboss.com'.

조금 싱거워졌나요. 그래도 재미있지 않습니까. 의자 메이커 '의자왕'. 그 이름에 '듀오백'의 광고 하나가 겹쳐지는군요. 고등학교 남학생들의 짓궂은 우스갯소리를 실마리로 풀어낸 광고입니다. "의자왕…… 의자를 타고 의자와 몸이 하나가 되어 전투에서 승리한 왕이 있었는데…… 그 의자가 지금도 전해지고……" 물론 황당하기 짝이 없는 이야기지요. 그런 말장난이라면 충무공은 '충무김밥'을 먹어가며 싸웠다거나, 원래 충무로 영화감독 출신이었다는 이야기도 나와야 할 것입니다.

그런데 그 '의자왕'의 집이 행인들의 눈길을 잡아끄는 까닭은 '브랜드'의 기발함에만 있는 것이 아닙니다. 의자왕 옆에는 또 한 사나이가 가부좌跏趺坐를 틀고 앉아 있기 때문이지요. 의자왕의 세월보다 훨씬 더 오랜 옛날로부터 타임머신을 타고 온 사람입니다. 백제와는 비교도 할 수 없을 만큼 먼 나라에서 온 사람입니다. 게다가 그는 보통 사람이 아닙니다. 온몸에서 금빛이 나는 사람입니다. 누더기를 걸치고 걸식을 하며 평생을 길에서 보낸 사람이지만, 세상이 우러르는 성자聖者입니다. 그래서일까요. 그는 오늘도 대로변 창가에 앉아서 지나다니는 수레車와 중생들을 그윽한 눈길로 굽어보고 있습니다. 그렇습니다. 석가모니입니다. 더 정확히 말하자면 '금동불상金銅佛像'이지요.

희한한 일 아닌가요. 절도 아니고 암자도 아닌 건물 외벽 창턱에 장난감 인형처럼 나앉은 불상. 하여, 저는 그 집 앞을 지날 때마다 태국이나 스리랑카 혹은 미얀마 같은 남방 불교국가를 여행하고 있는 것 같은 착각에 빠지곤 한답니다. 온 국토가 사원寺院인 나라들 말입니다. 그런 곳이라면 어떤 곳에서 부처를 맞닥뜨린대도 놀라운 일이 아닐 테니까요. 놀랍기는커녕 너무도 일상적인 풍경일 것입니다.

그는 세상 모든 종교의 우두머리가 그렇듯이 아니 계신 곳 없는 분이니까요. '편재遍在' 혹은 '편만遍滿'하시는 분. 그는 원하는 곳 어디에나 몸과 마음을 뻗칠 수 있는 존재입니다. 한마디로 '유비쿼터스Ubiquitous'! 그렇기에, 그의 국토는 우리가 떠올릴 수 있는 생각의 영토보다도 넓고 크지요. 오죽하면 '부처님 손바닥'이란 속담이 생겨났겠습니까.

이야기 한 토막. 제 대학 시절의 일입니다. 수업이 일찍 끝난 오후였지요. 친구와 함께 법당(불교종립 학교라서 대웅전이 있음) 앞 계단에 앉아 담배를 피우고 있었습니다. 금연 구역이란 것을 뻔히 알면서 공연히 어리석은 위세를 부리고 있었을 것입니다. 금지나 금기의 울타리를 슬쩍슬쩍 넘어서는 것을 '짜릿한 게임'으로 여기던 시절이었으니까요. 지나가던 노교수 한 분이 저희를 보고 호통치셨습니다. "이봐, 자네들. 부처님 계신 데서 담배를 피우면 어떻게 하나!" 어른 말씀이라고 다소곳이 고개를 숙일 나이가 아닌 저희들의 태도가 고분고분했을 리 없지요. 충청도 출신의 제 친구가 느릿느릿 말대답을 했습니다. "부처님 안 계신 곳 좀 일러주십시오. 거기 가서 담배를 피우겠습니다." 주변에 있던 학생들은 킥킥거리기 시작했고, 노교수는 벌겋게 달아오른 얼굴로 슬금슬금 뒷걸음을 치셨습니다.

제 친구의 생각이 백번 옳지 않습니까. 인간이 믿고 따르는 크고 높으신 분들은 언제나 우리 곁에 '함께하는' 분들이지요. 하지만 실제로 그런 분들을 만나 뵙는다는 것은 '전설의 고향'에서나 가능한 일 아닙니까. 하여, 그런 분을 '친견親見'했다거나 '영접'했다거나 하는 이야기만 들어도 신비롭고 놀랍지요. 더군다나 그 현신現身이 의외의 장소라면 더 말할 나위도 없습니다. 반도체의 플래시 메모리 칩에서 예수의 얼굴이 보였다거나 자동차 백미러에 '우담바라(3천 년 만에 한 번 핀다는 신령스러운 꽃)'가 피었다는 뉴스가 그렇지요.

익숙한 일들은 좋은 뉴스거리가 되기 어렵습니다. '빅뉴스'일수록 낯선 장면들과 귀를 의심하게 하는 이야기들의 만남이지요. 그것도 '느닷없이!' 나타나야 합니다. '주먹(놀라움)'이 날아오는 방향을 예측한 권투선수가 상대의 주먹을 허용할 가능성은 아주 적으니까요. 그런 주먹이라면 상대를 맞추더라도 가드guard 언저리나 두드려서 소리만 요란한 펀치가 되기 십상입니다. 예기치 않은unexpected 방향에서 별안간 날아든 주먹이라야 KO펀치가 되듯이, 상대를 꼼짝 못하게 만드는 경이감은 '낯선 시간과 공간'이라는 링에서 키워집니다.

그런 점에서 광고회사 '영 앤 루비캠Young & Rubicam' 사람들이 자신들의 PR 광고를 통해 보여주는 '임팩트'의 '뜻맛意味'은 씹을수록 좋습니다.

IMPACT

ACCORDING TO WEBSTER: The single instantaneous striking of a body in motion against another body.

ACCORDING TO YOUNG & RUBICAM: That quality in an advertisement which strikes suddenly against the reader's indifference and enlivens his mind to receive a sales message.

'무심코 광고를 바라보는 대중들이(자신도 모르는 사이에) 순간적으로 메시지를 받아들이게 하는' 매력적인 방법 하나는 사물(혹은 상품)이나 소비자의 위치를 바꿔놓는 일입니다. 소비자가 자신이 서 있는 자리에서 이방인이 되게 만드는 것입니다. '이상한 나라의 앨리스'를 만드는 것이지요. 시차가 느껴질 만큼 멀고 낯선 장소로 옮겨놓을수록 좋습니다.

이 글의 성급한 결론 하나는 이 땅의 주니어 크리에이터들이 우리 시대의 수많은 미술가들처럼 마르셀 뒤샹Marcel Duchamp의 후배가 되기를 바란다는 것입니다. '데페이즈망depaysement, 轉位, 轉置('자기가 살던 고장이나 나라를 떠나는 것'이란 말에서 '위치를 바꾼다'는 의미로 변화된 미술용어)'의 선수가 되라는 말씀이지요. 생각해보십시오. 미술사 속의 '혁명적 사건'이라 말하는 것이 더 적절한 뒤샹의 작품 〈샘Fontaine〉에서 작가가 한 일이 무엇입니까. 아시다시피, 그가 한 일이란 화장실의 변기를 화장실에서 갤러리 한복판으로 옮겨놓은 것뿐입니다. 눈이 밝은 사람이지요. 사물의 위치를 바꿔놓는 일만으로도 세상 사람들을 기절초풍하게 만들 수 있음을 일찍이 깨달은 사람이니까요.

말이 났으니 말입니다만, 저는 현대미술의 비밀창고를 여는 중요한 열쇠 하나가 '데페이즈망'이라고 생각합니다. 예를 들어보지요. 만 레이Man Ray는 앵그르 화집 속의 〈오달리스크〉를 스튜디오로 불러냈습니다(〈바이올린〉). 앤디 워홀Andy Warhol은 잡지 속의 마오쩌둥이나 마릴린 먼로를 캔버스로 옮겼습니다. 리히텐슈타인Roy Lichtenstein은 만화 속의 미키마우스나 슈퍼맨을 화실로 데려왔습니다.

'데페이즈망'을 이야기하는 데 이 사람을 빼놓을 수가 없지요. 르네 마그리트René Magritte. 이 사람이야말로 '바꾸기轉, trans' 선수 중의 선수지요. 사람과 사물과 풍경을 가만히 놓아두질 않는 사람입니다. 얼굴을 얼굴로 놔두

지 않고(〈강간The Rape〉) 엉덩이를 뒤쪽에만 붙어 있게 내버려두지 않습니다
(〈위험한 관계Dangerous Liaisons〉). 사람으로 창窓을 만들고(〈이동Transfer〉), 사람
을 허공에 띄웁니다(〈겨울비Golconda〉). 바닷가에는 엄청난 크기의 의자를 가
져다놓고(〈몇 세기의 전설The Legend of the Centuries〉), 하늘엔 거대한 바윗덩이
가 구름처럼 떠 있게 합니다(〈피레네 산맥의 성채The Castle in the Pyrenees〉). 천사
와 사자를 다리 위에 옮겨다놓고 떠나온 하늘과 아프리카를 그리워하게 합
니다.(〈향수Homesick-ness〉).

마그리트의 발상은 어쩌면, 화장실의 남녀 표지를 바꾸어놓고 킬킬거리
는 악동들의 상상력을 닮았는지도 모릅니다. 그는 끊임없이 인식의 규격과
궤도를 흔들어 굳어진 일상성으로부터의 탈선을 권하고, 고정관념이라는
이름의 액자 속에 갇힌 풍경들의 해방을 종용합니다. 〈꿰뚫린 시간〉으로
번역되기도 하는 〈못 박힌 시간Time Transfixed〉이란 작품이 마그리트의 그런
면모를 유감없이 보여주지요. 벽난로 속에서 증기기관차가 달려나오는 그
림 말입니다. '데페이즈망'을 설명할 때면 으레 등장하기 마련인 초현실주
의 시인 '로트레아몽Lautrémont'의 다음과 같은 시구詩句와 좋은 짝을 이루는
작품이지요. "재봉틀과 박쥐우산이 해부대 위에서 뜻하지 않게 만나듯이
아름다운……!"

우연한 만남, 예기치 않은 만남일수록 가슴은 더 설레는 법입니다. '감
동'이란 말을 '놀라움을 동반한 가슴의 유쾌한 떨림이나 정서의 기분 좋은
일렁임'이라 해석할 수 있다면 '데페이즈망'은 감동의 성감대를 짚어내는
아주 효과적인 기교라 해도 좋을 것입니다. 더군다나 많은 사람들이 소망
하는 '사물이나 풍경의 자리바꿈'이라면 관객(소비자)은 박수갈채를 아끼
지 않겠지요.

실제의 경우라도 마찬가지 아닙니까. 생각해보세요. 조선총독부(중앙청) 건물이 사라지고 경복궁의 앞모습이 훤히 드러나게 된 것이나 콘크리트 광화문이 원래의 모습을 되찾게 되는 일이 얼마나 신선한 즐거움을 선사하는지. 기억하고 간직해야할 것들까지 송두리째 사라져서 가끔은 안타깝고 속이 상하는 일도 있지만, 생소한 이미지와의 조우는 우리네 삶에 긴장과 활력을 더해주지요. 낯선 풍경은 우리가 알고 있는 것들에 대해 새로운 해석과 변화를 주문하니까요.

산을 내려온 멧돼지와 동물원을 뛰쳐나온 코끼리가 인간에게 묻습니다. "우리가 왜 사람의 마을에 나타났는지 아느냐?" 가드레일이나 자동차를 들이받으면서 이렇게 외칩니다. "인간들이여. 당신들이 산에서 살아보라. 동물원 철책 안에 들어가서 살아보라." "자리를 바꿔보자!" 급기야, 놀라움은 각성으로 이어지고 각성은 새로운 태도를 만들겠지요.

'자리바꿈'의 명수 마그리트한테 크리에이터를 위한 한마디를 주문하면 이렇게 말할 것입니다. "제자리를 지켜서 좋은 것은 부모 자식, 스승과 제자의 위치 따위 도덕적이거나 윤리적인 것들에 불과합니다. 인간성이나 신성모독의 패륜적 도발이 아니라면 무엇이든 움직이십시오. 아니, 필요하다면 그것마저도 바꿔보십시오. 세상만물을 끊임없이 들었다 놓았다 해보십시오. 인간과 우주가 '레고'놀이 세트라고 생각하십시오. 명동성당이나 서울타워 혹은 이순신 장군 동상이라도 뽑아 옮기십시오. 움직일 수 없다면 당신이 움직이십시오. 크리에이터가 움직인다는 것은 카메라가 움직이는 것입니다. 책상이나 지키는 크리에이터는 고작해야 '롱 테이크long take' 기법의 이득 정도를 얻을 뿐입니다. 위치를 바꾸십시오."

우리나라에도 로트레아몽이나 마그리트 못지않은 분이 계십니다. 돌아가신 성철性徹스님이 그분이지요.

"교도소에서 살아가는 거룩한 부처님들. 오늘은 당신네의 생신이니 축하합니다. 술집에서 웃음 파는 엄숙한 부처님들…… 밤하늘에 반짝이는 수없는 부처님들…… 꽃밭에서 활짝 웃는 아름다운 부처님들…… 구름 되어 둥둥 떠 있는 변화무쌍한 부처님들…… 바위 되어 우뚝 서 있는 한가로운 부처님들…… 교회에서 찬송하는 경건한 부처님들…… 넓고 넓은 들판에서 흙을 파는 부처님들, 우렁찬 공장에서 땀 흘리는 부처님들…… 오늘은 당신네의 생신이니 축하합니다."

—1986년 4월 8일 '부처님 오신 날' 법어法語

마그리트의 미술세계 못지않게 놀라운 풍경 아닙니까. 죄수나 작부가 부처와 자리를 바꿀 수 있다니! 자리를 바꾼다는 것은 생각을 바꾼다는 것. 어느 해던가, '김수환 추기경' 님과 '법정스님'이 자리를 바꾸신 이야기를 카피로 썼던 일까지 새삼스러워집니다.

추기경님께서 새로 생긴 어느 절을 위해/ 축하의 강론을 하신 적이 있습니다./ 그 고마움의 표시로 그 절 스님은/ 명동성당엘 가서서 법문을 하셨지요./ 워낙 크시고 훌륭하신 어른들이/ 더욱더 커보였습니다.// 아마도 그 무렵부터일 것입니다./ 해마다 사월 초파일이 오면/ 어떤 목사님은 불교신자들에게/ 축하의 인사를 건넵니다./ 이런 현수막을 내거는 교회도 있습니다./ "부처님 오신 날을 축하합니다."// 사랑과 이해는 오고가는 법./ 크리스마스엔 불교방송이 '캐럴'을 틉니다./ 산사에는 아기 예수의 탄생을 축하하는/ 플래카드가 내걸립니다./ 누가 보아도 흐뭇한 광경입니다./ 하늘에서 내려다보시는 분들도/ 무척 흡족해하실 것입니다.(하략)

―SK텔레콤, '그 분의 눈에 우리가 차별이 없듯이'

『새로운 대한민국 이야기』

27

카피는 스피치다

제 연구실 벽에는 좀 특이한 달력 하나가 걸려 있습니다. '지구를 생각하는 디자이너' 윤호섭尹昊燮 교수의 아이디어를 바탕으로 만든 어느 출판사 달력입니다. 요일과 숫자를 일일이 손으로 쓰고 재생용지에다 '콩기름 잉크 soy ink'로 찍은 것입니다. 더욱 별난 것은 검은 글씨로만 되어 있어서 일요일과 공휴일은 빈칸이라는 점입니다. 하여, 그 달력을 받은 사람들은 자신의 손으로 직접 빨간 글씨와 숫자를 적어넣어야 합니다.

재미있지 않습니까. 재미만 있는 것이 아닙니다. 지독한 환경주의자의 디자인답게 여러 가지 이점利點이 줄줄이 따라붙는 물건입니다. 한 가지 색상만 쓰니 그만큼 낭비가 줄고, 친환경적인 재료로 인쇄를 하니까 자연과 인간 모두에 해害가 적습니다. 뿐인가요. 평범한 이웃들의 글씨에 자신의 솜씨를 더해 완성하는 달력이라서 달력의 주인도 디자이너가 된 것처럼 우쭐해집니다.

달력 한 장에서 그런 가치가 느껴지는 순간, 윤교수의 의도와 전략이 드러납니다. 메시지가 읽힙니다. 아마도 그는 디자인이 전문가들의 전유물만은 아님을 보여주려는 것 같습니다. 나아가, 환경을 생각하는 일이 꼭 남극의 빙하나 펭귄, 고래, 반달곰 혹은 야생화를 걱정하고 공장의 굴뚝이나 자동차 배기구를 감시하는 일만은 아니란 것을 말하고 싶은 것입니다. 환경운동의 에너지는 고담준론이 아니라 실천임을 역설하고 싶은 것입니다. 증거가 있습니다. 달력 제작의 가이드라인을 나열한 윤교수의 메모가 그것입니다. "비목재 종이 사용, 식물성 콩기름 잉크로 인쇄, 인쇄 후 재단 생략, 내지 색도 단색 인쇄, 공휴일은 사용자가 직접 기입……"

환경운동을 독립운동처럼 하는 사람, 지사의 신념과 투사의 용기로 '지행합일知行合一'을 보여주는 사람. 그에게는 모든 사물과 풍경이 신념과 철학의 미디어가 됩니다. 종이컵, 녹차의 티백, 명함, 편지봉투, 리본, 테이프…… 환경과 자연 그리고 생명의 소중함을 설파할 수 있는 도구라면 무엇이든 훌륭한 커뮤니케이션의 그릇이 됩니다. 그런 사람에게 달력이 얼마나 매력적인 수단으로 인식되었을지는 쉽게 짐작이 되고도 남을 일입니다.

'녹색지구'를 꿈꾸는 전도사로서의 임무를 위해서라면 길 한복판에 화구畵具를 펼치는 일도 마다하지 않는 사람이니까요. 숱한 사람들이 지나다니는 인사동 골목 맨바닥에 엎디어 티셔츠에 그림을 그리는 일도 즐거워하는 사람이니까요. 자신의 이야기에 귀를 기울이고 싶어하는 사람들이 있다면 열 일 제쳐놓고 달려가는 사람이니까요. 환경에 대한 자신의 믿음과 부합되는 사람들을 만나면 더없이 환한 표정으로 깊은 동지애同志愛를 표현하는 사람이니까요. 자신과 대중과의 접점을 만들 수 있겠다 싶은 사물이나 상황을 보면 눈동자에 불꽃이 이는 사람이니까요.

가만히 생각해보면, 달력은 유통기한 365일의 광고판과 다름이 없습니다. 불특정 다수를 향해 하고 싶은 이야기가 많은 사람들에겐 더없이 이상적이고도 전략적인 미디어라 할 수 있지요. 그런 점에서 저 달력의 제작을 윤교수에게 맡긴 출판사 사장은 광화문 네거리 사옥에 커다란 글판을 내걸고 세상을 향한 경구警句를 던지는 기업의 대표만큼이나 고마운 사람입니다. 옥외 광고판만큼이나 소중한 매체를 1년 내내 마음대로 써도 좋다는 허락을 한 것이니까요. 그렇게 좋은 자리에 서서 연설을 할 수 있게 해준 사람이니까요.

연설이란 말이 나왔으니 말입니다만, 그의 달력은 어쩌면 두 학기짜리 강좌의 강단 혹은 연단인지도 모릅니다. 달력은 그 수명을 다할 때까지 입을 다물지 않을 테니까요. 쉼 없이 그가 장치해놓은 메시지를 뿜어댈 테니까요. 그렇다면 그는 1년 동안 마음대로 수업을 꾸려나가도 좋다는 교장 선생의 허가를 받은 행복한 교사입니다. '연단'의 영어 '플랫폼platform'을 생각해본다면 행복한 기관사라고 할 수도 있습니다. 수많은 승객들을 자신이 원하는 곳으로 데려갈 플랫폼에 서 있는 사람이니까요. 가야 할 길의 목표가 뚜렷한 사람이 멈춰서는 곳이 플랫폼 아닌가요.

아무려나, 그는 벌써 몇 해째 같은 방식으로 달력이라는 연단을 지키고 있습니다. 소설책 하나가 인연이 되었지요. 더 정확히 말하자면 어떤 소설책에 혼魂이 담긴 디자인을 선사한 결과였습니다. 박경리朴景利 선생의 『토지』표지가 그것이지요. 초판 이래 네댓 군데의 출판사를 거친 그 책이 지금의 출판사와 관계를 맺게 되었을 때, 윤교수가 새로운 장정裝幀을 맡은 것입니다. 장강長江의 물결 같은 스물한 권의 드라마가 이 땅의 흙내음 가득한 표지로 다시금 기운차게 살아났지요. '토지'라는 두 글자가 비로소 제 옷을 찾아 입었다는 생각이 들 정도입니다. 그 일품의 제자題字가 더 조화롭게 보이는 까닭이 하나 더 있습니다. 명품에 대한 윤교수의 예의입니다. 박경리 선생의 자연에 대한 경외감을 다소나마 이해했다는 표시로 굳이 풀로 만든 종이를 써서 인쇄를 했다지 뭡니까.

『토지』는 저와도 제법 깊은 인연이 있습니다. 두어 해 동안 광고를 도맡았던 일이 있거든요. 가까운 선배가 운영하던 출판사가 토지를 펴내던 십여 년 전의 일입니다. 예사로운 책이 아닌 만큼 광고 또한 여느 책들과는 달랐으면 좋겠다는 출판사의 욕심(?)이 제 구미를 당겼지요.

"이것은 우리 정신의 브랜드다. 이 땅의 사람들에게 필독서라 해도 좋다. 특히 젊은 독자들을 늘려가고 싶다. 구태의연한 방식보다는 좀더 젊고 새로운 화법을 만들어보자. 책과 독자 사이의 새로운 커뮤니케이션 채널을 개척해보자."

선배의 야심찬 한마디에 정신이 번쩍 들었습니다. 그런 광고라면 마다할 이유가 없다며 덤볐습니다. 순간, 카피의 위대한 스승 한 분의 가르침이 힌트처럼 떠올랐습니다. 핼 스테빈스. 그의 육성이 들려왔습니다.

광고는 '자유연설Free Speech'이다. 다만 요금은 내야 한다. 광고에는 경계선이 없다. 광고의 영역은 무한대다. 광고는 모든 커뮤니케이션의 대로를 열어주며, 모든 감동의 작은 길까지도 열어준다. 당신이 그 특권을 이용하기 위해 요금을 냈다고 하자. '연단platform'은 마련되어 있다. '청중audience'도 있다. '기회opportunity'도 있다. 금전적인 이익을 얻을 기회뿐 아니라 사회와 시민과 경제에 공헌할 기회도 마련되어 있다.

　　　　　　　　　　　　　　―『카피 캡슐』(핼 스테빈스, 송도의 역, 서해문집, 2000)

그랬습니다. 당시의 저는 카피를 쓸 때마다 그가 말하는 '플랫폼(연단)'의 의미를 생각하곤 했습니다. 제 카피의 출발점과 목적지가 어딘지를 알아내려고 애를 썼습니다. 그것은 어느 곳에다 연단을 놓을 것인지를 고민하는 일이기도 했지요. '세일즈맨'식으로 말하자면 어디에다 보따리를 풀어놓을 것인가의 문제였습니다. '국회의원 입후보자' 식으로 이야기하자면 어디서 대중연설을 하는 것이 표를 얻는 지름길인지를 따지는 일이겠지요.

서울역 앞, 탑골공원, 신촌의 대학가, 압구정동…… 연단의 위치에 따라 청중이 달라지는 것은 물론입니다. 여행객, 노인, 대학생, 젊은 연인 들 식으로 말입니다. 연단의 위치가 '타깃 청중'의 성격을 정해줍니다. 동시에, 무엇으로 설득의 실마리를 풀고, 결정적인 공감에 이르는 길을 찾을 것인지를 가르쳐줍니다. 이른바 '기회요인'을 발견하게 해줍니다.

『토지』 광고의 첫 편은 (비유하자면) 고등학교 교문 앞에다 연단을 놓았습니다. 그러고는 이렇게 외쳤지요. "고등학생들이 토지를 읽기 시작했다." (헤드라인) 느닷없는 외침에 등굣길의 학생들이 술렁거렸습니다. 무슨 소리인가? 삼삼오오 서로를 쳐다보면서 수군댔습니다. 눈치로 보아 이런 이야기가 오가는 것 같았습니다. "내가 토지를 읽는다고?" "너 토지 읽냐?" "아니, 난 안 읽는데." 그들의 궁금증은 순식간에 눈덩이처럼 커졌습니다. "다른 학교 애들은 읽는 모양이다." "왜 읽지?" "수능 공부도 바쁜데 웬 소설책?"

'걸렸다 이 녀석들!' 제가 쳐놓은 그물에 갇힌 학생들을 가엾게 생각하면서 저는 천천히 입을 열었습니다. "너희들의 공부가 교과서만 열심히 읽으면 되는 일인가. 학교에서 배운 것만 시험에 나오는가?" 저를 바라보는 눈망울들이 아니라고 살살 고개를 저었습니다. 수학능력시험은 물론 논술고사 대비를 위해서도 독서의 폭을 넓혀야 하는 것쯤은 잘 안다고 말하고 있었습니다.

그래서 『논어』『삼국지』『열하일기』 따위를 읽는다는 표정이었습니다. 그 목록들에 어째서 『토지』가 추가되어야 하는지를 전년도 출제 사례를 통해 확인시켰지요. 그러고는 한 번 더 외쳤습니다. "고등학생들이 토지를 읽기 시작했다." 이윽고, 헤드라인의 약효가 그들의 얼굴에 천천히 스며들기 시작했습니다.

이렇게 말하면 어떤 이들은 이런 의구심을 일으키며 저항감을 표시할지 모릅니다. "쳇, 고등학생들이 신문광고 볼 새가 어디 있어." 물론 그렇습니다. 『토지』의 광고를 그렇게 만들어 신문에 낸다고 해도 고등학생들이 그 광고를 직접 볼 가능성은 그리 크지 않습니다. 하지만 그 광고를 보고 이렇게 말할 사람들은 부지기수일 것입니다. "이런, 우리 학교 아이들도 토지를 읽혀야겠군." "앗, 우리 아이도 고등학생인데." "부장님 막내가 고1이지 아마." "고등학생 조카 생일 선물을 고민했는데." 연설은 그 자리의 청중만 움직이는 것이 아닙니다(customers get customers, voters get voters).

한번은 매스컴이 '기회'를 만들어주었습니다. 신문과 방송이 연일 고위층과 부유층 자녀들에 대한 적법치 못한 재산 상속 혹은 증여 문제를 까발리고 있을 때였지요. 국회의원 아무개의 초등학생 아들은 땅이 몇천 평이라느니, 어느 재벌가의 손자는 주식이 몇만 주라느니 하면서 깨끗하지 못한 '윗물'을 질타하느라 정신이 없을 때였습니다. 서민들의 열등감은 한없이 깊어졌습니다. 가난한 아버지들의 어깨는 날로 처지고 기운은 빠져갔습니다. 자식에게 물려줄 주식 한 장, 땅 한 뙈기도 없는 부모들의 자괴감은 결국 '노블레스 오블리주'는커녕 부와 신분의 세습이나 꿈꾸는 이들에 대한 적대감으로 바뀌어가고 있었지요. 어느 주간지의 연재물 제목—이 주일, 한국인은 무엇을 이야기하고 있나—을 빌리자면, 그 무렵의 한국인은 '탁류濁流'가 된 '상류上流'를 이야기하고 있었던 것입니다.

그러한 시사적 트렌드는 『토지』 카피를 만드는 데 참 좋은 지렛대가 되었습니다. 마침 졸업, 입학 시즌이라서 『토지』를 선물용으로 팔아보자고 궁리하던 차였거든요. 우리도 '땅'을 팔아보기로 마음먹었습니다. 토지가 뭡니까. 땅 아니던가요. 그것도 얼마나 넓은 땅입니까. '반도 남쪽 끝에서 저 만주 벌판까지'니까요. 게다가 얼마나 많은 아버지들이 '지탄을 받아도 좋으니 자식들에게 땅을 사주는 아버지 한번 되어봤으면 좋겠다'는 꿈을 꿉니까. 그래서 '랜드로바' 운동화 위에 『토지』 한 권을 올려놓고 이렇게 말했지요. "아버지는 나에게 어마어마한 땅을 사주셨다. 『토지』를 사주셨다." 말하자면, 『토지』 광고가 '시국 강연'을 한 셈이지요.

부자 아버지들의 끔찍한 자식 사랑이야기도 시들해질 무렵, 대한민국의 화제는 스케일이 훨씬 더 커져 있었습니다. 독도 문제가 불거졌거든요. 자주 있는 일이지만 그 무렵 양국의 신경전은 정말 '일촉즉발'의 위기감마저 느끼게 했지요. 게다가 삼일절이 다가오고 있어서 반일 정서와 민족의식은 날로 고조되어갔습니다. 뭐 눈에는 뭐만 보인다던가요. 영유권 분쟁, 역시 '땅 이야기'라는 생각이 들었습니다. 『토지』가 가만히 있을 수가 없지요. 이런 생각을 했습니다. "이 기회에 국민들이 우리 국토의 개념을 다시금 확인케 하자. 소설 『토지』는 우리의 정신적 국토라는 것도 알려주자." 그런 마인드가 이런 카피를 낳았습니다. "대한민국의 영토는 한반도와 부속도서 그리고 『토지』." 비주얼은 태극기 휘날리는 독도의 일러스트였지요.

그리고 새 학기. 대학신문에도 광고를 하는 것이 좋겠다고 생각을 했지요. 캠퍼스에 '연단'을 놓으니까, 대학생들이 '청중'인 것은 당연한 일. '청중'을 움직일 수 있는 정신적 톱스타를 생각해보기로 했습니다. 동서고금의 위대한 인물들이 두루 거론된 끝에 최후의 낙점을 받은 사람은 중국의 문호 루쉰魯迅. 그의 문학이 혼미한 역사의 구렁텅이에서 중국의 젊은이들을 구원하였다면, 바라건대 『토지』는 자꾸만 방향성을 잃어가는 우리 젊은이들의 정신적 항로를 밝히는 작품이었으면 좋겠다는 취지의 카피를 썼지요. 루쉰의 내쏘는 듯 강렬한 눈빛이 보는 사람들을 단번에 끌어당겼습니다. 그 곁에 박경리 선생의 사진을 나란히 놓고 이렇게 토를 달았습니다. "중국을 흔들어 깨운 사람 루쉰, 한국의 젊은이들을 흔들어 깨우고 있는 사람 박경리."

카피는 연설입니다. 좋은 연사라면 연설 장소가 어떤 곳인지를 꼼꼼히 살핍니다. 히틀러처럼 무대의 크기와 연단의 높이까지 따집니다. 조명의 위치, 밝기의 정도까지 체크합니다. 어떤 사람들이 듣게 되는지 묻습니다. 몇 명인지, 어떤 수준의 사람들인지 묻습니다. 어디서 오는 사람들인지 묻습니다. 연설이 끝나면 어디로 갈 사람들인지 묻습니다. 그런 것들을 따지고 묻는 동안 연설의 '방향opportunity'이 잡힙니다. 어떻게 시작해서 어떻게 끝내야할지 자신감이 생깁니다. 카피라면 헤드라인에서 마지막closing 한마디까지 이야기의 뼈대가 서지요.

달리는 지하철에 연단을 놓는다면, 이런 이야기가 나올 것입니다. "나는 오늘 박경리 선생과 함께 출근했다." "오늘 아침 나는 지하철을 타고 압록강을 건넜다." 비주얼은 한강철교를 건너는 열차의 모습. 말할 것도 없이 『토지』를 읽으면서 출근했다는 뜻이겠지요.

달력에도 연단을 놓는데, 어딘들 못놓겠습니까. 달력도 연단이 되는데 무엇이 아니 되겠습니까.

28

카피는 인터뷰다

맑고 시원한 생각의 샘물을 길어다가 세상 사람들의 혼탁한 갈증을 풀어주던 사람이 있었습니다. 이제는 하늘나라에서 편히 쉬고 있는 사람이지요. 동화작가 정채봉丁埰琫입니다. 어느 날 그에게서 이런 이야기를 들었습니다.

"아우야, 내 이야기 한번 들어보련? '장도리'란 물건 알지. 어제는 쉬는 날이라서 집 이곳저곳 손을 좀 보려는데 그 물건이 없지 뭐냐." "그래서요?" "철물점에 가서 하나 사왔지. 그러곤 며칠 전에 사온 그림 하나를 벽에 걸려고 못을 박으려는데 말이다. 그 물건이 흐느끼면서 탄식을 하지 뭐냐."

"에이, 쇳덩이가 무슨 말을 해요." "아니야, 이런 이야기를 하더라고. '아이고, 내가 세상에 나와 하는 일이란 것이 고작 누군가를 때리고 두드려 패는 일이구나. 나는 못된 놈이구나. 남에게 고통을 주는 것이 평생토록 내가 해야 할 일이라니." "그래서요?" "박으려던 못을 내려놓고, 집 안을 둘러보기 시작했지." "왜죠?" "응, 그 물건이 세상에 나온 까닭이 그리 나쁜 것만은 아니란 것을 보여주고 싶어서였지. 집 안을 한 바퀴 둘러보며 잘못 박혀서 눌리고 찌그러진 채 고통을 받고 있는 못이 없는가 찾아보았어." "그랬더니요?" "아니나 다를까. 제발 좀 뽑아달라고 통사정을 하는 못들이 여기저기 눈에 띄더군. 그래서? 장도리에게 그 못들을 뽑아주는 일을 시킨 거지 뭐." "그랬더니요?"

"허리 숙여 인사를 하더군. 좋은 일을 먼저 하게 해주어서 고맙다고 말이야. 그러면서 이렇게 덧붙이던데. 앞으로도, 될 수 있으면 누군가를 압박하고 구속하는 일보다는 풀어주고 편안하게 해주는 일을 더 많이 하면서 살아가고 싶다고. 누구에게나 고마운 존재가 되었으면 좋겠다고."

"말하자면 '장도리와의 인터뷰'군요." "인터뷰? 그래 그거 재미있는 표현이다! 그래 나는 어제 장도리와 인터뷰를 했어!"

그렇습니다. 타고난 동화작가였다고 해도 좋을 그는 인터뷰의 대가였습니다. 아마도 그가 마이크 한번 들이대지 않은 존재는 세상에 하나도 없을 것입니다. 사람, 짐승, 풀꽃, 구름, 돌멩이…… 인터뷰의 결과마다 주옥같은 글이 되었지요. 손바닥만큼 작은 글도 되고, 장편소설처럼 긴 작품이 되기도 했습니다.

어떤 이는 그의 글이 풀잎을 타고 내리는 이슬처럼 영롱하다고 칭찬을 했습니다. 또 어떤 이는 그의 이야기가 햇살에 반짝이는 모래알처럼 눈부시다며 박수를 쳤습니다. 그러나 제 생각은 조금 다릅니다. 그가 칭찬받아야 할 대목은 문장이나 글의 무늬 혹은 색채가 아니지요. 그것은 '마음의 행로行路의 아름다움'입니다. 세상에는 사람처럼 웃고 떠들고 노래하고 싶은 것들이 얼마나 많을까 하는 상상의 이류입니다. 저 먼 하늘 바깥에서 울고 있거나 하소연하고 싶어하는 사물들을 데려다가 보듬어주며 귀를 기울여주는 상상의 착륙입니다. 가상의 활주로를 통해 끊임없이 뜨고 내리는 생각의 이착륙입니다. 우리네 삶을 간섭하고 통제하는 온갖 사물과 관념들은 물론 말이 통하지 않을 것 같은 존재들과도 끊임없이 교신하면서 전혀 새로운 차원의 항로를 개설하려는 노력입니다.

인간은 때로 자신들의 진면목을 '사람의 마을' 울타리 밖에서 발견하곤 합니다. 동식물의 생태로부터 반성의 잣대를 찾기도 하고 물의 흐름이나 구름의 움직임에서 삶의 지침을 얻기도 합니다. 하여, 자신들의 모습을 사람이 아닌 존재들에 대보고 견주어보는 것을 좋아하지요. 그것들이 우리의 미추美醜를 보여주고 선악善惡을 지적해주니까요.

그런 마음이 여자로 하여금 자신의 아름다움을 거울한테 묻게 만듭니다. 만화영화 속 캐릭터의 말투나 목소리를 미워하게도 만들고 좋아하게도 합니다. 그래서 안데르센 동화나 이솝우화는 그렇게 오랜 세월을 살아 있고 〈동물의 왕국〉은 수십 년 동안 TV프로그램에서 사라지지 않는 것 아니겠습니까. 그 이야기들 속엔 '인터뷰의 힘'이 있습니다. 타자로부터 자신의 존재 가치를 확인하게 하는 '인터뷰의 매력'이 있습니다. 알다시피, 인터뷰는 알고 싶은 것과 알아야 할 것 들을 당사자와 제3자, 혹은 목격자의 육성으로 정확하고도 흥미롭게 드러내주지요. 우리의 얼굴에 대해서 누가 거울보다 더 효과적인 증언을 하겠습니까. 영리한 척하다가 도리어 제 꾀에 넘어가는 사람의 어리석음을 누가 여우보다 잘 가르쳐줄 수 있겠습니까.

인터뷰가 어떤 일이나 사물의 사실과 진실, 가치와 의미를 읽어내는 데 더없이 효과적인 수단임을 잘 보여주는 좋은 예가 있습니다. 우리 시대 스타 지식인 중의 한 사람, 움베르토 에코Umberto Eco의 『세상의 바보들에게 웃으면서 화내는 방법』에 나오는, 「어떻게 지내십니까라는 질문에 대답하는 방법」이란 제목의 글입니다. 시간과 공간을 무시한 채 각양각색의 사람들에게 "어떻게 지내십니까"라는 질문을 던지면 그들이 어떻게 답할 것인가 하는 상상에서 출발한 이야기입니다. 말하자면 '가상 인터뷰'지요. 그중에 제가 참 멋지고도 맛있는 대답이라고 생각하는 것들을 골라봤습니다.

탈레스 : 물 흐르듯 살고 있습니다.

소크라테스 : 모르겠소.

세헤라자데 : 제가 어떻게 지내는지에 대해 간단히 말씀드릴게요.

노스트라다무스 : 언제 말입니까?

파스칼 : 늘 생각이 많습니다.

갈릴레이 : 잘 돌아갑니다.

비발디 : 계절에 따라 다르지요.

카프카 : 벌레가 된 기분입니다.

프로이트 : 당신은요?

예수 : 다시 살아났습니다.

애거사 크리스티 : 맞춰보세요.

맥루한 : 미디엄(보통)입니다.

어떻습니까. 흥미롭지 않습니까. 백 년 혹은 천 년 전 사람들과 만나서 악수하는 기분도 들고 말입니다. 그러나 이 장난꾸러기 지식인의 발상에 무릎을 치게 되는 까닭은 대답들이 공연한 '조크'나 말장난이 아니라는 데에 있습니다. 간단명료한 문장 하나하나가 그 인물의 '콘셉트'를 고스란히 머금고 있으며 그 이름들이 어째서 '불후不朽'의 브랜드인지를 보여준다는 것이지요. 결론적으로 말하면 역사 속의 '그'가 왜 '그'일 수밖에 없는지, 그의 근황이 어떤지를 군더더기 없이 확인시킵니다. 나아가, 그가 앞으로도 인류의 역사 혹은 생활 속에 변함없이 살아 있게 될 이유나 가치를 증명해 보이지요. 제목이 좋은 인터뷰 기사는 내용도 충실하고 풍부하기 마련입니다. 그것은 인터뷰하는 이의 준비가 철저했다는 증거이기도 합니다. 준비되지 않으면 핵심을 끌어내기 어렵지요. 상대의 배 속에 들어갔다가 나올 수 있어야 훌륭한 인터뷰가 됩니다. 그런 인터뷰라면 한마디 한마디가 모두 헤드라인거리지요. 헤드라인 후보가 너무 많아서 걱정일 수도 있습니다.

에코의 인터뷰(이 지적인 게임은 에코 혼자서만 한 것이 아니라 내로라하는 지성과 석학 수십 인의 참여로 이뤄진 것을 에코가 편집한 것임)에 등장하는 수백 명의 대답들 대부분이 촌철살인의 메시지입니다만, 제게는 애거사 크리스티Agatha Christie의 것이 단연 압권입니다. "맞춰보세요." 추리소설의 거장다운 답 아닙니까. 그 말 한마디에 그녀의 85년 생애가 포개집니다. 66권의 장편소설과 20여 권의 단편집이 겹쳐집니다. 그녀 옆에 서서 빙긋이 웃고 있는 명탐정 포와로의 얼굴도 보입니다.

경쾌하면서도 의뭉스러운 이야기꾼 에코가 맨 마지막에 놓은 인터뷰 대상(이 사람을 최고의 스타로 대접하느라 최후에 소개를 했는지, 인사를 받는 방법에는 '미소'도 있음을 말하려 한 것인지는 모르겠지만)의 반응도 예사롭지는 않습니다.

마지막으로 등장한 레오나르도 다빈치, 그는 같은 질문에 그저 뜻이 분명치 않은 묘한 미소를 지을 뿐이다.

레오나르도 다빈치 역시 일부러 그랬는지도 모릅니다. 스스로 말하는 것
보다 '모나리자'를 시키는 것이 자신의 '브랜드'에 어울리는 표현이라 생
각했을 것만 같습니다. 사실 그게 더 멋진 일이지요. 마이크를 들이밀었을
때, 이렇게 말하는 사람들이 어디 만만한 사람들인가를 생각해보십시오.
"비서에게 물어보시오." "대변인이 발표할 것입니다." "변호사를 통해서
공개하겠소."

카피나 아이디어와의 싸움 역시 '누구에게 묻고, 누구 입을 통해서 말할
까'의 문제라는 점이 인터뷰와 퍽 닮았습니다. 무엇을, 어떻게 말할 것인지
를 생각하는 일이니까요. '누구에게 물을까' 하는 카피라이터의 질문은
'누가 답을 가장 잘 알고 있느냐' 하는 것과 다르지 않습니다. '누가 말하게
할 것인가'는 '누구의 표정과 목소리가 가장 표현력과 설득력이 크냐' 하는
문제지요.

언젠가, 소주 광고 프레젠테이션을 준비할 때였습니다. 카피를 어떻게
풀어볼까 고민하다가, 문득 이런 질문과 맞닥뜨린 적이 있습니다. '할 이야
기는 뻔하다. 문제는 화자와 화법. 자, 누구에게 마이크를 들이댈 것인가.'
그렇습니다. 카피를 채집하기로 한 것입니다.

가령, 지하철 정거장 계단을 빠져나오는 출근길의 술꾼들에게 마이크를
들이대며 이렇게 묻는다면? "어젯밤에 많이 드신 모양이군요. 아직도 술냄
새가 나는데요. 얼마나 드셨기에." 그 질문에 인터뷰 상대는 부끄러운 표정
으로 머리를 긁적이며 무어라고 답하게 될까요. '횡설수설'이든 '동문서
답'이든 술꾼의 솔직한 심사를 드러낼 것만은 분명합니다.

"그 친구 다신 안 만날 거예요." "그 술 다신 안 마실 겁니다." "그 집 다시는 안 갈래요." 그렇습니다. 술꾼들은 정직하지 않을 때가 더러 있지요. 거짓말쟁이라서가 아니라, 뜻 모를 자괴감을 주체하기 어려워서 그럴 때가 있습니다. 하여, 대개의 술꾼들에겐 술을 많이 마시게 된 동기나, 아침까지 컨디션이 좋지 않은 까닭 모두가 자신의 탓이 아닐 때가 많습니다.

바닥을 보아야 자리를 끝내는 술친구 때문입니다. 수상쩍은 마음으로 시작한 특정 상표의 술 성분 때문입니다. 모두가 남의 탓, 탓, 탓입니다. 사실은, 어째서 뒤끝이 좋지 않은 술자리가 된 것인지를 그들 자신도 모르거나 잘못 알고 있을 때가 훨씬 더 많습니다. 그러면 가르쳐드려야죠. "저런 간밤에 드신 술의 뒤끝이 좋지 않은 모양이군요. 하지만 술집이야 무슨 죄가 있습니까. 소주가 문제지요. A소주를 드시지 그러셨어요."

이왕 마이크를 들이댔으니 질문을 더 해볼까요. "그나저나 그 무거운 몸으로 출근해서 일이 손에 잡히겠어요"라며 걱정스런 한마디를 던져보세요. 기다렸다는 듯이 돌아오는 대답이 있을 것입니다. "오늘도 사우나로 출근해야죠." "해장국 집으로 출근해야죠."

끝까지 동행 인터뷰를 해봅시다. 사우나를 나온 김대리가 그래도 한숨을 푹푹 쉬고 있다면 이렇게 물어봅시다. "어제 저녁에 술 조심을 하지 않은 것이 여간 후회스럽지 않은 모양이네요. 얼굴에 근심이 꽉 찼어요." "왜 안 그렇겠습니까. 매일 새벽에 약수터에서 과장님과 만나기로 했었거든요. 어쩌지요. 첫날부터 약속을 어겼으니." 듣기만 해도 난감한 일인데, 김대리 속이야 오죽하겠습니까. 깜깜절벽이겠지요.

김대리처럼 낭패를 보지 않으려고 술자리마다 애쓰는 사람들이 어찌 하나둘이겠습니까. 그렇기에 어떻게든 술 조심을 해보려고 애를 쓰는 사람들에게 마이크만 들이대도 헤드라인은 저절로 생겨나지요. 아침을 생각해야 하는 이유, 좋은 술을 마셔야 하는 사유가 줄줄이 쏟아져나올 테니까요.

— 새벽반 등록했다, 아침을 생각하면 A소주
— 그녀는 7시 지하철을 탄다, 아침을 생각하면 A소주
— '경제학원론' 또 빠지면 F다, 아침을 생각하면 A소주
— 홍보실 미스 김과 카풀하기로 했다, 아침을 생각하면 A소주
— KTX 첫차로 부산에 가야 한다, 아침을 생각하면 A소주

A소주가 B소주나 C소주와의 싸움에서 기선을 제압할 만한 카피를 찾으려면 마이크를 A소주 사장님 앞에 놓아드리는 것도 방법이지요. "뒤끝으로 말하자면 우리의 상대는 위스키입니다." 영업사원들에게 자신감을 줄 만한 말씀이군요. 그대로 옮기면 헤드라인 아닌가요. 이런 헤드라인이 만들어질 수도 있을 것입니다. "술꾼의 아내가 아침에 할 일이 없게 만들어야 한다 ; A소주 사장님 말씀입니다." "술맛이야 저녁에 알지만 술의 품질은 날이 새야 알게 됩니다 ; A소주 사장님 말씀입니다."

주인공을 마이크 앞에 모셔보는 것은 또 어떨까요. '제품' 말입니다. A소주에게 제 소개를 하도록 하는 것입니다. 말하자면, 이렇게 묻고 대답을 기다리는 것이지요. "당신은 스스로가 어떤 제품이라고 생각합니까" 그렇게 묻는 순간, A소주는 이 글머리에 나온 '장도리'가 됩니다. 자신과 같은 '무생물'을 인터뷰 대상에 올렸다는 일 하나만으로 감격하여 울먹이게 될 것입니다. 그 고마움에, 한마디라도 근사하게 해보려고 갖은 애를 쓰겠지요. 의외의 멘트, 기발한 카피가 그의 입에서 나올 수도 있습니다. "나는 새벽

닭이 울면 깨끗이 사라진다."

귀신처럼 형체도 없이, 흔적도 없이 사라진다고 말하는 우리의 주인공. 아침까지 끈적끈적 들러붙어서 정신을 어지럽히고 몸을 흐느적거리게 만드는 소주들과는 질적으로 다를 것 같지 않습니까? 인터뷰의 힘입니다.

29
카피는 귀를 두드린다

임권택 감독의 〈천년학千年鶴〉을 뒤늦게 보았습니다. 세간의 평대로 그리 감동적인 작품은 아니더군요. 두루 알려졌다시피 〈서편제西便制〉의 속편인 데 전작前作의 성취도를 뛰어넘을 만한 덕목을 찾기는 어려웠습니다. 아니, 앞의 것과 나란히 놓일 만한 수준도 지켜내지 못한 것 같습니다.

지루할 정도였지요. 이 영화를 끝까지 보자면, 다소의 인내심과 다음 두 가지 믿음에 대한 무조건적인 동의가 있어야 한다는 생각까지 들었습니다. "강산무진, 우리 국토는 얼마나 서럽고 아름다운 이야기를 많이 숨기고 있는가." "온몸이 '공명통共鳴筒'인 사람이, 듣는 이의 온몸을 '공명판板'으로 울리는 저 소리, 판소리 가락은 얼마나 기막힌 전율인가."

말하자면 〈서편제〉와 〈천년학〉은 음악영화입니다. '귀로 보는' 영화지요. 그도 그럴 것이 화면 속의 산천을 바라보고 있어도 눈은 별로 하는 일이 없습니다. 눈에는 별다른 신호가 잡히질 않습니다. 학이 날고 있지만 그것은 그저 보는 이의 가슴을 뻐근하게 만들 뿐입니다. 그 먹먹한 마음의 진공 상태를 음악이 깹니다. 판소리입니다.

사람의 소리가 느슨해진 심금心琴의 현絃을 팽팽히 조입니다. '무의미한 공백'이라고 생각했던 공간이 '꽉 찬 여백'으로 살아납니다. 사운드가 비주얼을 완성합니다. 순간, 관객은 관세음보살觀世音菩薩이 됩니다. 관세음! 귀로 세상을 바라봅니다. 소리로 우주를 봅니다. 눈을 지그시 내리깔고도 세상의 모든 풍경을 손바닥처럼 보고, 모든 사람의 근심 걱정을 단박에 읽어내는 관세음보살이 됩니다.

영화 속 눈먼 소리꾼 '송화'가 관세음보살과 다르지 않습니다. 그녀의 눈은 한 치 앞을 못 보는데, 그녀의 귀는 천지간의 인간만사를 두루 가려냅니다. 눈 앞은 막막한데, 귀는 시간과 공간의 울타리가 없습니다. 소리 안에서 '춘향'을 봅니다. '적벽대전'을 봅니다. 한 노인(일제의 앞잡이로 부자가 된 백사노인─장민호 분)의 일장춘몽을 봅니다. 불러오고 싶은 모든 장면들을 귀로 불러모아서 입으로 쏟아냅니다.

귀는 우주로 통하는 문門입니다. 19세기 어느 학자가 이런 말을 했다지요. "눈은 우리를 바깥 세계로 데려가고, 귀는 세계를 인간에게로 가져온다."(서정록, 『듣기』) 그렇습니다. 눈은 우리의 정신을 어딘가에 팔아버리지만, 귀는 영혼의 친구와 스승을 불러다줍니다. '자아'라는 이름의 성채를 풍성하고 굳건하게 만들어줄 재료와 목수를 데려옵니다. 눈은 미지의 세계를 향해 끊임없이 달아날 궁리를 하지만, 귀는 순리와 긍정의 태도로 한없는 운명애와 인간애를 발휘합니다.

'송화'를 보세요. 그녀의 닫힌 눈이 삶의 의지를 가로막던가요. 오히려 에너지가 됩니다. 장애물 천지의 세속적 공간은 저만치 밀쳐버리고 아무런 걸림도 없는 상상의 영토를 끌어당기는 희망의 경계선이 됩니다. 하여, 그녀의 내면에는 우리가 숨 쉬는 세상은 댈 것 아니게 큰 세상이 들어섭니다. 물론 그 세상의 '리모컨'을 가진 사람은 그녀입니다.

그녀의 호명呼名에 학이 날고, 바람이 불며, 매화가 흩날립니다. 이 강산이 통째로 '송화'라는 악기의 몸뚱이가 됩니다. 이 대목에 이르면 애비 '유봉'이 일부러 그렇게 그녀의 눈을 멀게 했느냐 아니냐 하는 문제 따위는 그리 중요하지 않습니다. 송화는 앞이 보이지 않게 된 날부터 송화입니다. 아니, 보이지 않기 때문에 송화입니다.

사실 인간의 감각기관 중에 귀만큼 소중한 것이 또 있을까요. 위의 책 『듣기』가 말하듯이 우리는 언제부터인가 눈에 보이는 것들에만 빠지고 홀려서 귀의 가치를 잊고 사는 날이 많았지요. 생각해보십시오. 귓병이라도 생기면 똑바로 걷기조차 어렵지 않습니까. 귀가 있어 인간은 직립할 수 있게 되었다는 이야기는 결코 허사가 아닌 것 같습니다. 바깥귀外耳의 생김이 자궁 속 태아의 잔뜩 웅크린 모습과 같다는 이야기 또한 쉽게 흘려버려지지 않습니다. '일반화의 오류'라거나 너무 감상적이고 자의적인 가치판단이라 흉을 보아도 저는 귀가 우리 육신의 미니어처와 다르지 않다는 이야기를 곧이듣고 싶습니다.

당연히 저는 제 귀를 사랑합니다. '귀의 아인슈타인'이라 불리는 프랑스 사람 알프레드 토마티Alfred Tomatis의 다음과 같은 이야기에 진심으로 고개를 끄덕이는 까닭입니다. "듣기는 인간의 가장 존재론적인 욕망이다. 듣기의 욕망이 자궁 속에 있는 태아를 일깨워 인간으로 만든다. 듣기를 통해서 인간은 공동체의 일원으로 자리하게 된다." 인간의 주체성과 사회성이 모두 '듣기'라는 것에서 비롯된다는 뜻이니, 인간은 귀가 있어서 인간이라 해도 아주 틀린 말은 아닐 것입니다.

어느 소설의 다음과 같은 장면도 그런 점에서 소설가의 단순한 기지[wit]의 차원을 넘어섭니다. 깊은 생각의 우물 하나를 제공합니다.

언젠가 지원이 물었다.
"인간이 동물하고 다른 점이 뭐라고 생각해?"
"글쎄."
흥미로운 생각을 할 때면 지원의 가는 콧마루에 살짝 주름이 잡혔다. 그 주름이 나는 좋았다.
"강의행동이래."
"뭔 행동?"
"강의행동. 오직 인간만이 누군가가 혼자 떠드는 걸 오래 참고 들어준다는 거야."
"아하."
그녀의 말이 맞는 것 같았다. 과연 어떤 동물이 인간처럼 얌전히 앉아서 남의 말을 경청한단 말인가.

—『퀴즈쇼』(김영하, 문학동네, 2010)

왜 아니겠습니까. 저는 아직 강아지들이 학교를 다닌다거나, 고양이들이 학원을 다닌다는 이야기를 들어본 일이 없습니다. 사자나 코끼리들이 숙연히 줄지어 앉아서 선생이나 우두머리의 연설에 귀 기울이는 모습을 본 일이 없습니다. 아, 그러고 보면 귀가 인간을 만든다는 것은 움직일 수 없는 사실이라 해야겠군요. 학교교육이라는 시스템과 갖가지 학습 프로그램들이 인간을 키워내는 가장 대표적 방식임을 아무도 부인할 수 없을 테니까요.

그렇다면 귀는 정적이고 소극적인 감각기관이 아니라, 동적이며 적극적인 커뮤니케이션 채널이라 해야 할 것입니다. 어쩌면 그저 '들리는 대로 받아들이는' 음향이나 음성 수신의 기능이 귀가 하는 일의 전부로 보일 수도 있지만, 가만가만 짚어보면 그것은 아주 좁은 의미의 개념임을 알 수 있습니다. 인디언의 언어에서 '귀tischu'가 '주는 것'이란 의미로 사용된다는 점은 아주 좋은 증거지요.

인디언들은 말합니다. 진심으로 귀를 기울인다는 것은 소리를 내는 존재의 속을 온전히 받아들이는 것을 의미한다고 말입니다. 그러자면 내 마음을 비우고 상대를 내 안 깊숙이 끌어들여야 할 테지요. 결국 '듣는다'는 것은 귀를 통해 자신의 마음자리와 상대의 마음자리를 주고받는 일이라 해도 좋을 것입니다(앞의 책, 100~101쪽 참조).

두말할 것도 없이, '듣기'라는 행위는 겸양謙讓의 정신에서 시작됩니다. 더 나은 지혜는 언제나 '이쪽'보다 '저편'에 많으니 그곳에 이르는 길을 공손히 배우려는 마음을 내는 순간 귀는 쫑긋 서지요. 육신은 '입'이 키우지만 정신은 '귀'가 키운다는 생각으로, 맛있는 음식에 감사하듯이 고마워하는 마음으로 상대의 입을 바라볼 때 귀는 소리나는 쪽으로 기울지요. 어떤 것에 관해 얼마나 아느냐 하는 것은 결국 얼마나 들었느냐 하는 물음과 다르지 않습니다. 하여, 지식이나 요령이 부족한 사람이 부끄러워하면서 이렇게 말하는 것 아닐까요. "잘 모르겠습니다. 과문寡聞한 탓입니다." 들은 것이 적으니 아는 것이 적을 수밖에요.

그런데 참 이상한 점이 있습니다. 귀는 눈처럼 감아버릴 수도 없고 외면하고 딴청을 피울 수도 없는데, 똑같이 들은 내용을 어떤 이는 모르고 어떤 이는 딴소리를 할까요. 같은 소리에서 어떤 이는 훌륭한 깨달음을 얻고, 어떤 이는 하품이나 하는 걸까요. 같은 장소에서 어떤 이는 소리의 겉이나 핥고 있는데, 어떤 이는 소리의 속과 결까지 더듬고 있을까요. 누구한테든지 귀는 두 개씩이나 되고, 누구의 귀나 밤낮으로 열려 있는데 말입니다.

'귀 명창名唱'이란 말이 있지요. 이를테면 송화가 소실小室로 시중을 들게 되는 '백사 노인' 같은 사람입니다. 그의 인생역정이야 지탄받아야 마땅하지만, 소리를 알고 소리꾼을 가려낼 줄 아는 그의 귀는 퍽이나 근사하게 보입니다. 요즘 식으로 말하면, 그는 보통의 '클래식 마니아'가 아니었던 모양입니다. 아니라면, 그저 미색美色의 기녀로나 첩을 삼았을 텐데, 그는 송화의 출중한 소리를 더 귀중한 매력으로 거두질 않습니까. 사람들이 그저 그런가보다 하고 넘겨버리는 소리, 대수롭지 않은 이야기로 흘려버리는 소리…… 그런 것들을 예사로이 듣지 않고 옥석을 가려낼 줄 아는 사람이 바로 '귀 명창'이지요.

제가 생각하는 최고의 귀 명창은 우리 판소리의 은인 동리桐里 신재효申在孝입니다. 판소리 여섯마당을 정리하고 수많은 명창들을 길러낸 그분 말입니다. 이분의 귀가 남다른 감식능력을 갖게 된 데에는 이방吏房과 호장戶長의 경험이 큰 역할을 한 것 같습니다. 공무원 경력이 평생의 업으로 이어진 것이지요. 관청의 크고 작은 잔치에 온갖 광대, 곧 연예인들을 동원하는 책무를 수행하다 소리꾼들과 친해지고, 귀가 열렸을 것이란 이야기입니다.

그러나 그를 귀 명창으로 만든 가장 중요한 요소는 그의 진솔한 '마음 씀씀이'였습니다. '온 마음'을 상대에게 내어줄 줄 아는 '사랑의 기술'이었습니다. 천석꾼 부자인 그는 늘 없는 이들에게 베풀고 살았는데 그 방법이 예사롭지 않았습니다. "아무런 대가 없이 그냥 베풀게 되면, 주는 사람이나 받는 사람 양쪽 모두가 편치 않다. 주는 사람은 부질없이 선한 사람인 체하기 쉽고, 은혜를 입는 쪽은 자신이 한없이 부끄러워질 것이다. 무엇이든 들고 와라, 쌀과 바꿔줄 것이다." 실제로 그는 걸레조각이든 지푸라기든 가져오는 자에게만 양식을 나눠주어서, 그의 집 마당엔 언제나 거대한 쓰레기 산이 생길 정도였답니다.

그런 마음으로 소리를 듣는데 어찌 귀가 뚫리지 않겠습니까. 한 소절만 듣고도 '또랑광대(큰 광대가 되지 못하고 동네에서나 행세하는 소리꾼)' 와 명창의 재목을 단박에 가려낼 수 있었겠지요. 소리꾼의 오장육부가 훤히 들여다보였을 것입니다. 그렇게 귀가 밝은 사람인지라, 저 '송화' 같은 사람의 싹수도 한눈에 알아차리곤 숱한 소리꾼들을 문하에 두어서 기라성 같은 명창들을 수도 없이 길러냈지요. 이를테면 이날치, 박만순, 전해종, 정창업, 김창록, 진채선, 허금파.

귀가 밝다는 것은 참으로 복된 일입니다. 카피라이터에게 귀가 밝다는 것 역시 더할 나위 없는 행복이지요. 선배 카피라이터에게 이런 이야기를 들은 적이 있습니다. 어느 페인트 광고를 위한 아이디어 회의를 하는데, 며칠 밤을 새워도 끝이 보이지 않더랍니다. 언제나 그렇듯이, 문제는 한마디! 아이디어의 얼개도 보이고, '스토리 라인'도 세워지는데 결정적 한마디가 나오질 않더랍니다. 그러던 어느 날 자정이 넘은 시각, 누군가 졸린 눈을 비비며 중얼거렸대요. "아, 이제 정말 끝내고 싶다. 뭐 끝내주는 것 없을까." 옆 사람에게도 들릴락 말락 하게 희미한 소리였는데 카피라이터의 귀에는 고함처럼 들리더랍니다. "야, 이대리 좀 전에 뭐라고 했어? 끝내주는 것? 그래, 바로 그거야. 페인트가 하는 일이 끝내주는 거 아닌가. 집을 짓든지 자동차를 만들든지 마지막으로 하는 일이잖아. 그래, 우리 페인트로 끝내자고 외치는 거야." 그렇게 해서 결정적인 한 줄이 태어났답니다. "고려페인트로 끝냅시다."

값진 슬로건, 빛나는 헤드라인은 예기치 않은 순간에 찾아듭니다. 살아 있는 카피일수록 참으로 싱겁게 나옵니다. 머리를 싸매고 심각하고 진지한 토의를 할 때보다, 허튼 농담이나 객쩍은 소리를 할 때 더 잘 나타납니다. 아니, 더 잘 들립니다. 군대 이야기나 첫사랑의 추억 속에 헤드라인이 숨어 있습니다. 동네 세탁소나 일요일의 성당 마당에서 생겼던 일 속에 들어 있습니다.

회사원 조순호씨는 어느 날 명동성당에서
아내와 함께 미사를 드리고 나오다가
놀라운 광경을 목격했습니다.
추기경님께서 수녀님과 함께 티코를 타고
나오시는 것이었습니다.
'와, 추기경님께서도 티코를 타시는구나!'
놀란 표정으로 서 있는 조순호씨에게
추기경님께서는 빙그레 미소를 지으셨습니다.
'멋지다! 티코 타는 추기경님!
우리 모두가 저분의 본을 받는다면……'
조순호씨는 우리 사회의 희망을 보는 것 같았습니다.

—대우 국민차 티코, '추기경님 이야기'

조순호씨는 저와 함께 일하던 디자이너였습니다. 어느 월요일 아침, '티 타임'에 그의 입에서 불쑥 튀어나온 한마디. "부장님. 추기경님이 티코를 타고 가시는 걸 봤습니다." 처음엔 귀를 의심했지요. "뭐, 누가?" "추기경님이요." "정말?" "네, 제 두 눈으로 똑똑히 본 걸요." 가슴이 뛰었습니다. '와, 이거 특종!'이라는 생각이 들었습니다. 펜과 종이를 찾아들고 조순호씨 앞에 얼굴을 바짝 들이댔지요. "조순호씨, 차근차근 이야기해봐." 차근차근 말하는 것을 차근차근 받아썼습니다. 위의 카피가 되더군요. 생각대로 '특종'이었습니다.

카피는 때로 귀를 두드립니다. 그런데 어떤 이는 귀찮다는 듯이 내다보지도 않습니다. 어떤 이는 자신의 일과 상관없는 이야기라며 대꾸도 하지 않습니다. 어떤 이는 신입사원의 입에서 나온 소리라며 콧방귀를 뀝니다. 어떤 이는 이어폰으로 귀를 막고 있어서 아무런 소리도 듣지 못합니다. 빅뉴스가, 빅 아이디어가 귀를 두드리는데.

30

카피는 '식구들 생각'이다

광고인들이 곧잘 빠지는 함정이 하나 있습니다. '자기 자신도 소비자'라는 사실을 자주 잊는다는 것입니다. 소비자는 자신들과 멀리 떨어진 곳에 살고 있으며, 본인들과는 그다지 의미 있는 관계가 아닌 사람들이라고 착각할 때가 많다는 것이지요.

밥 먹듯이 소비자를 외쳐 부르면서도 대답할 사람의 얼굴과 이름엔 큰 관심을 두지 않습니다. 가만히 생각해보십시오. 그들을 그저 관찰과 탐구 혹은 조사와 분석의 대상이라고 여겨 수백 수천 명을 한 덩어리로 볼 때가 얼마나 많습니까. 고작해야 사회경제적 위상, 인구지리적 위치에 관한 문답問答이나 끝내고는 그들의 아지트라도 알아낸 것처럼 말하는 일은 또 얼마나 흔합니까. '건수件數, 횟수, 비율' 따위의 숫자나 늘어놓으면서 그들의 사생활까지 소상히 안다고 말하는 경우도 결코 적지 않지요.

문제의 심각성은 그것을 아주 당연하게 여긴다는 사실에 있습니다. 하여, 소비자들은 때로 본인들의 의지와 상관없이 엉뚱한 존재가 되곤 하지요. 무생물이 되거나 아주 무기력한 목숨이 됩니다. 이를테면, 자동차 안전검사장의 '더미^{dummy}'가 됩니다. 백화점 진열장의 '마네킹'이 됩니다. 누군가 관심을 기울여주고 움직여주지 않으면 아무런 변화도 꾀하지 못하는 정물이 됩니다. 얼굴 없는 사람들이 됩니다. 정치가들이 걸핏하면 들먹이는 '국민'이라는 '말 껍데기 속의 벙어리들'이 됩니다. 선거철 유권자들처럼 '표밭'의 표들이 됩니다. 지갑이나 호주머니 속의 지폐가 됩니다.

너무 삭막한 비유만을 늘어놓았나요. 그렇지만 사실인 것을 어쩌겠습니까. 받을 사람의 인상착의도 확인하지 못한 광고가 목적지나 제대로 찾아가겠습니까. '소비자'란 말의 함의가 단순히 메시지 수취인으로 좁아질 때, 소비자란 단어는 마각馬脚을 드러내고 그 광고는 '수취인 불명不明'의 것이 되고 맙니다.

소비자라는 말. 막연하기도 짝이 없지만, 고약하기도 이를 데 없습니다. '써 없애는 놈'이란 뜻이니까요. 인간성 혹은 저마다의 개성, 존귀한 생명체로서의 주체성 그런 것들을 송두리째 집어내 사정없이 내동댕이치고 남은 말입니다. 그런 이름이 적힌 메시지를 누가 자신의 것이라고 받아들이겠습니까.

그래서겠지요. TV광고나 신문광고가 "소비자 여러분"이라고 말을 걸어올 때, 사람들은 누구를 부르는 것인지를 몰라서 순간적으로 주위를 두리번거립니다. 소비자라는 말이, 사람의 칭호로는 아직도 귀에 설기 때문일 것입니다. 그래서 그 단어 속에 자신을 포함시켜야 할지 말지를 판단하느라 쩔쩔맵니다. 길을 가다가 어느 정당의 당원인지, 노동조합원인지 아닌지를 묻는 질문을 받은 것처럼 당혹스러울 때도 있습니다.

그것은 마치 광화문 네거리에서 누군가 "사장님(혹은 사모님)" 하고 소리처 불렀을 때, 자신도 반응을 보여야 할지 어쩔지를 생각하는 일을 닮았습니다. 소비자라는 단어와 맞닥뜨릴 때, 어딘가 수상쩍고 썩 유쾌하지 못한 느낌을 받은 적이 있다면 바로 그런 연유에서일 것입니다.

질문을 하나 드리지요. 만일 다음의 문장을 읽고 이의가 없거든 동의하는 서명을 해달라는 부탁을 받는다면 어떻게 하시겠습니까. "살아간다는 것은 끊임없이 소비의 주체가 된다는 것이다. 먹어 없애고, 마셔 없애고, 입어 없애고, 써 없애고, 태워 없애고, 흘려 없애고, 뽑아 없애고, 죽여 없애고……

그럴 때마다 우리가 살아 있다는 증거가 남는다. 흔적이 남는다. 껍질이 남는다. 상자가 남는다. 봉지가 남는다. 그릇이 남는다. 찌꺼기가 남는다. 상처가 남는다. 쓰레기가 남는다…… 고로, 인간은 쓰레기를 만드는 자들이다. 알맹이는 모조리 써 없애고 우주의 껍데기만 남기는 자들이다. 결국, 우리는 누구인가. 소비자! 곧 쓰레기의 생산자들이다(법정스님의 말씀을 참고함)."

끔찍한 일 아닙니까. 우리가 무심코 부르고 답하는 그 이름이 우리네 인생을 그토록 비극적인 '소모消耗의 시간'으로 끌어내리고 있다니 말입니다. 그렇다면 인류 최고의 유산은 패총貝塚 같은 껍데기의 무덤이어야 할 것입니다. 박수를 받아야 할 서울시민의 업적은 난지도 생태공원의 완성이 아니라, 해발 90m나 쌓아올린 쓰레기 무덤이어야 할 것입니다.

이 대목에서 작은 결론 하나가 생겨나는군요. 소비자는 아무도 소비자라는 이름으로 불리고 싶어하지 않는다는 것입니다. 지리산 소나무의 수효를 세듯이 자신의 머리를 세고, 방어진 앞 바다 고래떼 앞에서 침을 삼키는 포경捕鯨 찬성론자들처럼 자신을 그저 포획의 대상으로 바라보는 시선에 붙잡히고 싶은 사람이 어디 있겠습니까. 그런 마음이야 고래나 소나무도 다르지 않을 것입니다.

반송盤松, 처진소나무, 금강송, 황금소나무, 용소나무, 도깨비방망이소나무, 다닥다닥소나무, 둥근소나무, 간흑송間黑松, 이렇게 근사한 이름의 나무들이 모여 섰는데 그냥 '소나무 십여 그루가 모여 있다'라고 하면 어느 소나무가 섭섭하지 않을까요. 귀신고래, 대왕고래, 참고래, 큰 고래, 향고래, 범고래, 길잡이고래, 큰 돌고래…… 저 석기시대 바위그림(울산 반구대 암각화)에도 나오는 그 다양한 얼굴과 몸뚱이를 하나로 뭉뚱그려 '우리나라 근해의 고래 개체 수' 운운하면 동해의 고래는 얼마나 언짢을까요.

하물며, 사람이야! 누군들 '지나가는 여자 A, B, C……'로 불리고 싶겠습니까. 누가 '동네 청년 1, 2, 3……'으로 불리고 싶겠습니까. 그렇게 부르는 소리를 그들의 어머니가 들으면 얼마나 서운할까요. 아버지가 들으면 얼마나 화가 날까요. 전주 이씨, 김해 김씨, 진주 강씨, 안동 권씨, 남평 문씨, 경주 최씨, 순흥 안씨…… 그 먼 조상들이 들으면 얼마나 노여울까요.

천천히 소비자의 얼굴을 들여다보세요. 소비자는 우리가 잘 아는 사람들입니다. 아주 가까운 사람들입니다. 파란대문 집 큰아들, 대추나무 집 셋째 딸, 세탁소 집 막내, 친구의 바깥사돈, 정씨네 장조카…… 보는 순간 이름이 떠오르는 사람들입니다. 듣는 순간, 얼굴이 떠오르는 사람들입니다. 그는 우리를 알고 우리는 그를 압니다. 어디 사는 사람인지도 알고, 어떻게 살아온 집안인지도 압니다.

저는 요즘 들어 '가족'이란 단어에 점점 더 관심이 늘어갑니다. 최근 우리 사회가 안고 있는 여러 가지 병증病症들이 거의 다 가족문제로부터 비롯되고 있다는 생각이 들기 때문입니다. 성매매, 청소년 범죄, 출산율 저하,

이혼의 증가, 학교폭력, 교실의 붕괴, 국어의 혼란, 기러기 아빠…… 하나하나 짚어보십시오. 그 가운데에 가정의 몰락이나 가족의 불화와 상관없는 일이 하나라도 있습니까.

상품광고는 말할 것도 없지요. 세상에 어떤 물건이 가족과 연관이 없겠습니까. 어느 기업이 우리 식구들의 살림살이와 관련이 없겠습니까. 그래서 저는 저와 제 학생들이 함께 풀어가는 카피라이팅 연습이나 광고제작 실습의 주제로 '가족'을 즐겨 다룹니다. 그 숙제의 제목은 'Think Family'. 가족을 생각하는 일은 세상 사람들 모두를 생각하는 일과 다름이 없기 때문이지요. 그런 날 제 이야기는 대개 이렇게 끝납니다.

"고등학생 아우를 생각하는 일은 청소년을 생각하는 것입니다. 어머니를 생각하는 일은 우리나라 모든 어머니와 아주머니를 생각하는 일입니다. 아버지를 이해한다는 것은 아버지 또래의 수많은 아저씨들을 이해한다는 것입니다. 주부를 생각하려면 형수를 생각하거나 엊그제 시집온 새언니를 떠올려보십시오. 노인문제를 생각하려면 여러분의 할머니나 할아버지의 얼굴부터 눈앞에 그려보십시오. 소비자란 어딘가에 뚝 떨어져 있는 사람들이 아닙니다. 소비자는 모든 아들딸들의 집합입니다. 모든 어머니, 아버지들의 집합입니다. 모든 아내의 집합이며 모든 남편의 집합입니다. 가족을 이해한다면 온 세상의 소비자를 이해하는 것입니다."

가족을 생각한다는 것은 '부재'나 '결핍'의 시간에 눈앞에 보이지 않는 한 사람을 그리워하는 일일 것입니다. 가족을 이해한다는 것은 '지금 함께하지 못하는 사람의 가치와 역할'을 곰곰 되뇌고 새기는 일과 다르지 않을 것입니다.

열무 삼십 단을 이고/ 시장에 간 우리 엄마/ 안 오시네, 해는 시든지 오래/ 나는 찬밥처럼 방에 담겨/아무리 천천히 숙제를 해도/ 엄마 안 오시네, 배추잎 같은 발소리 타박타박/ 안 들리네, 어둡고 무서워/ 금 간 창틈으로 고요히 빗소리/ 빈방에 혼자 엎드려 훌쩍거리던// 아주 먼 옛날/ 지금도 내 눈시울을 뜨겁게 하는/ 그 시절, 내 유년의 윗목

—기형도, 「엄마 걱정」

시인이 엄마의 부재를 슬퍼하며 훌쩍이는 존재라면, 카피라이터는 엄마가 없어도 슬기롭게 살 수 있는 방도를 찾아내려는 사람입니다. 시인보다 조금은 더 영리해지려는 사람입니다. 시詩가 제 나이보다 어린 마음을 돌아본다면, 카피는 제 나이보다 성숙한 쪽을 바라봅니다. 하릴없이 엄마를 기다리기보다는, 엄마가 내릴 선택의 현명함이나 판단력의 완벽함에 가까이 다가가려 합니다. 그런 마음으로 가족 모두를 불러모아 의견을 묻기도 하지요. "아버지가 보시면 뭐라실까?" "할머니께서 살아계신다면……" "누나가 곁에 있다면……"

자신의 어머니를 생각하면 소비자의 어머니도 그려집니다. 소비자가 어떤 아들딸일지도 떠오릅니다. 이윽고, 광고하려는 물건이 그들 사이에 어떤 가치를 지니는 물건인지 짚입니다. 소비자의 얼굴이 영 생각나지 않는다면, 이웃의 가족을 떠올릴 일입니다. 필요하다면 (카프카의 소설 『변신』의 주인공처럼) 벌레라도 될 일입니다.

제 강의를 듣는 학생 작품 중에 이런 것이 있습니다. 살충제 광고입니다. 비주얼은 백지에 가까울 만큼 시원한 여백 위에 바퀴벌레 한 마리. 이런 카피가 보입니다. "어머니, 아버지 용서하십시오. 어머니, 아버지 말씀을 듣

지 않고 멀리 갔다가 '레이드'를 밟았습니다. 먼저 갑니다. 이 불효자를 용서하십시오." 재미있지 않습니까. 바퀴벌레의 불효^{不孝}.

카피 끝부분엔 반대편 시각에서 나온 생각까지 보태집니다. 더이상 자식을 앞세우는 어머니, 아버지가 생기지 않도록 세상의 모든 바퀴벌레 부모님들을 향해 간곡히 당부합니다. "어린 자녀들에게 '레이드'가 얼마나 무서운지 꼭 가르쳐주십시오."

'가족을 생각하는 일'은 외롭고 답답한 순간에 결정적인 힌트가 되고 모티프가 되고 에너지가 됩니다. 처자식을 일본에 보내고 서귀포에 혼자 남아 외로움을 견디던 화가 이중섭李仲燮의 편지 속 다음과 같은 고백이 좋은 증거지요.

"당신의 편지를 받은 날은 그림이 한결 더 잘 그려지오. 정말 외롭구려. SOS…… SOS…… SOS…… 하루 빨리 건강하고 다사로운 기쁨의 편지 보내주기 바라오."(1954.11.21)

카피가 잘 나오지 않거든 이중섭처럼 식구들한테 SOS를 치십시오. 요즘 꼬마들의 일상이 알고 싶은 카피라이터 처녀에게 다섯 살짜리 조카는 얼마나 신속한 '114'입니까. 냉장고에 관한 주부들의 불만을 하룻밤 새에 알아내야 하는 카피라이터 총각에게 엊그제 시집온 형수는 얼마나 고마운 '119'입니까. 식기세척기를 못마땅하게 바라보는 시어머니들의 생각을 뒤집어놓는 방법을 가르쳐준 올케는 얼마나 훌륭한 '112'입니까.

가족은 '세상 모든 소비자들의 미니어처'입니다. 소비자라는 이름의 사람들이 보여주는 아홉 가지 모습이 그 안에 다 있기 때문입니다. 석굴암 관세음보살이 11면面으로 온 중생을 바라보고 있다면, 가족은 아홉 가지 얼굴로 우리 사는 세상을 빠짐없이 내다봅니다. "여과자filter—영향자influencer—결정자decider—구매자buyer—준비자preparer—소비자consumer—감시자monitor—유지자maintainer—처분자disposer." 가족은 세상을 바라보는 모든 시선의 집합입니다.

그런 관점에서 가정을 성전聖殿이라 일컫는 어떤 종교의 표현은 지극히 온당하다 할 것입니다. 마찬가지 이유로 저는 '가족이 있는 풍경'은 모두 '성화聖畵'의 가치를 지닌다고 생각합니다. 아무리 비루하고 고단한 살림살이를 배경으로 한 장면이라 하더라도.

"가족 생활의 부조리와 남루함은 동시에 가족의 구원이자 진실한 고결함이기도 하다. 바로 그 남루함이 우리를 한데 묶어준다. 그러므로 그런 남루함이 사라지게 내버려두어선 안 된다. 삶은 완벽한 게 아니다. 고자질하는 누이, 짓궂은 오빠, 고약한 입냄새를 풍기는 아빠, 남은 음식을 먹어치우는 엄마, 냄새 나는 할아버지, 알코올 중독인 숙모, 담배로 더러워진 방, 집을 나간 아내, 깔깔대며 웃는 사촌, 천천히 죽어가는 노인들. 그리고 거실 바닥에 지쳐 널브러져 있는 개들…… 삶은 이처럼 끔찍한 순간들로 가득 차 있는 남루하고 소박한 경험이다."

—사진집 『Family』(정현종, 이레, 2003) 서문에서

이 대목을 읽다보니 어느 여학생의 백세주 광고안이 떠오릅니다. 카피로만 꽉 채운 광고였지요. 큼직한 글씨로 이렇게 썼더군요. "나는 이제껏 우리 아버지가 술을 마시고 비틀거리는 모습을 본 적이 없습니다 - 박혜진

(26세, 안산시 고잔동)" 아, 누군지 참 좋은 딸을 두었지요! 그 딸은 참 좋은 아버지를 만났지요! 인생에서 가족의 칭찬과 자랑보다 매력적인 성공의 징표도 별로 없을 것입니다.

소비자는 카피라이터의 집에 있습니다. 카피를 쓰는 일은 식구들을 생각하는 일입니다. 물론 새삼스러울 것도 없는 말이지요. 오길비D.Ogilvy 선생이 일찍이 가르치신 것이니까요. "소비자들은 바보가 아닙니다. 당신의 부인이 바로 소비자입니다. 단순한 슬로건이나 지루한 형용사로 그녀가 어떤 것을 구매하도록 설득할 수 있으리라 생각하지 마십시오. 그것은 그녀의 지성을 모독하는 일입니다. 그녀는 당신이 그녀에게 줄 수 있는 모든 정보를 원합니다."

4부

'청첩장'은 세상에서 가장 아름다운 카피로 가득한 광고입니다.
정반대의 것도 있지요.
아주 짧은 메시지로 이뤄졌지만
그 어떤 광고보다 명료한 임팩트를 지니는 그것 말입니다.
무엇이겠습니까.
세상에서 가장 엄숙한 광고, '부고訃告'입니다.

31
카피는 편지다

오랜만에 음악회에 다녀왔습니다. 젊은 비올리스트 리처드 용재 오닐 Richard Yongjae ONeill의 콘서트, '겨울 나그네Wintereise'였습니다. 성악곡으로나 듣던 곡들을 비올라와 클래식 기타로 들었지요. 귀에 익은 곡조지만 새로웠습니다. 비올라 선율이 30여 년 묵은 기억까지 들추어주었습니다. 1970년대 후반, 제 스무 살의 영혼까지 불러다주었습니다. 보들레르나 아폴리네르 혹은 프레베르 같은 시인들의 시를 그 나라 말로 읊조리고 싶다는 이유 하나로 프랑스어 알파벳을 웅얼거리던 때였습니다. 슈베르트의 가곡들을 원어로 불러보고 싶다는 욕심 하나로 독일어 기초를 익히던 날들이었습니다.

그랬지요. 엉터리 발음으로 보들레르의 「교감交感」을 외며 다녔습니다. 더듬더듬 독일어를 읽게 되자, 슈베르트 연가곡집 가사를 구해 읽었습니다. 그러고는 밤낮으로 소리 내어 불러댔습니다. 카세트테이프를 틀어놓고 연습에 연습을 거듭했습니다. 얼마나 그랬을까요. 누구에게 들려줄 만한 솜씨는 못 되었지만 늦은 밤길이나 아무도 없는 바닷가 같은 데서는 목청껏 외쳐 부를 수 있게 되었다는 사실만으로도 즐거웠지요.

물론 지금은 거의 다 잊었습니다. 문득 한두 소절이 생각나서 흥흥거릴 때도 더러 있지만, 입에서 흘러나온 가사와 곡조가 죄다 엉터리란 사실을 깨닫고는 얼른 주위를 둘러보게 될 경우가 대부분입니다. 그날도 그렇게 드문드문 남은 기억의 노랫말들을 어렵사리 떠올리며 비올라 소리를 따라갔지요. 〈밤인사Gute Nacht〉 〈풍향깃발Die Wetterfahne〉…… 이윽고 〈보리수Der Lindenbaum〉가 흘러나올 때, 제 귀엔 환청처럼 피셔 디스카우Dietrich Fisher Dieskau의 노랫소리까지 겹쳐지더군요. 슈베르트 가곡에 관한 한 최고로 꼽히는 사람, 그 바리톤의 목소리 말입니다.

그 순간, 제 기억력이 아주 형편없이 못쓰게 된 것은 아니란 증거도 찾게 되었습니다. 〈우편마차Die Post〉. 적어도 그 한 곡의 가사는 처음부터 끝까지 고스란히 살아 있었습니다. "거리에서 우편마차의 나팔소리가 들린다. 내 마음 설레는 까닭은 무엇일까. 우편마차가 소식을 가져올 리도 없는데, 내 가슴이 이토록 뛰는 이유는 무엇일까. 오, 내 마음이여. 우편마차는 애인이 살고 있는 곳에서 왔다. 너는 길거리로 뛰쳐나가 그곳의 소식을 듣고 싶으냐, 내 마음이여!"

"Mein Herz(내 마음이여)!" 유독 그 노래 하나만이 그렇게 생생히 살아 있는 까닭은 무엇일까요. 아마도 제 청춘의 시대적 배경과 무관하지 않을 것입니다. 꿈과 현실 사이를 방황하는 슬픈 젊음의 노래를 처음 만났던 시절의 사회적 분위기 같은 것들 말입니다. 어느 시인이 '겨울공화국'이라고 묘사한 제3공화국의 엄혹한 연대기에 자신들의 이십대를 얹은 사람들의 초상은 하나같이 〈겨울 나그네〉 속 젊은이의 모습일 것입니다. 최인호崔仁浩의 동명同名 소설을 스크린으로 옮긴 영화 〈겨울 나그네〉의 인물들처럼 말입니다.

　그때는 그렇게 예외가 별로 없던 시절이었던지라 별다른 청춘의 초상을 발견하기 어려웠습니다. 모두가 무엇인가를 향한 목마름에 답답해했지만 갈증의 근원도 해결책도 찾기 어렵던 시간의 연속이었지요. 제게는 음악이 좋은 친구가 되어주었습니다. 종로2가 '르네상스'나 명동의 '무아' 같은 고전음악 감상실 어둠 속에 앉아 세월의 경직을 풀곤 했지요. 어디선가 경쾌한 피아노 소리로 달려올 것 같은 '우편마차'를 기다리던 날들이었습니다.

　무엇인가를 긁적거리면서 오지 않는 편지를 기다렸습니다. 많은 사람들이 그렇게 그림처럼 앉아서 반갑고 즐거운 소식이 오길 기다렸습니다. 누구는 군사우편을 기다리고, 또 누구는 고향 소식을 기다렸습니다. 그러면서 열심히 편지를 썼습니다. 도무지 달라질 것 같지 않은 세상 풍경에 대해 쓰고, 시시각각 달라지는 마음의 변화를 공들여 묘사하며 줄 처진 종이를 채웠습니다. 그럼에도 불구하고, 부치지 않거나 부칠 수 없거나 부치지 못하는 편지가 더 많았지요. 참으로 많은 편지들이 보도되지 못하고 버려지는 기사처럼 구겨져 휴지통으로 가고 책갈피 깊숙이 묻혀버렸습니다.

　그렇습니다. 그 시절의 편지는 한 사람 혹은 두어 사람의 독자를 가진 '신문'이었습니다. 아니, 어떤 편지는 간단히 수십 명의 독자를 만들어내기도 했지요. 한 처녀의 편지가 애인이 소속되어 있는 소대원 모두 앞에서 읽히는 일도 적지 않았고, 먼 나라에서 온 편지 한 장을 온 동네가 돌려 읽는 일도 흔했으니까요. 적어도 20세기의 편지쓰기는 뉴스를 보도하는 일과 다르지 않았습니다. 편지를 쓰는 순간, 그의 태도는 '언론인'의 그것이 되었지요. 독자(상대)를 궁금하게 만들거나 사실을 오해하게 하는 일은 없어야한다는 생각으로 펜을 들었으니까요. 편지글에는 숨길 것이 많지 않았습니다. 아니, 편지마저 쓸 수 없다면 드러낼 수 없는 일이 너무 많았다고 해야 옳겠군요. 편지를 읽어줄 사람을 생각하면 무슨 일이든 속속들이 밝히고 시시콜콜 털어놓을 수 있었습니다. 그런 점에서 편지는 신문이 하는 일을 빼닮았었습니다.

그렇기에 편지를 쓸 상대가 없다거나 기다릴 편지가 없는 사람은 자신이 속한 집단으로부터 완벽히 소외된 사람을 의미했습니다. 그것은 참으로 참기 어려운 일이었습니다. 신문의 발행인으로부터 이런 말을 듣는 사람이나 마찬가지니까요. "당신에게는 아무것도 가르쳐줄 수 없어." "넌 몰라도 돼."

아무려나, 편지라는 신문에는 실리지 않는 기사가 없었습니다. 그것이 아니면 읍내로 가는 길이 포장되었다거나, 고향마을에 서커스단이 들어왔다는 소식을 어디서 접하겠습니까. 윗마을 중달이네 할아버지가 돌아가셨다거나 대추나무집 소가 송아지를 낳다가 죽었다는 이야기를 어디서 듣겠습니까. 박스 톱스Box Tops의 팝송 〈편지The Letter〉에 나오는 노랫말의 주인공처럼 고향의 여자 친구가 자신을 기다리고 있다는 것을 어떻게 알겠습니까.

편지가 신문이라면 광고가 있는 것도 당연한 일이겠지요. 편지글 끝에서 서너째 줄부터는 대개가 광고입니다. 객지에서 물을 갈아먹고 탈이 나거든 어떤 환丸을 사먹으라는 어머니의 말씀입니다. 환절기에는 감기 조심하라며 경동시장 어느 가게에 가서 무엇무엇을 사다가 달여먹으면 좋다는 할아버지의 당부입니다.

전면광고나 광고특집일 때도 있습니다. '청첩장'은 세상에서 가장 아름다운 카피로 가득한 광고입니다. 정반대의 것도 있지요. 아주 짧은 메시지로 이뤄졌지만 그 어떤 광고보다 명료한 임팩트를 지니는 그것 말입니다.

무엇이겠습니까. 세상에서 가장 엄숙한 광고, '부고^{訃告}'입니다.

사촌누이가 설계사이기 때문에 가입한 자동차보험 기한 만료 통지는 제법 촉촉한 안부인사와 함께 옵니다. 단골 카센터는 내 자동차가 보고 싶다면서 시간을 내어 꼭 한번 들러줄 것을 나긋나긋하게 속삭입니다. 금산에 사는 군대 동기는 제 건강을 걱정하면서 명절 인사를 꺼냅니다. 서툴지만 진심이 묻어나는 표현으로 날씨 이야기도 하고 집안의 안부도 종합적으로 묻습니다. 그러곤 본론. "인삼 농사가 잘됐다. 가족들 건강 챙기는 데 이것만한 것이 없다. 그뿐이겠냐. 긴히 선물할 데가 있다면 인삼이 최고다. 믿고 주문해라. 내가 직접 키운 것이다."

자, 저는 이제 편지가 시키는 대로 움직일 것입니다. 마침 지방에 갈 일이 있는데, 배가 살살 아프면 '정로환'을 사먹게 될 것입니다. 감기에 걸리지 않으려고 경동시장을 찾아갈 것입니다. 간 길에 십전대보탕을 지어 올지도 모릅니다. 주말엔 열 일 제치고 결혼식에 가야겠지요. 월요일 퇴근길엔 장례식장엘 다녀와야 합니다. 자동차보험금은 온라인으로 보내야겠지요. 엔진오일을 교환하러 카센터에 갈 것입니다. 편지를 보낸 금산 친구에게 답장 대신 전화를 할 것입니다. '6년근 인삼 선물세트'와 '인삼차' 한 박스를 보내라고 해야겠지요.

저만 그런 것이 아닐 것입니다. 당신도 한번 지나간 일주일 혹은 한 달을 되짚어보십시오. 적지 않은 시간이 어떤 편지(혹은 이메일) 한 통의 지배하에 놓여 있었다는 사실을 알게 될 것입니다. 참 많은 행동들이 누군가의 편지에 의해 조종되었다는 것을 발견할 것입니다.

편지는 리모컨입니다. 한 사람의 몸과 마음의 전원을 마음대로 끄고 켭니다. 편지는 검찰이거나 법원입니다. 그의 소환에 당신은 출두합니다. 편지는 포옹이나 입맞춤입니다. 그의 스킨십에 무릎을 꿇거나 눈물을 흘립니다. 편지는 학교입니다. 그의 가르침에 당신은 말 잘 듣는 학생이 됩니다. 편지는 악수를 청하는 손입니다. 그의 호의에 당신도 무심코 손을 내밉니다. 편지는 경전經典입니다. 그 속의 한마디 혹은 한 줄이 영원히 잊히지 않을지도 모릅니다. 편지는 제품 사용설명서입니다. 사람이라는 기계를 움직이는 법과 만물을 가꾸어 길들이는 법을 일러줍니다.

　그 증거가 동서고금에 하나둘이 아닐 테지만, 저는 굳이 이분의 편지 묶음을 이야기하고 싶습니다. 다산茶山 정약용丁若鏞 선생이 유배지 생활 18년 동안 집에 부친 편지들입니다. 그것들이야말로 제가 앞서 열거한 편지의 모든 가치를 아우르고도 남습니다. '한자가 생긴 이래 가장 많은 저술을 남긴 대학자'(정인보 선생의 말. 박석무 역, 1985, 시인사 『정다산 서한집 : 유배지에서 보낸 편지』 서문에서 재인용) 다산은 편지글도 금싸라기 같아서 온 세상이 돌려볼 만한 것이 하나둘이 아닙니다. 편지 한 줄에도 온 마음 온 정성을 다하라고 가르친 분이니까요. 그것 역시 편지를 통한 가르침이었습니다.

　열흘 정도마다 집 안에 쌓여 있는 편지를 점검하여, 찢어져 사람의 눈에 번거롭게 띄는 것을 하나하나 뽑아내어, 심한 것은 풀로 잘 붙여 봉해두고 그렇지 않은 편지는 노끈으로 묶어두고, 나머지 것은 벽 바르는 종이로 쓰거나 잘라서 종이 상자 같은 것을 만들어두면 정신이 청초해질 것이다.

　편지 한 장 쓸 때마다 두 번 세 번 읽어보면서 '이 편지가 사통오달四通五達한 번화가에 떨어져서, 나의 원수가 펴보더라도 내가 죄를 얻지 않을 것인가' 라고 생각하면서 써야 하고 또 '이 편지가 수백 년 동안 전해져서, 안목 있는 많은 사람들의 눈에 띄어도 조롱을 받지 않을 편지인가'를 생각해본 후에 그럴 듯하게 겉봉투를 닫아야 하는데 이런 것은 바로 군자君子가 따라야 하는 일의 본보기다.

내가 젊어서 글자를 너무 빨리 썼기 때문에 여러 번 이 계율을 위반한 때가 있었는데 중년中年에 화를 입을 것을 두려워하여 이런 법칙을 지켰더니 아주 큰 도움을 얻었다. 너희도 그런 점을 명심토록 하여라. 경오庚午, 1810 봄에 다산 동 암에서 쓰다.

—같은 책

뭐 눈에는 뭐만 보인다더니, 제 눈에는 다산 선생의 편지 쓰는 법이 카피 쓰는 법으로 보입니다. '원수가 펴보더라도 내가 죄를 얻지 않을 것인가' 이 대목이 다음과 같은 당부로 들리는 까닭입니다. "네가 쓴 카피로 인하여 누군가 공연히 손해를 보거나 엉뚱한 오해가 빚어질 일은 없는지를 생각해 보라. 사통오달의 광화문 네거리에 높다랗게 걸어놓아도 부끄럽지 않을 것 인지를 헤아려보라. 소비자에게는 가치 있는 한 줄, 광고주에게는 만족스 런 한 줄, 경쟁자도 고개를 끄덕일 수밖에 없는 한 줄인지를 짚어보라."

그뿐 아닙니다. '안목 있는 사람의 눈에 띄어도 조롱을 받지 않을 것인 가' 이 말씀은 이러한 충고로 들립니다. "알맹이 없이 겉만 번지르르한 글 로 어리석은 사람이나 홀리려 들지 마라. 몇 사람을 감쪽같이 속여 넘겼다 고 세상 모든 이들을 그럴 수 있을 거라 생각하지 마라. 어딘가에는 고수高手 가 있어 네가 형편없는 쭉정이임을 꿰뚫어보고 있을 것이다. 언젠가는 눈 밝은 사람이 나와서 네가 한 일이 형편없는 '날림'이었음을 밝힐 것이다."

펜 들기가 무서워집니다. 후환後患이 두렵기 때문이지요. 이런 소리를 듣게 될까봐 겁이 나는 것입니다. "이것 쓴 사람 잡아와! 이거 순 말장난 아니, 사기야!" 다산 선생의 경고도 바로 그런 말을 듣게 될 글은 짓지 말라는 이야기지요. 카피라이터라는 일이 만만치 않은 이유도 바로 거기 있습니다. 카피가 편지니까요. 카피라이터는 밤낮으로 고객이라는 이름의 남자 혹은 소비자라는 이름의 여자에게 편지를 쓰는 사람이니까요.

그러나 어찌 보면 무척이나 쉬운 일입니다. 편지를 받을 사람이 '30만 고객'이나 '100만 소비자'라 생각하면 카피라이터의 편지쓰기가 끔찍한 일이 되지만, 부산 광안리 바닷가에 사는 '미스터 고顧'나 광주 지산동의 '미스 소消' 한 사람이라고 생각하면 행복한 숙제가 됩니다. 연애편지든 비즈니스 레터든 편지 한 통을 잘 쓸 수 있다면 그는 좋은 카피를 쓸 수 있는 사람입니다. 사람을 움직이는 확실한 방법을 알고 있다면 몇 명인들 못 움직이겠습니까.

이런 말을 하고 있으려니까, 저만치서 고개를 끄덕이면서 빙긋이 웃고 있는 사람이 하나 있군요. 일본을 대표하는 작가의 한 사람인 엔도 슈사쿠遠藤周作입니다. 그가 번역되어 나온 자신의 책 『전략적 편지쓰기』를 건네줍니다. "편지쓰기에 웬 전략?" 책 제목에 가벼운 저항감을 느끼면서 훑어보다 보니 참으로 싱거운 결론 하나가 눈에 띕니다.

"아무리 화려한 문장을 늘어놓아도 내용이 명확하지 않으면 지루해진다. 또 내용이 아무리 명확하게 드러나도 부러질 듯 무미건조하면 기억에 남지 않는다." 결국은 명확하게, 독특하게 쓰라는 이야기.

그러자면 우편마차를 기다리고 있을 사람의 '마음Herz'을 읽어야 한다는 것입니다. 틈만 나면 이메일 박스를 여닫으면서 목을 빼고 기다리는 것이 무엇인지, 듣고 싶은 한마디가 무엇인지를 알아내야 한다는 것이지요. 겨우 그것이 편지쓰기의 전략이라는군요, 글쎄.

32

카피는 '만일'을 생각하는 것이다

얼마 전에 국어사전을 새로 샀습니다. 맞춤법이 달라진 말은 물론 하루가 다르게 나고 죽는 말들이 많아서, 오랫동안 벼르던 물건입니다. 우리 국어의 대법원이라 할 수 있는 국립국어원에서 펴낸 『표준국어대사전』입니다. 아마도 세종대왕께서 한글을 창제하신 이래 만들어진 국어사전들 중에 가장 방대한 물건일 것입니다. 그 커다란 책을 이리저리 펼치고 더듬다가, 곁에 있는 묵은 사전을 보니 문득 가엾다는 생각이 들었습니다. 이제 새로운 주인에게 자리를 내주어야 한다는 사실 앞에서 무척 허탈해하는 것 같았습니다. 그러고 보니, 세상에 나온 지 30년도 더 되는 책입니다.

'신기철申琦澈, 신용철申瑢澈' 형제가 필생의 업이라도 되는 것처럼 혼신의 힘을 다해 만든 사전. 제가 첫 봉급으로 산 물건입니다. 난생 처음 번 돈으로 큼지막한 국어사전을 하나 장만했다는 것이 스스로도 퍽 대견했던 기억이 생생합니다. 책값도 만만치 않았지요. 그럼에도 불구하고 선뜻 그것을 구입한 까닭은 우리말과 글을 배운 사람으로서의 예의였을 것입니다. 아니면 이런 생각에 사로잡혀 있었기 때문인지도 모르지요. "내 봉급의 원천은 회사가 아니라 국어사전이다. 내가 카피라이터가 된 까닭도, 세상이 앞으로의 나한테 원하는 것들도 모두 국어사전 안에 있다. 카피라이터는 '우리말 창고' 안에 있는 언어들과 사이좋게 지내야 할 사람이다. 그 창고는 클수록 좋을 것이다."

그런 생각으로 옛날 사전을 바라보고 있자니 그것이 점점 더 딱하게 보입니다. 낡고 초라해진 사전의 모습이 안쓰러워 그런 것이겠지만, 더 중요한 이유는 그것을 지은 사람들이 생각나기 때문일 것입니다. 그이들을 떠올리노라면 그 책들에 얼마나 기막힌 세월이 담겨 있는지를 다시금 새겨보게 되지요. 그 각고의 시간과 공력이 표제어 하나하나에 겹칩니다. 생각해보십시오. 일일이 손으로 만든 카드 한 장 한 장이 모여 수만 수십만 어휘의 사전이 되는 과정을 말입니다. 컴퓨터도 없던 시절에!

1938년판 『조선어사전』에서 제 책꽂이의 낡은 사전들에 이르기까지 이 나라의 모든 사전들은 혹독한 수작업의 결과물이었습니다. 농경적 근면성 없이는 도저히 불가능한 일이었지요. '펜의 쟁기질'이었습니다. 글자 그대로 '필경筆耕', '붓으로 밭을 가는 일'이었습니다. 그래서 그럴까요. 그런 사전의 '서문'에는 으레 『한중록閑中錄』의 혜경궁惠慶宮 홍씨洪氏를 생각나게 하는 대목이 있게 마련이지요. 대개가 자신이 걸어온 형극荊棘의 길을 이야기하는 서글픈 고백들입니다. 제가 가지고 있는 '신씨 형제'의 사전에는 다음과 같은 글이 보입니다.

가도 가도 까마득하여 끝없을 성싶던 그 황량한 벌판의 가시길을 헤치고 이 사전의 초판이 세상에 나온 지도 어느덧 10년 세월이 흘렀다. 밤낮없이 애태우며 일하던 그 나날의 쓰라린 광경과, 고되고 뼈아프던 벅찬 기억들이 새삼 주마등처럼 머리를 스쳐간다. 창가에 소연한 바람이 설레고, 하늘에는 애연한 외기러기의 울음소리가 애를 끊기 그 몇몇 세월이던가?

편저자는 초판·개정판이 나온 뒤에도 이를 계속 수정·증보하기 위하여, 마치 시대를 등진 나그네인 양, 두문불출 다시 편찬실에 들앉아 책에 묻힌 채 숨 돌릴 겨를도 없이, 눈에 안겨오는 깨알 같은 활자와 활자에 부대끼며, 눈을 비비고 비비고 하면서 계속 이 작업에 손을 대왔다.

　　　　—「증보판(삼성출판사, 1983년) 간행에 즈음하여」『새 우리말 큰 사전』

여기서 문득, 터무니없는 궁금증 하나가 일어납니다. 만일 혜경궁 홍씨가 컴퓨터 자판을 두드려가며 『한중록』을 썼다면, 오늘날 우리가 거기서 느끼는 감회가 그만큼 절실할까요. 해인사 『팔만대장경』이 기계로 새겨진 것이었다면 오늘날과 같은 대접을 받을 수 있었을까요. 똑같은 내용인데 '온라인 팔만대장경'은 왜 그만큼 거룩해 보이지 않는 걸까요.

마찬가지 이유일 것입니다. 제 눈에는 세 권짜리 『표준국어대사전』보다 두 권짜리 '신씨 형제'의 사전이 더욱 크고 두꺼워 보입니다. 무려 112억 원의 연구개발비를 들여서 8년 만에 완성했다는 책보다 가난한 학자가 평생을 애면글면하며 만든 책이 더욱 값진 물건으로 보이는 것입니다. '눈에 안겨오는 깨알 같은 활자와 활자에 부대끼며, 눈을 비비고 비비고 하면서' 만든 책이기 때문입니다. 하나부터 열까지 사람의 손을 거친 책이기 때문입니다. 가운뎃 손가락 끝마디에 콩알 크기의 혹이 생길 만큼 가혹한 노동의 산물이었던 까닭입니다.

그것은 펜과 잉크의 일이거나 타자기의 일이었습니다. 말이 나왔으니 말입니다만 타자기는 참 많은 일을 했습니다. 그것은 노동의 도구였습니다. 삽이나 망치와 같은 연장이었습니다. 생각의 재봉틀이거나 다듬잇돌이었습니다. 흘러간 대중가요 노랫말 한 소절이 이 땅의 한 시절 타자기가 맡았던 역할을 잘 설명해줍니다. "타이프 소리로 하루가 저무는 빌딩가에서는 희망이 솟네." 라디오 드라마에서는 타자기 소음 하나로 사무실 풍경을 묘사하곤 하던 시절이었지요.

참, 그 타자기의 세월 끝에 '워드프로세서 르모'란 것이 있었습니다. 글쓰기의 혁명적 도구가 나왔다면서 수많은 문필가들이 그 신상품의 매력에 찬탄을 금치 못했지요. 이 나라의 내로라하는 유명한 지식인들이 그 물건의 세일즈맨 노릇을 자처하고 나설 정도였습니다. 지금 생각하면 좀 지나친 호들갑이 아니었나 싶은 구석도 있지만, 퍽 의미 있는 물건이었다는 사실만은 분명합니다.

컴퓨터 쪽에서 생각하면 타자기와 별반 다를 것도 없었지만, 타자기 쪽에서 바라보면 엄청나게 편리한 물건이었지요. 타자기처럼 자판을 소리나게 두드릴 필요가 없어서 좋았고, 액정화면이 붙어 있어서 두어줄 혹은 네댓 줄의 앞뒤를 살필 수 있어 좋았습니다. 무엇보다 황홀한 것은 작업한 내용을 저장할 수 있다는 것과 버튼 하나만 누르면 그것이 아주 '유려한 글꼴'로 스르르 인쇄되어 나온다는 것이었습니다.

어떻게 그리 잘 아느냐고요? 사실은 제가 담당하는 광고주의 상품이기도 해서 누구보다 먼저 그 물건을 사용했던 까닭입니다. 광고하는 사람이 확신을 가질 때 카피의 어조는 단호해지게 마련이지요. 세상을 향해 이렇게 물었던 기억이 납니다. 마치 새로운 시대가 오고 있음을 알리려는 사람의 태도로 물었습니다. 지금이 어느 때인데, 펜이나 타자기를 쓰고 있느냐고 따지듯이 물었습니다. "아직도 '르모'를 모르십니까?"

그러나 워드프로세서의 세월은 그리 오래가지 않았습니다. 이제 생각하니 그것의 임무는 컴퓨터 시대의 도래를 알리는 전령傳令의 역할이 전부였던 모양입니다. 그렇다면, '르모' 광고는 타자기와 컴퓨터의 임무교대를 알리는 예령豫令이었다고 해야겠군요. 곧바로 본격적인 컴퓨터 시대의 막이 올랐으니까요.

새 사전과 헌 사전을 번갈아 들여다보면서 이 글을 쓰고 있노라니 컴퓨터에 절하고 싶어집니다. 컴퓨터가 나오지 않았다면 저『표준국어대사전』처럼 어마어마한 사전의 출간은 오늘도 기약 없는 일일 테니까요. 그와 동시에 '신씨 형제' 같은 분들께는 공연히 죄송스러운 마음이 듭니다. 그분들은 지난 세월이 얼마나 허망하게 느껴질까요. 자신들이 일생을 걸고 해오던 일이 너무나 간단히 해결되는 컴퓨터 세상을 보면서.

컴퓨터 이전의 세월은 전라도 문자로 '짠하고 징한' 세월이 아닐 수 없었습니다. '고생 끝에 낙樂'이란 말도 한 사람의 생애 안에서 이뤄지는 이야기일 때 의미가 있지요. 그렇지 않을 때라면 고생한 사람만 슬퍼집니다. 흔한 문자로 죽은 사람만 불쌍해집니다. '살 만하니까 죽는다'라거나 '그렇게 고생만 하더니……'처럼 안타까운 대사의 주인공이 됩니다. 그런 이들을 위해 남은 사람들은 이렇게 말하지요. "조금만 더 사셨더라면……" "이렇게 좋은 세상도 못 보시고……"

다가오는 금요일은/ 역사적인 날./ 우리 역사의 보물창고가 새롭게 문을 여는 날.// 지금쯤 그 집에는/ 60년 만에 장만한/ '내 집'이 너무 좋아서/ 밤새워 구석구석을 쓸고 닦는/ 사람들이 있을 것입니다./ 바로 국립중앙박물관 사람

들.// 경복궁으로, 남산으로/ 덕수궁으로, 지금은 헐려 없어진/ 조선총독부 건
물로……/ 이리저리 이사를 다니던/ 기억들이 떠오르겠지요.// 흠 생길까, 티
앉을까/ 갓난아기처럼 싸안고 다니던/ 유물들을 어루만지며/ 흐뭇한 미소를
짓겠지요./ 빛바랠까, 금이 갈까/ 피난길에도 문화재를 목숨처럼/ 지켜낸 선
배들이 생각나서/ 눈물을 짓겠지요.// 고맙습니다./ 서울특별시 용산구 용산
동 6가 168./ 오늘의 국립중앙박물관이 있기까지/ 밤낮을 가리지 않고 수고하
신/ 모든 분들.

—SK텔레콤, '용산동 6가 168-6', 『새로운 대한민국 이야기』

좋은 날을 맞는 반가움은 지나간 날들의 슬픔과 견주어질 때 보다 또렷
해집니다. 보람과 즐거움을 함께 나눌 사람이 곁에 없는 것을 진심으로 안
타까워할 때, 눈앞의 성취도는 가슴 벅찬 것이 됩니다. "그날 그 사람이 없
었다면……" "그때 그분들이 아니었다면……" 집을 장만한 기쁨은 집 없
던 날들을 배경으로 할 때 한없이 커집니다. 새 집은 헌 집과 '오버랩'이 될
때 자랑스럽습니다. 살아 있는 순간의 소중함은 삶을 마친 사람들이 보여
주는 공백 위에서 더욱 빛이 납니다. "그분이 지금 우리 곁에 계시다
면……"

허무주의로 떨어지지만 않는다면 가정법假定法은 지상에 존재하는 모든
것들에 생기와 탄력을 불어넣어줍니다. "~이 아니라면." "~이 없다면."
'부재不在'를 생각하는 순간, 지금 우리 곁에 있는 사람과 사물의 존재감이
나 존재 가치 혹은 존재 이유는 명징하게 살아나지요. 상품과 기업도 마찬
가지입니다.

'포스코POSCO'를 보세요. '포항제철'은 30년 이상 홀로 외로웠습니다. 아

무도 그에게 별다른 관심을 두지 않았지요. 관심이 없으니 사랑도 없고 미움도 없었습니다. 누가 물으면 그저 시큰둥하게 이렇게 말하곤 했지요. "견학을 가본 적이 있는데, 어마어마하게 크더군요." "우리나라를 대표하는 기업의 하나 아닙니까." '당신과 어떤 관계가 있는 회사냐'고 물으면 이렇게 대답들을 했습니다. "관계요? 아무런 관계가 없는 것 같은데요." "제철소가 나하고 무슨 상관이 있겠소."

그 회사가 어느 날 작심한 듯이 문제 하나를 던졌습니다. "세상에 철鐵이 없다면!" 화면엔 타이어만 있는 자전거가 보였습니다. 핸들도 보이지 않고 체인도 보이지 않았습니다. 아! 정신이 번쩍 나는 메시지였습니다. 그렇습니다. 철이 없다면 신생아의 탯줄은 돌칼로 잘라야 할지도 모를 일이었습니다. 포스코 광고는 한동안 철이 없는 세상을 보여주었지요. 그곳의 놀이터엔 철봉이 없었습니다. 첼로도 없고, 나침반도 없었습니다. 그런 광경을 보여주는 일만으로 포스코는 자신의 진면목을 유감없이 드러낼 수 있었지요.

이제 누가 다시 사람들에게 묻는다고 합시다. "'포스코'가 어떤 회사라고 생각하십니까" 미소를 지으며 이렇게 답하는 사람들이 많을 것입니다. "참 고마운 회사라는 생각이 듭니다." "꼭 있어야 하는 회사지요." "묵묵히 일하는 사람들의 회사 같아요." "그 차갑게만 느껴지던 이름에서 온기가 느껴져요." "포스코, 좋아해요."

'만일'의 위력, 그것 참 대단하지요. 연달아 떠오르는 광고가 있습니다. 지면 중앙에는 네 개의 나무 블록이 나란히 놓여있습니다. 블록마다 알파벳 한 글자씩이 적혀 있는 게 보입니다. 'L, I, F, E'! 그런데 바깥쪽의 두 글자와 가운데 두 글자의 색깔이 조금 다릅니다. 인생LIFE이란 단어가 눈에 들어오는 순간, '만일IF'도 읽힙니다. 헤드라인이 거들고 나섭니다. "인생에는 '이프'가 있다." '만일'을 파는 회사, 일본의 보험회사 광고입니다. 아무리 보험에 무관심하거나 무지했던 사람이라도 속절없이 흔들리는 마음을 어쩌지 못할 것만 같습니다. "당장 보험 하나 들어야겠군!"

'만에 하나'를 잘 생각해서 성공한 사람도 있습니다. 지금은 없어진 T방송국의 H기자 이야기입니다. 매사에 빈틈이 없어서 초고속으로 출세가도를 달린 사람입니다. 그에게 이런 일이 있었다지요. 특파원으로 일하던 어느 날, 동경으로 출장을 오는 그룹회장을 영접하는 임무를 맡게 되었답니다. 공항에 나가 회장을 모시고 시내로 들어오니, 점심시간. 예약해놓은 식당으로 갔겠지요. 그런데 이게 웬일입니까. 문에 붙어 있는 안내문. '기중忌中' 이라고 큼직하게 써놓고, 갑자기 상喪을 당하여 부득이 휴업을 하게 되었으니 양해를 바란다는 내용이었습니다.

낭패도 이만저만이 아니지요. 수행원들의 얼굴은 사색인데 H씨는 태연히 이렇게 말하더랍니다. "회장님. 걱정 마십시오. 혹시 이런 일이 생길지 몰라서 한 군데 더 예약을 해놓았습니다. 그리로 가시지요." 놀랍고도 흐뭇한 표정으로 자신을 바라보는 회장에게 H씨는 수줍은 얼굴로 한마디 덧붙이더랍니다. "만에 하나를 생각했을 뿐입니다. 앞일은 알 수 없으니까요. 오늘 이 집처럼 초상이 날 수도 있고, 불이 날 수도 있고……"

'만에 하나'를 생각하는 일은 '하나'가 나머지 '구천구백아흔아홉 가지'의 가능성을 내포하고 있음을 들여다보는 일이지요. 보이지 않는 곳에서 일어나고 있을 일을 생각하는 것입니다. 풍경의 행간行間을 읽는 일이라 할 수도 있지요. 만일, 잎을 다 떨어버린 겨울나무들과 수북이 쌓인 낙엽이 눈에 들어온다면 어느 옛 시인처럼 숲 속의 가가호호家家戶戶를 걱정할 일입니다. "새들은 둥지 찾기 쉽겠고, 개미들은 집 찾기 어렵겠네."

그러나 '만일'의 가장 커다란 매력은 아무래도 그것이 '비유의 문'을 여는 열쇠라는 점일 것입니다. 우리 티코^{Tico}의 모델이기도 했던 '스즈키'의 경차^{輕車} '알토^{Alto}'의 슬로건이 그 좋은 예라 할 수 있지요. "도시가 바다라면 알토는 물고기." 수초 사이를 부드럽게 빠져 나가며 자유로이 헤엄치는 물고기의 정경이 그림처럼 떠오르지 않습니까.

만일, 아무런 생각이 떠오르지 않는다면 '만일'이란 이름을 불러보십시오.

33

카피는 콜롬보도 선생이다

저는 넥타이를 매지 않습니다. 몸에다 무언가를 두르거나 매는 것을 싫어하기 때문입니다. 아니, 사실은 맬 줄을 모릅니다. 이제껏 살아오는 동안 대여섯 번이나 맸을까요. 그럴 때마다 번번이 남의 도움을 받았습니다. 그렇게 살다보니까 이 나이 먹도록 넥타이 하나 맬 줄 모르는 위인이 되고 말았습니다. 처음에는 조금 창피하게 느껴지기도 하고 남의 눈치가 보일 때도 있었지만, 익숙해지니 참 편하고 좋더군요. 반성 한번 해보지 않고 '포도나무 밑의 여우'가 되었습니다.

"답답해서, 결박당한 것 같아서!" 넥타이를 꺼리는 그럴싸한 변명인 것 같지만 썩 좋은 핑계는 못 됩니다. 그렇게 말하면 대번에 핀잔이나 듣기 십상입니다. "누군 좋아서 날마다 와이셔츠 입고 넥타이 매는 줄 알아? 자네도 우리 같은 직장 다니면 그런 소리 못하지. 아무 옷이나 입고 일할 수 있다는 것 행복한 줄 알게." 그렇다면 저는 행복한 사람입니다. 교복의 세월과 군대시절을 제외하면 옷 입는 것 하나는 무한한 자유를 누리면서 살았으니까요.

제 직업과 일터는 저한테 명찰이나 유니폼을 강요하지 않았습니다. 스물다섯 해를 비교적 느슨하고 헐렁하게 살 수 있도록 해주었습니다. '광고회사 카피라이터→프리랜스 카피라이터→대학 카피 선생'. 아무려나 고맙고 황송한 일입니다. 가뜩이나 굼뜨고 게으른 제게 그런 인연들마저 허락되지 않았다면 제 삶은 훨씬 귀찮고 고단해졌을 것입니다.

물론 광고인이라고 해서 모두 그렇게 저 좋을 대로만 옷을 입을 수 있는 것은 아니지요. 언제나 엄숙 단정하게 차려입어야 하는 사람들도 있으니까요. 그러나 카피라이터를 비롯해서 이른바 크리에이티브에 종사하는 이들은 아무래도 넥타이보다는 청바지에 가까운 사람들입니다. "넥타이와 청바지는 평등하다"는 카피야말로 어쩌면 광고인 스스로를 이야기하는 것인지도 모릅니다.

문득, 후배 L씨가 떠오릅니다. 잠자리에서 막 빠져나온 것 같은 머리에 언제 봐도 부스스한 얼굴, 차림새만 보면 택배회사 사람 같기도 하고 기타리스트 같기도 하던 사람…… 아무튼 독특한 패션 감각의 소유자였지요. 그러나 그 정도야! 우리들 세상의 잣대로는 별스런 모습도 아니었지만, 여염집 아주머니들한테는 예사롭게 보일 리 없었나봅니다. 적어도 평범한 직업의 소유자는 아닐 것이라는 심증을 갖기에 충분했을 테지요. 아니나 다를까. 동네에 온갖 소문이 다 돌더랍니다. "그 남자, 모 방송국 개그맨이다." "아니야, 밤무대 가수래." "가수는 무슨. 그냥 건달인 것 같던데 뭐." 어머니로부터 그런 이야기를 전해들은 L씨. 피식 웃어넘겼지만 그런 추측들이 아주 터무니없는 억측은 아니라는 생각이 들더랍니다. 출몰出沒은 무상하지요, 행색은 해괴하지요, 인상은 기이하지요. 그런 사람을 누가 보통 사람으로 보겠습니까.

그때 제가 들었던 그 친구 동네 아주머니들의 수다 중에 가장 그럴싸하고 흥미로웠던 것은 다음과 같은 이야기였습니다. "아니다, 그 사람 형사다. 새벽 3시에도 들어오고 한낮에도 들어오고…… 하고 다니는 것을 봐라. 면도할 시간도 없는 모양이더라. 오늘 아침에도 파김치가 되어 돌아오는 걸 봤다." 아, 형사! 웃음이 터지면서 그 직업이야말로 정말 많은 점에서 우리들과 닮았다는 생각이 들었습니다.

"김대리는 모델 수배부터 하고, 이차장은 그 사람이 나오는 기사를 검색해봐. 단서가 잡히면 본부장님 모시고 회의를 하자고. 서둘러. 이번 일 해결 못하면 우리 사표 써야 돼." 생각해보십시오. 광고인들이 쓰는 말들 중에 경찰용어를 닮은 말들이 얼마나 많은가 말입니다. 그래서일까요. 광고인들의 업무패턴이나 스타일도 형사의 그것을 많이 닮았습니다. 툭하면 야근이나 철야 근무로 친구나 가족들의 원성怨聲을 사는 것까지 비슷합니다.

크리에이터들의 일과는 강력계 형사의 그것과 다를 것이 없어 보입니다. 밤을 새워 일한 카피라이터가 새벽에 집으로 전화를 해서 기껏 한다는 소리부터 큰 차이가 없습니다. "옷만 갈아입고 바로 나와야 하니까 옷 좀 다려줘." 밤새 잠복근무를 한 형사의 말투와 비슷하지 않습니까. 이런 장면도 있습니다. 이보다 나은 생각이 어디 있겠냐는 태도로 자신 있게 들이민 카피가 휴지통으로 날아갈 때, '칸Cannes Lions International Advertising Festival'이나 '클리오CLIO Awards' 그랑프리 감이다 싶은 아이디어를 몰라보고 선배나 광고주가 고개를 가로저을 때, 카피라이터는 배우 '브루스 윌리스Bruce Willis'의 마음을 이해하게 됩니다.

이놈이 범인이다 싶어 냉큼 수갑을 채우고, 행여 놓칠세라 꼭 붙잡고 데려간 용의자를 그냥 풀어주게 되었을 때 그가 느끼는 허망함이나 안타까움 같은 것 말입니다. 경찰영화의 흔한 공식처럼 결국은 그 자가 진범임이 밝혀지지만 이미 종적은 묘연해졌고, 주인공은 책상을 내리치지요. 그런 날의 카피라이터들 역시 상관의 면전에 경찰 배지를 팽개치고 거리로 나서는 '클린트 이스트우드Clint Eastwood'처럼 용감한 '혼자'가 되고 싶어지기도 합니다.

형사와 카피라이터의 업태業態는 퍽이나 흡사합니다. 양쪽 다 어딘가에 숨어 있는 무엇인가를 찾아내서 만천하에 무릎을 꿇리는 사람들. 세상의 불편과 불만을 적으로 알고 편리하고 행복한 삶을 원하는 모든 사람들을 위해 싸우는 사람들. 인생의 훼방꾼들을 색출해내는 정의로운 해결사라고 할 수도 있지요. 그런 사람들이니 일거수일투족이 일반적인 사람들의 평균적인 장면들과는 거리가 멀 수밖에 없지요. 하는 짓들이 하도 낯설고 수상쩍으니 호기심 어린 시선의 대상이 되는 것도 무리는 아닙니다.

그들의 일상이 담긴 동영상을 틀어볼까요. 헛갈릴 것 없는 길에서도 초행初行의 나그네처럼 두리번거립니다. 돈을 세거나 물건 값을 계산하는 사람들 곁에 와서 자꾸만 힐끔거립니다. 그물을 손질하거나 경운기를 몰고 다니는 사람들을 따라다니며 무엇인가를 수첩에다 적습니다. 노래를 부르거나 드럼을 치는 사람들의 모습을 몰래 카메라에 담습니다. 빨래를 하거나 음식을 만드는 사람들한테 전화를 해서 끊임없이 질문을 해댑니다. 남의 가게에 손님인 척 들어가서 이것저것 캐묻습니다. 학교가 끝난 여대생의 동선動線을 알아내려고 애를 씁니다. 지하철에서 여자친구와 통화하는 청년의 목소리에 귀를 기울입니다. 발장단을 맞추며 MP3를 듣고 있는 고등학생이 흥얼거리는 노래의 제목을 궁금해합니다. 정지-재생-되감기-

느린 화면-재생…… 비디오 한 편을 진득하게 보지 못하고 리모컨을 들볶습니다. 두 시간짜리 영화를 5분 만에 볼 때도 있습니다.

영화 이야기가 나왔으니 말입니다만, 카피라이터는 무척이나 불쌍한 관객입니다. 극장에 앉아 있어도 감독과 배우가 전하는 이야기에 몰입하지 못할 때가 더 많은 사람들이지요. 눈과 귀는 화면을 바라보고 있지만, 머릿속은 숙제를 푸느라 분주합니다. 가스 불을 끄고 나왔는지 켜놓고 나왔는지가 미심쩍은 주부처럼 그는 영화에 '올인'하지 못합니다. 극장에 숨어든 범인이나 그를 잡으러 들어간 형사보다야 낫겠지만, 참으로 딱한 관객이 아닐 수 없습니다.

그래도 괜찮은 카피라이터 소리를 듣고 살아가자면 언제 어디에 있든 그 시간 그 자리가 요구하는 말과 행동에만 충실해서는 곤란합니다. 친구와 술을 마시는 동안에도, 애인과 차 한잔을 나누는 시간에도 그의 머릿속 엔진의 30%는 카피 생각으로 돌고 있게 마련입니다. 심각한 직업병이지요. 저 역시 그런 환자입니다. 그것도 중증重症이지요.

두어 주일 전의 일만 해도 그렇습니다. 카피 청탁을 받아놓고 아무것도 떠오르지 않아서 극장엘 갔습니다. 하도 답답해서 갔을 뿐, 애당초 영화를 보러 간 것은 아니었습니다. 그저 영화 속 풍경과 사람과 대사를 카피 숙제와 대입시키다보면 무엇인가 실마리가 생길 것 같았기 때문이었지요. 말하자면 카피란 놈이 그 영화 속에 숨어 있다가 저와 눈이 마주치길 바랐던 것입니다.

그러나 영화는 시시했고, 저는 아무런 힌트도 얻지 못한 채 자리에서 일어날 수밖에 없었습니다. 아쉬운 마음으로 눈을 흘기며 영화가 끝난 스크린을 바라보았지요. 크레디트 타이틀credit title이 올라가고 있었습니다. 한 편의 영화를 만들기 위해 동원된 모든 사람의 이름이 하나하나 호명되고 있었습니다. 순간, 저거다 하는 생각이 들었습니다. 수갑, 아니 수첩을 꺼냈습니다. 몇 개의 문장으로 카피의 크로키를 했습니다. 말하자면 아이디어의 '몽타주'를 만든 것입니다. 결국 며칠을 찾아 헤매던 카피는 영화관에서 체포되었습니다.

1년이 한 편의 영화라면, 지금은 마지막 장면.
천천히 어두워지는 화면 위로
등장인물과 제작진의 이름을 올릴 시간입니다.

주인공인 '나'와 조연배우들, 그리고
〈나의 2007년〉이란 영화가 있게 한
당신들의 이름을
저물어가는 하늘에 자막으로 띄울 시간입니다.

출연료 한 푼 받지 않고
사랑과 우정과 믿음을 보여준 당신들.
아버지 장우성, 어머니 임정란,
아내 윤승혜…… 친구 박현준, 나대원……
말없이 새벽길을 열어주고
묵묵히 밤길을 밝혀준 당신들.
미화원 김태현, 교통경찰 황경진,
버스기사 우경록, 동네청년 구근철……

'장소협찬'과 '제작지원'도 빠뜨릴 수 없지요.

종점식당, 화평세탁소, 골목호프……

당신들 덕분에 2007년은

잊지 못할 영화가 되었습니다.

당신은 내 영화를 만들고

나는 당신의 영화를 만들었습니다.

우리는 공동제작자입니다.

　　　　　　　　—SK텔레콤 송년(2007) 광고, '일 년이 한 편의 영화라면'

　'마음에 있으면 꿈에 있다'는 말은 사실입니다. 간절하다면, 골똘히 한 생각을 하고 있다면 답을 얻는 것은 시간문제입니다. 집요하다면, 결과에 대한 낙관적 희망이 있다면 사건은 해결됩니다. 예기치 않은 곳에서 지문이 나오고 인상착의가 밝혀집니다. 목격자가 나타나고 제보자가 생깁니다. '마인드'가 관건입니다. '정보마인드' '성공마인드' 할 때의 그 마인드 말입니다.

　법의학자法醫學者들의 세계에 이런 말이 있지요. "시체는 말을 한다. 억울하게 죽은 시체라면 더 많은 말을 한다." 아무에게나 말을 하는 것은 아닐 것입니다. 또, 누구나 알아듣는 말도 아닐 테지요. 귀 기울이는 사람에게 말을 걸어올 것이고, 귀신이 하는 말도 알아듣는 사람이라야 숨김없이 털어놓겠지요.

　타고난 민완敏腕 형사라거나 산전수전 다 겪은 베테랑 형사 소리를 듣는 사람들 역시 귀가 밝은 사람들입니다. 실제로 포장마차에서 우동 한 그릇을 먹다가 우연히 듣게 된 술꾼의 고백으로 해묵은 사건을 해결한 형사도 있었지요. 카피라이터에게도 그런 일이 얼마나 많은가를 생각해보세요. 아이디어 스스로 "나 여기 있소" 하면서 손을 들고 나오는 경우 말입니다. 물론 그러기란 쉽지 않지요. 그러나 그리 어려운 일도 아닙니다. 아이디어가 카피라이터인 당신을 이렇게 평가하게 만들면 됩니다. '어휴, 저 지독한 놈이 결국은 여기까지 왔군. 저 친구는 한번 마음먹은 것은 땅끝까지 뒤져서라도 결국은 찾아내고 만다지. 어차피 잡힐 목숨, 까짓 거 자수하자.'

좋은 아이디어는 강제로 끌려나오기보다는 스스로 손을 들고 나오는 쪽일 때가 많습니다. 그런 아이디어를 잡아야 억울한 피해자도 생기지 않습니다. 불쌍한 카피나 비주얼들이 생겨나지 않습니다. 아무런 연관성도 없는데 그저 사건 현장 근처에서 어슬렁거렸다거나 필요한 텍스트와 흡사하다는 이유만으로 억울하게 붙잡혀서 프레임에 갇히는 메시지들을 생각해보세요. 누명을 쓴 아이디어가 무슨 말을 하겠습니까.

'콜롬보Columbo 형사'를 기억하시는지요? 생전 빗질 한번 하지 않은 것 같은 머리에 구깃구깃한 바바리코트 차림, 시동이 잘 걸리지 않는가 하면 무시로 멈춰서기도 하는 고물차를 타고 시가를 즐기는 사람. 특유의 꺼벙한 표정에 구부정한 포즈로 곧 쓰러질 듯이 걷는 사람. 성우 최응찬崔應燦씨와 배한성裵漢聖씨의 비음 섞인 목소리로 남아 있는 사람. 피터 포크Peter Falk라는 배우가 아니었으면 과연 그렇게 독특한 캐릭터로 살아날 수 있었을까 싶은 사람.

콜롬보라는 인물은 카피라이터를 했어도 크게 성공할 수 있는 요소를 고루 갖춘 사람이란 생각이 듭니다. 그는 눈앞에 범인을 두고도 절대 서둘지 않습니다. 심증心證이 확신으로 바뀔 때까지 천천히 그리고 신중히 생각의 포위망을 좁혀갑니다. 더이상 물러설 수 없음을 직감한 상대방이 스스로 모든 사실을 인정하는 순간을 기다립니다.

카피가 무엇입니까. 광고주가 듣고 싶어하는 이야기가 소비자의 입에서 흘러나오게 만드는 일 아닙니까. 그럴 수만 있다면 그 카피라이터는 형사를 해도 좋을 사람이지요. 이를테면 이런 상태. 보는 사람도 당장 라면 하나 끓여먹고 싶도록 맛있게 라면을 먹던 남자가 말합니다. "야, 이거 '신라면' 보다 맛있다." 함께 라면을 먹던 여자가 아주 담담한 톤으로 답합니다. "그거 '신라면' 이야!" 어느 곳에서 찾아냈을까요. 이 커머셜의 카피라이터는 아주 확실한 물증物證을 손에 넣었다고 해야 할 것입니다. 아니 완벽한 증거능력을 가진 현장 사진을 입수한 것입니다.

만일 콜롬보 형사에게 카피라이터들을 위한 강의를 부탁한다면 무슨 얘기가 나올까요. 아마도 이런 내용이 아닐까 싶습니다. "자신의 매력이나 장점에 대해 칭찬해주고 공통의 화제를 꺼내드는 사람을 싫어할 사람은 아무도 없습니다. 그것도 정중하고 공손한 태도로, 존경이나 선망의 시선을 보내는 사람에게 호감을 느끼지 않을 사람 또한 없답니다. 그런 사람에게 무엇인들 말해주고 싶지 않겠습니까. 마음의 문이란 열리기가 어렵지 일단 한번 열리면 수백 마리의 코끼리떼라도 한꺼번에 들어갈 만큼 넓어지지요. 눈앞에 있는 사람이 문제의 답을 가졌다 싶으면 자꾸 물으십시오. 모든 의문이 풀릴 때까지 집요하게 질문을 던지십시오. '한 가지만 더just one more thing, 한 가지만 더!' 하면서. 단, 환하게 웃는 얼굴로!"

34
카피는 편집이다

엽서 한 장을 받았습니다. 후배가 독립을 했다는 소식이었습니다. 창업 뉴스였습니다. 번듯한 디자인 사무실을 마련하고 자신의 이름을 상호로 내 걸었다는 내용이었지요. 아울러 조촐한 개업파티를 열 계획이니 꼭 참석해 달라는 인사도 곁들여 있었습니다. 반가운 마음에 "아무렴, 꼭 가야지!" 소리가 절로 흘러나왔습니다.

얼른 날짜와 시간을 확인하고는 장소를 들여다보았습니다. 독특한 그림 지도가 눈에 띄더군요. 길이며 건물들이 입체적으로 묘사되어 있었습니다. 몇 군데만 그런 것이 아니었습니다. 조금 과장하자면 '강남'의 절반쯤은 그렇게 세세히 옮겨놓은 것 같았습니다. 건물 하나하나의 특징까지 살렸더군요. 아무튼 이만저만 공을 들인 그림이 아니었습니다.

그런데 뭔가 좀 이상하다는 생각이 들었습니다. 제가 찾아가야 할 건물의 위치가 쉽게 읽히지 않는 것이었습니다. 아, 그러고 보니 그 그림 속엔 너무나 많은 길과 집들이 표시되어 있었습니다. 게다가 그것들은 너무나 평등하게 그려져 있었지요. 그것은 약도가 아니었습니다. 손가락 끝으로 짚어가면서 지형지물의 정체를 차례로 파악해내지 않으면 알 수 없는 항공사진을 닮았다는 생각이 들 정도였지요. 아니, 구글^{Google} 위성지도에 가까웠습니다.

'약도^{略圖}'가 무엇입니까. 국어사전은 이렇게 말합니다. "주요한 것만 간략하게 줄여 그린 도면이나 지도." 그렇습니다. 약도는 거두절미^{去頭截尾}! 꼭 필요한 부분만 보여주면 되는 물건입니다. '척' 보는 순간, '아, 여기!' 하게 만들면 됩니다. 공연히 이곳저곳을 들먹이고 시시콜콜 설명을 늘리다보면, 약도는 부동산 중개사 사무실이나 동사무소의 관내지도가 되고 맙니다.

약도를 그리는 일은 나그네에게 길을 일러주는 행위와 같습니다. 상식을 넘은 친절은 도리어 상대에게 누가 되거나 해를 입히기 십상이지요. 상대를 당혹스럽거나 곤혹스럽게 할 수도 있으니까요. 하여, '과잉 친절'은 친절이 아닐 때가 훨씬 많습니다. 그렇다고 지나치게 인색해져도 곤란하지요. 간단해서 탈인 경우도 의외로 많습니다. 대표적인 예가 요즘 젊은이들 결혼식 청첩장에 그려진 예식장 안내지도입니다.

심플한 것까지는 좋은데 동서남북조차 가리기 어려워 난감할 때가 있습니다. 예를 들면 이런 표현들. 4차선 도로를 길고 짧은 직선 몇 개로 그어놓고, 그 아래위로 점 몇 개를 콕콕 찍어 건물들을 표시하고 있습니다. 또는 '붓'으로 굵은 선 하나를 그려놓고, 그 안에 깨알 같은 글씨로 길 이름, 건물이름 서너 개 적어놓은 것이 메시지의 전부입니다.

보기야 좋지요. 멋집니다. 아름답습니다. 세련미가 넘칩니다. 그렇게 만들자고 제안한 사람이나, 좋다고 동의한 사람이나, 근사하게 만들었다고 박수친 사람들의 미적 감각이 느껴집니다. 더 정확히 말하면 신랑신부 그리고 친구들의 눈높이가 보입니다. 그러나 이를 어쩌지요. 결혼식은 친구들만의 잔치도 아니고, 청첩장은 그들에게만 보내지는 것이 아니니 말입니다. 결혼식 청첩장은 '홍대 앞' 클럽 파티 초대장도 아니고, 영화 시사회 초대권도 아니니 말입니다.

이렇게 말하면, 저를 보고 걱정도 팔자라 할 사람도 있을 것입니다. 누가 선생 아니랄까봐, 속된 표현으로 '꼰대' 같은 말만 골라서 한다고 할 수도 있지요. 자동차에 내비게이션 없는 사람 드물고, 내남없이 눈들이 높아져서 동네 영어학원 전단지 디자인도 '프로'의 솜씨 뺨치는 시대에 그 정도를 가지고 뭘 그러느냐며 눈을 흘길 것입니다. 세상의 문법이 젊은이들 손에 의해 수정되는 것은 너무도 당연한 일인데 공연한 시비를 건다면서 어이없어 할 사람도 있겠지요.

저도 알지요. 누가 아니랍니까. 저도 그런 제 생각이 기우杞憂였으면 좋겠습니다. 하지만 조금만 자세히 들여다보면 뒤바뀐 본말本末이 너무도 극명하게 드러나 보여서 가슴이 답답해집니다. 겉으로는 진보의 허울을 쓰고 있지만, 옛날 것보다 결코 영리한 판단인 것 같지 않아서 안타깝습니다. 새롭다거나 기발하다는 것이 무엇을 위한 둔갑술인지 이해하기 어려워 고개를 갸우뚱거릴 때가 많습니다.

물론 제가 받은 초대장이나 청첩장에 보이는 노력의 의미야 왜 모르겠습니까. 무미건조하기 짝이 없는 약도 속의 길과 집들을 살아 있게 만들고, 복잡한 도로와 건물들을 한눈에 들어오게 만들려는 시도. 그것이 요즘 젊은이들의 정보 편집 방식이라는 것을 왜 모르겠습니까. 긍정적 시선으로 보자면 매력으로 보일 수도 있습니다.

이를테면, 후배의 초대장은 제게 부분이 아니라 전체를 보여주었습니다. 그는 어쩌면 자신의 사무실을 둘러싸고 있는 풍경 중에 한 장면도 잘라내고 싶지 않았던 모양입니다. 그렇게 함으로써 그 약도 속의 어느 곳을 지나더라도 자신을 떠올리게 하고 싶었던 모양입니다.

그런가 하면 저 청첩장의 주인공들은 오직 자신들 인생의 역사적 사건이 일어나는 장소에만 의미를 두려 했던 것으로 볼 수도 있겠지요. 왜 아니겠습니까. 세상이 온통 자신들을 위해 존재하는 것처럼 보일 그들에게 그 시간 그 건물 이외의 일이 무슨 의미가 있겠습니까. 쓸데없는 것들은 단호히 '가위질'을 하기로 마음먹었을 것입니다. 심플하게, 심플하게!

'심플'할수록 좋다는 것을 부인할 사람은 아무도 없습니다. 저야말로 세상에 '심플하다'는 것 이상 좋은 가치도 드물다고 생각하는 사람이지요(저는 '심플주의자'입니다). 그런데 요즘 '심플'이란 물건은 '짝퉁'이 너무 많습니다. 진품眞品 만나기도 어렵고, 구별하기도 어렵습니다. 하지만 그 진위眞僞를 가려낼 방법까지 없는 것은 아닙니다. 속을 보면 알 수 있지요.

커뮤니케이션의 명약 '심플'의 주성분은 '명료明瞭'입니다. 너무 싱거운 이야기 아니냐고요. 아닙니다. '간단簡單'은 흔한데 '간단 명료'는 드뭅니다. 간단하기만 하다면 가짜입니다. '심플'이 알약이라면 '간단'은 그저 '명료'라는 성분을 감싸는 캡슐이거나 당의糖衣일 뿐입니다.

'심플'이라는 약을 조제하는 일, 그것은 편집입니다. 어디까지 보여줄 것인가. 어떻게 보여줄 것인가. 다시 길 찾기의 비유로 돌아가봅시다. 광화문 시네큐브에서 시골 친구와 영화를 보기로 했다고 합시다. 친구는 그 극장이 어디 있는지 모른다고 합니다. 어떻게 설명하는 것이 좋을까요. 적어도 동대문이나 보신각 혹은 경복궁 이야기를 꺼낼 필요는 없을 것입니다. 너무 멀리서 시작하면 그만큼 많은 장면이 필요해지니까요. 그렇다고 그 친구가 알고 있을 만한 곳을 일일이 주워섬길 필요도 없습니다.

다른 데는 다 몰라도 좋다, 이 지명 하나만 기억하면 찾아올 수 있다는 듯이 아주 간단한 질문을 하면 됩니다. 경향신문사나 경희궁 혹은 덕수궁 돌담길을 아느냐고 물을 일입니다. 불행히 아무 데도 모른다고 해도 걱정 없습니다. 아주 간단명료한 한마디가 있으니까요. "그럼 너, 광화문 어디 알아?" 혹은 "이순신 장군 동상 있는 네거리는 알지?"

그 순간, 광화문 근방의 지도는 간단하게 편집이 됩니다. 생각의 가위질 몇 번으로 명료한 약도 하나가 완성됩니다. 어느 컨설팅회사의 광고 하나가 생각나는군요. 비주얼이라고는 이쪽과 저쪽에 점 하나씩 찍어놓고 각각 A와 B라고 써놓은 것뿐입니다. A지점에서 B지점에 이르는 '가장 빠른straight 길' 곧 가장 신속하고 정확한 해결책을 제공한다는 이야기를 하고 있는 광고입니다.

따지고 보면 모든 카피 혹은 아이디어가 그렇지요. A와 B 사이에 가장 가까운 길route찾기 아닙니까. A와 B는 광고주와 소비자일 수도 있고, 상품과 시장일 수도 있습니다. 광고주와 경쟁사일 수도 있습니다. 고정관념과 수평사고일 수도 있습니다. 뉴욕과 서울일 수도 있습니다. A와 B 사이에는 없는 게 없습니다. 별일이 다 있습니다. 남아프리카공화국의 흑인소년과 청담동 영이엄마가 함께 212번 버스를 기다립니다. 세종대왕과 청와대 주인이 악수를 합니다. 모나리자와 혜원 신윤복 풍속도 속 여인이 백화점 쇼핑백을 들고 나란히 걸어갑니다. 인식perception과 사실reality이 어깨동무를 합니다. 어제와 오늘이 입맞춤을 합니다.

그것들은 하늘과 땅만큼 멀리 있기도 하고, 그림자처럼 붙어 있기도 합니다. 아니, 제 아무리 멀리 있는 것들도 끌어다놓고 보면 언젠가는 함께 있었던 것일지도 모른다는 생각이 들 때가 있습니다. 반대도 마찬가지지요. 붙어 있는 것을 떼어놓고 보면 진작 떨어뜨려놓을 것을 그랬다는 생각이 듭니다.

판화 한 점이 생각납니다. 모나리자에게 색동저고리를 입혀놓은 그림이지요. 그런데 참 이상한 일입니다. 괴이하다거나 생경한 느낌이 전혀 없습니다. 보는 이를 아주 잠깐 놀라게 할 뿐, 모나리자는 처음부터 한복을 입었던 사람처럼 보입니다. 편안해 보입니다. 아니, 썩 잘 어울립니다.

모나리자가 한복 치마저고리의 모델이 되어도 좋을 것 같았습니다. 그런 생각을 갖고 있던 차에, 큰 규모의 복식服飾 관련 행사('한국복식문화대전', 2003)를 준비하는 사람들이 홍보포스터 아이디어를 물었습니다. 저는 망설이지 않고 색동옷을 입은 모나리자를 추천했지만 채택되지는 않았습니다. 호감을 보인 사람들은 많았으나, 그것을 뽑아들 용기를 가진 사람은 끝내 나타나지 않았던 모양입니다. 결국은 구태의연한 포스터가 만들어졌지요. 한복을 박물관으로 보내야 할 시기를 앞당기지 않으려면 그야말로 '발상의 전환'이 절실히 요구되는 이 시대에 말입니다.

그런가 하면 이런 일이 있었습니다. 두어 해 전에, 개교 100주년을 앞둔 어느 불교종립대학의 광고를 만든 사연입니다. 광고주의 주문은 대략 다음과 같았습니다. "불교 이미지를 버릴 수는 없다. 그것이 이 대학을 자꾸만 칙칙한 빛깔로 보이게 만들기도 하지만, 불교를 빼놓고는 우리의 정신과 철학을 이야기할 수 없다. 불교는 인류의 미래에 대한 효율적 대안이다. 생명, 생태, 환경…… 오늘의 지구와 인간이 안고 있는 의제agenda의 대부분은 동양적 인식과 불교적 사유의 울타리 안에 있다."

문제는 불교. 그 생각의 망망대해에서 어떤 장면들을 잘라내고 오려 붙여야 참신한 이미지가 될 것인가를 고민했지요. 모든 답은 문제 안에 있다는 말을 믿고 생각의 창고를 뒤졌지요. 종교가 아닌 학문이나 정신문화로서의 불교를 이야기해야 한다는 것에 출발점을 두었습니다. 다리를 꼬고 턱을 괴고 앉아서 사유의 삼매三昧에 들어갔지요.

온몸이 반가사유상半跏思惟像으로 굳어져갈 무렵, 그의 얼굴이 생각났습니다. 로댕Auguste Rodin의 〈생각하는 사람〉. "옳지. 반가사유상과 생각하는 사람을 함께 보여주자. 양쪽 모두 혼자 있으면 별다른 감흥을 주지 못하지만 둘이 나란히 있으면 그것만으로도 사건이 된다. 메시지가 생겨난다. 거기에 이런 헤드라인을 달자. '지구를 생각합니다.'"

광고주는 흡족한 표정이었습니다. 전에 만든 슬로건 '길은 동쪽에 있다'를 발전적으로 승계하면서 자신들이 하고 싶은 이야기를 두루 시사하고 있어서 좋다고 했습니다. 그런 분위기를 놓치지 않고 쓴소리 한마디를 보탰지요. "사실, 이 정도 가지고도 모자랍니다. 여기에서 한 걸음 더 나아가야지요. 설명하거나 주장할 일이 아니라, 비주얼만 보고도 느낄 수 있게 해야 합니다. 김수환金壽煥 추기경님이 이 대학 광고에 나올 수 있어야 합니다. 그것 하나로 이 학교 이미지는 '올드old'와 편협의 때를 벗을 수 있지요."

후일담後日談. 광고주의 주문이었는지 광고회사('광고산방')의 아이디어였는지 확인은 하지 못하였으나, 제 생각과 같은 의도의 시리즈 광고가 이 학교의 100주년을 즈음하여 만들어졌습니다. 이어령 선생, 정운찬鄭雲燦 당시 서울대 총장 등 이 학교와는 관계없어 보이는 인물들을 등장시킨 것이지요. 김수환 추기경 편도 준비되었으나 그것까지는 집행되지 못했답니다. 아무튼 천편일률적인 대학광고의 전형을 깬 신선한 기획이었음은 부인할 수 없는 사실이지요.

김수환 추기경과 불교종립대학. 모나리자와 색동저고리, 혹은 반가사유 상과 〈생각하는 사람〉의 관계와 다를 것 없지 않은가요. 빙빙 돌아가야 할 길을 단박에 찾아들게 만드는 법, 그 생각의 지름길 찾기는 결국 약도 그리기에 다름 아닐 것입니다. '커머셜' 식으로 말하자면 결정적인 몇 장면scene 의 편집이랄 수도 있지요.

메시지가 생겨나려면 최소한 '둘' 이상의 사물이나 풍경이 필요합니다. 충돌과 대립 혹은 마찰이 필요합니다. 충격이 필요합니다. 열熱이 필요합니다. 그래야 불꽃이 튀고 불이 나지요. '하나'는 명상의 대상은 될지언정 살아서 꿈틀거리는 이야기가 되기는 어렵습니다.

이미 충돌하고 있는 것들을 찾아내는 것도 좋은 방법입니다. 예를 들면 서로 이질적인 두 요소가 팽팽하게 맞서 싸우고 있는 장면을 찾는 일이지요. 그런 곳에도 '생각의 집' 한 채가 있게 마련입니다.

'도시락'을 '곽밥'이라 부르는/ 북녘 사람들이 묻습니다./ '음식 쓰레기'가 무어냐고 묻습니다./ 설명을 해주어도/ 고개를 갸우뚱거릴 사람들입니다.// 우리 돈 '100원'이 없어 배를 곯는/ 아프리카 사람들이 묻습니다./ '음식 쓰레기'가 무어냐고 묻습니다./ 뜻을 말해주면 신기해할 것입니다./ 부러워할 것입니다.// 생각만으로도 낯이 뜨뜻해집니다./ 버릴 것은커녕 입에 들어갈 것도/ 모자라는 사람들을 떠올리면/ 부끄럽기 짝이 없는 말입니다./ 따져보면 그리 오래전에 생긴 말도 아니고/ 국어사전에 나올 말도 아닙니다.// 음식과 쓰레기는/ 만나지 않았어야 할 말입니다./ 어서 헤어져야 할 말입니다./ 쓰면 쓸수록 죄가 되는 말입니다./ 사람과 땅과 하늘/ 모두에 죄가 되는 말입니다. // 『논어』에 이런 말이 있습니다. / "하늘에 죄를 지으면 빌 곳이 없다."

—SK텔레콤, '생각해보세요, 언제부터 그런 말이 있었는지',

『새로운 대한민국 이야기』

35

카피는 영웅을 찾는 일이다

봄이 오면 저는 공연히 춘천에 가고 싶어집니다. 별다른 까닭은 없습니다. 그냥 가고 싶은 것입니다. 그래도 굳이 이유를 대보라고 하면 이렇게 말할 수 있겠지요. "봄이니까! 봄이 부르니까!" 아, 그러고 보니 세상에 아무런 까닭 없는 욕구란 없는 모양입니다. 겉으로는 그냥 일도 없이 춘천에 가고 싶다고 말하지만, 실은 '봄'을 끌어안고 있는 춘천이란 지명에 슬며시 끌리고 있는 것입니다. '봄내春川'라는 이름의 살가운 손짓에 못 이기는 척 넘어가고 싶은 것입니다.

이 강산에 봄마중이나 봄나들이 장소 아닌 곳이 어디 있겠습니까만, 춘천은 좀 특별해 보입니다. 그 이름이 꼭 봄이란 계절의 입구를 알리는 이정표 속의 글씨 같습니다. 그곳은 입춘만 지나도 진달래가 피어날 것 같고, 어느 냇가에나 '춘천시 석사동 봄내초등학교' 아이들을 닮은 버들강아지가 살랑거릴 것만 같습니다. 어느 동구洞口를 들어서도 「봄봄」의 점순이가 아지랑이 하늘거리는 골목길을 걸어나올 것만 같습니다.

그 길엔 동백꽃도 피어나겠지요. 춘천행 열차가 역에 도착하면 흰 두루마기 차림의 청년이 기차에서 내리는 상춘객들을 향해 반갑게 손을 흔들지도 모릅니다. 춘천의 봄기운을 더욱 농밀하게 만들어주는 사람이니까요. 이 고장의 붉은 꽃들은 어쩌면 그 청년의 이루지 못한 짝사랑의 한이 뿜어내는 빛깔일 수도 있습니다. 그러고도 남을 일입니다. 당대의 명창 박녹주朴綠珠에 수단과 방법을 가리지 않고 지독한 사랑의 마음을 꺼내보였으나 번번이 돌아온 것은 무시에 가까운 냉대였지요. 체념하고 고향 길로 향하는 말더듬이 청년의 막막한 가슴이 오죽 붉었겠습니까.

청년의 이름은 김유정金裕貞. 우리 문학사에 빛나는 명편들을 남긴 위대한 소설가, 바로 그 사람이지요. 춘천이 감추고 있는 봄날의 비경秘境에는 틀림없이 그가 작품 속에서 그려내고 있는 아련한 봄의 정경도 들어 있을 것입니다. 뿐일까요. 그의 상처투성이 춘심春心도 서려 있을 테지요. '춘천'과 '춘심'. 말을 하고 보니, 그것도 참 흥미로운 짝입니다. 말이 났으니 말이지만, 청춘과 가깝거나 젊음의 불꽃과 결부되는 단어들은 하나같이 춘천과 같은 돌림자를 쓴다는 것도 우연은 아닐 것입니다. 춘정春情, 춘흥春興, 춘사春思, 춘기春機……

생각해보세요. 봄이면 얼마나 많은 청춘남녀들이 마치 순례라도 하듯이 경춘가도를 달려갑니까. 얼마나 많은 대학생들이 북한강변의 나른한 햇살과 간지러운 바람결에 온몸을 내맡기면서 주체할 수 없이 솟구치는 신열身熱을 식히거나 더 뜨겁게 달굽니까.

하여, 경춘선은 때로 '청춘선靑春線'으로 보이거나 들립니다. '봄 나라의 서울'로 가는 열차니까요. 봄의 수도 춘천엘 가자면 지나게 되는 정거장 이름 하나가 그 사람의 이름인 것도 예사로운 일은 아닙니다. '김유정역'. 이

나라에서는 유일하게 사람의 이름 석 자가 역명이 된 경우니까요.

김유정은 봄날의 대표 브랜드입니다. 그렇다면 김유정역은 봄날의 명품 갤러리 입구라 부르면 어떨까요. 그다음 정거장인 남춘천과 춘천은 봄날의 제조원이거나 본사의 소재지를 가리키는 명칭이라 생각하기로 하고 말입니다.

아무려나, '신남新南' 역을 김유정역으로 만든 것은 백번 잘한 일입니다. 멋진 일입니다. 단순히 제 고장의 위인 하나를 기리는 일로서의 의미를 넘어 지역사회의 자연적, 문화적 매력을 대변하기에 충분한 이름이니까요. 무미건조하기 짝이 없는 신남이란 이름이 김유정이 되는 순간, 춘천시 신동면 증리 '실레마을'은 무릉도원만큼 드넓고 아름다운 정신적 영토로 확장됩니다. 강촌과 남춘천 사이에는 거대한 '봄꿈春夢'의 공장이 들어섭니다. 직판장이 들어섭니다. 하여, 기품 있고 세련된 품질의 봄 햇살을 구입하고 싶은 사람들이 김유정 역에 내립니다. 춘천행 기차를 탑니다.

강원도 저편에도 생각나는 사람 하나가 있습니다. 평창군 봉평의 이효석李孝石이 그 사람입니다. 저는 그곳에 갈 때마다 이런 생각을 합니다. "만일 이 고장이 이효석이란 인물을 낳지 못했으면 이 사람들 다 어떻게 먹고 살았을까?" 사실입니다. 봉평 읍내에 이효석의 덕을 보지 않고 사는 사람은 거의 없다고 해도 지나친 말은 아닐 것입니다.

누대로 밭뙈기나 일구며 살아온 궁벽한 산촌이 빼어난 작가 한 사람으로 하여 향기 나는 동네가 된 것입니다. 일가붙이와 이웃사람들의 '일'과 '밥'까지 아쉽지 않게 된 것입니다. 작가 이효석은 한 사람이 큰 인물이 된다는 것이 자신과 가족만 잘 되게 하는 것이 아니라, 주변 사람들까지 먹여 살릴 수도 있음을 보여줍니다. 그것도 대대로 말입니다.

봉평 사람들은 소설 한 편에 매달려 삽니다. 증거가 하나둘이 아니지요. 이 고장에서 『메밀꽃 필 무렵』과 관련되지 않은 간판이나 표지판을 찾기는 쉬운 일이 아닙니다. 읍내를 한 바퀴 돌아보고 나면 마을 전체가 거대한 오픈 세트 같다는 생각이 들 정도입니다. 여관이나 펜션이 그렇고, 식당이나 갖가지 점포들의 상호가 그렇습니다. 거리의 표지판이 그렇습니다.

이효석은 '향수nostalgia'의 브랜드입니다. 오래된 맛의 상표거나 애틋한 기억의 닉네임입니다. 이 땅의 사람들로 하여금 메밀묵이나 메밀국수 혹은 부침 같은 것을 먹으면서 그 이름을 생각하게 합니다. 메밀로 만든 것이라면 그 사람 동네에서 만들어지는 것이 최고라고 생각하게 합니다.

그 이름이 봉평을 메밀의 메카로 만들었지요. 그것 참 별난 일 아닙니까. 이효석이 요리사거나 식품회사 창업주도 아닌데, 그 이름을 떠올리는 순간 입맛을 다시게 되니까 말입니다. 그럴 때마다 저는 놀랍습니다. 자신도 모르는 사이에 제 식욕은 아버지의 그것을 닮아 있다는 것을 발견하는 까닭입니다. '왼손잡이'는 몰라도 식욕의 대물림은 유전일 수도 있겠다는 생각이 듭니다. 허생원과 동이도 그럴 것만 같습니다.

메밀꽃이 언제 피는지 모르면서도 언젠가 한번 그 꽃을 보러 가고 싶다고 말하는 사람들을 봅니다. 이효석이 원예사도 아니고 식물 학자도 아닌데 사람들은 그 이름에서 끝없이 피어 있는 메밀꽃 들판을 떠올립니다. 동시에, "소금을 뿌린 듯이 흐뭇한 달빛 속에 숨이 막힐 지경"이라는 구절을 생각해냅니다. 더이상 못 참겠다는 듯이 서둘러 여행 가방을 챙겨들고 집을 나섭니다.

김유정이 봄의 꽃 잔치에 사람들을 부르듯 이효석은 가을 들판으로 도시인들을 불러냅니다. 죽은 사람 하나가 천 사람, 만 사람을 끌어당깁니다. 그것도 인산인해人山人海를 만듭니다. 언필칭言必稱 문화예술이 경제의 새로운 엔진이 되고 국력이 되는 본보기지요.

그런 의미에서 김유정이나 이효석은 명품입니다. 모든 브랜드의 꿈입니다. 생각해보세요. 세상 사람들 모두가 입을 모아 칭송을 하고 엄지손가락을 추켜세우는 이름이 되고 싶지 않은 브랜드가 어디 있겠습니까. 하여, 모든 고을들이 이른바 간판스타를 만들어내려고 무진 애를 씁니다. 세상의 모든 소비자를 카피라이터로 만드는 일이니까요.

그런 관점에서 전속모델이 있는 고장은 여간 행복한 일이 아닙니다. 역사와 전통 혹은 세월이 빚어낸 이름들 말입니다. 이를테면 남원 춘향이, 장성 홍길동, 안성 바우덕이, 단양의 온달, 장수의 논개, 완도의 장보고, 영월의 단종, 영암의 왕인, 영동의 박연, 수원의 정조…… 그들이 헤드라인을 불러줍니다.

제 일터가 있는 안산에는 단원檀園 김홍도金弘道와 성호星湖 이익李瀷이 있습니다. 만만치 않은 자산입니다. 문화재로 치자면 국보가 두 점쯤 되는 격이지요. 단원이 누구입니까. 우리나라 전통회화의 자존심이라고 해도 좋을 불세출의 천재화가가 아닙니까. 이익이 누구입니까. 실사구시實事求是의 큰 문을 열어낸 위대한 학자가 아닙니까. 그가 없었다면 실학實學도 없었을 것입니다.

또 있습니다. 소설 『상록수』로 유명해진 이름입니다. 작가 심훈沈熏의 고향은 충남 당진이지만 그가 그려낸 주인공(채영신)의 실제 모델 최용신崔容信의 활동무대가 이곳이었던 까닭입니다. 상록수의 여인. 역시 간단히 내려놓기 어려운 인물입니다. 온 국민이 그녀를 알고, 그녀의 생애를 아니까요. 양희은楊姬銀의 노래들이 배경음악으로 어울릴 것 같은 드라마틱한 이름 아니던가요. "거친 들판에 솔잎 되리라."

김홍도, 이익, 최용신. 모두 빛나는 인물임에 틀림이 없지만, 한 화면에 담아내기는 어려워 보입니다. 그렇다고 세 사람 모두를 안산의 얼굴로 내세우기도 부담스럽고, 어느 한 사람을 골라내는 일도 곤혹스럽습니다. 아마도 안산의 홍보책임자가 안고 있는 숙제 중에 가장 어려운 문제가 아닐까 싶습니다. 마치 새로운 디자인의 지폐 모델 후보 리스트를 놓고 누구에 낙점을 할 것인가를 고민하는 사람의 심정이나 다르지 않을 것입니다.

공업단지, 이주노동자, 시화호…… 가뜩이나 복잡한 연상구조의 이미지를 지닌 도시가 지방자치단체의 아이덴티티와 퍼스낼리티의 결정적 단서가 될 인물을 선택하는 일이 어디 그렇게 쉽겠습니까. 안산의 정체성을 만들어내려는 문화적 노력을 보면 담당 공무원들의 갈등과 고뇌가 들여다보입니다.

김홍도와 최용신 두 사람은 행정구역의 명칭으로 얼굴을 드러냅니다. '단원구檀園區'와 '상록구常綠區'. 그 내용 증명으로 단원미술관이 있고, 단원미술제가 있습니다. 상록수역이 있고 상록수공원이 있습니다. 두 사람의 가운데쯤에 이익 선생이 있습니다. 이익 선생의 묘소를 중심으로 성호공원이 있고 성호기념관이 있습니다.

결론부터 앞세우자면 안산엔 '헤드라인'이 없습니다. 보디카피는 화려한데 그 모든 것을 아우르는 한마디가 없습니다. 아니, 너무 많거나 모호해서 기억할 만한 하나가 없습니다. 한번 들으면 문득 떠오를 만한 이름 하나가 없습니다. 김유정역이 없습니다. 이효석이 없습니다. 물론 안산이 김유정 커뮤니티나 이효석의 읍내 정도로 단순하고 소박한 도시는 아닙니다. 그러나 한편으로 생각해보면, 오히려 그렇기 때문에 보다 명료한 정의가 필요하다 할 수도 있겠지요.

단원은 평범한 동네 이름 같고, 상록수는 그저 자연친화적인 전원마을의 이름표쯤으로 보입니다. 성호星湖는 별빛이 쏟아지는 연못이나 저수지를 떠오르게 할 뿐, 이익 선생의 드넓은 학문 세계를 짐작하게 하지 못합니다.

물론, 안산의 진면목을 알고 찾아온 나그네나 애향심이 충만한 주민들에게야 별다른 문제가 없지요. 문제는 안산에 관해 아무런 정보가 없는 외지인들에게 안산의 매력을 단박에 어필할 메시지의 핵심이 분명치 않다는 것입니다. 그러자면 가장 중요한 가치가 무엇인가를 생각해야지요. 그것은 그들 중의 한 사람을 대표 이미지로 골라내는 일일 수도 있고, 세 사람을 모두 끌어안는 이념적 가치를 끌어내는 일일 수도 있습니다.

정신이나 문화 혹은 역사적 유산들을 대등한 가치로 펼쳐놓기만 한다면 관광회사 '시티투어'의 상품성 이상을 추구하기 어려울 것입니다. 합목적적인 커뮤니케이션 메시지로서는 별다른 의미를 읽기 어렵다는 뜻이지요. 안산의 가치를 하나로 결집할 분명한 문화적 코드 하나를 뽑아들 결단이 필요합니다. 이미지의 산만함. 그것이 안산의 얼굴을 기억하는 사람이 많지 않은 까닭입니다.

안산의 복잡 미묘한 표정은 이야깃거리가 너무 많아서 걱정인 제품이나 기업을 생각나게 합니다. 세일즈 포인트를 모두 끌어안고 다 표현해보려는 병아리 카피라이터를 떠올리게 합니다. 카피라이터에게 필요한 것은 자애로운 붓이 아니라, 단호한 칼인지도 모릅니다. 좋은 카피라이터의 주 무기는 연필이 아니라 가위인지도 모릅니다.

카피라이터는 제품이나 기업에 대한 진정한 사랑을 때로 박애나 자비가 아니라 비판과 차별의 정신에 두어야 합니다. 모든 화제 앞에 '평화롭고 다정한' 태도는 그것들과 친해지기 위한 단계에서만 의미가 있습니다. 웬만큼 친해지고 나면, 어느 하나를 제외한 나머지들과는 과감히 멀어져야 합니다. 그리고는 선택된 영웅 하나를 위하여 견마지로犬馬之勞를 다할 일입니다.

일본의 야마구치山口 현은 일본미술사를 대표하는 화가 셋슈雪舟를 영웅으로 선택한 모양입니다. 이런 광고를 보았습니다. "셋슈는 왜 야마구치를 고른 걸까?" 다음과 같은 보디카피가 뒤를 따릅니다. "16세기 무로마치室町 말기의 전국시대, 한 사람의 화승畵僧이 야마구치에 찾아옵니다. 자기실현을 목표로 교토를 뒤로 하고 떠나온 그 사람의 이름은 셋슈. 야마구치의 다이묘大名 오오우치大內는 중국과 조선간의 무역을 통해 적극적으로 대륙 문화를 수용하는 동시에 예술, 문화의 보호 육성에 힘을 싣는 등 일본사상 좀처럼 찾기 힘든 국제성이 풍부한 고도의 문화도시를 세워냈습니다. 설곡암雪谷庵이라는 아틀리에를 제공하고 그 풍부한 재능을 받아주었던 오오우치는 셋슈를 중국에 보내 그림을 배울 기회를 주는 등 생애에 걸쳐 그를 지원했습니다. 셋슈를 야마구치에 끌어들인 것은 오오우치 씨와 그 마을이 갖고 있던 문화에의 강한 고집과 깊은 애정이었습니다."

이 광고는 야마구치 현의 문화적 눈높이를 이야기하기 위해 '화성畵聖'으로 추앙받는 화가 셋슈를 적절히 끌어들이고 있습니다. '위대한 천재를 알아본 고장, 키워낸 고장' 이라고 말하고 싶은 것이지요. 아무려나 "사람의 나라(혹은 고장)—야마구치 현"은 자신들을 가장 잘 설명할 영웅을 적절히 찾아 모신 것입니다.

시즈오카静岡 현은 일본 축구의 영웅 미우라 가즈요시三浦知良를 자신들의 얼굴로 만들었습니다. 갓 태어난 미우라의 사진 위에 다음과 같은 카피로 자신들의 고장이 얼마나 '세계적'인 메이커인지를 말하고 있습니다. "메이드 인 시즈오카(헤드라인). 이 갓난아기는 축구라고 하는 스포츠는 물론 바다 건너의 브라질이나 이탈리아라고 하는 나라도 알지 못했습니다. 그리고 장래 자신이 세계의 무대에 서는 일도 상상하지 못했을 겁니다. 그런 그를 크게 키운 것은 틀과 형식에 얽매이지 않는 자유로운 공기. 시즈오카는 지금 새로운 사람과 함께 움직이고 있습니다. '세계적'을 만듭니다―시즈오카 현."

마음속의 영웅 하나를 잘 찾아 모시는 일, 누구도 흉내내지 못할 브랜드 가치를 창조하는 일입니다. 카피라이터 대신 카피라이터가 되어줄 사람을 찾는 일입니다.

36 카피는 배우의 일이다

병아리 카피라이터가 선배에게 카피를 들이밉니다. 라디오 광고 문안입니다. 자문을 구하는 것이지요. 선배가 연필을 찾아들고 카피를 들여다봅니다. 두어 군데 손을 보아주는 것 같더니 아무 말 없이 그냥 돌려줍니다. 마음에 쏙 드는 것은 아니지만 몇날 며칠을 공들여 갈고 닦은 흔적이 너무나 역력해 보이기 때문일까요. 그만하면 무난한 광고가 되겠다 싶어진 때문일까요. 혹은 후배의 충혈된 눈빛이 측은해 보이는 까닭인지도 모릅니다. 아니, 그 카피가 후배의 '마지막 선택'임을 알아차린 까닭인지도 모릅니다.

그런데 어찌된 일일까요. 선배의 표정이 어두워 보입니다. 조금 전에 후배에게 보여준 인자한 얼굴이 아닙니다. 무언가 마음에 걸리는지 고개를 갸우뚱합니다. 급기야 선배는 후배를 불러 세웁니다. '휴, 살았다' 혹은 '이제 끝났다' 하는 표정으로 녹음실로 향하던 후배가 의아한 표정으로 돌아봅니다. 순간, 선배의 손이 후배가 들고 있는 카피를 빼앗듯이 잡아챕니다.

선배는 금방 딴 사람이 되었습니다. 이제 곧 녹음이 될 카피를 놓고 아이디어의 출발점에 서 있는 사람한테 묻듯이 새삼스런 질문을 쏟아냅니다. 굳은 얼굴로 왜 이렇게밖에 쓸 수 없었는지 캐묻습니다. 후배는 선배의 돌변한 태도에 놀라서 벌어진 입을 다물지 못합니다. 벌개진 얼굴로 무언가 항변하고 싶은 기색입니다. 됐다고 할 때는 언제냐, 바쁜 사람 붙잡고 왜 이러느냐는 눈초리입니다. 어이없다는 듯이 주위를 흘끔거립니다. 누군가 거들어줄 사람을 찾는 눈치입니다.

그때, 선배의 손에 들려 있는 후배의 카피가 온몸을 흔들면서 말을 합니다. 아니, A4용지 속의 글씨들이 일제히 들고 일어납니다. 후배 편을 들고 나섭니다. 후배가 하고 싶은 말들을 대신 해줍니다.

"어이, 선배! 그렇게 마음에 들지 않으면 당신이 직접 써보시지 그래. 시비만 걸지 말고. 못 쓰지? 자신 없지? 선배들이란 그저! 하긴 그게 세상 모든 선배들의 공통점이니까. 자기도 못하면서 후배만 나무라는 버릇 말이야. 선배란 자들은 자고로 가능한 경우의 수는 하나도 모르면서 불가능한 경우나 줄줄이 꿰는 사람들이지. 아이디어는 없으면서 남의 아이디어를 못 쓰게 만드는 데엔 선수들이지.

'잘했다'보다는 '왜 이렇게 했니' 소리가 입에 붙은 사람들이지. 그들이 목소리를 높이는 대목은 대개 '이렇게 하면 된다'가 아니라 '그렇게 하면 안 된다'뿐이지. 이것은 내가 해봤는데 심의에 걸리더라. 나도 왕년에 이렇게 써본 일이 있는데 광고주가 싫어하더라. 이건 경쟁사가 이미 다 써먹은 방법이다. 이건 사장님 스타일로 봐서 절대 오케이 받기 어렵다. 이건 소비자를 몰라서 하는 소리다. 이건 시장을 몰라서 하는 소리다. 이건 네가 경험이 없어서 하는 소리다. 이건 너무 진부하다. 이건 외국광고에도 비슷한 것이 있다. 이건 십중팔구 표절의 혐의를 면하기 어려울 것이다."

구구절절 맞는 이야기입니다. 선배들이라고 왜 모르겠습니까. 사실, 세상 모든 선배들이 후배에게 던지는 말은 선배 자신에게 더 큰 메아리로 돌아오거든요. 다른 말이 되어 돌아옵니다. 이를테면 이런 말입니다. "그러는 너는?" 그런 날은 후배가 자신의 온갖 비밀을 다 알고 있는 것처럼 보입니다. 순간, 선배의 등허리엔 식은땀이 흐르고 말꼬리는 흐려집니다. 목소리는 작아집니다.

카피를 훑어보던 선배가 빤한 지적이나 하면서 횡설수설, 중언부언하고 있다면 바로 그런 증거입니다. 선배들 스스로도 멋쩍어서 자꾸 이런 말이나 흘리게 마련이지요. "내 말이 무슨 소린지 알겠지?" "그러니까 새겨들으란 말이야." "오해하지는 말고."

저 역시 그렇게 부끄러운 선배의 한 사람입니다. 그런 줄 알면서도 끝까지 잔소리를 해대는 고약한 선배입니다. 후배 여러분 용서하십시오. 여러분도 선배가 되면 지금의 선배들을 이해하게 될 것입니다. 선배로서 할 일과 할 말은 해야겠다는 강박관념이 세상의 선배들을 자꾸만 그렇게 만듭니다.

선배들이란 후배인 여러분과는 다르다는 것을 끊임없이 증명해 보이지 않으면 못 견디는 사람들이거든요. 저는 녹음실로 향하는 후배 카피라이터들에게 이런 잔소리를 늘어놓기를 좋아합니다.

"녹음 약속이 몇 시랬지? 6시? 그럼 아직도 두 시간이나 남았군. 두 시간 동안 더 생각해봐. 더 좋은 표현은 없을까를 생각해보고, 대사의 발음, 억양, 애드리브ad lib까지 궁리해보라고. 시간이 없다고? 퇴근 시간대라서 길이 막힐 테니 지금 당장 출발해야 한다고? 냉큼 '쫑※'을 내달라고? 무슨 소리야. 차를 타고 가는 시간은 시간이 아닌가. 두 시간 동안 고치고 또 고쳐봐.

멘트 한마디 한마디를 계속 지껄여봐. 입에 착착 붙을 때까지 아니, 매력적이고 인상적인 대사가 될 때까지. 지금 이 카피가 발상이 나쁜 것은 아니야. 구성은 좋아. 그런데 표현이 영 부실해. 맛이 없어.

자, 여기 이 대화를 좀 봐. 특히 이 '여자A'가 하는 말. 요즘 세상에 어떤 여자가 이런 말을 쓰냐. 이건 대화가 아니야. 문장이야. 이거 녹음해봐야 국어책 읽는 것처럼 뻣뻣하게 들린다고.

전파광고 카피는 '글'이 아니라 '말'이야. 한마디 한마디가 살아 있는 표현이라야 인물들이 라디오를 빠져나와서 소비자와 함께 걸어다닌다고. 광고 속 목소리의 주인공이 백화점이나 쇼핑센터까지 따라오게 해야 카피지."

그러고는 이런 협박성의 당부까지 덧붙입니다. "좋아. 그럼 다녀와. 그런데 지금 이 카피와 똑같이 녹음해가지고 오면 죽을 줄 알아. 광고주 담당자가 '컨펌confirm' 한 것이라서 곤란하다고? 그런 바보 같은 소리가 어디 있어? 광고주 할아버지가 OK를 했어도 더 좋은 생각이 떠오른다면 그것으로 바꿔야지. 세상에 어떤 광고주가 너희들은 왜 우리한테 보여준 것보다 더 좋은 광고를 만들어왔느냐고 화를 낼까.

또 한 가지. 달라질 것이 없다면 카피라이터가 무엇하러 녹음실엘 가나. 녹음실로 카피 보내주고 그대로 해달라고 하면 될 것을. 카피라이터가 녹음실에 가는 것은 거기 가서도 카피를 쓰고 고치고 하겠다는 뜻 아닐까. 그래서 카피라이터는 프레젠테이션이나 PPM(Pre-Production Meeting) 자리에서 광고주에게 이렇게 말을 해야 해. '오늘 보여드린 이 카피는 최종본이 아닙니다. 앞으로도 몇 번 더 바뀔지 모릅니다. 아이디어의 품질은 생각의 양■에 비례한다는 신념으로 방송국에 넘어가는 순간까지 계속 고치고 다

듬을 것입니다. 우리 회사의 전파광고 카피는 녹음실에서 완성됩니다.'

암, 그래서 카피라이터는 녹음이 끝날 때까지 더 좋은 카피를 향한 욕심을 버려서는 안 된다고. 아니, '온에어on air'가 되고 있다 해도 더 좋은 아이디어가 발견된다면 다시 써야지. 더 좋은 생각이 났다고 광고주에게 알리고 새로 만들자고 해야지."

후배들을 향한 제 잔소리의 바탕에는 대략 다음과 같은 생각이 깔려 있습니다. "카피라이터는 '배우俳優'다. 광고 만들기adturgy란 '드라마트루기 dramaturgy'에 다름 아니지 않은가. 영J. W. Young의 이야기대로 '상품과 인생 그리고 이 세상 수많은 것들과의 조합' 아니던가. 광고의 출발점은 인간에 대한 애정과 세상에 대한 이해에 있다. 카피라이터는 그것을 믿고 따르는 사람이다."

카피라이터는 온갖 인간군상을 관찰하고 분석합니다. 자신이 소비자라면 어떻게 할 것인지를 생각합니다. 소비자의 말투를 익힙니다. 걸음걸이를 배웁니다. 그 사람의 성격과 태도와 습관을 읽어냅니다.

카피라이터, 그는 소비자의 삶을 연기하는 사람입니다. 당연히 소비자와 한 몸이 되어보려고 애를 씁니다. 그런 노력 끝에 놀라운 경험을 하기도 합니다. 카피라이터의 입에서 소비자의 목소리가 나옵니다. 그 사람의 말버릇 그대로 걱정거리가 나오고 희망사항이 흘러나옵니다. 받아 적으면 카피가 됩니다.

카피를 쓴다는 것은 소비자를 연기하는 배우가 되는 것입니다. 치질약 광고를 한다는 것은 치질 환자가 된다는 것이지요. 임신빈혈치료제 광고를 한다는 것은 아기를 가진 여자가 된다는 것입니다. 최고급 자동차 광고를 한다는 것은 CEO가 되거나 국회의원이 된다는 것 아니겠습니까. 세상에 광고가 다루지 않는 물목物目이란 없으니, 카피라이터는 세상의 모든 사람이 될 기회를 가진 사람이라고 해도 좋을 것입니다. 수많은 인생을 경험하는 사람이지요. 그렇다면 카피라이터는 배우! 맞지요?

루스벨트Franklin Delano Roosevelt가 대통령 자리를 물러나면서 다시 태어난다면 광고인이 되고 싶다고 한 까닭도 따지고 보면 바로 그런 이유에서입니다. 아마도 그는 '한 몸으로 수백 수천의 인생을 살아볼 수 있다'는 광고의 매력을 일찍이 간파한 모양입니다. 그러고 보면 미국 대통령도 배우만큼 흥미진진한 직업은 아닌가봐요.

아무러나, '좋은 배우'는 카피라이터에게 아주 훌륭한 롤 모델입니다. 이를테면 이런 태도. 깡패 역을 맡으면 폭력배들을 따라 배우고 스님 역을 맡으면 산사山寺에서 먹고 잡니다. 작부酌婦 역을 맡으면 술집 종업원에게 수업을 받고, 형사로 캐스팅이 되면 경찰서로 출퇴근을 합니다. 삼단 같은 머리채를 자랑하던 여배우가 삭발을 하기도 하고 화장품 광고모델까지 하던 사람이 '폭탄 맞은 머리'가 되는 것을 두려워하지 않습니다. 명배우 소리를 듣는 사람들은 대개 그런 이들이지요.

김혜자金惠子 씨는 좋은 예입니다. 천연덕스럽다고 해야 하나요. 소름끼치는 배우라고 해야 하나요. 분명한 것은 그녀의 모습에서 배우라는 직업의 이름표를 발견하기는 쉽지 않다는 것입니다. 그저 한 사람의 여자 혹은 어머니로 불쑥불쑥 우리 앞에 나타나니까요.

그녀가 어떤 역할을 맡는 순간, 김혜자는 사라집니다. 사라진 틈으로 누군가의 영혼이 스미도록 김혜자는 자신의 몸을 비웁니다. 그 자리에 다른 사람이 들어옵니다. 몸 전체를 다른 사람에게 통째로 빌려주고 김혜자는 한동안 어딘가로 떠나 있게 됩니다.

그녀를 아는 사람들은 그녀의 연기 품질이 배우로서의 남다른 자세와 노력에 기인한다고 입을 모읍니다. 그녀는 배우와 배우의 역할이 둘이 아님을 아는 사람이라지요. 사람을 울리고 웃기는 것이 아주 사소한 말 한마디, 지극히 하찮은 움직임 하나에 있음을 안다지요. 배우가 따르고 배워야 할 사람은 배우가 아니라 장삼이사張三李四라는 것을 아는 사람이지요. 배우의 스승은 TV 안에 있지 않고 시장 골목 순대국 집이나 고향의 논두렁 밭두렁에 있다는 것을 잘 안다지요.

이제야 알았습니다. 드라마 〈전원일기〉가 끝난 지 벌써 여러 해가 되었지만 그녀는 아직도 양촌리 그 집에 살고 있을 것만 같은 이유를 말입니다. 그녀는 오늘도 '고향의 맛—다시다' 광고 시리즈 속의 어머니처럼 북엇국을 끓이고 있을 것입니다. 날마다 취해 돌아오는 남편이 얄밉고도 야속하지만 하릴없이 통북어를 두드리고 있겠지요.

"으이구, 허구한 날 속상해서. 나 몰라라 할 수도 없고. 그래도 어떡해. 속은 풀어줘야지. 고마운 줄은 아나 몰라." '손으로 직접 찢어 만든다는' '일품 북엇국' 광고 속의 그녀는 톱 탤런트도 아니고 유명한 배우도 아닙니다. 그저 손끝에서 양념 냄새가 나는 누군가의 아내입니다. 북어든 고등어든 머리만 즐겨 먹는 누군가의 어머니입니다.

물론 다시다 광고 25년의 전설을 만든 배우는 김혜자만이 아닙니다. 두 사람이 더 있지요. 한 사람은 그녀가 보여야 할 배우의 모습을 그녀 앞에서 먼저 연기했을 사람입니다. 윤석태尹錫泰 감독입니다. 그런 점에서 그는 카피라이터입니다. 또 한 사람은 카피라이터가 떠올린 장면의 주인공입니다. 누군가의 아내 혹은 며느리입니다. 딸이거나 친정어머니입니다.

말할 것도 없이 가장 위대한 배우는 소비자들입니다. 소비자는 누구나 인생이라는 '스테이지' 위에서 맡은 바 역할을 연기하는 배우들이지요. 김혜자씨 같은 배우를 정말 좋은 배우로 만든 사람도 바로 그들입니다. 카피라이터를 배우로 만드는 사람도 그들입니다. 세상은 배우학원입니다. 세상 모든 이가 그들의 선생입니다.

저 역시 배우로서의 기억이 있습니다. 한 식품회사의 기업 슬로건을 이렇게 '썼을' 때의 일입니다. "생명을 하늘처럼—풀무원." 썼다? 썼다는 말도 사실은 어폐가 있습니다. 쓴 사람 손들어보라고 하면 "저요" 하겠지만, 광고 세상에 완전한 '자기 것'이 어디 있겠습니까. 제가 한 일이라곤 카피라이터라는 이름의 어설픈 배우로서 농부 흉내 좀 내본 것이 고작입니다. 농부라면 누구나 갖고 있을 마음의 갈피들을 종일토록 뒤지면서 다닌 일이 전부입니다.

생각해보세요. 세상 어느 농부의 마음이 하늘을 섬기는 마음이 아니겠습니까. 농부의 눈과 귀로 들판과 생명을 생각하니 많은 대사들이 귀에 들리더군요. 괭이를 메고 들길을 걸어나오는 노인의 말이 들렸습니다. "세상에는 사람만 사는 것이 아니라오." 황금빛으로 변해가는 국도변 들녘에서는 벼이삭의 이야기가 들렸습니다. "불 좀 꺼주세요. 밤이 되면 벼들도 잠을 자야 하니까요."

하루 일과를 아예 그 사람이 되어서 산다는 것. 그것은 완성을 꿈꾸는 배우와 카피라이터 양쪽 모두가 갖춰야 할 조건이지요. 러시아 연출가 스타니슬라프스키Konstantin Sergeevich Stanislavskii가 말하는 '역役의 생활화'와 다르지 않은 개념일 것입니다. 그런 이유에서 저는 가까운 후배 크리에이터들에게 그의 대표적 저서인 『배우 수업』을 권하곤 합니다. 연기론의 차원을 넘어 예술론 나아가 세상 모든 프로페셔널의 길이라 해도 좋을 만큼 다양한 새김과 울림을 갖는 충고로 가득한 책이니까요.

이를테면 이런 대목. "올바르게 연기한다는 것은 틀림이 없고, 논리적이며, 일관되어 있는 것으로서 '역'에 맞춰 생각하고, 느끼고, 행동하는 것이다.(……) '역'에 산다는 것은 예술가의 주요 목표의 하나를 수행하는 일을 돕는 셈이 된다. 그의 일은 다만 인물의 외적 생활만을 표현하는 것은 아니다. 그는 자신의 인간으로서의 온갖 성질을 다른 사람의 생활에 적응시켜……"

그렇다면, 이것은 누구의 대사일까요. "술은 키자쿠라酒は黃櫻(일본의 청주 브랜드)!"

카피는 비나리다

경기도 용문산 그늘에 '부릉개'라는 마을이 있습니다. 물론 속칭俗稱입니다. 요즘도 그렇게 불리는지는 모르지만, 예전의 그곳 사람들은 관청이 지어준 지명 '조현리曹峴里'는 저만치 밀쳐놓고 그렇게 부르고 답하기를 좋아했습니다. 어떻게 그리 잘 아느냐고요? 제 외갓집이 있던 동네입니다. 거기서 초등학교 저학년 시절을 보내기도 해서 아직도 아련한 향수가 남아 있는 곳이지요.

'부릉개'. 퍽 그럴듯한 옛이야기라도 하나 품고 있을 것 같은 이름 아닌가요. 그래서 그런지 어원語源에 관한 설說도 여러 가지가 떠돕니다. 어떤 이는 '붉은 고개'에서 연유되었다고 하고, 어떤 이는 하도 불이 잘 나서 그렇게 불렸을 것이라고 설명합니다. 그럴듯하기야 '붉은고개—붉은개—불웅개—부릉개' 쪽이지만, 저는 군이 뒤의 것이 옳다고 믿고 싶은 사람입니다. 한술 더 떠서 불귀신이나 도깨비에 홀린 '붉은 개' 한 마리까지 떠올려보는 사람입니다.

아무려나, 제 기억 속의 '부룽개'는 툭하면 불이 났습니다. 제 눈으로 똑똑히 목격한 것만 꼽아도 다섯 손가락은 금세 넘어갑니다. 그것도 소소한 화재가 아니었지요. 온 동네 사람들이 그릇이란 그릇은 죄다 들고 나와 한바탕 난리를 칠 만큼 커다란 불이었습니다. 몇 사람은 땅을 치며 울게 만드는 불이었습니다. 그런 동네라면 굿이라도 했어야 하지 않느냐고요? 했지요. 하지만 그것도 소용이 없었습니다. 만신萬神, 즉 무당네 집에서도 불이 났거든요. 제 친구 병국이네 집이 홀랑 타버린 것도 그 무렵이었습니다.

화재의 풍경은 공포 그 자체였습니다. 더구나 울고 있는 친구 곁에서 그의 집이 불타는 광경을 바라보는 일은 공포를 넘어 형언하기 어려운 인내심을 요구하더군요. 붉은 혀를 날름거리며 집 한 채를 통째로 집어삼키는 화마火魔의 요사스런 얼굴은 꿈속에까지 나타나서 어린 마음을 놀라게 했습니다. 마귀는 저를 향해서 이렇게 외치곤 했습니다. "다음은 너희 집 차례다!" 덕분에 저는 한동안 오줌싸개가 되어야 했지요.

마음에도 화상火傷이 있다면 저는 '부룽개'에서 전신화상을 입었습니다. 말하자면 치명상입니다. 두루 알다시피 어린 시절의 상처는 무척 오래 가지요. 아니 평생을 간다는 말이 그르지 않은 것 같습니다. 요즘 제 꿈에는 어린 시절 저를 쫓아다니던 그 무시무시한 '도깨비 스토커'의 얼굴이 무시로 나타납니다. 그는 대개 이렇게 으름장을 놓고 갑니다. "네가 전생前生에 내게 한 일을 아느냐? 네가 사랑하는 것들을 모두 태워버리겠다."

그때마다 제 잘못이 무엇인지 소리쳐 물었지만 그는 번번이 대꾸도 없이 사라졌습니다. 어쨌거나 그는 인간의 급소 하나를 아주 잘 알고 있음에 틀림없어 보였습니다. 누군가를 한없이 고통스럽게 하려면 당사자를 공격하는 것보다 그가 사랑하는 존재에 위해危害를 입히는 것이 몇 배 더 효과적이라는 것 말입니다.

불의 귀신은 제일 먼저 화순和順 쌍봉사雙峯寺 대웅전을 태우는 것으로부터
저를 괴롭히기 시작했습니다. 1984년 초파일 무렵이었지요. 어떻게 알았을
까요. 그것이 제가 정신의 상징처럼 떠받들면서 끔찍이도 아끼는 탑이라는
사실을 말입니다. 실로 귀하고 보배로운 삼층 목탑木塔이었지요. 법주사法住寺
팔상전捌相殿 말고는 이 땅에 유일한 나무탑이었으니까요. 빼어난 건축물이
었습니다. 목탑의 나라 일본의 학자들도 줄지어 찾아와서 넋을 잃고 올려
다보다 침만 삼키고 돌아갈 만큼 훌륭한 작품이었습니다.

화마는 그토록 귀중한 탑 하나를 쓰러뜨리는 것으로도 성이 안 찼던 모
양입니다. 다음으론 김제金堤 금산사金山寺 대적광전大寂光殿을 넘어뜨렸고, 동
해바닷가의 아름다운 절 낙산사洛山寺를 잿더미로 만들었습니다. 꽃담을 무
너뜨리고, 쇠북鐘을 녹였습니다. 더욱 어처구니없는 일은 그 기막힌 광경들
이 TV화면을 통해 생중계가 되었다는 사실입니다. 그것은 엄청난 충격이
었지요. 천년 건축과 유물이 어처구니없이 주저앉는데 저는 그 옛날 친구
병국이네 집이 무너지는 모습을 바라보던 날처럼 숨죽이며 구경만 할 수밖
에 없었습니다.

목숨처럼 소중한 것들을 속수무책으로 떠나보내는 슬픔. 그해 강원도에
서 끝나는 줄 알았습니다. 아니, 그랬어야 했지요. 그 불이 마지막이어야 했
습니다. 그러나 끝이 아니었습니다. 화마는 한양까지 달려왔습니다. 성문
을 두드리는가 싶더니 국가 제일의 보물을 태웠습니다. 한양성 높은 누각
을 끌어내려서 땅바닥에 패대기쳤습니다.

세상에! 천하의 숭례문崇禮門이 탄 것입니다. 무너지는 '국보 1호'를 바라
보는 동안 온몸에는 분노가 동반된 전율이 일었습니다. 병국이네 집만 아

니라 병국이가 불길 속에서 울고 있다는 착각마저 들었습니다. 놀랍고 소름끼치는 일이었습니다.

그러나 그것은 아무 것도 아니었습니다. 더욱 놀랍고 무서운 장면이 있었지요. 그런 상황에서 태연히 '복원復元'을 이야기하는 사람들의 표정이었습니다. 어린아이처럼 성급하거나 지독하게 철이 없는 사람들이라고밖에는 표현할 길 없는 얼굴들이었습니다. 다행스러운 것은 그 정신 나간 사람들을 꾸짖는 소리가 지체 없이 들려왔다는 것입니다. "복원이라고? 어림도 없는 소리. 복원이란 말은 사전에나 있는 말이야! 복원이란 '원래元대로 돌려놓는다復'는 말인데 어떻게 그럴 수가 있지? 지금 당신들이 주장하는 복원의 의미는 모형, 모조품을 만들 수 있다는 뜻 정도 아닐까. 더 쉽게 말하자면, 짝퉁!"

왜 아니겠습니까. 남대문이 복원 가능한 물건이라면 국보로 지정할 필요조차 없었겠지요. 복제해낼 수 있는 물건이라면 보물 대접을 받을 가치도 없는 것 아닙니까. 그런 것이라면 불에 타 없어졌다고 해서 온 국민이 비탄에 빠질 필요도 없습니다. 까짓것, 이번 기회에 한 서너 채쯤 만들어두었다가 필요할 때 가져다 세우면 되지 않습니까.

그럴 수 있는 것이 아니기에 눈물이 났지요. 누구도 살 수 없고, 어디서도 팔지 않는 물건이기에 국보로 정한 것이었습니다. 그것도 '1번'으로 말입니다. 하여, 그것은 이 나라 사람들이 문화재를 생각할 때 첫 번째로 떠오르는 이름이 되었지요. 마음속의 '넘버원'!

남대문은 '맛있으면 바나나 (……) 높으면 백두산' 처럼 거의 무의식적으로 흘러나오곤 했지요. 그것은 귀한 것의 대명사였습니다. '비매품 목록 1번'이었습니다. 다음과 같은 카피의 첫마디가 되는 것도 너무나 당연한 일이었지요.

남대문,/ 무령왕릉,/ 다보탑,/ 첫사랑,/ 우정,/ 추억,/ 피,/ 땀,/ 눈물,/ 가
족,/ 친구,/ 전우,/ 햇볕,/ 공기,/ 바람……// 정말 귀한 것들은/ 아무 데서도
팔지 않습니다./ 누구도 살 수 없습니다.// 생각해보세요./ 봄날을 어디서 사
겠습니까./ 청춘을 어디서 사겠습니까./ 시간을 파는 가게는/ 어디에도 없습
니다.// 소중한 것들은/ 하나같이 비매품입니다.

　　　　　　　　　—SK텔레콤, '비매품 목록', 『새로운 대한민국 이야기』

　누구에게나 금전으로 셈할 수 없는 보물들이 있지요. 억만금과도 바꿀
수 없는 '비매품' 말입니다. 순번順番이야 조금씩 다르겠지만 정말로 소중
한 것들의 리스트가 누군들 없겠습니까. 개인에게도 있고 법인에게도 있습
니다. 국민에게도 있고 국가한테도 있습니다. 유형의 것도 있고 무형의 것
도 있습니다.

　그러나 소중한 것일수록 온전하게 건사하고 보존하기가 쉽지 않은 법.
조금만 소홀히 하면 깨지고 부서집니다. 흐려지고, 더럽혀집니다. 구겨지
고 헝클어집니다. 부러지고 끊어집니다. 휘어지고 비틀어집니다. 그렇게
되었을 때 속이 타들어가는 사람들이 있습니다. 애간장이 녹는 사람이 있
습니다. 그들이 누구입니까. 우리들의 가족입니다. 이웃입니다. 소비자입
니다.

　광고가 그들과의 교신交信이라면 카피라이터에겐 그런 이들의 상처를 짚
어내야 할 의무가 있습니다. 상대방의 마음 상태를 살피는 일이 카피의 출
발점이니까요. 소비자의 결핍과 욕구를 헤아리는 일입니다. 그런 점에서

카피는 소비자들에게 '약이 되는 언어적 처방'이라고 해도 좋을 것입니다. 통증과 갈증과 현기증을 씻어주는 '고마운 한마디'지요. 듣고 보는 사람의 얼굴에 미소가 떠오르게 하는 희망의 메시지입니다.

이 대목에서 문득 떠오르는 단어 하나가 있습니다. 어느 종교인들이 하늘에 계신 분과 나누는 독특한 커뮤니케이션의 이름입니다. '화살기도'. 저는 그 말이 참 좋습니다. 가까운 이에게 그 의미를 물었더니 다음과 같은 설명을 해주더군요. "희망과 기원을 장황하게 늘어놓는 것이 아니라 아주 간결하고 명쾌하게 말하는 것이지요. 워낙 바쁜 분이시니까 요점만 간추려서 말씀드리는 겁니다. 핵심만 말씀드리는 겁니다. 엄청나게 많은 사람들이 끊임없이 그분과 통화를 시도하고 있으니까요. 화살기도란 한마디로 '영혼의 활을 당겨서 그분의 마음에 적중시키려는' 노력이지요."

목표 지점을 향해 곧게 날아가는 화살의 모습은 발신자와 수신자의 최단거리를 보여줍니다. 지름길이지요. 카피의 이상과 똑같지 않습니까. '빙 둘러서'가 아니라 '단도직입單刀直入'으로, '이것저것'이 아니라 '이것 하나만', '욕심껏'이 아니라 '정성껏'!

그러고 보니까, 그 종교만의 이야기도 아닙니다. 옛적에 이 땅의 여인네들이 정화수 떠놓고서 하늘을 우러러 빌던 말씀도 다르지 않았지요. "비나이다, 비나이다……" 그 하염없는 '말의 화살' 말입니다. 그렇다면 카피는 '비나리'입니다. 춘향 목숨 살려달라는 '월매'의 기원입니다. 아버지 눈뜨게 해달라는 심청의 기도입니다.

어느 카피라이터가 남대문의 비극이 헛되지 않도록 훌륭한 광고 하나를 만들었습니다. 간절한 '비나리'를 지었습니다.

원각사지십층석탑, 구룡사대웅전, 신라진흥왕순수비, 법주사쌍사자석등, 불국사금동아미타여래좌상, 부여정림사지오층석탑, 흥왕사속장경, 미륵사지석탑, 무위사극락전, 봉정사극락전, 안동신세동칠층전탑, 덕수궁물개상, 부석사무량수전앞석등, 부석사무량수전, 불국사다보탑, 불국사청운교백운교, 석굴암, 신라태종무열왕릉비, 성덕대왕신종, 분황사석탑, 경주첨성대, 삼전도비, 해인사대장경판, 화엄사사사자삼층석탑, 상원사동종, 용두사지철당간, 부석사소조여래좌상, 수덕사대웅전, 부인사초조대장경, 도갑사해탈문, 해인사장경판전, 법주사팔상전, 송광사국사전(……)광주칠석고싸움놀이, 강령탈춤, 조선왕조궁중음식, 처용무, 화엄사지장탱화, 가사, 악기장, 대금산조, 궁시장, 단청장, 송파산대놀이, 영산재, 낙산사홍예문, 종묘제례, 줄타기, 장도장, 망건장, 모필장, 탕건장, 하회별신굿탈놀이, 택견, 유기장, 입사장, 풍어제, 동해안별신굿, 위도띠뱃놀이, 남해안별신굿, 구례향제줄풍류, 고성농요, 낙산사동종, 예천통명농요, 석전대제, 문배주, 경주교동법주, 명주짜기, 시나위, 바디장, 침선장, 제와장, 태평무, 전통장, 옹기장, 살풀이춤, 소반장, 배첩장, 누비장, 목조각장, 화각장, 숭례문……// 숭례문. 소실이 마지막이어야 합니다.// 소중한 우리 것들/ 오래오래 함께 살았으면 좋겠습니다.

—'국순당' 광고(2008.2.18, 조선일보)

38 카피는 연필의 일이 아니다

한 인터넷 신문에서 대학생이 쓴 기사 하나를 읽었습니다. 제목이 시선을 잡아끌더군요. "카메라가 아니라 노트와 연필을 들라고?" 그것은 장래 희망이 사진기자인 학생의 '독특한 사진수업' 체험담이었습니다. 요약하자면 대략 다음과 같습니다.

"나는 스스로를 이렇게 소개하기를 좋아한다. '렌즈와 교감하는 것을 좋아하는 꿈꾸는 열아홉.' '찰칵' 하는 매력에 푹 빠져서 사진을 전공으로 택했다. 대학 합격의 기쁨보다 카메라 하나 둘러메고 마음대로 뛰어다닐 수있게 됐다는 사실이 훨씬 더 나를 더 설레게 했다.

그러니 사진수업 시간을 얼마나 손꼽아 기다렸겠는가. 첫번째 과제는 무엇일까, 어떤 교수님일까 기대에 부풀어 개강을 기다렸다. 성능 좋은 카메라도 빌려두었다. 드디어 첫 수업. 자신감 넘치는 표정으로 교수님의 얼굴을 응시했다. 어쩌면 칭찬을 받을지도 모른다는 생각에 가슴이 뛰었다. 이를테면 이런 말씀. '학생은 참 좋은 카메라를 가져왔군. 자, 다른 사람들도 성능 좋은 카메라 한 대씩 준비하세요.' 그러나 그것은 착각이었다.

'이 시간에 카메라는 필요 없다. 스케치북과 연필을 준비해라. 사진은 카메라로, 렌즈로 찍는 것이 아니다. 눈으로 찍는 것이다. 좁은 렌즈로 세상을 들여다보기에 앞서 넓은 시야로 세상을 바라보는 방법부터 배워야 한다. 찍고 싶은 것이 있다면 먼저 머리로 스케치를 하고 그림으로 옮겨라. 그런 다음에 천천히 카메라를 들어라.'"

저런! 얼마나 재미없는 공부법입니까. 더구나 꿈꾸는 열아홉 살 새내기 대학생에게는 실망스럽기 그지없는 주문이었겠지요. 선생에 대한 불평불만도 이만저만이 아니었을 것입니다. 사진을 배우러 온 사람들한테 사진은 안 가르치고 그림공부나 시키겠다니 말입니다. 교수의 얼굴은 아마도 무협영화에 나오는 고약한 스승의 얼굴로 보였을 것입니다. 무예는 가르쳐주지 않고 물 긷고 밥 짓는 일이나 시키는 고집불통의 사부師傅 말입니다.

한숨이 절로 나왔을 테지요. 사진공부의 길이 '소림사 쿵푸'의 길만큼이나 아득해 보였을지도 모릅니다. 대학공부 걷어치울까 하고 철없는 생각을 하진 않았을까요. 불안과 조급증은 세상 모든 초심자들의 공통된 병증이니까요. 그들은 대개 정도正道를 걷는 사람을 미련한 사람쯤으로 생각합니다. 거쳐야 할 과정을 빠짐없이 참고 견뎌야 목표에 이른다는 충고를 극기 훈련 교관의 엄포 정도로 받아들입니다. 학생을 그런 길로 안내하는 선생을 미련하고 답답한 사람으로 간단히 깎아내립니다. 급기야 그런 선생은 수구적이거나 시대착오적인 인물로 분류됩니다.

사격을 배우는 데 웬 교본이 필요하냐고 묻습니다. 총만 잘 쏘면 되지 체력 훈련은 왜 하느냐 묻습니다. 준비 운동은 적당히 하고 어서 사대射臺에 서게 해달라고 조릅니다. 사격뿐이겠습니까. 피카소가 꿈인데 '줄리앙'이나

'아그리파' 따위 석고 데생을 꼭 해야 하느냐 묻습니다. 틀에 박힌 데생수업은 사나흘만 하면 되지 않겠느냐고 목소리를 높입니다. 당장 캔버스와 팔레트를 펼치고 싶어합니다. 피카소는 그래도 된다고 생각합니다.

그러나 앞 이야기의 주인공은 그렇게 어리석은 젊은이가 아니었습니다. 이렇게 글을 마무리하고 있거든요. "기대했던 사진수업과 너무나 다른 수업이다. 사진을 많이 찍을 줄 알았는데 기대에 못 미쳐 속상하기도 하다. 하지만 오른쪽 눈과 작은 뷰파인더를 통해 보던 세상을 내가 가진 두 눈으로 보는 연습을 하고 있다. 사진 찍을 때마다 감았던 왼쪽 눈으로 렌즈 밖의 세상도 보고 있다. 한 권의 연습장이 빽빽한 필기가 아닌 끄적임과 낙서와 그림들로 채워져가고 있다. 오만상 얼굴을 찌푸리며 작은 프레임 안에 무언가를 채워넣으려던 습성을 버리고 있다. 분명 학기말이 되면 비싼 카메라가 아닌 휴대폰 카메라로도 좋은 사진을 찍을 수 있을 것이다. 나는 렌즈로 세상과 교감하는 것이 아니라 그냥, 세상과 소통하고 있다."

저는 이 학생의 글을 읽고 퍽 기분이 좋았습니다. 선생노릇을 하는 사람이기에 더욱 그랬을 테지요. 그러나 단지 그런 이유 때문만은 아니었습니다. 정말이지 이러다가 이 땅의 모든 대학들이 거대한 고시촌이나 취업학원이 되고 마는 것은 아닐까 하는 기우에 젖어 있던 요즘이라서 더욱 그랬을 것입니다. 기업의 잣대로 학과의 생산성을 따지고 학문의 가치를 시장의 논리로 저울질하는 오늘의 대학 현실이 생각나서 더 그랬을 것입니다.

왜 아니겠습니까. 대학은 대학이 가야 할 길이 있습니다. 대학이 가르칠 것은 따로 있습니다. 사진을 가르쳐도 기술과 요령의 전수에 급급하기보다 세상의 깊이와 넓이를 재는 방법을 깨치게 하는 일이 먼저지요. 세상 풍경들 중에 어느 부분을 프레임 안으로 끌어당겨야 살아 있는 사진이 되는지를 가르치는 것입니다.

말하자면 풍경의 행간을 읽는 눈, 생각의 눈을 뜨게 하는 것이지요. 사진을 통해 이야기할 바를 생각해내기가 어렵지 찍기가 어려운 것은 아니니까요. 생각이 났다면 말할 수 있고, 그릴 수 있고, 조각할 수 있고, 찍을 수 있으니까요.

아무려나 그 독특한 사진교실의 주인공들은 무척이나 행복한 사제師弟들임에 틀림없습니다. 대학과 학원의 공부가 어떻게 달라야 하는지를 알고 실천하는 선생님을 만난 학생들이기 때문입니다. 자신의 교육 의도를 믿고 따르는 영리한 제자를 만난 선생님이기 때문입니다.

카피 선생인 저 역시 그런 교실을 꿈꿉니다. 저는 카피공부와 사진공부가 다를 게 없다고 믿는 사람이니까요. 아니, 사진공부야말로 카피라이터를 기르는 수업의 중요한 교과목이어야 합니다. 그래서 저는 펜으로 쓰기보다는 그림이나 사진으로 '말하는' 방법을 가르치는 것을 더 좋아하는 카피 선생입니다. 카피라이터로서의 저 또한 다르지 않지요. 저는 카피숙제를 앞에 놓고 이렇게 생각할 때가 많습니다. '어떻게 하면 만년필도 꺼내지 않고 카피라이터로서의 내 임무를 다할 수 있을까?'

펜은 생각보다 그리 강하지 않다는 것을 깨달을 때가 많기 때문입니다. 물론 그것은 무력이나 권력으로서의 '칼'과 싸우는 '펜'의 의미는 아니지요. 카메라와 맞서는 펜의 뜻입니다. 사실입니다. 사진은 때로 카피라이터인 저를 한없는 절망의 벼랑 아래로 밀어버립니다. 그럴 때마다 무소불위의 연장tool이라고 생각해온 제 말과 글의 나약함을 절감합니다. 물론 그것은 제 생각의 우물이 너무나 얕기 때문인지도 모릅니다. 사흘돌이로 바닥을 드러내 보이니까요.

그렇게 제 생각의 우물이 부끄러워질 때, 훌륭한 사진 한 장은 제게 엄청난 콤플렉스를 안깁니다. "아, 내가 A4용지 몇 장을 써야 할 이야기를 이 한 장의 사진이 다 하는구나." 그런 작품을 제게 보여준 작가는 단박에 외경畏敬의 대상이 됩니다. "이 사람은 내 글솜씨로는 도저히 표현할 수 없는 메시지를 이렇게 간단하게 전하는구나. 사진은 얼마나 위대한 언어인가."

이 대목에서 생각나는 이름들이 있습니다. 일본이 낳은 세계적인 영화감독 구로사와 아키라黑澤明. 만년의 그에게 누군가 물었다지요. "선생은 어떻게 평생을 영화에 바치게 되었습니까?" 그는 이렇게 대답했다지요. "인생에는 말로 할 수 없는 이야기가 너무 많더군요." 그는 '말할 수 없는 것들을 말하기' 위해 필름이란 언어를 집어든 것입니다.

그리고 화가 프란시스 베이컨Francis Bacon. 그 역시 구로사와와 같은 질문을 받고서는 비슷한 대답을 했습니다. "모든 것을 말로 표현할 수 없어서 그림을 그리게 되었습니다." 그런 이야기를 듣고 보면 그의 그림이 어째서 그렇게 설명하기 힘든 대상인지 이해가 됩니다. 그의 그림이 어째서 언어도단의 풍경일 수밖에 없는지를 생각하게 합니다. 그의 캔버스 안에 정육점의 고기처럼 매달린 인간의 몸뚱이가 외치는 소리를 어렴풋이나마 알아듣게 됩니다.

구로사와, 베이컨 그 두 사람이 싱거운 사실 하나를 새삼스럽게 확인시킵니다. "말과 글만 언어가 아니다. 세상 사람들은 누구나 제각각의 언어로 자신의 삶을 이야기한다. 작가는 펜으로, 화가는 붓으로, 영화감독은 필름으로, 무용수는 몸으로…… 요리사는 칼로, 목수는 못과 망치로, 정치가는 혀로, 축구선수는 공으로, 권투선수는 주먹으로."

사진작가는 사진으로 이야기합니다. 카메라는 그의 펜이지요. 그런 관점에서 저는 '베네통Benetton'의 포토그래퍼였던 올리비에로 토스카니Oliviero Toscani를 '카피라이터'라 부르길 좋아합니다. 그의 사진은 카피니까요. 그는 카메라로 카피를 썼습니다. 전쟁, 기아, 테러, 환경오염, 인종차별, 사형제도…… 인류가 끌어안고 있는 모든 문제를 광고메시지로 만들어냈습니다. 사장 루치아노 베네통의 신념에 가까운 기업철학("기업도 지구의 한 시민이다")을 포토저널리즘적인 시각으로 훌륭히 번역해냈습니다.

작가 세르반테스Miguel de Cervantes의 "펜은 마음의 혀舌"라는 표현을 빌리자면 '토스카니의 카메라는 베네통의 혀' 구실을 유감없이 해낸 것입니다. 아울러 햄 스테빈스의 다음과 같은 주장을 웅변으로 입증하고 있다고 할 수 있지요. "말을 하지 않고도 어떤 사물을 설명할 수 있는 사람은 위대한 카피라이터다."

그의 카피는 강력한 언어지요. '퓰리처상 수상 작품집'을 빠져나온 사진처럼 보는 이를 느닷없이 후려칩니다. 눈에 띄는 순간 충격이 느껴지는! '언어의 너클 펀치knuckle punch'입니다.

말과 글보다 효과적인 언어가 있다면 굳이 펜을 들어 구구절절이 설명할 필요는 없지 않을까요. 말하지 않았는데 상대가 다 알아차린다면 그보다 더 좋은 일이 어디 있겠습니까. 저는 제 학생들에게 이렇게 이르기를 좋아합니다. "공연히 애꿎은 연필만 들볶지 마시오. 연필도 종이도 없다고 생각해보시오. 연필 대신 다른 것들이 말하게 해보시오. 연필이 할 일이 줄어들수록 좋소. 연필의 대변인을 찾으시오. 누구든 좋소. 세상에 말 못하는 물건이란 없다오. 누구한테든 말을 붙여보시오. 말을 걸지 않는데 누가 먼저 말을 하겠소. 아무한테든 반갑게 인사를 하면서 말을 걸어보시오. 삼라만상이 말을 할 것입니다.

사진이 말합니다. 신호등이 말합니다. 표지판이 말합니다. 넥타이가 말합니다. 냄새가 말합니다. 노래가 말합니다. 눈물이 말합니다. 얼굴이 말합니다. 상처가 말합니다. 여백이 말합니다. 달력이 말합니다. 장미꽃이 말합니다. 뻐꾸기가 말합니다. 경적이 말합니다. 뱃고동이 말합니다. 참치 캔이 말합니다. 나무가 말합니다. 포장지가 말합니다. 저울이 말합니다. 리본이 말합니다. 브로치가 말합니다. 시계가 말합니다. 가격표가 말합니다. 메뉴판이 말합니다. 침묵이 말합니다."

문득 이런 생각이 일어납니다. "카피라이터는 어쩌면 자신이 하고 싶은 말을 대신 해줄 누군가를 찾아 헤매는 사람 아닐까. 말보다 더 좋은 말을 찾는 사람 아닐까. 연필보다 더 좋은 연필을 찾는 사람이 아닐까."

39

카피는 발에서도 나온다

지난봄 어느 날의 일입니다. 지하철 동대입구역을 나와 동국대학교 교문 쪽 비탈길을 오르고 있었습니다. 마루턱에 웬 노인 둘이 나란히 서서 이야 기를 하고 있는 것이 보이더군요. 모두 중절모에 깔끔한 양복 차림이었습 니다. 장충단공원으로 나들이 나온 어른들 같았습니다. 제법 여유 있게 남 은 생을 보내는 분들이란 인상을 풍겼습니다. 그런가보다 하고 지나치려는 데, 그이들의 대화가 제 발목을 붙들었습니다.

한 노인이 건너편 건물을 손가락으로 가리키면서 말했습니다. "불이 났 었나봐." 옆의 노인이 가만히 고개를 끄덕이며 말을 받았습니다. "응, 그러 게. 많이 그슬렸는데." 순간, 저는 망치로 머리를 얻어맞은 느낌이 들어 그 자리에 한참을 멈춰 서 있었습니다. 옳다, 노인이 옳다는 생각이 들었습니 다. 벌겋게 녹이 슨 철판으로 마감을 한 집. 그것은 한바탕 불길이 휩쓸고 지나간 건물의 모습을 닮아 있었습니다. 광고인이라면 그 집의 이름을 아 실 것입니다. 그렇습니다. 노인의 손가락이 가리키고 있는 집은 다름 아닌 광고회사 '웰콤 사옥Welcomm City'이었습니다.

'웰콤 사옥'이 어떤 건물입니까. 요즘 이 땅에서 손꼽히는 건축가의 한 사람, 승효상承孝相씨의 역작 아닙니까. 클라이언트도 건축가도 대단한 자부심을 갖고 있는 집이지요. 소위 노출콘크리트 공법의 기단 위에 네 개의 기둥box을 올리고 '코르텐corten'이라 불리는 '내후성耐朽性 강판으로 벽면을 두른 건물입니다.

하지만 처음에는 저 역시 그 집을 무척 못마땅한 시선으로 바라보곤 했습니다. 낯설다 못해 불편하기 짝이 없는 풍경이었으니까요. 많은 이들이 그랬을 것입니다. 페인트칠을 남겨놓고 있는 것 같은 상태인데 모든 공사가 끝났다고 말하는 주인과 건축가를 이해하기 힘들었을 것입니다. 고개를 갸우뚱거리며 지나가는 행인들도 많았지요. 희한한 집도 다 있다고 수군거렸지요. 심지어는 건축비가 부족해서 그럴지도 모른다며 짐짓 측은해하는 사람도 적지 않았습니다.

예사롭지 않은 풍경에 대한 의문은 걱정으로 이어졌습니다. 저렇게 시뻘건 녹이 슨 철판이 얼마나 가겠느냐, 번번이 뜯어내고 고치려면 얼마나 많은 비용이 들겠느냐는 걱정이었지요. 그러나 모두가 기우杞憂였습니다. 알고 보니 그것은 보통 철판이 아니었습니다. 5년쯤을 주기週期로 일정량이 부식되면서 스스로 '코팅 막'을 형성하기 때문에 영구적인 수명을 자랑하는 물건이었습니다.

아무튼 건축가 승효상씨는 그 붉은 벽면을 참 좋아하는 사람인 것 같습니다. 장충동 웰콤 사옥 말고도 동숭동 쇳대박물관과 김포 나리병원 등 여러 작품을 통해 그런 모습을 보여주고 있으니까요. 아마도 그것은 하나의 트레이드마크라고 해도 좋고 승효상 건축의 아우라를 이루는 한 요소라고 해도 틀리지 않을 것 같습니다. 그렇다면 그는 그런 방식으로 자신의 철학을 드러내고 있는 것이 아닐까요. 이른바 『빈자貧者의 미학』!

저는 승씨가 말하는 '빈자의 미학'을 이렇게 이해하고 싶습니다. 그것은 '가난의 풍경이라고 해서 모두 구차스럽고 비루한 것만은 아닐 것' 이라는 믿음의 동의어라고 말입니다. 예술과 창작에 종사한다는 것은 소재나 대상의 미추美醜를 넘어, 소통, 개똥에서도 진정한 '참眞'과 유의미한 아름다움을 발견하는 일 아니던가요. 권정생權正生의 동화 『강아지똥』처럼.

회화나 조각을 보십시오. 얼마나 많은 오브제가 지진이나 홍수 같은 재난과 전쟁의 상처 혹은 궁핍의 극한 상황들로부터 비롯되었습니까. 음악사를 들춰보십시오. 팝이건 클래식이건 얼마나 많은 작품의 모티프가 기억조차 하고 싶지 않은 아픔의 시간들로부터 연유되었습니까. 그런 것들과 가까이 있었던 기억을 떠올려보십시오. 그런 것들이 때로는 얼마나 고마운 진통제가 됩니까. 권장할 만한 마취제나 고백해도 좋은 환각제가 되어줍니까. 그런 점에서 승씨의 붉은 철판은 고통스럽게 지나가버린 시간의 명예 회복을 위한 노력입니다. 자신의 유년기가 놓여 있는 결핍의 공간과 풍요로운 현재를 한자리에 있게 하려는 시도입니다. 낡고 촌스러운 것들이 건축의 모더니티를 위한 매력 포인트가 될 수도 있다는 주장을 내포한 일종의 시위입니다. 모자라는 것들과 넘치는 것들의 화해를 위한 시간과 공간의 평화 선언입니다.

하지만 저는 지금 한 건축가의 작품에 대한 예찬을 하려는 것이 아닙니다. 그의 신념에 대한 지지나 옹호의 메시지를 발표하려는 것도 아닙니다. 그보다는 글머리에 소개한 두 노인의 시선에 관해서 이야기하려는 것입니다. 안타까움의 대상도 아니고 동정의 대상도 아닌 건물을 공연히 축축하게 젖은 눈으로 바라보던 노인들의 순수에 관해서 이야기하고 싶은 것입니다. 부득이 그렇게 볼 수밖에 없는 까닭에 관해서 생각해보고 싶은 것입니다. 그들의 정직한 시선과 오염되지 않은 감각기관에 대해 이야기하려는 것입니다. 더 정확히 말하자면 한때 오염되었던 적도 있었으나 이제 말끔히 정화되어 새것으로 돌아간 눈동자에 대해 말하려는 것입니다. '벌거벗은 임금님'이 벌거벗었다고 이야기하지 않거나 이야기할 수 없는 사람들과 곧이곧대로 이야기하는 어린이 사이의 간극間隙에 대해 생각해보고 싶은 것입니다.

그것은 결국 저 자신에 대한 반성인지도 모릅니다. 이를테면 저는 지금 건축물 하나에 대해 퍽 긴 사설을 늘어놓고 있습니다. 모든 화제를 제 것처럼 꺼내놓고 있습니다. 그런데 진짜 제 이야기는 얼마나 될까요. 고백한다면, 저는 지금 책에서 얻은 한 움큼의 지식과 학교와 사회에서 배운 정보를 나열하고 편집하기에 바쁩니다. 그저 건축에 대한 제 상식과 교양을 인정받으려 애를 쓰고 있습니다. 운동장만한 무식이 드러나는 것이 두려워 손톱만한 지식을 뽐내고 있습니다.

저는 지금 노인의 한마디에 한없는 열등감을 느끼고 있는지도 모릅니다. 아니, 사실입니다. 장황하게 떠들어댄 승효상의 건축미학은 거기서 나와서 거기로 돌아가고 있다는 생각이 듭니다. "불이 났었나봐." 승효상씨가 그 말을 들으면 어떤 반응을 보일까요. 어쩌면 아주 반가워할지도 모릅니다. 한술 더 떠서 이런 대답을 듣게 되는 것은 아닐까요.

"성장일변도의 현대사가 이뤄온 무미건조한 풍경에 각성의 화인火印을 찍어 우리가 살고 있는 시간의 좌표를 확인하고 싶었습니다. 고갱의 유명한 그림 제목과 같은 명제를 떠올렸지요. 〈우리는 어디에서 왔는가? 우리는 누구인가? 우리는 어디로 가는가?Where Do We Come From? What Are We? Where Are

We Going?〉웰콤 시티를 불이 난 집인 줄 아셨다고요. 하하하, 잘 보셨습니다. 붉은 철판의 이미지 그거, 피난 시절 제 고향 달동네(부산 보수동)에서 가져온 것이니까요. 불砲火에 그슬린 물건 맞습니다."

그렇다면 그 노인은 행복한 관객입니다. 그는 아주 간단하게 건축가와 만났으니까요. 노인보다 수십 년 젊은 저는 그렇게 단박에 건축가를 만나지 못합니다. 알량한 먹물이 시야를 흐려놓기 때문입니다. 그토록 명쾌한 결론 하나를 얻자면 복잡하기 그지없는 추리와 상상의 미로를 몇 바퀴쯤 돌아와야 합니다.

지식과 정보는 때로 핵심과 본질을 파악하는 데 치명적인 장애가 됩니다. 정확한 판단과 바람직한 의사결정에 결정적인 걸림돌이 됩니다. 진실과 정의의 힘도 되지만 가식이나 허세의 원료가 됩니다. 정직과 정의의 에너지가 되는 만큼 허위와 부정의 연료가 됩니다. 심각한 것은 전자보다는 후자의 손을 들어주면서 잘난 척하는 사람들이 훨씬 많다는 것입니다. 정작 뜻깊고 소중한 가치는 저만치 밀쳐두고 무의미하고 무가치한 것들에 눈을 팔게 되는 경우가 허다하다는 것입니다. 세상을 제 눈으로 못 보고 남의 눈을 빌려본다는 것입니다.

그런 자각自覺때문일까요. 저는 요즘 학생들이나 후배들이 제게 와서 여행계획을 펼쳐놓으면 다음과 같은 잔소리를 하는 일이 부쩍 늘었습니다. 필경 제 학생들과 후배들 중엔 저 같은 윤똑똑이가 없었으면 좋겠다는 생각에서일 것입니다.

"너무 많은 것을 알고 가려 하지 마라. 여행지에 대해서 지나치게 많은 것을 알고 가면 여정이 편해지긴 할 테지만, 여행의 값어치는 그만큼 떨어진다. 기행문, 여행담도 정말 유익하다고 소문난 것 한두 가지만 읽고 가라.

유혹적인 정보가 있더라도 메모하지 말고 머릿속에만 기억해두어라. 자칫하면 여행이 아니라 심부름이 된다. 기행문 쓴 사람이 명령하는 대로 움직이다가 오게 된다. '내'가 여행을 다녀온 것이 아니라 나라는 이름의 '로보트'가 갔다 온 것이 된다.

그가 갔던 코스로 그가 짰던 스케줄을 따라 움직일 것이다. 시키는 지점에서 사진을 찍고, 가르쳐주는 레스토랑에서 시키라는 메뉴나 주문해 먹을 것이다. 기차 타고 내리는 시간까지 그의 지시에 맞추게 되고, 기념품 선택까지 그의 결정을 따를 것이다. 그의 권유대로 할인권을 사고, 그가 묵었던 숙소를 찾아갈 것이다. 그가 가르쳐준대로 뚱보 주인 여자의 환심을 사기 위해 노력할 것이다.

물론 안전한 여행이야 되겠지. 알뜰한 여행이야 되겠지. 좋은 사진들이야 남겠지. 그러나 그것이 정말 좋은 여행일까. 안전하고 무사하고, 실수 한 번 없고, 잘못 쓴 돈 한 푼 없으면 만족스런 여행일까. 관광광고나 화보집에 나오는 비주얼처럼 멋진 사진이나 찍어오면 보람 있는 여행일까.

자신의 눈으로 보고 오라. 남의 생각에 무릎 꿇지 말고 본인의 생각으로 세상과 맞서라. 나는 기도할 것이다. 네가 반대쪽으로 가는 버스를 타거나 막차를 놓치게 되기를. 아주 엉뚱한 길로 접어들어서 온종일 걷게 되기를. 손짓발짓으로 주문한 음식이 상상도 못한 맛이기를. 서울에서 적어온 모든 메모와 가이드북 따위는 현지에 도착하는 첫날 잃어버리길.

그런 여행을 끝내고 돌아오면 너는 정말 멋진 기행문의 지은이가 될 것이다. 너는 그 누구도 경험하지 못한 길과 밥과 풀과 꽃과 새와 별과 나무와 사람을 만났을 것이므로."

못된 선생이지요. 제자의 여행길이 실수와 낭패와 시행착오의 연속이기를 바라니 말입니다. 그러나 저는 계속 그렇게 나쁜 선생이고 싶습니다. 남의 기행문 독자 혹은 심부름꾼 노릇이나 하는 제자를 두고 싶지는 않기 때문입니다. 세상 모든 고정관념을 상대로 겨뤄야 할 전사戰士가 책 속에나 간혀 살기를 바라지 않기 때문입니다.

더 큰 욕심은, 구글 위성지도에도 없는 길을 걸어가는 젊은 나그네들이 많아지길 바라는 마음입니다. 네이버 같은 곳에서는 결코 찾을 수 없는 생각을 발견하러 떠나기를 희망하는 것입니다.

그런 경험에서 이런 카피도 태어나겠지요. "맛있는 가게는 의외로 뒷골목에 많다 —제록스." 그렇게 머나먼 길을 걷다가 양말을 벗어본 나그네가 이런 아이디어도 떠올리겠지요. "발냄새 제거제 아이디어? 이런 것 어때? 병사가 수류탄 대신 지독한 발냄새로 찌든 양말을 치켜들고 적에게 겨누고 있는 장면! 거기에 이 한 줄! Ephydrol(발냄새 제거제). Gets rid of deadly foot odor."

40
카피는 야구공이다

어느 여름, 일본 출장길의 기억입니다. 스케줄이 계획대로 풀리지 않아서 숙소 한군데에서 참으로 맥없이 일주일쯤을 지낸 일이 있습니다. 아주 소박한 호텔이었지요.(말이 호텔이지, 사실은 우리나라 '장'급 여관쯤 되는 곳이었습니다.) 며칠째 되는 날이던가요. 로비에 앉아 쉬고 있는데 갑자기 입구가 떠들썩해졌습니다. 막 대형버스 한 대가 와서 한 무리의 운동선수들을 쏟아놓고 돌아가는 것이 보이더군요. 야구부였습니다. 호텔 문을 들어서는 그들의 유니폼과 행동거지가 자신들이 어디서 오는지를 말해주었습니다.

땟국이 줄줄 흐르는 얼굴로 두리번거리는 모양이 영락없는 촌놈들이었지요. 가고시마鹿兒島 어디라던가, 시골 고등학교 아이들이었습니다. 도회지의 낯선 풍경에 잔뜩 주눅이 든 표정들이 퍽 재미있게 보였지요. 하지만 모두의 얼굴 한 구석에는 설렘과 흥분의 빛이 역력했습니다. 그럴 수밖에요. 그들은 전국고교야구선수권대회 출전 팀이었습니다. 4천여 개가 넘는 고교 야구부들 중에 선택받은 팀의 하나였습니다. 야구왕국 일본을 대표하는 야구 페스티벌에 초대받은 손님들인 동시에 그라운드의 주인공들이었습니다.

고시엔甲子園! 야구를 좋아하거나 일본사람들 살림살이에 관심이 있는 분이라면 이 세 글자가 단순한 운동장의 이름을 넘어서는 것임을 알 것입니다. 이 고유명사 하나가 붙은 야구대회의 사회적 위의威儀와 문화적 함의含意를 단박에 짚어낼 것입니다.

생각해보세요. '고시엔 대회'가 어떤 대회입니까. 갑자년(1924)에 지어진 구장에서 열린다고 해서 그렇게 불리는 전설적인 야구대회. 참가했다는 사실만으로도 자자손손 자랑거리가 되는 대회. 방방곡곡에서 뽑히고 뽑힌 50여 개 팀이 혼魂과 기량을 겨루는 대회.

전 경기가 TV와 라디오로 전국에 중계되는 대회. 온 국민의 이목이 집중되면서 일본열도가 들끓는 대회. 승리의 순간, 교가를 연주하여 선수는 물론 졸업생 그리고 학교가 속해 있는 지역사회 전체를 울리는 대회. 패배한 팀의 선수들이 담아서 돌아가는 운동장의 검은 흙 한 봉지조차 평생의 보배로 간직되는 대회. 일제 때엔 조선지역 예선을 통과한 휘문고, 선린상고, 부산상고 등의 출전 기록이 남아 있는 대회.

숱한 영화와 만화 그리고 게임과 광고의 단골 소재가 되는 대회. 고교야구 선수 한 명이 주먹을 불끈 쥐는 것만으로도 진지한 메시지가 되고, 한 젊은이가 공 던지는 모션만 취해도 그림이 되는 대회. 텅 빈 운동장에 세일러복 차림의 여학생이 말없이 서 있기만 해도 스토리가 되는 대회. 은발銀髮의 노신사가 야구공만 들고 서 있어도 드라마가 되는 대회.

우리 식으로 말하자면 저 지리산 골짜기에서 그런 대회의 본선에까지 진출한 선수들이니 자부심과 자긍심이 얼마나 대단했겠습니까. 먼 길에 지치고 고단한 표가 뚜렷했지만 그들은 스스로가 자랑스러운 표정들이었지요. 누군가 자신들에게 말을 붙여주길 기다리는 느낌이 들 정도였습니다. 그래서 슬며시 다가갔지요. 그러곤 어디서 왔는지, 이 도시에 무엇하러 왔는지를 물었습니다. 아니나 다를까. 기다렸다는 듯이 답을 하더군요. 그 태도는 자신들이 어떤 존재인지를 남에게 가르쳐준다기보다는 스스로에게 박수갈채를 보내는 사람의 그것이었습니다.

그중에도 한 친구가 특히 인상적이었습니다. 까맣게 그을린 얼굴에 눈만 반짝이는 선수였지요. 투수였습니다. 녀석은 자신감 넘치는 표정으로 자신의 첫 게임 날짜까지 알려주었습니다. 자신의 얼굴을 NHK에서 보게 될 것이라며 중계방송 시간도 적어주었습니다. 건투를 빈다는 뜻으로 그의 어깨를 두드려주었지요. 녀석은 한 손을 힘 있게 흔들어 보이는 것으로 답을 대신했습니다. 야구공을 불끈 틀어쥐고 있는 두툼한 손이었습니다.

저는 결국 며칠을 그들과 함께 지내게 되었습니다. 식당에서 마주치고 로비에서 만났습니다. '투수' 녀석은 볼 때마다 반갑게 손을 치켜들며 인사를 했습니다. 그 손에는 언제나 공이 들려 있었지요. 아니, 들려 있다기보다 '붙어 있는' 것처럼 보였습니다. 잡아떼려 해도 쉬이 떨어질 것 같지 않았습니다. 그것은 신체의 일부처럼 보였습니다. 녀석은 야구 말고는 아무 것도 관심이 없는 것 같았습니다.

하지만 녀석의 팀은 불행히도 첫판에 나가떨어졌습니다. 워낙 강팀을 만난 모양이었습니다. 토너먼트 방식이니까, 첫 게임이 마지막 게임이 된 셈이지요. 본의 아니게 저는 한 야구팀이 전장戰場에 들어서는 모습과 싸우는 모습, 패하여 집으로 돌아가는 모습을 모두 지켜본 사람이 되었습니다.

녀석은 여전히 공을 쥐고 있는 손을 높이 치켜들며 작별인사를 했습니다. 그러고는 이런 약속을 덧붙였습니다. "다음 등판 날짜와 중계방송 시간을 알려드리지 못해 유감입니다. 저도 모르니까요. 하지만 이것 하나는 분명히 약속드릴 수 있습니다. NHK든 ESPN이든 TV에서 뵙게 될 날이 있을 것입니다!"

순간, 저는 또 한 사람의 야구공이 생각났습니다. 저와 동갑내기인 인천 출신의 야구선수 인호봉^{印浩鳳}이라는 사나이의 것이었지요. 1976년, 제 바로 앞자리에서 대학입시예비고사(요즘의 수학능력시험)를 본 친구입니다. 그 역시 투수였습니다. 고교시절엔 날리던 이름이지요. 물론 대학에서도 장래가 촉망되는 선수였습니다.

그러나 '프로'선수가 되어서는 그리 빛을 보지 못했습니다. 프로페셔널의 단맛보다는 짜고 맵고 시어터진 맛을 훨씬 더 많이 경험한 사람입니다. 당연히 그의 야구인생은 짧았습니다. 그리고 불운했습니다. 영화 〈슈퍼스타 감사용^{廿四用}〉이 보여주듯이, 영화적인 세월의 굴곡과 쓸쓸한 결말로 기억되는 야구단 '삼미 슈퍼스타즈'의 한 사람이었으니까요.

아무려나 그는 대학입시 시험장에도 야구공 하나만을 달랑 들고 나타났습니다. 시험시간 내내 공을 놓지 않았습니다. 그는 온종일 공과 대화하면서 문제를 푸는 것처럼 보였습니다. 이제 와 생각하니 그날의 인호봉과 야구공은 마치 영화 〈캐스트 어웨이^{Cast Away}〉의 주인공(톰 행크스)과 배구공 '윌슨^{Wilson}'의 관계와 다를 것이 없었다 해도 괜찮을 것만 같습니다.

애인이나 친구 혹은 가족이 본다면 얼마나 질투가 날까요. 어떤 사랑의 주인공이 누구를 그렇게 자나 깨나 앉으나 서나 온 마음으로 보듬고 갖은 정성으로 쓰다듬을 수 있을까요. 그렇게 밤낮을 끌어안고 몸을 부비는 사이라면 어느 사랑이 달아오르지 않을까요. 그토록 끔찍한 '스킨십'의 은공을 생각해서도 공은 스스로 온 힘을 다해 날아갈 것입니다.

아, 그러고 보니 '전력투구全力投球'란 말은 단순히 공을 던지는 동작이나 행위만을 일컫는 말이 아닌지도 모릅니다. '전력'은 순간적으로 만들어지는 힘이 아니라, 오래오래 갈고 닦고 쉼 없이 모으고 다져온 에너지의 집합이란 생각이 듭니다.

이쯤에서 제가 즐겨 쓰는 비유 하나를 꺼내야겠습니다. "광고가 야구라면 카피라이터는 투수입니다." 그렇지 않습니까. 언제 어디서나 '생각의 공' 하나를 내려놓지 못하는 모양이 앞의 '고시엔' 고교생이나 인호봉 선수를 닮지 않았습니까. 어떤 말이 감동의 '스트라이크 존'을 보기 좋게 통과할 것인가를 고민하는 일이 투수의 공력功力 쌓기와 비슷하지 않습니까.

'타석'에 들어서는 모든 '타자打者'를 연구해야 하는 일이 투수를 닮지 않았습니까. 그것은 세상의 모든 타자他者를 상대하는 일이지요. 그 타자의 이름은 광고주입니다, 소비자입니다, 경쟁자입니다. 남자입니다, 여자입니다. 노인입니다, 어린이입니다. 한국인입니다, 외국인입니다. 초심자입니다, 전문가입니다. 보행자입니다, 운전자입니다. 목사입니다, 스님입니다. 수녀님입니다, 신부님입니다. 사람입니다, 짐승입니다. 동물입니다, 식물입니다. 지구인입니다, 외계인입니다. 생물입니다, 무생물입니다.

카피라이터라는 투수의 생각은 언제나 타자들에 가 있지요. 그의 고민거리는 대개 타자들의 노회老獪함에 있습니다. 하긴, 요즘엔 4번 타자가 따로 없지요. 하위타자도 웬만한 공쯤은 간단히 날려버립니다. 직구, 커브, 슬라이더, 체인지업…… 어지간한 공은 쳐내지 못하는 타자가 없습니다. 시시한 공은 담장 너머로 휙휙 넘겨버립니다.

타석에 들어서는 순간, 병아리 투수와 20승 투수를 읽어냅니다. 투수의 눈을 매섭게 노려보며 이렇게 말합니다. "그래 날 보기 좋게 설득해봐." "그런 이야기는 한두 번 들은 게 아니거든." "나, 같은 말에 두 번 속을 사람 아니야." "또 속일 수 있다면 속여봐, 이 병아리 카피라이터야!" 어떤 타자는 이렇게 말하지요. "아무개는 승부구가 없어. 던지는 말 한마디 한마디가 너무 뻔하거든." "쯧쯧, 이런 솜씨 가지고야 어디." "차라리 내가 마운드에 오르는 것이 낫겠어." 또 어떤 타자는 이렇게 말합니다. "누가 저런 선수를 뽑은 거야." "쟤, 2군으로 보내." "연봉을 얼마를 줘도 좋으니 좀 시원시원한 구질을 가진 카피라이터 하나 찾아봐."

비유를 계속해볼까요. 제일 좋은 투수는 역시 기교파가 아니라 정통파입니다. 위에서 아래로 내리꽂히는 강속구, 손가락 네 개를 모두 잡고 던지는 직구를 주 무기로 하는 선수 말입니다. 뭐니 뭐니 해도 빠른 볼 앞에는 장사가 없으니까요. '전광석화電光石火'. 그것은 카피의 세계에서도 더할 나위 없이 중요한 덕목 아닙니까.

빠를수록 좋지요. 타자를 꼼짝없이 '돌려세우는' 공 말입니다. 물론 카피라이터가 소비자를 돌려세운다는 것은 그들이 돌아가게 만드는 것이 아니지요. 광고를 등뒤로 하고 지갑을 들고 달리게 하는 것입니다. 사실이 그렇지요. 자신의 가슴 한복판을 찌르고 들어오는 '스트라이크 카피'에 그는 단호히 돌아섭니다. 오던 길을 돌아서고, 하던 일을 멈춥니다. 생각의 방향을 바꾸고 일의 순서를 바꿉니다.

지체 없이 대리점을 향해 달립니다. 망설임 없이 백화점을 향해 달립니다. 전화기를 찾아서 주문번호를 누릅니다. '스트라이크 존'을 통과하는 카피. 그것은 말할 것도 없이 상대로 하여금 이의가 없게 만드는 말 한마디입니다. 단박에 고개를 끄덕이게 하는 한 줄입니다.

야구가 '투수 놀음'이라면 광고는 '카피 놀음'입니다. 이렇게 말하면 아마도 이런 화살이 날아들겠지요. 광고가 카피라이터 혼자서 만드는 일이냐고 말입니다. 물론 아니지요. 그러나 저는 이렇게 주장합니다. "모든 광고인은 카피라이터다." 그러곤 다음과 같은 이유를 들어서 이해를 구하지요.

"광고가 무엇인가. 한마디를 찾기 위한 팀워크 아닌가. A.E가 찾는 것이 목표를 꿰뚫는 한마디라면, 디자이너가 찾는 것은 세상의 이목을 집중시키는 한마디다. 조사부원이 찾는 것이 하늘이 두 쪽 나도 움직일 수 없는 한마디라면, 카피라이터가 찾는 것은 세상에 둘도 없는 한마디다. 광고세상의 모든 구성원은 카피라이터다. 그들은 저마다의 언어나 직능을 통해 결정구 winning shot 하나를 찾아내려고 밤낮으로 생각의 공을 주무르는 사람들이다."

그렇습니다. 광고인은 모두 카피라이터라는 이름의 투수입니다. 혼자서 '삼진 아웃'을 잡으려 애를 쓸 필요는 없습니다. 승부를 결정짓는 한마디는 누구의 입에서든 나올 수 있으니까요. 하여, 카피라이터는 야수野手를 믿고 공을 던지는 투수처럼 언제나 자신의 동료를 믿고 따라야 하는 사람입니다. 어디서나 '생각의 공'을 내려놓지 않아야 하는 사람입니다.

5부

우리들의 '카피 혹은 아이디어' 역시 요리를 닮았다는 생각이 듭니다.
아니, 요리 그 자체입니다.
카피를 쓰는 일은 어떤 재료fact가 보여줄 수 있는
모든 메뉴에 대한 탐색과 실행의 과정입니다.
정보의 식탁에 둘러앉을 사람의
상황과 감정과 정서와 교양을 생각하는 일입니다.
무엇보다 식대食代를 계산할 사람의 눈치를 보면서,
그가 참 보람 있게 돈을 썼다는 결론에 이르게 하는 일입니다.

41
카피는 만리장성에도 숨어 있다

이런 카드를 만든 적이 있습니다. 결혼기념일 카드였지요. 무어라고 쓸까 망설이고 있는데 글자 하나가 떠오르더군요. 한자漢字였습니다. 옥편玉篇을 뒤져서 그 글자를 찾아냈지요. 대문짝만하게 복사를 했습니다. 그것을 두툼한 골판지에 옮겨 붙이고 굵은 펜으로 이렇게 써넣었습니다. "10월 3일, 오늘의 한자." 무슨 글자였느냐고요? 이런 풀이가 따라다니는 글자입니다. '①짝, 동무 ②따를, 따라갈 ……'

그렇습니다. '반伴' 자입니다. 사람 인人 변에 반半이라는 소릿값을 지닌 요소가 어울려 이뤄진 글자지요. 결혼식 주례사에 흔히 등장하는 인생의 반려자伴侶者, 혹은 동반자同伴者란 말이 생각나게 만드는 글자입니다. 한마디로 '짝꿍'이지요. 혹은 '짝지'! 제일 예쁜 짝꿍이 초등학교 교실에 앉아 있다면, 가장 근사한 짝꿍은 길에 있습니다. 불교 쪽의 사람들이 주로 쓰는 '도반道伴'이란 단어의 주인공이지요. '길동무' 말입니다.

저는 아내라는 이름에 그 '도반'이란 말을 포개놓기를 좋아합니다. 배우자야말로 세상에서 제일 오래된 '길벗' 아니던가요. 하여, 저는 틈나는 대로 우리 두 사람의 우정이 조금씩 더 나아지길 기도합니다. 그녀와 제가, 온종일 말 한마디 없이 길을 가는 일이 있더라도, 답답하거나 불편하지 않은 사이가 될 수 있기를 빕니다. 함께 있다는 사실 하나로 두렵지 않고 심심하지 않은 관계이길 염원합니다.

각자 '반(1/2)'의 권리나 의무를 따지고 셈하는 것이 아니라 바람직한 합일合一을 위해 흔쾌히 반을 내놓을 수 있는 동무이기를 희망합니다. 그럴 때마다 반주伴奏란 말도 함께 떠올리지요. 그것 역시 쩨쩨하게 네 것 내 것을 따지거나 선후先後 혹은 주종主從을 가리는 일이 아니지 않습니까. 창唱이 틀렸네, 북이 틀렸네 해봐야 누구도 잘한 것이 되질 않지요. 어느 한쪽의 실패는 결국 양쪽 모두의 실패를 뜻하는 것이니까요.

도반의 '반'은 저절로 부창부수夫唱婦隨의 짝을 보여줍니다. 한쪽이 소리를 하면 한쪽은 북이나 장구를 들고, 한쪽이 소리를 하면 한쪽은 춤을 추는 행위가 지극히 자연스럽게 이뤄지는 '커플'이지요. 두 사람의 일인데 왼팔 오른팔의 일처럼 자연스럽습니다. 그렇기에, 그것은 반쪽과 반쪽이 합쳐져 하나가 되는 일이 아니라, 두 가지 성분이 서로의 빈틈으로 스미고 섞여서 완성에 가까워지려는 노력이라 할 수 있지요.

한번은 이런 카드를 만들었습니다. 제 길동무가 많이 아픈 몸으로 생일을 맞게 되었을 때입니다. 동무의 처지가 하도 딱해서 적절한 축하의 말이 붙잡히질 않았습니다. 예의 그 방식으로 카드를 만들었습니다. 글자 하나로 제 마음을 전하기로 한 것입니다. '유癒' 자였습니다. 이번에도 그 글자 하나를 담뱃갑만 하게 키워놓고서는 유癒 자를 짓누르고 있는 '병질엄' 부部에 '빼라'는 뜻의 교정부호(돼지꼬리)를 그렸습니다. 헌 모자 집어던지듯

병의 굴레를 벗어던지라는 의미의 주문이었습니다. 하루빨리 '쾌유快癒해서 유쾌愉快한 상태로 돌아오라는 기도였습니다. 얼른 건강해져서 즐겁게 놀자는 부탁이었습니다. 그것을 받아든 길동무는 금시라도 병석에서 일어날 듯 환한 웃음을 보였습니다.

구구절절 늘어놓아야 할 마음의 속사정을 글자 하나가 대신 그려준 것입니다. 얼마나 훌륭한 언어의 경제입니까. 벨기에의 시인이자 화가인 앙리 미쇼Henri Michaux가 압도당한 한자의 묘사력입니다. 주절주절 주워섬겨야 할 이야기들이 글자 하나에 고스란히 들어가 앉으니 고맙기 짝이 없습니다. 고농축高濃縮 압축파일이지요. 표의문자表意文字 한자의 놀라운 저장 능력입니다. 어떤 글자는 보는 순간 모든 내용을 알아차리게 합니다. 얼마나 스피디한 스토리텔링입니까.

이러한 사연을 앞세우면서 저는 학생들이나 카피라이터 후배들에게 한자 배우기를 권합니다. 아니, 당부하거나 사정합니다. 침을 튀기면서 강권强勸합니다. 아니, 협박까지 하면서 강요합니다. 주장의 끝에 '강추'를 외칩니다. '초강추'의 꼬리표를 몇 개씩 매달지요. 대개는 이런 내용입니다.

"한자공부들 하세요, 여러분. 한자는 그림입니다. 상징입니다. 이야기가 있는 비주얼입니다. 한자 100개를 안다는 것은 100장의 이미지 슬라이드를 가지고 다니는 것과 같습니다. 그뿐일까요. 100개를 이리저리 조합한다면 천 장 만 장의 그림이 되기도 하지요. 머릿속에 엄청난 '이미지 라이브러리image library'를 가지고 다니는 셈입니다.

새삼스런 말이지만 요즘이 어떤 세상입니까. 영상정보시대 아닌가요. 여러분들이 가장 왕성하게 세상을 움직이는 시대는 더더욱 그렇겠지요. 그림으로 생각하고, 사진으로 이야기하고, 영상으로 커뮤니케이션하고! 적어도,

공책에 일기를 쓰고, 펜으로 편지를 쓰고, 종이 문서로 생각을 주고받는 시대가 다시 올 일은 없겠지요.

그런 세상을 살아갈 사람들이 어째서 무궁무진한 생각의 그림을 가져다 줄 도구를 외면하지요? 어려워서요? 복잡해서요? 과연 그럴까요? 저는 그렇게 생각하지 않습니다. 영어에 쏟는 성의나 노력, 반의반만 쏟아도 거대한 이미지 창고의 주인이 될 수 있다고 믿습니다. 백 보 양보해서, 어렵다고 칩시다. 그렇다고 한국인의 한자 배우기가 지구 저편 영어권 사람들의 그것만큼 힘이 들까요.

말이 났으니 말이지만, 지구 위의 온갖 비즈니스맨들이 중국어 배우기에 혈안이 되어 있는 오늘입니다. 내로라하는 세계적 석학들이 젊은이에게 보내는 첫번째 충고로 중국어 배우기를 주문하고 있습니다. 그러면서 자신들의 아홉 살 아들딸이나 서너 살 손자에게는 벌써부터 중국어를 가르치고 있다고 자랑스럽게 말합니다.

그런 사람들에다 대면 우리에겐 참으로 쉬운 일 아닐까요. 우리는 자신의 이름부터 한자를 쓰는 사람들입니다. 거의 모든 관념과 추상의 단어들은 죄다 한자로 짜인 언어를 쓰는 사람들입니다. 그렇기에 한국인의 한자 배우기는 생각보다 훨씬 쉽고 흥미로운 일이지요. 우리가 밥 먹듯이 쓰는 말의 속살을 들여다보는 일이니까요. 어째서 그런 말이 되었는지 태생의 비밀을 찾아가는 일이니까요. 우리가 꿈속에서도 떠올리는 생각의 알맹이들이 어떤 얼굴과 표정을 띠고 있는지 알아내는 일이니까요.

옛날로 돌아가는 것 같아서 싫다고요? 천만에! 베이징 올림픽 개막식에서 확인하지 않으셨습니까. 불순한 동기는 애써 숨기면서 뻐기듯이 펼쳐보이던 황하문명의 파노라마. 5000천 년 중국 역사가 글자 하나로 요약되는 장면도 잊지 않으셨겠지요. 누가 저한테 첨단의 미래를 향하여 꿈틀거리는 용의 앞길을 아무도 부정할 수 없게 만드는 가장 큰 동력이 무엇이냐 묻는다면 저는 단호히 이렇게 답할 것입니다. 그것은 한자의 힘입니다.

아직도 그 케케묵은 글자로 어떻게 디지털 시대를 열어갈 것이냐는 의구심을 떨치지 못하는 이가 있다면 그는 정말 장래가 걱정스런 사람입니다. 한자야말로 수천 년 동안 컴퓨터의 출현을 기다린 글자지요. 생각해보세요. 그것은 알파벳의 조합이 아니라, 한 장 한 장의 그림으로 존재합니다.

'코끼리'를 예로 들어봅시다. 영어의 그것(elephant)은 여덟 개의 알파벳이 모여서 코끼리 한 마리를 만들어냅니다. 우리 국어의 '코끼리'는 여섯 개의 자음과 모음이 모여야 태어납니다. 그런데 한자의 그것(象)은 어떻습니까. 실물이 직접 등장합니다. 아무 것도 없던 화면에 코끼리 한 마리가 불쑥 나타나는 것이지요.

'없음'과 '있음', '아무것도 없거나(nothing) 전부(all)' 또는 0 아니면 1. 한자는 어쩌면 컴퓨터의 이진법二進法과 가장 잘 어울리는 문자가 아닐까요.

저는 가끔 중국의 젊은 화가나 디자이너들의 작품을 접할 때마다 깜짝깜짝 놀라곤 합니다. 한자에서 비롯된 모더니티를 발견하는 경우지요. 한자는 흡사 물먹은 스펀지처럼 생각들을 머금고 있다가, 툭 건드리기만 하면 기상천외한 발상을 주르륵 쏟아냅니다. 한자는 중국의 예술가들이나 크리에이터들에게 아이디어의 캡슐이거나 창조적 영감의 기폭제라고 해도 좋을 것 같습니다. 말을 생각하는 순간, 글자가 뜨고 글자는 곧바로 그림이 되니까요. 그림은 다시 또다른 그림을 불러오고, 그러는 동안에 스틸은 동영상이 되니까요.

그럼에도 불구하고 제 생각에는 사대적事大的 발상의 혐의가 농후하다고요? 세종대왕을 생각해보라고요? 우리말을 사랑하라고요? 말씀 잘 하셨습니다. 한자를 잘 배우고 깨치는 것이야말로 우리 국어를 행복하게 하는 길이기도 하지요. 무슨 일이 '도로아미타불'이 되었을 때 쓰는 표현 '수포水泡로 돌아갔다'를 '숲으로 돌아갔다'고 쓰는 청소년이 없게 하는 길이니까요. '어이가 없다'는 순우리말을 '어의가 없다'로 쓰는 대학생이 나오지 않게 하는 길이니까요.

자, 그래도 중국이라는 이름의 어마어마한 보물창고의 열쇠 하나를 버려두시겠습니까. 우리말과 글을 더욱 풍성하고 아름답게 만드는 연장이 뻘겋게 녹슬도록 놓아두시겠습니까. 꼬리에 꼬리를 무는 아이디어의 사다리를 팽개쳐두시겠습니까. 지구의 중심축이 동쪽으로 옮겨지고 있는데, 우리가 가진 동양정신과 문화의 기득권을 통째로 내던지시겠습니까?"

고백하건대, 제 발상의 출발점 하나는 한자로 말뜻을 음미해보는 데에 있습니다. 88올림픽을 전후해서 만들었던 어느 증권사 광고캠페인 하나가 그 프로세스를 잘 보여줍니다. 명실상부한 업계 넘버원이었던 광고주를 큰 산에 비유하여 만든 애니메이션 커머셜이지요. 산수화를 배경으로 한 마리의 학이 날아가는 비주얼에 다음과 같은 메시지를 실었습니다.

"한 사람이 불러도 묵직한 메아리를 전해주는 큰 산. 그 풍성함을 아낌없이 나눠주는 큰 산. 큰 산에서 만납시다. 대우증권." 이 시리즈도 글자 하나를 대문짝만하게 키워본 일에서 시작되었지요. 주식의 단위이면서 나무를 세는 단위 '주株'. 생각은 거기서 꼬리를 물고 일어났지요.

주식을 고르는 일이나 묘목을 고르는 일이나 비슷하다는 생각. 백원짜리 묘목이 있는가 하면 몇만 원짜리 묘목이 있다는 생각. 몇 년이면 열매가 열리고 재목이 되는 나무가 있는가 하면, 오래오래 인내심을 갖고 키워야 하

는 나무가 있다는 생각. 심어놓기만 하면 끝이 아니라 끊임없이 돌보고 가
꿔야 잘 큰다는 생각. 그렇게 잘 자란 나무들이 숲을 이루고 산을 이룬다는
생각. 증권사가 산이라면 우리 광고주는 제일 큰 산이라는 생각.

　산 이야기를 하다보니 중국의 공익광고 하나가 눈앞에 어른거립니다. 산
림을 보호하자는 것이지요. "森→林→木→十". 제 아무리 울창한 숲森도
아끼고 사랑하지 않으면 끝내는 황량한 묘지十가 될 수도 있다는 경고가 그
림처럼 눈길을 붙잡습니다. '윗대에서 나무를 함부로 쓰게 되면 아랫대에
가서 피해를 입게 된다'는 내용의 카피를 읽지 않아도 메시지의 핵심이 단
번에 읽히는 광고입니다. 한자, 이것 참 근사한 생각의 그릇 아닌가요?

42
카피는 『뿌리깊은나무』로부터 배운다

『특집! 한창기』. 잡지 기사의 '타이틀'이 아니라 단행본 제목입니다. 교수, 사진가, 디자이너, 카피라이터, 화가, 철학자, 신문기자, 시인, 소설가, 소리꾼, 국어학자, 출판사 사장…… 실로 다양한 부류의 사람들, 그것도 이 땅에서 내로라하는 인사들이 지금은 이 세상에 없는 한 인물에 관해 회고하고 추억하는 글들을 모아놓은 책입니다.

하지만 이 책은 떠나간 사람의 공백이나 아쉬워하면서 운명의 시계바늘을 원망하지 않습니다. 주인공을 인간의 극점極點으로 밀어올려 무조건적 숭배의 대상을 만들지 않습니다. 공연히 눈물샘이나 툭툭 건드리면서 지상에 남은 자들의 삶에 대한 의욕을 흐려놓지 않습니다.

이 책을 만든 이들의 의도는 '특집特輯'이란 어휘에서 잘 드러나지요. 세상이 한 권의 잡지라면 '한창기韓彰璂'는 한 꼭지의 기사로는 감당이 되지 않는 인물이란 뜻을 염두에 둔 모양입니다. 또, 그가 그렇게 간단히 다루고 넘어갈 수 없는 '요주의要注意 인물'임을 강조하려는 생각도 보태졌을 것입니다. 무릇 모든 특집물이 그러하듯이, 이 사람의 생애 역시 누구나 관심을 가질 만큼 흥미롭고 유익한 요소를 두루 갖추고 있다는 생각에서 기획되었겠지요.

그렇다면 그는 '학교'입니다. 아니, 누군가의 표현을 빌려 말하자면 그는 '대학'입니다. (제 기억이 정확하다면 소설가 이윤기李潤基씨의 말인데, 대강 옮기자면 다음과 같습니다.) "드물지만, 때로는 한 인간이 한 '대학'의 가치를 지니는 경우가 있다. 강의실도 캠퍼스도 커리큘럼도 없는데 수천의 사람이 모여들어 그를 스승으로 섬긴다. 성적표도 없고 졸업장도 없는데 수만의 사람이 스스로가 그의 제자임을 자랑스럽게 밝힌다."

저는 위의 이야기에 선뜻 동의합니다. 세상에는 한 인간이 '대학의 격格'을 갖는 경우가 있다는 말. 그것도 단과대학이 아니라 종합대학교의 과정과 교과목을 두루 갖추고 있는 사람이 있다는 말. 그렇다면, 이 책은 '한창기'라는 대학교에서 가르침을 받고 배움을 얻은 사람들의 리포트입니다.

『특집! 한창기』는 한 인간의 몸뚱이에 얼마나 많은 강의실이 들어설 수 있는지를 보여줍니다. 혹은 한 사람이 넘나들 수 있는 마음의 울타리가 그가 팔던 '브리태니커 백과사전'만큼이나 크고 넓을 수도 있음을 확인시켜 줍니다. 아울러, 한 사람이 남기고 간 생애의 곳간에 쌓인 물건들이 동시대가 필요로 하는 물목物目들과 일치하는 것일 때, 그의 일기나 행장行狀은 몇 번이고 들추고 새겨도 좋은 일이라는 사실을 굳혀줍니다.

서두가 길었군요. 서평처럼 되어버렸다는 점이 좀 걸리긴 합니다만, 크게 반성하고 싶은 생각은 없습니다. 어떤 인물을 좀더 쉽게 이해하자면 사람됨이나 내면의 풍경을 이야기하기보다는 그의 얼굴이 들어 있는 세속의 앨범을 꺼내보는 일이 훨씬 효율적일 때가 있으니 말입니다. 한창기라는 인물이

copy is

꼭 그런 것 같습니다. 지금껏 제가 장황하게 늘어놓은 문장들은 결국 『뿌리깊은나무』 발행인 한창기' 이 한마디로 죄다 모아지는 것이니까요.

이렇게 말하는 순간, 제 귀에는 가시 돋친 힐난의 소리가 들립니다. "사람 참, 그런 걸 알면서 왜 그렇게 너절하게 늘어놔. 진작 『뿌리깊은나무』 얘기를 꺼낼 일이지, 괜히 빙빙 돌려서 듣는 사람만 어지럽게 만드나. 『뿌리깊은나무』를 누가 모를까봐. 한창기란 이름도 그렇지. 『뿌리깊은나무』와 붙여 말하면 그 이름을 누가 몰라."

옳은 말씀입니다. 그러나 그런 지적에도 변명거리가 아주 없는 것은 아닙니다. 장례식 풍경이나 죽음 뒤에 비춰지는 사회적 조명의 밝기를 들추는 것도 한 인생의 품질을 논하는 데에 무척 효율적인 방안이니까요. 하여, 『특집! 한창기』를 읽는 제 마음은, 갈 길도 잊고 조문객과 만장輓章이 끝도 없이 이어지는 상여의 행렬을 바라보는 나그네의 심정 그것이었습니다.

생각해보세요. 동시대를 함께 호흡하던 사람들이 세상을 뜬 한 사람에 대해 '똑 고르게' 진심 어린 사랑과 공경의 말들을 무덤에 바치는 일이 어디 그리 흔하던가요. 거기까진 종종 있는 일이라고 합시다. 그러나 그 무덤 앞에 놓인 책이 고인이나 추모객들과 상관없는 사람들에게도 값나가는 글이기가 쉽던가요.

물론 그것 역시 '한창기'란 세 글자가 『뿌리깊은나무』란 이름의 동의어라는 사실에서 비롯된 일일 것입니다. 『뿌리깊은나무』는 '잡지magazine'란 영어단어가 어째서 '창고'라는 의미도 함께 품고 있는지를 이해할 수 있게 합니다. 한창기란 사람의 '생각 창고'가 얼마나 거대한 것인지를 보여줍니다. 또, 새로운 생각이란 것도 결국 골동품에 가까울 만큼 찌들고 묵은 것들의 자식임을 다시금 확인하게 합니다.

출판물이 그저 메시지를 전하기 급급했을 뿐 멋대가리라고는 없던 시절 『뿌리깊은나무』는 이왕이면 매력 있게 말하는 법을 고민했지요. 글이란 글들이 죄다 행진하는 공수부대 병사들처럼 뻣뻣하던 시절에 그 잡지 속의 글들은 차밍스쿨을 나온 처녀의 걸음걸이처럼 유연했습니다. 좀 진지한 이야기를 하려면 으레 목청부터 높이고 보던 때에, 속삭이거나 귀엣말로도 세상을 움직일 수 있음을 보여주었습니다. 글씨를 키우고 볼륨만 높인다고 해서 메시지의 임팩트도 따라 높아지는 것은 아니라는 명백한 증거를 보였지요.

그것 참 신기한 일이었습니다. 『뿌리깊은나무』의 호수號數가 더해질수록, 그 낮고 부드러운 목소리 앞에 고개를 숙이는 사람들이 늘어갔습니다. 적당히 눈치를 보아가며 다소 비겁하게 사는 길이 최상의 방도라 여기던 사람들이 차츰 얼굴을 붉히게 되었습니다. 힘과 돈이면 다 된다고 생각하는 사람들로 하여금 그런 것들이 전부가 아님을 깨닫게 했습니다. 새것은 다 좋고, 물건너 온 것은 더 좋은 것이라는 선입견이나 고정관념이 빈속을 드러내게 되었습니다.

옛것, 우리 것 들 속에도 끔찍이 귀한 유산들이 있음을 일러주었습니다. 쉬 잊어버리고 내치지 말아야 할 것의 이름들을 불러주었습니다. 이를테면 방짜유기, 옹기, 백자, 판소리, 한복, 한옥, 차, 염색…… 그렇다고 잘난 체를 하지도 않았고 누구를 깔보지도 않으면서 마땅히 대접받아야 할 것임에도 홀대받는 것들을 밝은 곳으로 모셔내었습니다. 세련되고 공손한 어법, 점잖은 말씨로 나직나직 펼쳐놓았음은 물론입니다.

『뿌리깊은나무』를 보고 있자면 '이런 말을 이렇게 드러내놓고 해도 되나' 하는 습관적인 불안감과 '누가 한번 해주었으면 하던 말을 속 시원히 대신 해주네' 하는 쾌감이 함께 밀려들었습니다. 하여, 눈 밝은 이들은 그 글의 행간에서 혁신 혹은 혁명의 깃발을 보았습니다. 그러나 보수적, 유교적 삶의 전통과 기득권적 생활 문법에 길들여진 이들에게는 실로 불온한 도전이요 발칙한 도발이었지요.

신문이건 잡지건 세로쓰기를 표방하던 시절에 그것은 단호히 가로쓰기를 단행했지요. '순 한글'로만 적기를 고집했습니다. 잡지는 선정적 기사와 부록이라는 이름의 선물 공세를 동원하지 않으면 망한다는 주위의 충고도 무시했습니다. 콩이니 팥이니 '해서는 안 된다'는 무수한 금기의 울타리를 용기 있게 넘어갔습니다. 집단무의식에 가까운 관성과 타성 그리고 인습으로 점철된 습벽들을 차근차근 무너뜨리려는 것이 그 잡지의 사명처럼 느껴질 정도였지요.

광고는 무척이나 효과적인 무기가 되어주었습니다. 아니, 『뿌리깊은나무』는 광고의 힘을 가장 잘 이용한 정신의 브랜드였습니다.

『뿌리깊은나무』, 이것은 그저 뿌리가 깊을 뿐인 나무이기도 하고 용비어천가에서 따온 글귀이기도 합니다. 그러나 무엇보다도, 할 말이 하도 많아 이 땅과 이때에 태어날 수밖에 없는 한 잡지의 이름입니다.// 글이란 말을 적는 수단입니다. 그런데, 쉬운 글은 뜻이 얄팍하고 뜻이 깊은 글은 딱딱하기가 십상입니다. 그러나 『뿌리깊은나무』에 실리는 글들은 쉽고도 뜻이 깊습니다. 이 잡지 『뿌리깊은나무』는 이 땅에 터전을 잡고 오천 년이나 살아온 우리 겨레의 토박이 문화가 남의 문화에 짓눌리거나 밀려남이 없이 제자리를 찾아 뻗어나는 일을 거들고자 합니다. 이 잡지는 얼버무림이나 건성으로가 아니라 차근차근히 우리의 우리됨을 따져보고자 합니다. 따라서 이 나라의 예술과 교육과 환경을 문화의 눈으로 살피고자 합니다.

—창간호 광고, 동아일보, 1976. 2. 10

한창기 그는 이만재李萬才 씨 같은 베테랑 카피라이터도 흔연히 인정하는 빼어난 카피라이터였습니다. 삶의 태도가 바람직한 카피라이터의 그것이 었지요. 그는 만사萬事—책 만드는 일로부터 그가 평생을 두고 펼치던 사업 들까지—를 '카피 쓰듯' 했습니다. '카피 쓰듯'이란 말은 그토록 '치밀하게' 또는 '빈틈없이'와 마찬가지 뜻이지요. 혹은 '물 샐 틈 없이'! 완벽하게!

　독자와 필자/ 그리고 광고주와 책방 주인들께 네 해 반 동안에 『뿌리깊은나무』를 아껴주셨던 많은 분들의 은혜 갚는 일을 뒤로 미루게 되어 죄송합니다. 7월 하순에 나온 8월호를 끝으로 『뿌리깊은나무』가 더는 나오지 못하게 됨에 따라 아래와 같이 알립니다. 정기독자께/ 정기구독을 하고 계신 독자 이만 구천오백스물다섯 분께는 컴퓨터의 처리가 끝나는 대로 환불 조처 또는 대체 조처를 밝힌 편지를 8월 20일까지 띄워 올리겠습니다. 구독요금을 아직 내시지 않은 분들께는 받아보신 잡지의 요금청구서도 함께 보내겠습니다. 만일에 우편사정으로 편지나 청구서가 8월 20일이 지나도 닿지 않으면 계정번호와 정확한 주소와 성함을 저희 특수사업부로 엽서 또는 전화로 알려주시기 바랍니다. 필자들께/대단히 미안합니다. 사과편지는 따로 올리겠습니다만 잡지에 실을 목적으로 저희가 부탁드린 취재나 집필은 모두 중단해주시기 바랍니다. 광고주들께/ 8월 중순이 되기 전에 찾아뵙고 인사 올리겠습니다. 광고주로 더 섬길 수가 없게 되었음은 서운합니다만 저희의 경험을 살려 그동안의 지원에 보답하는 일을 하도록 애쓰겠습니다. 책방주인들께/ 잡지를 뺀 다른 책들은 계속

해서 낼 예정이니 저희의 영업활동을 변함없이 도와주시기 바랍니다. 그리고
이미 공급된 8월호는 재고가 없으니 추가 공급은 신청하실 수가 없겠습니다.

— 종간 광고, 동아일보, 1980. 8. 5

어떻습니까. 고수高手의 여문 손끝이 느껴지십니까. 달인의 안목이 보이
십니까. 문제 하나를 드리고 싶어지는군요. "위에 인용된 두 개의 카피를
읽고 물음에 답하시오. ①이 카피가 놓치고 있는 것이 있습니까. ②이 카피
에 고치고 싶은 부분이 있습니까." 저의 답은 두 문제 모두 똑같습니다. "없
다."

43

카피는 하이쿠를 닮았다

교토京都에 다녀올 기회가 있었습니다. 전에는 보지 못했던 금각사金閣寺와 은각사銀閣寺 그리고 몇 군데의 명소를 둘러보고 왔지요. 두루 다 좋았지만 아무래도 은각사의 기억이 조금은 더 오래갈 것만 같습니다. 절구경이란 것이 대개 겉모습이나 쓰윽 한번 훑어보고 돌아나오는 것으로 싱겁게 끝나기 마련인데, 이번은 경우가 달랐습니다. 일본이 국보로 떠받드는 '동구당東求堂'이란 건물과 본당 내부까지 세세히 돌아보고 나왔으니까요. 이른바 특별공개 기간의 첫날, 그것도 '오프닝' 타임까지 정확히 맞춰 도착한 덕분에 첫 손님으로 들어갔다 나오는 복을 누린 것입니다.

전문가의 해설을 곁들여가면서 일본 승려들의 생활과 수행 공간 깊숙한 곳을 들여다보았습니다. 어떤 방에서는 열린 문으로 내다보이는 풍경을 감상하느라 한참을 앉아서 명상에 들기도 했지요. 다다미가 깔린 선방禪房이 었습니다. 일본불교의 상징적 풍경이 되어버린 '모래 뜰銀沙灘'을 내려다보기도 하고, 너무나 정갈하고 단정해서 드라마 세트처럼 보이는 정원 구석의 작은 연못을 바라다보기도 하면서 말입니다. 건축물의 진정한 가치와 미학은 외관外觀에 있지 않고 안에서 밖을 내다볼 때 드러나는 풍광에 있다는 말이 실감나는 체험이었습니다.

게다가 방 구경도 여간 흥미로운 것이 아니었습니다. 건물 안의 모든 방들은 출입문이 난 쪽을 제외하고는 벽면마다 그림이 그려져 있었습니다. 세 방의 것은 18세기 그림, 두 방의 것은 근세 회화였지요. 절집 실내에 그려진 그림들답게 하나같이 속세와는 거리가 먼 풍경을 보여주고 있었습니다. 물아일체物我一體란 말이 자연스레 떠오르더군요. 모든 그림 속 주인공들이 개별적 존재가 아니라 자연의 일부로 느껴졌습니다. 우주라는 건축물의 한 모서리처럼 보였습니다. 어떤 목숨이든 그것은 부분이나 부품이 아니라 그 자체가 우주라는 생각이 들었습니다. 사람이 그렇고 나무가 그랬습니다. 아니, 그림 안의 모든 생명들이 그랬습니다.

새를 그린 작품 하나가 특히 그렇게 느껴졌습니다. 앉아 있던 새 한 마리가 날아올랐다가 다시 내려앉는 과정을 한 편의 애니메이션처럼 연속으로 보여주고 있는 그림이었지요. 작자가 궁금했습니다. 그런데, 이게 웬일입니까! 화가의 이름을 들여다보다가 깜짝 놀랐습니다. 아니, 반가워서 소리를 지를 뻔했지요. 외국 어느 낯선 마을에서 아는 사람을 만난 기분이었기 때문입니다.

요사 부손與謝蕪村. 일본을 대표하는 전통 시 장르의 하나인 하이쿠俳句 시인으로 손꼽히는 사람입니다. 글솜씨 만큼이나 그림 솜씨 또한 예사롭지 않아서 남종화南宗畵를 제대로 익힌 문인화가로도 명성이 높은 인물이지요. 행운이었습니다. 평소 좋아하던 하이쿠의 대가를 그림으로 만나게 될 줄은 생각지도 못했으니까요.

부손의 그림은 또하나의 하이쿠였습니다. 묘한 매력이 느껴지는 그림이었지요. 부분을 들여다보면 분명 '정지 화면' 속의 새인데, 한발 물러서서 전체를 보면 '동영상' 속의 새였습니다. 새는 금시라도 건물 밖으로도 날아갈 수 있다는 듯이 힘찬 날갯짓을 하고 있었습니다. 결론부터 앞세우자면, 그것은 '여백의 조화 속'입니다. 그가 그려놓은 것이라고는 고작 빈약해 보이는 나무 몇 그루와 새가 전부였고 나머지는 그냥 맨 바탕이었으니까요.

참으로 아이러니컬하게도 그 그림은 '텅 빈 바탕'으로 인해 더이상 손댈 데가 없을 만큼, 빈틈 없는 그림이 되었습니다. 그러니까 그림의 바탕은 빈자리가 아니라 '꽉 찬 여백'이었습니다. 공터나 허공이 아니라 새 한 마리가 사는 거대한 집이었습니다. 새 한 마리를 위한 세상 모든 길道들의 집합이었습니다.

그래서였을까요. 제 머릿속에는 르네 마그리트의 그림 〈대가족La Grande Famille〉에 나오는 또다른 새의 형상이 생각났습니다. 마그리트의 새가 허공 중에 고정되어 있는 정물이라면, 부손의 새는 무한無限 천공天空을 혼자서 쓰고 있는 생물처럼 느껴졌습니다. 아무것도 그려지지 않은 '바탕'의 힘입니다. '없음empty의 충만함'입니다.

『디자인의 디자인』으로 국내에서도 유명한 디자이너 하라 켄야原研哉의 신간 『백白』의 서문에 보이는 다음과 같은 발언은 여백에 대한 제 믿음을 더욱 견고하게 만들어줍니다. "'백白'은 색이 아니다. 감수성이다." 동감입니다. 그래서 저는 한발 더 나아가 이렇게 말하고 싶습니다. "비워두는 것. 그것은 독자나 소비자를 작품이나 메시지의 프레임 안으로 끌어들이기 위해 정신의 객석을 마련하는 일이다."

그림을 보는 사람 쪽에서 본다면, 부손의 그림 속 여백은 참 넓고 편안한 객석이라는 생각이 듭니다. 물론 모든 사람에게 그렇게 보이는 것은 아니겠지요. 어떤 사람은 너무 쓸쓸하고 허전해 보인다며 그 공간 어딘가에 점 하나라도 찍고 싶어할 것입니다. 혹은 너무 심심한 풍경이니까 구름장이라도 몇 조각 그려 넣자고 제의할지도 모릅니다. 그러나 만일, 그런 제의를 받아들인다면 그림 속 관객의 자리는 사라질 것입니다. 새는 순식간에 박제^剝製의 표정을 지으면서 액자 속의 새가 될 것입니다. 아니면 스스로 날개를 접고 추락하는 새가 될지도 모르지요.

다행히도 부손의 화폭 속에는 새의 진로를 방해하는 어떤 장애물도 없었습니다. 쓸데없이 지나간 붓 자국이란 없었습니다. 그런 까닭에 새는 멋대로 날개를 펼치고 접고, 마음먹은 대로 오르고 내리더군요. 덕분에 관객인 저는 그 넓은 객석을 독차지하고 앉아서 그 광활한 스크린 속의 새를 시간 가는 줄 모르고 바라볼 수 있었습니다.

아마도 부손은 처음부터 새만 그려넣고 붓을 던져버리기로 작정을 했던 모양입니다. 그러고는 천연덕스럽게, 스스로 그림 속으로 들어가 앉을 궁리를 했는지도 모를 일입니다. 왜 아니겠습니까. 화가의 정신은 그림 속 새의 몸뚱이에 고스란히 깃들어 있을 것입니다. 완전한 합일^{合一}이라 할 수도 있고, 완벽한 몰아^{沒我}의 경지라고 해도 좋겠지요.

그림 속 여백은 천하를 '새장'으로 만들어놓았습니다. 온 세상을 새 한 마리의 활주로 혹은 항로로 바꿔놓았습니다. 부손은 그림 속의 새를 영원히 살아 있게 하는 방법을 일찍이 터득한 모양입니다. 그러기 위해 자신의 붓끝이 해야 할 일은 적어도 새가 날아가야 할 길의 배경이나 채워넣는 일이 아님을 알았던 것이지요. 새를 살아 움직이게 하자면 새의 배경을 묘사하는 데에 기운을 쓸 것이 아니라, 동서남북 하늘을 넓히는 데에 온 정성을 쏟아야 한다는 믿음을 가졌음이 틀림없습니다.

저는 누군가의 창작물이나 예술세계를 놓고 작품의 완성도나 작가의 성취도를 평가하려 할 때 '여백'이란 잣대를 즐겨 씁니다. 그것은 결국 다음 몇 가지 질문에 대한 답을 찾아보는 일이기도 하지요. "이 작품에는 좋은 여백이 있는가?" "여백이 감상자를 끌어들이는가?" "여백이 이야기를 머금고 있는가?" "이 작가는 여백을 잘 다루는 사람인가?"

하이쿠의 시인들은 여백을 다루는 선수들입니다. 최소한의 붓질만 하고 붓을 던지지요. 겨우 '열일곱 글자'를 써놓고 이야기 다했다면서 붓을 내려놓습니다. 말문을 닫아버립니다. 그런데, 기이한 것은 그 열일곱 글자가 1,700자나 17,000자쯤의 메시지를 품고 있다는 것입니다.

'하이쿠'는 크기를 알 수 없는 생각의 그릇입니다. 마법의 그릇이지요. 그 한 줄 안에 천년 세월이 한 시간처럼 들어가 앉고, 산천초목과 삼라만상이 다 들어가고도 남습니다. 그런 점에서, 류시화씨가 빛나는 하이쿠 작품들을 모아놓은 책 제목은 정말 잘 지은 것이 아닐 수 없습니다. "한 줄도 너무 길다."

한 줄! 카피라이터에게는 '목숨 줄 life-line'처럼 소중한 말이지요. 말이 나왔으니 말이지만, 카피라이터의 존재 이유나 존재 가치를 그만큼 정확하게 찍어주는 한마디도 드물 것입니다. "한 줄의 힘." 그렇지요. 같은 제목의 카피 책도 있거니와, 세상이 카피라이터에게 무언가를 기대하거나 기다리는 것이 있다면 그것 말고 무엇이 또 있겠습니까.

그런 우리가 어찌 '한 줄의 대가大家'를 그냥 지나치겠습니까. 공손히 절을 하면서 한 수 가르쳐주기를 청해야겠지요. 하이쿠의 성인으로 불리는 사람, 수도승 같은 삶을 살았던 사람. 파초를 좋아해서 이름도 파초로 고친 사람, 마쓰오 바쇼松雄芭蕉'.

　　—너무 울어/ 텅 비어버렸는가,/ 이 매미 허물은.

　　—얼마나 놀라운 일인가,/ 번개를 보면서도/ 삶이 한순간인 걸 모르다니!

　　—누구를 부르는 걸까,/ 저 뻐꾸기는?/ 여태 혼자 사는 줄 알았는데.

　그림을 겸업한 시인답게 또렷한 회화적 이미지로 유명한 사람. 바쇼의
전통을 이어받은 제자임을 몹시 자랑스러워하며 "나도 죽어서/ 바쇼 옆에
묻히리/ 마른 억새풀" 그렇게 노래하던 사람, 요사 부손.

　　—시원함이여/ 종에서 떠나가는/ 종소리여라.

　　—도끼질하다/ 향내에 놀라도다/ 겨울나무숲.

　　—논 주인이/ 허수아비 안부를 물으러/ 논에 나갔다 돌아오네.

　불우하게 자라고, 불행하게 살다간 사람. 그래서일까, 하찮고 힘없는 것
들에 한없는 사랑과 관심을 아끼지 않던 사람. 고바야시 잇사小林一茶.

　　—조심해, 반딧불아!/ 그 바위에/ 머리를 부딪치겠어!

　　—나는 외출하니/ 맘 놓고 사랑을 나누게나/ 파리여.

　　—돌아눕고 싶으니/ 자리 좀 비켜주게,/ 귀뚜라미여.

　하이쿠 모음집을 읽고 있노라면, 저는 간혹 최신판 '아카이브archive' 나
아이디어북을 뒤적거리고 있다는 착각에 빠집니다. 그 촌철살인의 직관과

전광석화의 데생력, 기상천외한 발상. 그런가 하면 유네스코나 그린피스 Green Peace의 보고서를 읽는 느낌을 받기도 하고, 노벨평화상 수상자의 연설을 듣는 기분이 되기도 합니다. 오늘의 인류가 안고 있는 중요 의제의 대부분이 하이쿠 안에서 발견되기 때문입니다.

문득, 이런 제안을 하고 싶어집니다. "하이쿠의 지은이들, 이 한 줄의 거장들에게 명예 카피라이터 자격을 줍시다. 누군가 '바우하우스Bauhaus'를 모델로 '글로벌 카피스쿨'을 차린다면 이 사람들을 석좌교수로 모십시다. 아무리 얽히고 꼬인 문제라도 쾌도난마快刀亂麻의 해법을 가르쳐줄 사람들이니까요. 그런 학교라면 '르나르Jules Renard' 같은 작가도 모셔야겠지요."

르나르? '뱀'이란 시를 딱 한 줄로 끝내버린 사람이지요. "너무 길다."

44

카피는 심플 갤러리에 있다

화가 장욱진張旭鎭은 평생 작은 그림만 그렸습니다. 그가 남긴 작품들은 커 봤댔자 공책이나 스케치북만한 것들이 고작입니다. 그를 존경하면서 가까이 따르던 김형국金炯國씨는 말합니다. "그는 작은 캔버스 작업으로 일관했다. 그의 유화는 2호에서 4호 정도 크기가 대부분이고 작은 것은 0호도 있다(『그 사람 장욱진』)."

누군가 물었지요. "선생님, 어째서 큰 그림을 그리지 않으십니까. 대작大作을 그리셔야 그림을 사려는 사람도 많아지고, 그림 값도 올라갈 텐데요." 그의 답은 한결같았습니다. "그림 그리는데 크기가 어째서 문제인가. 조형성造形性을 추구하는 데에 이 정도 사이즈면 충분하지."

김형국씨는 장욱진 화백의 그러한 주장이 영국 경제학자 슈마허E. F. Schumach의 발언을 연상시킨다고 말합니다. 저 유명한 문장 "작은 것이 아름답다Small is Beautiful"로 대변되는 철학. 하지만, 그 생각의 원조는 슈마허가 아니라 장욱진 화백임을 강조합니다. 슈마허의 책이 1973년에 나왔는데,

장욱진 화백의 '작은 그림' 예찬과 실천은 그보다 훨씬 이전에 시작되었다는 것이지요.

그러나 장욱진 화백의 부인은 그렇게 거창한 의미를 찾으려 애쓸 필요는 없다고 잘라 말합니다. 그녀의 증언에 의하면, 화가의 '작게 그리는' 습관은 아주 현실적인 이유에서 비롯되었다는 것입니다. 아울러 그녀는 화가가 그런 태도를 보이기 시작한 연유를 시대적인 배경에서 찾아냅니다. 즉, 해방 공간에서 전쟁으로 이어지는 혼란기에 큰 그림은 이래저래 짐이 될 수밖에 없었다는 풀이입니다. 그렇기에 간편히 들고 다니거나 호주머니에 넣어도 좋을 크기의 그림이 주로 그려진 것은 아주 자연스러운 일이라는 것이지요.

장욱진 화백은 실제로 피난길에도 작품을 호주머니에 넣고 다녔답니다. 이를테면, 1호 크기의 그림 〈소녀〉나 전쟁 통에 그린 담뱃갑 크기의 〈양옥 풍경〉 등이 그런 것들이었다지요. 하지만 화가의 작은 그림 취향이 순전히 상황적 필요에 의한 것이라고 말하기는 어렵습니다. 그렇다면 시대가 변하고 형편이 나아지면서부터는 그림도 따라서 커져야 마땅한 일 아니었을까요.

그런데 그의 그림 크기는 달라지지 않았습니다. 단언컨대, 그것은 화가의 철학이라 해도 좋을 신념의 문제였던 까닭입니다. 그는 입버릇처럼 말했습니다. 대략 이런 식이었다지요. "크게 그리려다보면 쓸데없는 욕심을 자꾸 부리게 돼. 그리지 않아도 될 걸 그리게 된단 말씀이야. 하지만 작은 데에다 그림을 그리면 내가 꼭 그리고 싶은 것이 무언지 생각하게 되거든. 쓸데없이 물감과 화폭을 낭비하지 않아서 좋아. 고집이나 부리려고 작게 그리는 것이 아니야. 저절로 그렇게 된 것이지. 작은 그림은 친절하고 치밀해."

작은 그림은 친절하다? 그렇습니다. 그의 그림은 친절합니다. 누가 보아도 부드럽고 따스한 인상을 받게 되지요. 그림 속 누구에게나 똑같은 태도를 보여주는 것은 물론입니다. 그의 붓끝에서는 삼라만상이 차별이 없으니까요.

작은 그림은 치밀하다? 어쩌면 당연한 이야기입니다. 손바닥만한 화면에 아무런 마련 없이 붓질을 시작하긴 어려울 테니까요. 생각이 성글면 그림도 성글어지기 마련 아니겠습니까. 이렇게 말하면, 누군가는 장욱진의 그 헐겁고 싱거운 화면의 경영법을 어찌 치밀하다 할 수 있느냐 따지고 싶어질 것입니다. 그런 의심이 일어난다면, 지금 곧 그의 작품을 찾아 찬찬히 음미해보시길 권합니다.

흥부네 집을 닮은 오두막. 의자 등받이처럼 작고 편안해 보이는 산. 말라깽이 강아지. 나무 위의 까치 한 마리. 금시라도 쓰러질 듯 위태롭게 서 있는 정자. 빨간 점 하나일 뿐인 해와 노랗거나 파란 달. 착해빠진, 그러나 어딘지 모자라 보이는 황소. 그 곁이나 위와 아래, 혹은 가운데에 태평하게 앉고 눕고 서 있는 사람들 두서넛.

선線과 형태는 어린아이의 그것과 다를 바 없는데, 고칠 데라곤 찾아볼 수 없습니다. 텅텅 비어 있는 곳 천지인데 허전하거나 부족하다는 느낌이 없습니다. 그렇다면 가득 채워진 세상, 정말 치밀한 풍경이라 해야 옳은데 관객의 눈에는 심심할 정도로 한가롭고 여유롭습니다.

그러니, 화가의 말에 동감을 표할 수밖에요. 그의 그림은 작아서 '친절'하고 '치밀'합니다. 그것은 말할 것도 없이 화가의 천품天稟에서 비롯되었을 것입니다. 그는 어느 한 가지 소재를 캔버스에 옮기려 붓을 들 때마다, 그것을 둘러싼 아홉 가지 사물들의 의견을 일일이 물었을 것만 같습니다. 이를테면 황소 한 마리를 그리기 위해 황소의 뜻을 묻는 것은 물론이려니와, 집

안의 돼지와 지나가는 까치의 의중意中까지 떠보았을 것이라는 이야기지요.

'친절'은 참으로 신묘한 그물입니다. 얻으려는 것 모두를 실수 없이 거둬들이게 해줍니다. 하여, 친절이란 이름의 그물은 놓치는 것이 없습니다. 그것은 봄날의 햇살이나 아지랑이처럼 상대방을 어루만지고 보듬을 뿐인데, 상대는 마술에 걸린 듯 아무런 저항 없이 이쪽 편이 되고 맙니다. 그 부드럽고 따스한 기운이 천지만물을 자석처럼 끌어당기는 것입니다.

장욱진 그림 속의 오브제들이 그렇습니다. 화가의 친절이, 고마운 사물들과 생물들이 제 발로 캔버스 안으로 걸어들어옵니다. 적당한 자리를 잡더니 아주 편안한 자세로 앉고 서고 눕습니다. 물론 구름처럼 떠 있는 것도 있고 강물처럼 흐르는 것도 있습니다. 이상한 일입니다. 저것보다 더 간단할 수도 있을까 싶은 선 몇 가닥이 형태를 이루더니 순식간에 동화 같은 마을 하나가 세워집니다.

각본도 없고 연출도 없는데 저절로 이야기가 생겨납니다. 흡사 '홍상수洪尙秀' 감독의 영화처럼 작품 속 존재들이 스스로 알아서 움직입니다. 조연도 없고 엑스트라도 없습니다. 그의 그림 안에는 주인공뿐입니다. 사람도 나무도 새도 집도 산도 개도 서로를 부리거나 통제하지 않습니다. 상대를 귀찮게 하거나 방해하지 않습니다.

강제로 짜맞춰진 세상이 아니라서 자유롭습니다. 작위적으로 일으켜 세운 풍경이 아니라서 자연스럽습니다. 지위도 계급도 우열도 없는 낙원과 같은 곳이라서 평화롭기 그지없습니다. 화가가 풍경의 독재자가 되려는 욕심을 버리고, 스스로 풍경의 일부가 되려 한 노력의 결과입니다. 새 한 마리를 그려놓고 그 새가 나무를 찾아가게 하거나, 나무를 그려놓고 새를 불러들이는 방법을 택한 덕분입니다.

알고 보면 참 간단한 일입니다. 장욱진이란 브랜드의 슬로건처럼 되어버린 화가의 '단골 말'이 생각납니다. 카피라이터의 지상명제가 되어도 좋은 표현이지요. "나는 심플하다." 그러나 그 말의 속뜻을 그저 '무욕無慾'의 허무주의로 읽어서는 곤란합니다. '심플simple'. 그것은 화가 스스로도 고백하고 있듯이, 겸손한 자의 신원증명이 아니라 미워할 수 없는 교만의 액세서리인지도 모릅니다.

혹자는 나보고 교만한 사람, 독선적인 인간이라 비웃을는지도 모른다. 그러나 나는 교만이 겸손보다 좋다고 생각한다. 적어도 교만은 겸손보다 위험하지 않으며 죄를 만들 수 있는 조건이 깃들여져 있지 않기 때문이다. 사람은 특히 지각이 있는 사람이라면 자기 일에 대해 보다 엄격해야 하며 자신에 대해서는 냉정할 줄 알아야 한다고 생각한다.

많이 알고 깨달아inspiration 행(작업)하는 게 우리(예술가; 필자 주)의 생활 과정 아닌가. 안다는 경지가 되려면 밑바닥부터 알고 촉감부터 알아야 할 것이며, 모든 것을 알기 위해서는 모든 사물을 철저히 보아주어야 할 것이다. 착실히 그리고 철저하게 그러면서도 친절히 보거나 보아주지 않고 데면데면 지나치는 것은 사물을 보았으되 허술히 보았다는 것밖에 안 되며 잡념이 섞였다고도 볼 수 있을 것이다.

따라서 그것은 순수하지 못했다는 이야기가 되며 순수하지 못했다는 것은 그 순간을 휴식했다는 뜻이 되고 그것은 또 생명이 없는 행위, 즉 아무런 뜻이나 보람(결과)을 찾을 수 없는 무의미한 죽은 행위로밖에 볼 수 없을 것이다.

—『강가의 아틀리에』(장욱진, 민음사, 2002)

'심플'해진다는 것은 친절해야 할 대상과 치밀해야 할 대상을 구분하는 일에서부터 시작되는 일인지도 모릅니다. 말하자면, 그것은 자연과 인간이라는 대상물에 다가설 때의 예법禮法과 정신의 커리큘럼을 충실히 이수한 자가 받는 졸업 증명입니다. 동시에, 작은 숙제 하나를 놓고도 준열한 자기 검열의 과정을 거칠 줄 아는 크리에이터가 도달하는 목적지의 이름입니다.

얼마 전에 저는 '심플'은 '지독함'이나 '정직함'의 동의어일 수도 있겠다는 생각을 했습니다. 한국에 와서 숱한 독설의 화살을 날리고 돌아간 잭 트라우트Jack Trout의 인터뷰 기사를 읽고 나서였습니다. 첫머리부터가 '포지셔닝positioning'의 그 사람답더군요. "저는 잔인할 정도로 솔직합니다I'm brutally honest."

아주 잠깐 언짢은 느낌이 스쳤지만 곧, 당연한 태도라는 생각이 들었습니다. 그가 누굽니까. 늘 '간결하게, 간결하게'를 외치는 사람 아닙니까. 차별화란 이름의 '심플주의' 전도사 아닙니까. 저는 궁금해졌습니다. 얼마나 많은 성찰과 노력이 있어야 아무렇지도 않게 저런 말을 툭툭 꺼내놓을 수 있을까 하는 의문이었지요. 답도 금세 떠올랐습니다. 저 정도의 견고한 무기가 없다면 어떤 믿음의 전파도 불가능할 것이라는 결론이었습니다.

같은 지면에 소개된 예화例話 하나가 그의 진면목을 보여주더군요. "스리랑카Sri Lanka의 국가 컨설팅을 맡은 적이 있었습니다. 그때 저는 이런 충고를 했지요. 나라 이름부터 바꿔라. 스리랑카라니, 터무니없고terrible 엉망mess이다. 옛 이름 실론Ceylon을 다시 써라." 지독한 거두절미에 단도직입입니다.

하지만 그의 그런 면모는 오만이나 독선이 아니라, 한없는 친절인지도 모릅니다. 그는 설명합니다. 고객의 마음속은 전쟁터나 다름없이 난장판인데, 언제 설명하고 진술하고 이해시키려 노력하겠느냐고 말입니다. 결국 차별화된 한마디가 고객들을 진격시키는 명령어라는 주장이지요.

명령의 말은 차갑고 딱딱하지만 전쟁터에서는 그 이상 따뜻하고 친절한 어휘가 있을 수 없지요. 훌륭한 커뮤니케이션 메시지는 구걸하지 않습니다. 카피는 제발 사달라고 부탁하거나 예쁘게 봐달라고 사정하지 않습니다. 아이디어는 단호하게 명령합니다.

장욱진식으로 이야기하자면, 잭 트라우트는 고객의 '모든 것을 알기 위해서 모든 사물을 철저히 보아준' 사람입니다. '친절히 본' 사람입니다. '데면데면 지나치지 않은' 사람입니다. 그런 관점에서 잭 트라우트 역시 자신의 일과 삶에 대해 장욱진처럼 말하는 사람인지도 모릅니다. "나는 심플하다."

저 역시 카피라이터로서의 저 자신에 관해서 장욱진이나 트라우트처럼 말할 수 있었으면 좋겠습니다. "나는 심플하다." 친절하고 치밀하고 정직하고 용기 있는 카피라이터가 되고 싶은 것이지요. 한마디로 '심플 갤러리' 의 CEO가 되는 꿈.

45

카피는 건축이다

이 글의 실마리는 퍽 오래된 궁금증으로부터 나왔습니다. 이를테면 이런 질문. "광고는 과학인가, 예술인가?" 바꿔 말하면 수수께끼에 가까울 만큼 어리석은 물음에서 출발한 글이지요. 그렇다고 꼭 광고만을 생각한 것은 아닙니다. 과학이나 기술 쪽으로만 밀쳐두기도 어색하고 선뜻 예술 쪽에 세우기도 어중간한 일들에 관한 이야기라 할 수 있습니다. 제법 그럴싸한 답이라고 내놓는 것이 '과학이면서 예술' 혹은 '합목적적으로 꿈꾸고 상상하는 일' 따위의 표현이 고작인 분야에 대한 명상이라 해도 좋습니다.

말이 났으니 얘기지만, 그런 종류의 진부하기 짝이 없는 정의들은 대개 답하는 사람들의 편의적 발상에서 비롯된 것처럼 보입니다. 무심코 툭 내뱉은 말이 그대로 굳어져버렸을 것 같은 혐의가 읽히거든요. 아마도 틀리지 않을 것입니다. 우월적 지위의 사람이 잠깐의 망설임도 없이 던진 말 앞에 어떤 제자나 후배가 감히 반기反旗를 들 수 있겠습니까. 자칫하다간 호통을 듣게 되거나 자신의 어리석음을 드러내는 일이 될지도 모르는데 말입니다.

어떤 세상이 예외일 수 있겠습니까. 그러니까 어느 분야든 그토록 아리송한 수사修辭들이 난무하는 것이겠지요. 광고에 관련된 개념과 정의들을 떠오르는 대로 짚어보세요. 부적절한 조합의 무책임한 해석들이 적지 않을 것입니다. 누가 보아도 낡고 엉성한 것들이지만 아무도 대들고 캐묻지 않아서 이젠 움쩍도 할 수 없게 되어버린 관념의 그릇들은 또 얼마나 많습니까.

'동업자들끼리'라는 이유 하나로 너무 쉽게 합의를 해준 까닭입니다. 그저 멋진 표현에 홀려 너나없이 관대한 동의를 표시해준 까닭입니다. 꿈꾸는 일이면 꿈꾸는 일이고 활 쏘는 일이면 활 쏘는 일이지, 꿈을 꾸면서 활을 쏘는 일은 무어냐고 따지지 않았습니다. '상상'처럼 말랑말랑한 말이 '목표'처럼 뾰족한 단어와 어떻게 평화로운 동거를 할 수 있느냐 묻지 않았습니다. 고무풍선과 화살이 어떻게 서로를 끌어안을 수 있는지, 과학과 예술이 어떻게 동일한 목표를 수행할 수 있는지 의심을 품지 않았습니다.

그러나 다행히도 카피라이터는 그런 쓸데없는 의문에 매달리지 않아도 되는 사람이지요. 아니, 그는 그럴 겨를도 없고 그럴 필요도 없습니다. 일의 정체성에 대해 굳이 논리적으로 따지고 연구하려 들지 않아도 답은 시시각각 자신들의 일상 속에서 발견되기 때문입니다. 설명할 수는 없지만 그것들이 거짓이 아님을 체험으로 알고 있는 까닭입니다. 실존實存의 증거가 있는데, 옳다 그르다 따질 이유가 어디 있겠습니까.

어쨌거나, 카피라이터들 역시 그렇게 고약한 수수께끼나 '스무고개'를 닮은 일에 중독되어 살아간다는 것만은 사실입니다. 스스로의 몽환적 삶에 싫증이 나거나 이율배반적 사고에 문득문득 회의가 일어나기도 하지만, 그러려니 하면서 삽니다. 그렇다고 늘 무사하고 평화로운 것은 아닙니다. 노동과 휴식이 쉽게 분리되지 않는다는 점과 공사公私의 경계 구분 또한 모호하다는 것이 결정적인 단점입니다. 그러나 그것을 모르고 카피라이터가 된 사람은 아무도 없습니다. 대개는 그것을 매력으로 알고 택한 길이기에 누구를 탓하거나 원망하지 않습니다.

서랍도 칸막이도 없어서 터질듯이 복잡한 두뇌와 가슴을 가여워하지 않습니다. 아침엔 담배광고를 생각하고 오후엔 금연캠페인의 아이디어를 짜내는 자신을 딱하게 여기지 않습니다. 일상이 정신 사나운 일의 연속이지만 혼란스럽다고 생각하지 않습니다. 카피라이터는 스스로를 시인과 가수와 배우의 사촌쯤 된다고 여기다가, 어느 순간엔 전경련全經聯 회장이나 대한상공회의소 임원 또는 대기업 대표의 친구로 자리를 바꿉니다. 하지만 그것을 변덕이라 말하지 않습니다.

그것은 어쩌면 소설가의 '작품 속 화자persona' 노릇처럼 당연한 변신입니다. 그는 떡볶이나 족발, 순대를 좋아하는 소탈한 서민이라고 말하지만, 어느 특급호텔 프랑스 레스토랑 주방장의 솜씨를 아는 척하느라 침을 튀길 때를 더 자신답다고 믿습니다. 도보나 자전거로 전국일주를 꿈꾸는 로맨티스트라고 말하길 좋아하지만, 포르쉐나 페라리 혹은 할리 데이비슨을 타는 사람이 나타나면 자신의 '롤 모델'을 만난 것처럼 반가워합니다. 제주 '올레'도 어느 나라 순례 코스 못지않게 아름답다고 열을 올리지만, 그것은 그가 스페인의 산티아고를 다녀온 뒤의 관용과 여유입니다.

인사동이나 삼청동 한옥 대청의 우물마루를 손으로 쓸며 우리 건축의 온기를 예찬하지만 칼국수 집보다는 소문난 스파게티 집을 찾아다니길 좋아합니다. 조국은 물론 인류까지 끌어안아야 할 '코즈모폴리턴'이나 '박애주의자'로 살아가야 하지만 가족이나 연인을 사랑할 시간도 부족합니다. 늘 누군가의 '콘셉트'나 '포지셔닝'을 걱정하면서 살지만, 정작 자신의 인생

콘셉트나 스스로의 포지셔닝은 모호하기 그지없습니다.

비슷한 부류의 사람들이 있습니다. 건축가입니다. 그들의 세상을 들여다보면 그들이 퍽 많은 점에서 카피라이터를 닮았다는 사실을 알게 됩니다. 무엇보다 먼저 눈에 띄는 것은 그들 역시 분열 증상에 가까울 만큼 복잡다단한 정체성을 보이는 인간이란 점입니다. 수많은 분신을 거느리는 사람들이지요. 화가, 조각가 혹은 사진가, 피아니스트와 무용수, 연출가와 연극배우 혹은 영화감독…… 건축가는 그 모든 사람들을 무당처럼 몸 안에 넣고 다닙니다. 일상의 무대에 그 모든 사람이 필요한 까닭입니다.

왜 아니겠습니까. '집짓기'는 '글짓기'와 다르지 않아서 무엇을 지을 것인가를 온몸으로 느끼고 받아들이지 못하면 한 발자국도 나아갈 수 없는 일이지요. 생각해내지 못하면 그릴 수 없고, 그리지 못하면 짓지 못하는 것 아닙니까. 더군다나, 건축이 프랭크 로이드 라이트^{Frank Lloyd Wright}의 말처럼 '유기적^{organic}'인 것이려면, 이토 토요^{伊東豊雄}의 말처럼 시간과 공간을 넘어 '생물^{生物}'로 존재할 수 있으려면 건축가의 머리와 가슴은 모든 예술가의 그것이 되어야만 합니다.

화가의 데생력과 조각가의 직관, 사진가의 예지, 피아니스트의 청각, 무용수의 감각, 연출가의 시각, 배우의 연기본능, 영화감독의 빛과 시간에 대한 통제능력, 그런 덕목들이 건축가란 단어가 최고의 아티스트와 동의어임을 확인시킵니다. 마침, 제 책상 앞에 붙어있는 메모 하나가 그런 깨달음을 고백하고 있군요. '2007년 6월 4일, 건축가 안도 다다오^{安藤忠雄}의 이야기를 읽다가 문득'이라고 씌어 있는 쪽지입니다.

"건축가란 자연을 향한 무위^{無爲}의 프레임^{frame}을 만드는 사람이 아닐까. 건축이란 어떤 위치에서 세상을 바라볼 것인가 하는 생각의 좌표를 찍는 행위의 결과물이 아닐까?"

　제 생각으로는, 건축가의 임무 중에서 어떤 공간을 '쓸까'를 작정하는 것보다 더 중요한 숙제는 없는 것 같습니다. 여기서의 공간은 단순한 '장소성場所性'의 의미를 넘어섭니다. 그것은 무대나 캔버스의 비유로도 모자랍니다. 그것은 이토 토요가 말하는 사람의 몸human body과 현대사회의 거대한 몸뚱이인 전자 육체electronic body가 함께 어우러지는 '관계'의 대지입니다. 저는 그것을 치밀하게 설계된 첨단의 극장이라고 말하고 싶습니다. 말하자면, 모든 장르의 예술가와 오브제가 유기적으로 살아 움직이는 구체적 공간이지요.

　영화감독이 영화나 드라마가 정말 좋은 장소를 무대로 제작되었다는 찬사를 받고 싶은 사람이라면, 건축가는 세상에 둘도 없는 곳에 창문을 내었음을 무엇보다 먼저 자신 있게 내세우고 싶은 사람입니다. 그 창문이 어째서 꼭 그만한 높이에 뚫려야 하고 어째서 꼭 그만한 크기여야 하는지 설명할 수 있어야 합니다. 봄밤의 초승달이 어떤 위치에서 얼굴을 내미는지를 말하면서, 손님들에게도 그 장면을 놓치지 말기를 권할 수 있어야 합니다. 그렇게 말하는 순간 그의 눈빛은 사진작가의 그것을 닮습니다. 그의 목소리는 시인이나 배우의 그것이 됩니다.

　건축가는 클라이언트가 경험하고 싶어하는 갖가지 일상의 콘텐츠를 먼저 발견하고 체험한 사람입니다. 벌판에 서서 집이 지어진 상태를 상상하는 사람입니다. 그 집에 드나들 모든 사람의 눈으로 소나무를 바라보고 흰 구름을 쳐다보는 사람입니다. 지나가는 나그네와 세일즈맨의 눈으로도 보아야 합니다. 그들도 그 작품의 중요한 관객들이니까요. 건축은 집주인만의 것이 아닙니다.

비슷한 맥락에서 이탈리아의 건축가 지오 폰티Gio Ponti의 다음과 같은 발언은 카피라이터들에게도 충분한 가치가 있습니다.

예견豫見. 건축가들은 이것이 상당히 중요하다고 말한다. 건물은 생활 형태를 따라 지어질 것이 아니라, 앞으로의 생활 형태를 내다보아야 한다. 도시계획은 도시의 관습을 뒤좇을 것이 아니라, 미래의 관습을 예언해야 한다. (……) 현대건축은, 무언가 다른 것, 즉 인간은 삶을 위하여 어떤 장비를 갖추어야 하며, 문화와 문명 그리고 도덕을 보강해야 한다고 가르친다. 우리는 인간을 예언한다. 문명화된 인간, 인간 그 자체를.

—『건축예찬』(지오 폰티, 열화당, 2004)

건축 표현은 단순한 물리적 기능의 충족이 아니라 심리적 기능까지도 포함하는 것이라고 주장한 사람 지오 폰티. 건축은 미래의 동의어라고 말하는 그의 다음과 같은 생각이 카피라이터의 일을 건축가의 일과 다르지 않다고 생각하게 만듭니다. "건축은 꿈에 속한다. 인생은 꿈이다. 예술은 이처럼 꿈속의 환상이다. 환상이야말로 우리들의 진리이다."

카피 역시 소비자의 꿈을 좇는 일이라는 믿음을 지닌 저는 제 학생들이 카피실습에 임할 때 다음과 같은 비유의 가이드라인을 제시합니다.

크리에이티브의 터 잡기

1. 문제의 땅을 발견하시오.
2. 왜 집을 짓는지를 생각하시오.
3. 집주인이 되어보시오.

4. 구경꾼이 되어보시오.

5. 머리속으로 지었다 허물고 허물었다 짓고…… 지으시오.

크리에이티브의 집 짓기

6. 꿈꾸는 집의 그림을 그리시오.

7. 사실^fact의 숲에서 기둥을 찾으시오.

8. 좋은 자재를 쓰시오.

9. 나쁜 자재는 과감히 버리시오.

10. 공사 우선순위를 준수하시오.

11. 자신의 집이라고 생각하시오.

12. 조경이나 페인트칠은 마지막에 하시오.

크리에이티브의 집들이

13. 스스로 지은 집에 자부심을 가지시오.

14. 여성의 지적을 놓치지 마시오.

15. 노인과 어린이의 이야기를 존중하시오.

16. 지나가는 사람의 의견에 귀를 기울이시오.

17. 잘못 지었다 싶으면 부숴버리고 새로 지으시오.

결국 착한 건축가와 착한 자재가 꿈의 집을 만든다는 이야기입니다. 클라이언트의 눈을 속이려 한다거나 홀리려 하지 말고 정직하게 지으라는 것입니다. 그렇다고 해서 관습에 안주하거나 타성에 젖어서는 곤란하지요. 르 코르뷔제^Le Corbusier가 말하는 '생활의 기계'에서 한 걸음 더 나아가 '꿈의 기계'를 만들어야 한다는 것입니다.

광고는 생각의 건축, 카피쓰기는 꿈의 집 짓기입니다.

46
카피는 예언이다

교황 요한 바오로 2세^{Joannes Paulus II}가 만년에 이런 말씀을 남긴 것을 어디선가 읽었습니다. "나의 청년기에 누군가 내게 와서, 내가 이다음에 교황이 될 사람이라고 알려주었더라면 나는 조금 더 많은 책을 읽었을 것이다. 좀 더 부지런히 공부하고 더 열심히 살았을 것이다."

아, 얼마나 진실한 자기 성찰인지요. 저는 감동했습니다. 교황쯤 되는 분이 그렇게 인간적인 미련과 후회를 아무렇지도 않게 드러냈다는 사실이 그를 더욱 거룩해 보이게 했습니다. 그러나 그것은 어쩌면 교황이 교황에게 던진 이야기가 아닐지도 모른다는 생각이 듭니다.

이를테면, 그것은 자신이 무엇이 될지 아무도 모르던 청년 카롤 보이티야^{Karol Wojtyla}(교황의 본명)에게 바친 요한 바오로 2세의 고해告解였을 것입니다. 시인이기도 했던 사람답게, 그는 이제 막 기억 저편으로 사라지려는 청춘을 향해 그렇게 안타까운 마음으로 작별의 인사를 건넨 것이지요.

하지만, 모두가 알다시피 그는 젊은 날의 촌음寸陰도 낭비한 적이 없는 사람입니다. 그는 철학도인 동시에 문학과 연극의 경계를 넘나들던 열혈의 청년 예술가였지요. 나치 독일 치하의 참담한 조국 폴란드의 현실을 보며 고뇌하는 지식인이면서 행동하는 젊은이였습니다. 낮에는 채석장에 나가 돌을 캐고 밤이면 지하대학에 다니며 저항문화운동을 한 사람이었습니다.

그런 이가 지난날을 돌이켜 그토록 진지한 반성에 이른다는 것은 참으로 존경스러운 일입니다. 그러나 그는 놀라운 예지의 소유자였습니다. 삶에 대한 빼어난 직관과 탁월한 통찰력을 가진 사람이었습니다. 그런 증거들은 그가 남긴 시집 여기저기에서 쉽게 발견되지요.

영혼은 자리를 옮겼는데, 내 몸은 아직도 옛 자리에/ 그대로 있다. 나를 덮친 이 아픔,/ 이 몸이 자라는 한 계속되리./ 이제 나는 그것에게 양식을 줄 수 있다./ 전에는 오직 굶주림만 있던 영혼에서 꺼낸 양식을.

—「막달라 마리아」 부분

정신적으로 부자가 되어서 돌아보는 가난한 날의 육체에 대한 그리움과 안타까움이 무척이나 절실해 보입니다. 영혼은 지금 여기 와 있는데, 몸뚱이는 '아직도 옛 자리에 그대로 있다'는 표현은 '서산대사'의 선시禪詩 한 편을 연상케 합니다. 죽음 앞에서 자신의 초상화를 보고 쓴 시 말입니다. "80년 전에는 네가 나였는데, 80년 뒤에는 내가 너로구나(八十年前渠是我/八十年後我是渠)."

아무려나 그렇게 위대한 사람들도 한 세월 육신의 나이를 먹고 나서야 영혼의 물굽이가 보이는 모양입니다. 앞일을 짚어낸다는 것은 그런 이들에게도 똑같이 어려운 문제 같습니다. 하물며 우리처럼 어리석은 사람들이야 더 말하여 무엇하겠습니까. 내일 아침은커녕 한 치 앞도 내다보지 못해서 금세 후회할 일들만 거듭하며 사는데 말입니다.

물론, 그렇기에 무진장 애를 쓰지요. 눈뜨면 할 일을 살피고 갈 길을 찾습니다. 다가올 날을 점치고 당장에 맞닥뜨릴 일을 걱정합니다. 목을 길게 빼고 조금이라도 더 먼 곳을 보고 싶어합니다. 토정비결이 일러주는 한 해 운수에도 잔뜩 긴장을 하고, 일간신문에 실린 '하루 운세'에도 호들갑을 떱니다. 타임머신을 타고 미래로 가고 싶어하고, 그것이 어려우면 앞날의 풍경을 불러다주는 '시간의 리모컨'이라도 갖기를 원합니다.

예측하고 예단豫斷합니다. 예고와 예령豫令에 귀를 기울입니다. 예상하고 예견합니다. 예비하고 예방합니다. 예산을 세우고 예정을 밝힙니다. 예금을 하고 예탁預託을 합니다. 예열豫熱을 하고 예행연습을 합니다. 예보를 기다립니다. 예후豫後를 살핍니다. 예표豫표를 보고 싶어합니다. 예언을 듣고 싶어합니다.

겨울의 끝자락에서, 아직 피지도 않은 건너 산 진달래꽃의 모습을 그립니다. 모든 기억의 빛깔을 동원해서 아리따운 꽃송이를 그려냅니다. 저녁 하늘 끝의 구름장에서 내일 아침 날씨를 그립니다. 맑고 높은 하늘색을 그립니다. 이제 막 생긴 배 속 아기의 모습을 그립니다. 그리워하는 것들을 그려냅니다. 눈앞에 없는 것을 눈앞에 불러다놓지 못해 안달입니다.

말이 났으니 말이지만, '그리워하다'라는 말은 마음이나 생각으로 자꾸 그림을 '그린다'는 말과 다르지 않은 것이지요. 보고 싶은 얼굴이나 만나고 싶은 풍경이 저절로 그려지는 상태, 그것이 '그리움' 아니던가요. 그리움이야말로 인간이 살아 있다는 증거의 하나라는 생각이 듭니다.

인간은 누구나 결과를 그리면서 행동하고, 변화된 모습을 그리면서 선택을 합니다. 구매 행동 또한 예외가 아니지요. 구두 한 켤레를 고르는 동안에도 우리들 머릿속에는 여러 컷의 그림이 만들어집니다. 흥미로운 사실은 불길하고 부정적인 그림이 먼저 나타나서 선택의 순간을 지연시킨다는 것입니다. 그것은 그 구두를 신게 되었을 때, 자신이 겪을지도 모를 나쁜 상황의 상상화想像畵입니다.

"싼 게 비지떡이라는데 공연히 돈만 날리는 것은 아닐까."(금전적 위험) "두어 번 신고 못쓰게 되는 물건은 아닐까."(기능적 위험) "굽이 좀 약해 보이는데 발목이나 삐는 거 아냐."(신체적 위험) "친구들이 보면 뭐라고 그럴까."(사회적 위험) "지금 이거 샀다가 두고두고 후회할지도 몰라."(심리적 위험)

그런 질문들에 대한 답으로 '문제없음'이나 'OK' 사인이 채워지지 않는다면 선택은 이뤄지지 않습니다. 다가오는 시간에 대한 확신이 서질 않으면 지금 이 순간의 판단은 정지될 수밖에 없는 것입니다. 소비자가 상품을 구매하는 시점에 묻고 통과해야 하는 부정적인 그림 문제들, 그것을 '선택의 룰rules'이라고 부르지요. 세상 모든 구매행동은 그 '위험부담risk'의 울타리를 넘어서야 이뤄집니다. (로버트 B. 세틀과 파멜라 L. 알렉 공저,『소비의 심리학』)

그렇다면 카피라이터는 '위험'이라는 장벽 앞에서 망설이는 소비자들에게 무지개를 안겨주는 사람이라 해야 할 것입니다. 왜 아니겠습니까. 그의 일은 소비자들이 삐딱한 관점에서 어둡게 그려나가기 일쑤인 '선택의 화면'에 파란 하늘과 초록의 풀밭을 그려주는 일입니다. 양떼를 닮은 구름이나 구름을 닮은 양떼를 그려주는 일입니다. 소나기와 번개를 피할 수 있는 안전한 동굴의 위치를 그림지도로 보여주는 일입니다.

그것은 소비자에게 물건의 주인이 되면 꿈꾸는 일들이 현실로 바뀌게 될 것이라는 '예언' 한마디를 던져주는 일입니다. 부처의 수기授記가 수행자로 하여금 언제쯤 성불成佛할 것인지를 알게 한다면, 카피라이터의 한마디는 소비자가 도달하고 싶은 지점에 이르는 '로드맵road map'을 보여줍니다.

예를 들어보겠습니다. 어떤 물건이 좋을까요. 아, 『샘터』나 『좋은생각』 같은 잡지 카피를 스케치해보면 좋겠군요. 이때의 '카피 스케치'란 책방에서 그 책을 살까 말까 망설이는 사람들 머릿속에는 어떤 그림이 그려질까를 궁리하는 일입니다.

마침 멋진 청혼의 말 한마디를 찾고 있는 청년이 눈에 띄는군요. 이 책 저 책을 뒤적거리던 그가, 우리가 광고하려는 잡지를 골라 듭니다. 아무 쪽이나 펼쳐 읽는가 싶더니, 문득 청년의 얼굴에 홍조紅潮가 떠오릅니다. 수줍은 미소가 피어납니다. 그런 장면 위에 이런 카피를 얹고 싶어집니다. "그는 커피 한 잔 값으로 백만 불짜리 프러포즈의 말을 얻었다." 그 잡지 한 권으로 생길 수 있는 일에 대한 예언입니다.

다 읽고 난 잡지의 운명은 어떻게 될까요. TV커머셜이라면 이런 상상을 해볼 수 있을 것입니다. 저만치 버려진 폐지뭉치와 잡지책들을 향해 『샘터』나 『좋은생각』이 손을 흔들며 이런 말을 합니다. "함께 못 가서 미안해. 나는 너희들처럼 한 달 지나면 죽는 책이 아니야." '자원재활용' 마크가 보이면 이런 자막을 넣어보겠습니다. "빨리빨리 쫓아가지 못해서 미안합니다. 주인이 저를 놓아줄 생각을 않는군요." 책의 수명에 대한 예언이지요.

아니면 이런 광고. 한 멋쟁이 아가씨의 연애 운세를 살펴볼 수도 있지 않을까요. 핸드백에서 우리 잡지를 꺼내는 여자의 어여쁜 손이 클로즈업됩니다. 그런 비주얼에 이런 카피. "그녀는 날라리가 아니었다. 다시 작업을 시작해야겠다." 말하자면 어떤 남녀의 연애에 대한 예언입니다.

또 있습니다. 높직한 담장과 망루望樓가 보이는 교도소의 '롱 샷long shot'. 깃발 하나가 하늘 높이 펄럭입니다. '백기白旗'입니다. 감방이 텅텅 비었다는 표시지요. 철창에 갇혀 있는 사람이 하나도 없다는 증표입니다. 그림만으로도 이야기는 통할 것입니다. 거기에 『샘터』나 『좋은생각』의 로고만 찍으면 이야기는 끝이지요. 그것은 상상만으로도 기분이 좋아지는 세상에 대한 예언입니다.

언젠가도 이야기했거니와, 카피라이터는 무당shaman과 견주어도 좋을 만한 사람입니다. 그는 자본주의의 모든 물신物神과 교접하고 소통하는 존재지요. 그는 소비자가 알고 싶어하는 날의 소식을 가져다주는 사람입니다. 희망의 예언을 쏟아내는 사람이지요. 이를 위해 그는 끊임없이 주문을 외며 소망의 굿판을 벌입니다.

필요한 사람들에게 귀신을 씌워서, 자신도 모르게 그 제품에 손이 가게 합니다("손이 가요, 손이 가. 아이 손, 어른 손, 자꾸만 손이 가……"). 남녀노소의 입에서 시도 때도 없이 '비비디바비디부'처럼 알 수 없는 소리가 튀어나오게 합니다. '쇼'를 하면 이뤄지지 않는 것이 없다고 믿게 합니다.

카피라이터는 예언합니다. 자신이 광고하는 상품으로 인해 믿을 수 없을 만큼 놀라운 일이 일어날 수 있음을 말입니다. 그렇다면 이 사람도 훌륭한 카피라이터입니다. 영국의 모파상Guy de Mau-passant으로 불리는 사람, 『인간의 굴레』『달과 6펜스』의 작가 서머싯 몸William Somerset Maugham.

그는 스스로 무당이 되어 굿판을 벌였습니다. 세상 모든 여인들에게 주문을 걸었지요. 사연은 이렇습니다. 어렵사리 출간한 자신의 소설책이 독자들 반응도 신통치 않은데다 출판사도 큰 관심을 기울이지 않자, 이 소설가는 손수 광고를 만들어 집행할 결심을 하게 됩니다.

스스로 카피를 쓴 것은 물론입니다. 그런데 그 카피가 여간 용의주도한 것이 아니었습니다. 런던의 여인들을 단숨에 자신의 독자로 끌어들인 마법의 메시지였습니다. 이 광고가 나가자마자 그의 소설책은 품절되었습니다. 그가 유명작가가 된 것도 이 광고가 있고 난 뒤의 일이었지요.

결혼할 처녀를 찾고 있습니다. 나는 스포츠와 음악을 좋아하는 사람입니다. 교양과 온화함을 지닌 젊은 백만장자입니다. 내가 바라는 여자는 모든 점에서 '서머싯 몸'의 최근 소설 여주인공을 닮은 사람입니다. 이런 여자 분과 결혼하게 되기를 원합니다.

소설가답다고 해야 할까요. 소설가의 길을 걷지 않았으면 사기꾼이 되었을 사람이라 해야 할까요. 아무튼 그는 사람을 움직이는 방법을 알고 있었습니다. 게다가 자신의 소설에 대한 믿음이 있었고, 앞날에 대한 확신이 있었습니다. 어떤 방식으로든 세상에 알려지기만 한다면, 큰 작가가 될 것이라는 자신감이 넘쳤습니다.

그는 무엇보다 언어의 주술적 능력을 믿었을 것입니다. 하여, 인생행로에 대한 자기최면을 걸며 이렇게 외쳤을 것입니다. "윌리엄 서머싯 몸은 제2의 모파상이 될 것이다." 주문인 동시에 예언이었겠지요.

copy is

47

카피는 요리다

옛날 옛적 어느 나라에 한 왕이 살았습니다. 국력도 강성하고 백성들도 태평하여 천하에 부러울 것 하나 없는 사람이었지요. 그럼에도 불구하고 왕은 그리 행복해 보이지 않았습니다. 얼굴에는 늘 수심과 불만의 그림자가 어른거렸습니다. 그러던 어느 날 왕이 궁정요리사를 불렀습니다. 달려와 분부를 기다리는 요리사에게 이런 명령을 내렸지요.

"그대는 늘 짐朕의 식탁을 훌륭한 요리로 채워왔지. 언제나 고맙게 생각하고 있네. 그런데, 내 지금 간절히 먹고 싶은 음식이 하나 있다네. 자, 그대의 훌륭한 솜씨로 그것을 좀 만들어주게나."

요리사가 허리를 숙이며 아뢰었습니다. "여부가 있겠습니까. 분부만 내리십시오. 당장 만들어 바치겠나이다. 무엇인지요?" 왕이 지그시 눈을 감으며 천천히 말했습니다.

"지금으로부터 50여 년 전, 돌아가신 부왕父王 시절이었지. 그러니까 내가 어렸을 때 이야기일세. 동쪽의 못된 이웃나라가 우리나라를 쳐들어왔는데,

우리가 싸움에 져서 적에게 쫓기는 신세가 되었지 뭔가. 몇날 며칠을 도망 다니다가 어느 깊은 산속 작은 오두막에서 머물게 되었다네.

노파 혼자 살고 있는 집이었는데, 그녀가 우리를 참 따뜻하게 맞아주었어. 무엇보다 잊을 수 없는 것은 그녀가 어린 나를 위해 만들어준 산딸기 오믈렛Omelet이야. 한마디로 황홀한 맛이었지. 입안에 넣는 순간, 신비한 힘이 솟더군. 온몸에 희망의 기운이 돌더군.

그 뒤로 나는 지치고 쓸쓸해질 때면 그 오믈렛이 먹고 싶어졌어. 하지만 노파를 찾을 수 없었지. 누군가 대신 만들어줄 만한 사람도 만나지 못했어. 그런데 오늘 문득 그대라면 가능할 것이란 생각이 들었네. 그대는 천하제일의 요리사 아닌가. 나에게 옛날 그 오믈렛 맛을 선물한다면 그대를 나의 사위로 삼고, 이 나라를 물려줌세. 그러나 그렇지 못하면 죽음을 각오해야 한다는 사실도 잊지 말게."

왕이 말을 마치자, 요리사는 순간의 망설임도 없이 이렇게 대답했습니다. "죽여주십시오, 폐하. 저는 도저히 그 오믈렛을 만들 수 없습니다. 물론 저는 산딸기 오믈렛 요리법을 압니다. 좋은 재료와 양념들도 훤히 꿰고 있습니다. 어떻게 저어야 더 좋은 맛이 나는지도 압니다.

하지만 저는 죽을 수밖에 없습니다. 제가 아무리 맛있는 오믈렛을 만든다고 해도 폐하께서 원하는 맛은 아닐 것입니다. 노파가 사용한 재료와 요리법을 어찌 알겠습니까. 게다가 쫓기는 어린 왕자의 두려움, 배고픔, 고단함을 지금 제가 어떻게 측정해낼 수 있겠습니까. 외손자를 맞이하는 외할머니처럼 반갑게 달려나온 노파의 진심과 그 손의 온기溫氣를 어떻게 살려내겠습니까. 그날 저녁 그 부엌의 분위기를 어떻게 재현해낼 수 있겠습니까. 지금 당장 저를 교수대로 보내주십시오."

묵묵히 요리사의 답을 듣고 있던 왕이 무겁게 입을 열었습니다. "여봐라, 이 자를 당장 파면시켜라. 그리고 멀리 쫓아버려라." 요리사는 그 길로 궁궐을 떠나야했습니다. 큰 선물이 실린 수레 한 대가 그의 뒤를 따라갔습니다.

이상은 『발터 벤야민Walter Benjamin의 문예이론』에 나오는 글 '산딸기 오믈렛'을 재구성해본 것입니다. 독일의 문예이론가인 벤야민 자신이 예술이론의 중심개념으로 내세우는 '아우라aura'를 설명하느라고 끌어다놓은 이야기지요.

'아우라'가 무엇입니까. 예술작품에서 그 누구도 흉내낼 수 없는 독특한 기운, 그 어떤 것으로도 복제되거나 대체될 수 없는 분위기 아니던가요. 그러고 보면 벤야민은 아주 적절한 비유를 끌어다댄 것입니다. '아우라'를 설명하는 데 요리만큼 적절한 그릇도 드물 테니까요. 요리야말로 작품 개개의 차별성과 유일성을 제쳐놓고 가치를 논할 수 없는 일이니까요.

각설하고, 왕이 그토록 먹고 싶어한 산딸기 오믈렛은 꼭 한 번 만들어졌을 뿐입니다. 그것도 딱 한 그릇. 당연히 왕의 욕구는 처음부터 이뤄질 수 없는 것이었지요. 노파가 다시 나타나서 그것을 만들어 바쳤다 해도 그것은 이미 같은 요리가 아니었을 것입니다.

그날의 그 맛을 보자면 노파와 함께, 50년 전의 지치고 허기진 소년도 돌아와야지요. 지금의 왕이 아닌 그 아이가 오믈렛을 먹어야지요. 전쟁도 다시 일어나야 하고, 싸움에서 져서 또 쫓겨야 하고 오두막집이 나타나야 합니다. 시간과 공간의 '세트가 다시 세워져야reset' 합니다.

일자리를 잃고 물러나는 충직한 요리사의 입에서도 그런 설명이 길게 이어졌을 것입니다. 그러고도 못내 안타까워서 궁궐 문을 나서는 걸음걸이가 자꾸만 주춤거렸겠지요. 몇 번이고 돌아보면서 이런 말을 남겼을지도 모릅니다. "왕이시여. 그 산딸기 오믈렛은 이제 어디에도 없습니다. 폐하의 기억 속에만 존재한다는 사실을 통촉하시옵소서."

우리나라에도 비슷한 스토리가 있지요. 이른바 '도루묵'의 민간 어원설. 앞의 이야기 속 '산딸기 오믈렛'과 임진왜란 때 선조 임금이 피난 가서 드셨다는 '묵'이라는 물고기는 참 비슷한 팔자를 타고 났습니다. 다르다면, 한쪽은 재회再會가 이뤄지지만, 한쪽은 한 번 만나고 끝이라는 것입니다. 그 점에 비중을 둔다면, '도루묵'보다는 '오믈렛'이 더 행복한 이야기의 주인공인 것 같습니다.

생각해보십시오. '은어銀魚'라는 눈부신 명함을 가졌다가 '도로' 천격賤格으로 떨어진 '묵'의 사연은 조선궁궐의 여인 비극을 연상케 하지 않습니까. 이를테면, 승은承恩을 입고 비빈妃嬪 반열에 올랐다가 하루아침에 대궐 밖으로 쫓겨난 무수리 이야기 따위 말입니다. 그에 비해 오믈렛에게는 가슴 벅찬 사랑이 있습니다. 자나 깨나 자신만을 그리워하는 이의 식지 않는 애정이 있습니다.

아무튼 궁벽한 시골 음식이었다가 궁중의 부름을 받는 그 기막힌 신분 상승의 모티프는 '신데렐라'나 '콩쥐팥쥐'를 닮았습니다. 다르다면, '오믈렛'과 '묵'의 최후는 '해피엔딩'이 아니었다는 것입니다. 그리던 임을 만나 오래오래 행복하게 살아가는 것이 아니라, 좋았던 한 순간을 되새김질하는 장면에서 스톱모션이 걸렸으니까요.

맛의 게임은 어쩌면 '죽은 사람과의 경주' 같아서 새것이 묵은 것을 이기지 못할 때가 더 많은 것 같습니다. 아무리 '새로운 짜장면'이 등장해도 훨씬 더 많은 사람들이 '옛날 짜장' 편을 듭니다.

미각의 기억은 그만큼 강고強固한 것이지요. 몸의 다른 부분들처럼, 혀도 역시 첫 경험은 쉽사리 잊지 못하는 모양입니다. 당연한 일이지요. 대부분의 '첫' 맛이 누구의 선물이었습니까? 어머니! 김혜자씨의 다시다 광고가 이야기했듯이 '어머니는 고향'인데, 그 기억이 어찌 지워지겠습니까. 하여, 맛있는 요리의 가짓수는 세상 어머니들 숫자 만큼이라는 말도 있겠지요.

그럼에도 불구하고 모든 요리의 태생적 운명은 '퓨전fusion'입니다. 어떤 음식, 어떤 요리의 '처음'이 모험과 실험이 아니었겠습니까. 실패를 각오한 결합이 아니었겠습니까. 어떤 요리사가 좀더 멋진 맛을 선보이려는 욕심이 없었겠습니까. 먹을 사람에 대한 이해와 사랑 혹은 예의와 공경의 태도가 없었겠습니까. 그렇기에 다음과 같은 발언도 허풍만은 아니라는 생각이 듭니다. "새로운 요리의 발견은 새로운 별의 발견보다도 인류의 행복에 더 큰 기여를 한다."

어떤 다큐멘터리 하나가 그런 믿음을 더욱 단단하게 굳혀주었지요. KBS가 만든 〈누들로드Noodle road〉가 그것입니다. "실크로드로 오고 간 것이 어디 비단과 차와 도자기뿐이었겠는가." 그런 의문에서 시작된 이 프로그램은 말 그대로 카메라로 쓴 '음식의 동서양 교류사 혹은 국수의 문화사'입니다.

진행자 켄 홈Ken Hom이란 사나이는 예사롭지 않은 식견과 통찰력의 소유자였습니다. 인문학적인 호기심도 많고, 유쾌하면서도 진지했습니다. 그가 말하더군요. "중국의 칼국수는 부탄Bhutan의 그것을 닮았습니다. 그런데 그것이 한국으로 가고, 다시 일본으로 건너가는 순간 또다른 것이 되었습니다. 제각각의 요리방법과 문화적 감수성이 나라마다 독특한 국수를 갖게 한 것이지요. 국수는 앞으로도 비디오게임처럼 끊임없이 새롭게 태어날 것입니다."

'비디오게임처럼 끊임없이 새롭게'라는 대목에서 퍽 재미있는 생각이 일어났습니다. 국수를 뜻하는 한자 '면麵'이 실마리를 제공하더군요. 찬찬히 들여다보십시오. 글자꼴이 국수의 운명을 훤히 드러내 보이지 않습니까. 글자를 이루는 두 부분, '보리 맥麥'과 '얼굴 면面'이 국수의 미래까지 보여주지 않습니까.

'면'이란 글자는 세상에서 가장 짧은 '요리의 정의'일 것만 같습니다. 그것은 '요리'라고 하는 것이 '어떤 음식재료가 보여줄 수 있는 수많은 얼굴의 하나'임을 일러줍니다. '가루粉'는 주무르는 대로 변신을 거듭하여 '천의 얼굴'이 된다고 가르쳐줍니다.

우리들의 '카피 혹은 아이디어' 역시 요리를 닮았다는 생각이 듭니다. 아니, 요리 그 자체입니다. 카피를 쓰는 일은 어떤 재료fact가 보여줄 수 있는 모든 메뉴에 대한 탐색과 실행의 과정입니다. 정보의 식탁에 둘러앉을 사람의 상황과 감정과 정서와 교양을 생각하는 일입니다. 무엇보다 식대食代를 계산할 사람의 눈치를 보면서, 그가 참 보람 있게 돈을 썼다는 결론에 이르게 하는 일입니다.

간사스럽다고 해야 할 만큼 시시각각으로 변하는 식객들의 입맛을 따라잡는 일입니다. 무조건 산딸기 오플렛을 만들어내라고 호통을 치는 왕을 이해시키는 일입니다. 조금 전까지 박수를 치며 엄지손가락을 치켜들던 물고기를, 꼴도 보기 싫다며 내치고 일어서는 변덕쟁이 임금님을 돌려 앉히는 일입니다.

안타까운 것은 '언어의 요리사'가 '언어의 마술사'쯤으로 오해를 받는 일입니다. 레시피recipe도 없는 전설의 요리를 재현해내기를 강요받는 일입니다. 듣도 보도 못한 맛을 재현해내지 못하면 요리사를 바꾸는 수밖에 없다고 을러대는 손님들 앞에서 스스로의 인내심을 시험하는 일입니다.

그럼에도 불구하고 그는 날마다 손님들에게 '난생 처음'인 요리를 제공하려고 애를 씁니다. 가장 싱싱한 재료를 과감한 방식으로 조합해낸 오늘의 요리가 뜨거운 박수를 받기를 기대합니다. 그 요리가 내일은 '다시 맛보고 싶은' 메뉴로 살아나길 희망합니다. 한동안 '시리즈'로 이어지길 바랍니다. 언젠가는 '클래식'이 되길 꿈꿉니다.

카피라이터는 누구나 자신의 요리가 '아우라' 가득한 꼭 한 그릇의 작품이기를 원합니다. 그러자면 자신의 주방부터 돌아볼 일입니다. '스튜디오'(켄 홈은 자신의 작업공간을 그렇게 부르더군요)부터 살펴볼 일입니다. 장소와 환경이 무엇보다 중요하니까요.

요리사 여러분. 조리대(책상)뿐인 주방에서 무엇을 기대하겠습니까. 사방이 콱 막힌 부엌에서 빛나는 '은어요리'가 만들어지겠습니까. 노파의 오두막집 분위기라도 느낄 수 있어야 '산딸기 오믈렛'이 나오지 않겠습니까.

그리고 손님 여러분. 이런 생각 한번 해보시는 건 어떨까요. 왕은 요리사를 파면시키기 전에 오믈렛 연구 프로젝트 팀이라도 만들어주었어야 한 것 아닐까요. 선조宣祖 임금은 그저 물고기 이름이나 되돌릴 것이 아니라, 은어요리의 새로운 아우라를 찾아보도록 명命함으로써 '묵'의 은혜를 갚았어야 하지 않았을까요.

카피는 요리입니다.

48
카피는 오해를 푸는 일이다

어린 시절, 저는 '가수'라는 직업에 대하여 지독한 편견을 가졌던 적이 있습니다. 아니, 터무니없는 오해였다고 하는 편이 옳을지도 모릅니다. "가수가 어째서 직업이 될 수 있지? 기타 치면서 노는 것인데. 제비나 종달새가 지저귀듯 그저 타고난 목청으로 노래하면서 즐길 뿐인데. 저 좋아서 춤추고 흥겨워하는 일인데."

미련했지요? 초등학생 수준임을 감안해도 참 많이 모자랐습니다. 그렇게 꽉 막힌 생각이 어디서 나왔을까요. 어째서 제 눈에는 '노래하는 사람들'이 소위 '잉여 인간'의 한 부류로 보였을까요. 아마도 그것은 제 어린 날의 우리나라가 국민들에게 요구하던 사회적 미덕이나 실천적 덕목과 관계있는 일이었을 것입니다.

때는 '근면'과 '자조', '협동' 따위의 자가발전능력을 빼놓으면 국력이라고 할 만한 것이 거의 없던 시절이었습니다. 그런 것들이 이른바 '입국立國'의 지상명제였지요. 수출입국, 공업입국, 기술입국, 농업입국, 교육입국

등 모든 나라 세우기의 기둥이었습니다. 농경시대의 근면성으로 산업화의 길을 내닫던 1960년대였습니다.

학교가 가르치던 최상의 가치 역시 낫과 망치 혹은 삽과 괭이를 들고 땀 흘리는 이들의 얼굴에 있었습니다. 소처럼 기계처럼 일하다보면 복이 찾아올 것이라 믿던 시절이었으니까요. 그 무렵 이 나라 국민들 대부분은 달력의 빨간 숫자도 그저 무덤덤하게 바라보았습니다. 휴일이 예삿날이나 다름없는 이들이 훨씬 더 많았으니까요.

'비가 오나 눈이 오나' 늦지 않고 빠짐없이 일터로 향하는 사람들이 박수를 받았습니다. 학생은 이마가 펄펄 끓어도, 하늘이 노랗게 보일 만큼 배가 아파도 이를 악물고 학교에 가야 한다고 배웠습니다. 그렇기에 하루도 빠지지 않는 사람에게 주어지는 '개근상'은 받아도 특별한 자랑거리가 되지 못하는 상이었지요. 그러나 그것을 받지 못한 사람은 '그것도 못 받은' 사람으로 '평가 절하' 되기 십상이었습니다.

그런 날들의 어린이들에게 우화 『개미와 베짱이』는 국민교육에 더없이 좋은 도구였습니다. 그 이야기는 아무리 어리석은 사람이라도 '뿌린 대로 거둔다'는 진리 하나는 분명히 깨닫게 했습니다. 그것은 한눈을 팔거나 딴 전을 피우는 사람이 없기를 바라는 시대의 국민들을 가르치기에 더없이 훌륭한 교재였습니다.

'개미와 베짱이'는 국민들이 다음의 보기에서 어떤 쪽을 선택할 것인지를 묻곤 했습니다. '부/빈곤' '성공/좌절' '희망/절망' '선진국/후진국'. 그 빤한 '이분법二分法'의 질문에서 정답을 가려내지 못할 만큼 멍청하지 않다는 것을 증명하기 위해 우리는 부지런해져야 했습니다. 자신이 바보가 아니라는 증거를 보이기 위해 땀 흘려야 했습니다. '일하면서 싸우고, 싸우면서 건설해야 하는' 시대적 목표의 당위성을 자각해야 했습니다.

그런 관점에서 보자면, 베짱이는 무척 나쁜 존재였습니다. 세상의 곳간이나 축내는 식충食蟲이었습니다. '불로소득자'였습니다. 결국은 비렁뱅이가 될 수밖에 없는 한심한 목숨이었습니다. 남의 양식이나 기웃거리는 파렴치한이었습니다. 모두가 뙤약볕에서 열심히 일하는데, 나무 그늘에서 노래나 부르다니!

아, 그러나 그것은 정말 중대한 오해였습니다. 베짱이는 그렇게 어리석고 게으르고 낯 두껍고 염치를 모르는 중생이 아니었을지도 모릅니다. 저와 같은 생각을 가진 세상 사람들을 향해 베짱이는 가슴을 치면서 억울해했을지도 모릅니다. 그런 생각이 저로 하여금 베짱이를 다시 보게 만들었습니다.

그는 저밖에 모르고 허송세월이나 하는 한량閑良이 아니었습니다. 세상모르고 놀이판에나 취해 사는 광대가 아니었습니다. 베짱이는 세상의 모든 개미들을 위해 일했습니다. 개미들이 노동의 고통을 잊도록, 그들의 휴식이 달콤하도록 베짱이는 쉬지 않고 노래를 불렀습니다. 베짱이의 노래는 노동요勞動謠였습니다. 자장가였습니다.

베짱이 역시 일분일초를 낭비하지 않았습니다. 그는 끊임없이 노래 연습을 했으며, 쉬지 않고 공연을 했습니다. 베짱이의 삶에 '적당주의'란 애초에 없었습니다. 그는 언제나 혼신의 힘으로 노래를 불렀습니다. 그의 노래 역시 엄연한 노동이었습니다. 가진 재주나 슬슬 뽑아내면 되는 일이 아니었습니다. 개미의 온몸이 기계였다면, 베짱이는 온몸이 악기였습니다.

베짱이는 개미에 부끄럽지 않고, 하늘에 부끄럽지 않았습니다. 베짱이는 개미가 하지 못하는 일을 했습니다. 달력에 보이지 않는 계절의 풍경을 노래하고, 도로표지판에 나오지 않는 목적지의 이정표를 일러주었습니다. 슬픈 개미는 달래주고 고단한 개미는 피로를 잊게 해주었습니다.

개미들도 베짱이를 고맙게 생각했을 것입니다. 부러워했을 것입니다. 생각건대, 무엇인지 외치고 쏟아놓고 싶을 때 멋지게 노래할 수 있다는 것은 얼마나 대단한 축복인지요. 눈물짓거나 통곡하고 싶을 때, 미소 짓거나 소리 내어 웃는 정도로는 즐거움이 표현되기 어려울 때, 말을 적절한 가락에 실을 줄 안다는 것은 얼마나 매력적인 재능인지요. 더군다나 별다른 오락거리도 없는 나라에서 노래 잘하는 사람으로 태어난다는 것은 얼마나 행복한 일인지요.

가수는 하늘이 내려주는 직업입니다. 그래서겠지요. 그의 일은 성직자의 일을 닮았다는 생각이 듭니다. 가수가 그 빼어난 노래 솜씨를 자신을 위해서만 쓰지 않고 세상에 나눠준다는 것은 비할 데 없이 위대한 사랑의 실천 아닐까요. 불교식으로 말하자면 엄청난 보시布施가 아닐까요. 하여, 노래를 부르는 일은 '잉여의 재화를 그것이 필요한 다른 사람들에게 분배'하는 여타의 직업과는 다른 의미를 지닙니다.

그는 온몸을 송두리째 세상에 내어놓는 사람입니다. 노래를 마치고 무대 위에서 내려올 때, 그의 육체는 텅 비어버립니다. 몸 안의 모든 에너지를 다 써버려서, 다시 노래 한 곡을 부르려면 가문 날의 약수터에서 물 한 병을 받을 때처럼 한참을 참고 기다립니다. 그렇게 배터리가 차면 다시 쏟아놓고, 다시 채워서 쏟아놓습니다.

열흘 전쯤 그런 사람을 보고 왔습니다. 칠십이 내일모레인데 여전히 '열아홉 순정'을 지닌 '동백 아가씨'로 불리는 사람입니다. 열댓 곡쯤은 아직도 어렵지 않게 불러대는 사람입니다. 엘리자베스Elizabeth 여왕만큼이나 오래도록 보위寶位를 지키는 사람입니다. '엘레지elegy의 여왕' 이미자, 그의 노래 인생 50주년을 기념하는 콘서트에 다녀왔습니다.

나 이제 노을 길 밟으며 음-/ 나 홀로 걷다가 뒤돌아보니/ 인생길 구비마다 그리움만 고였어라./ 외롭고 고달픈 인생길이었지만/ 쓰라린 아픔 속에서도 산새는 울고/ 추운 겨울 눈발 속에서도 동백꽃은 피었어라/ 나 슬픔 속에서도 살아갈 이유 있음은 음-/ 나 아픔 속에서도 살아갈 이유 있음은 음-/ 내 안에 가 득 사랑이/ 내 안에 가득 노래가 있음이라// 어두운 밤하늘에 별이 뜨듯이 / 나 사는 외로움 속에서도 들꽃은 피고/ 새들이 노래하는 푸른 숲도 있으니/ 나 슬 픔 속에서도 행복한 날이 있었고 음-/ 나 아픔 속에서도 당신이 거기 계시니 음-/ 내 안에 가득 사랑이/ 내 안에 가득 노래가 있음이라.

—〈내 삶의 이유 있음은〉

그녀는 정말 노랫말처럼 굽이굽이 슬프고 외롭고 고단한 길을 걸어온 사 람입니다. 한 여인의 인생 역정으로도 그렇고 이 나라를 대표하는 가수의 파란만장한 삶으로도 그렇지요. 50년, 그것도 그 질곡의 세월 반세기를 걸 어 여전히 무대 위에 서 있다는 사실 하나만으로도 박수를 받아야 하는 사 람입니다. 한국현대사에 고딕체로 기록되어야 하는 이름입니다.

이미자씨는 제(필자)가 살아온 시간만큼을 '노래로' 살았습니다. 저는, 그의 생애를 굳이 '노래로 살았다'라고 말할밖에 다른 표현을 찾지 못하겠 습니다. 그것에는 가수로 살았다거나 연예인으로 살았다고 말하는 것만으 로는 턱없이 부족하게 느껴지는 그 무엇이 있는 까닭입니다. 그런 마음으 로 들었기 때문이었을까요. 그의 '노래인생 50년'에 바쳐진 곡(〈내 삶의 이유 있음은〉)이 예사로이 들리지 않았습니다.

비유컨대, 그것은 브랜드 사전에서 찾아낸 '이미자'라는 항목의 풀이라 해도 손색이 없습니다. '이미자'라는 명품을 광고하는 카피라고 해도 모자람이 없습니다. 무엇보다 분명한 느낌 하나는 작사자가 '물건'에 대해 남다른 애정과 진정성을 지니고 다가섰을 것이라는 점입니다. 그 노래엔 이미자라는 물건의 텍스트를 속속들이 파헤치고 이해한 다음에 연필을 들었다는 증거가 역력합니다.

이미자씨도 칭찬을 아끼지 않더군요. 자신의 노래와 인생을 기막히게 표현했다고 말입니다. 그리고 고백하더군요. "부를 때마다 구구절절 눈물이 쏟아져서 결국은 울면서 부르는 노래입니다." 한마디로 '가인歌人 이미자'와 '여인 이미자'를 절묘하게 교직交織해낸 노래지요.

노랫말을 만든 이(김소엽 시인)는 아마도 이 프로젝트가 어떻게 자신에게 오게 되었는지를 생각하는 데에 무척 많은 시간을 보냈을 것입니다. 동시에 '이미자'라는 브랜드에 대한 자신의 사명감과 책임감을 천천히 새기고 다잡으려 했겠지요. 그렇지 않았다면 〈내 삶의 이유 있음은〉 같은 제목이나 마지막 구절은 나오기 어려웠을 것입니다. "내 안에 가득 사랑이/ 내 안에 가득 노래가 있음이라."

카피를 쓴다는 것은 상품의 존재 가치와 존재 이유를 확인하는 일입니다. 그것을 어느 카피라이터가 모르겠습니까만, 동시에 생각해야 할 또 한 가지는 곧잘 잊게 되는 경우가 많습니다. 이런 질문이지요. "내 삶의 이유는 무엇일까." 그것은 곧 카피라는 일과 카피라이터라는 사람의 정체성에 관한 질문입니다.

그것을 옳게 깨닫는다면 틀린 카피를 쓰게 될 가능성은 현저히 줄어듭니다. 그것을 잘못 이해할 때, 베짱이를 오해하게 됩니다. 무서운 일 아닙니까. 스스로를 오해하는 일이 세상을 오해하는 일이 된다는 것 말입니다. 그런 연유에서 저는 요즘 다음과 같은 생각을 자주 합니다.

'오해만큼 나쁜 것은 없다. 세상 모든 비극의 원천은 오해에 있다. 누군가 자신을 잘못 이해하고 있다는 것을 깨달을 때만큼 슬프고 무서운 순간도 없다. 나는 바란다. 언젠가, 죽음이 내 앞에 왔을 때 사람이건 사물이건 오해하고 있는 것이 많지 않기를. 하나를 더 알고 죽기보다는 하나라도 제대로 알고 죽게 되기를. 무엇보다 내 삶에 대한 오해가 없기를.'

이 글을 쓰는 동안, 전직 대통령이 스스로 목숨을 끊었다는 소식을 들었습니다. 말할 것도 없이, 오해가 부른 죽음입니다. 유서가 말하고 있더군요. 특히 다음 문장. "책을 읽을 수도 글을 쓸 수도 없다……" 한마디로 이해와 논리적 판단의 울타리를 넘어선 상태지요. '책'과 '글'이 손에 잡히지 않는다는 것은 이성의 회로가 마비되었다는 것. 오해의 독소가 전신에 퍼졌다는 증거일 것입니다.

문득, 읽다가 밀쳐둔 책(정민 편역, 『다산어록청상』)의 한 쪽이 떠올라서 얼른 열어봅니다. 다산의 편지글인데 이 이야기의 마무리로 제격입니다.

천하에는 두 가지 저울이 있다. 하나는 시비是非 즉 옳고 그름의 저울이고, 하나는 이해利害 곧 이로움과 해로움의 저울이다. 이 두 가지 큰 저울에서 네 가지 큰 등급이 생겨난다. 옳은 것을 지켜 이로움을 얻는 것이 가장 으뜸이다. 그다음은 옳은 것을 지키다가 해로움을 얻는 것이다. 가장 낮은 것은 그릇됨을 따르다가 해로움을 불러들이는 것이다.

그리고 보니, 카피 역시 '시비'와 '이해'의 틈바구니에서 세상의 오해를 푸는 일이란 생각이 듭니다.

49
카피는 수제품이다

어떤 '꽃 축제'에 갔다가 책 한 권을 샀습니다. 어린이용 식물도감입니다. 아내의 잔소리가 따라붙었습니다. 그런 종류의 책을 무엇하러 '또' 사느냐는 힐난이었지요. 집에 있는 것들과는 분명히 다른 책이라고 힘주어 말했습니다. 그럼에도 불구하고 여전히 입을 삐죽이는 아내의 표정을 뒤통수로 느끼면서 집으로 돌아왔습니다.

아내의 지청구도 터무니없는 것은 아니었습니다. 『자연도감』, 『수목백과』, 『야생화 앨범』, 『우리 꽃 100가지』…… 책꽂이에 꽂힌 책들이 아내의 편을 들고 있었습니다. 이 강산에서 자라는 웬만한 식물들의 '신원조회'는 간단히 끝낼 수 있을 만큼의 책들입니다. 사진으로 된 것도 있고, 일러스트로 된 것도 있습니다. 여행용 포켓북도 있고 두툼한 사전 형태의 책도 있습니다.

그런데도 저는 굳이 그 책을 '또' 샀습니다. 제 눈에 비친 그것은 전혀 다른 종류의 책이었기 때문입니다. 그저 구경이나 하려고 슬렁슬렁 들춰보던 책이 저로 하여금 지체 없이 지갑을 열게 했습니다. 그만한 매력이 있는 물건이었습니다. 거기엔 사진보다 더 사실적인 모습의 160여 가지 풀과 나무가 있었습니다.

저를 놀라게 한 것은 그림의 공력功力입니다. 이른바 세밀화지요. 아니, '극사실주의hyperrealism' 수준의 그림입니다. '어진화사御眞畵師'가 용안을 그리듯 정성을 다한 그림입니다. 눈썹이나 수염 한 올 빠뜨리지 않으려던 옛 초상화가의 태도로 잎맥 하나 실뿌리 하나도 '놓치지 않으려' 노력한 흔적이 역력한 삽화입니다.

말이 났으니 말이지만, 카메라는 놓치고 흘리는 것이 의외로 많습니다. 보지 못하는 것이 더 많습니다. 아무리 눈을 부릅떠봐야 피사체의 속을 들여다보지는 못합니다. 아무리 가까이 다가서서 대상과 마주 서도 그 시선이 따뜻하고 그윽해지기는 어렵습니다. 더구나, 풍경의 이면에 숨은 이야기를 꺼내놓는 일 같은 것은 꿈도 못 꿉니다.

하지만 사람은 다르지요. 사람의 눈은 기계가 못 보는 것을 봅니다. 남다른 애정이 서린 눈길이라면 아무리 깊숙하고 어두운 속이라도 유리 상자처럼 들여다봅니다. 뿐입니까. 그런 눈앞에선 사물도 정직해집니다. 표정도 숨기지 않고 심경도 감추지 않습니다.

사람의 손은 사물의 체온을 읽어냅니다. 대상을 카메라만큼 재빨리 담아내고 단박에 옮겨놓진 못하지만, 그 몸에 숨이 붙었는지 피가 흐르는지를 압니다. 맥박을 헤아립니다. 하여, 그런 마음의 운행 과정을 따라 그림을 그리는 손은 침을 꽂는 한의사의 손이나 메스를 쥔 외과의사의 손을 닮습니다. 점 하나 찍고 선 하나 긋는 붓 끝에 오감五感이 모두 동원됩니다. 한 사람의 육체에 깃들어 있는 정신의 무게가 고스란히 손끝으로 내려옵니다.

제가 산 식물도감은 그렇게 그려진 그림들로 가득 차 있습니다. 한마디로 살아 있는 그림입니다. 잎과 꽃과 줄기와 뿌리 어느 부분이나 차별 없이 생기가 넘쳐흐릅니다. 하지만 사진으로는 그렇게 전신全身을 균일하게 보여주기가 어렵지요. 카메라는 어느 부분은 또렷이 잡아내지만, 어느 부분은 그만큼 똑똑히 보여주질 못합니다. '펜pen화'로 유명한 김영택金榮澤씨의 그림과 사진을 비교해보면 쉽게 알 수 있지요. 고건축물이나 명승지를 끌로 파듯이 펜으로 옮기는 그 사람 그림말입니다.

카메라는 한 점point에 관심을 두지만 화가의 눈은 어떤 부분도 소홀히 하지 않습니다. 생각해보십시오. 초점을 맞춘다는 것은 '택하는' 것과 '버리는' 것을 냉혹하게 구분하는 행위 아닙니까. 렌즈는 '중심'으로 편입되지 못하고 물러나는 '모든 나머지'를 가차 없이 밀쳐냅니다. 카메라는 제 눈에 드는 것들만 살갑게 끌어안습니다. 형태figure와 배경ground 사이에 차별의 울타리를 칩니다.

그러고 보니, 세상에는 두 가지의 도감圖鑑이 있는 것 같습니다. 하나는 보여주려는 물목物目들의 표정과 살림살이를 자별하게 끌어안는 책입니다. 또 하나는 박제나 표본을 보여주듯이 생김새나 일러주는 것으로 역할을 다했다고 생각하는 책이지요.

이 글에 등장하는 도감은 물론 전자前者. 어린이를 위한 책답게, 초등학교 교장을 지낸 분이 지은 책답게 이 강산 초목에 대한 사랑이 넘쳐납니다. 그림이 좋을 수밖에 없는 이유도 역시 '사랑의 시선'에 있습니다. 생명에 대한 예의와 공경의 눈길이라 해도 좋겠지요. 그 화가들은 아마도 꽃과 나무 대하기를 영화감독이 주연배우 모시듯 했을 것입니다. 불모佛母; 불화를 그리는 사람가 부처님 모시듯 했을 것입니다.

"맨드라미님, 제 그림의 모델이 되어주셔서 감사합니다." "그런다고 그렸는데, 봉숭아님의 매력 포인트를 다 잡아냈는지 모르겠습니다." "민들레라는 이름에 누를 끼치게 되지나 않을까 걱정입니다."

지나가던 사람이 이 모습을 보았다면 이렇게 말할지도 모릅니다. "별사람 다 보겠군. 살짝 돈 것 아니야?' 왜 아니겠습니까. 그림에 빠진 그는 분명히 '취하거나 돌거나 미친' 상태로 보였을 것입니다. 그렇다면, 제정신이 아닌 사람의 그림? 예. 그렇습니다. 그것은 꽃 속으로 들어가버린 사람의 그림입니다.

무엇인가를 지어내는 사람은 당연히 그래야지요. 성한 정신으로 그린 그림이 누구를 움직이겠습니까. 정상적인 사고의 산물이 누구를 감동시키겠습니까. 따지고 보면, 원고료나 그림 값은 지은이가 '미친 만큼'의 대가^{代價}나 '미쳤던 시간에 대한' 보상^{reward}이 아닐까요.

아무려나, 그 책은 '식물나라 주민등록증'에나 쓰일 것 같은 증명사진 따위의 무미건조한 얼굴로 '자연의 주민'을 소개하지 않습니다. 민들레의 유니폼을 보여주는 것이 아니라 민들레를 보여줍니다. 마네킹이 아니라, 이 땅 어딘가에 살아 있는 생명체를 보여줍니다.

화가들의 자부심 또한 만만치 않아 보입니다. 그림 속 주인공이 누군지, 그를 언제 만났는지를 자신 있게 밝힙니다. 이를테면 이렇게! "방동사니, 1997년 9월 경북 예천." "민들레, 1997년 5월 경기도 천마산." "맥문동, 1996년 8월 전북 부안 내소산." "괭이밥, 1995년 11월 서울 성산동 성미산." "질경이, 1995년 9월 경기도 송추."

그 작은 캡션들이 이 그림 속의 식물들을 살아 움직이게 합니다. 동화책 속의 일러스트가 아니라 자연 다큐멘터리 속의 주인공을 만듭니다. 풀과 꽃과 나무들이 페이지를 넘기는 독자의 손을 슬며시 붙잡게 합니다. 보는 이의 마음까지 설레게 합니다. 아마 탤런트나 영화배우 같은 유명인이 자신의 이름을 대면서 악수를 청해올 때의 느낌이 그럴 것입니다.

실재實在하는 것을 '손'으로 그렸다는 사실 하나가 독자를 그 꽃의 주소지로 데려다줍니다. 그림과 눈길이 마주치는 순간, 내소산 봉우리와 천마산 골짜기에 살고 있는 실제 모델들이 반갑게 인사를 합니다. 독자들은 가벼운 흥분 상태를 주체하기 어려워하면서 답례를 합니다. "식물도감에서 보았던 그 민들레님이군요. 직접 뵙게 되어 영광입니다."

누군가를 설득하고 공감을 얻어내려는 사람들에게 '사실fact'만큼 든든한 무기는 없습니다. 앞의 책 속 민들레나 맥문동이 한없이 초롱초롱해 보이는 이유는 그림의 주인공이 상상 속의 존재가 아니라는 사실에 있습니다. 찾아가면 만날 수 있는 상대라는 점에 있습니다. 아울러 한 컷 한 컷을 위해 여섯명의 화가가 몇 년간 전국의 산야를 누비고 다녔다는 사실에 있습니다.

카피 혹은 아이디어의 세계 또한 마찬가지지요. 어떤 이야기가 사람들을 쉽게 잡아끌고 있다면 그 비결 역시 넘치는 리얼리티나 충만한 개연성蓋然性에서 찾아야 할 것입니다. 남다른 감동이 있다면, 그 이유 또한 지은이가 체험한 '세상의 넓이'와 '행동반경의 길이'를 가늠하는 일에서 발견되어야 할 것입니다.

『아라비안나이트』 속의 신드바드 이야기가 흥미로운 까닭은 그가 뱃사람이라는 데에 있습니다. 지구상에 그가 가보지 않은 곳은 없을 것이라는 사실이 듣는 사람을 '화자' 곁으로 바싹 끌어당기지요. 그의 주머니 안에는 얼마나 많은 이야기들이 들어 있을까 하는 부러움과 호기심의 시선이 그의 이야기에 한없는 리얼리티를 부여합니다.

할아버지의 옛날이야기가 재미있는 것은 그가 서울 구경 한번 못 해보고 산골짜기에서 평생을 보낸 분이기 때문입니다. 그 정신의 회로가 복잡할 것이 없어서, 귀신에 홀려도 보고 도깨비들의 꾐에도 빠져보았을 분임을 인정하기 때문입니다. 한곳에서 평생을 눌러 살아온 사람이 아니면 입구조차 알 수 없는 '먼 시간의 골짜기'를 무시로 드나들었을 것이라는 믿음이 깔리기 때문입니다.

직접 보고 온 사람이 하는 이야기를 어떻게 무시할 수 있을까요. 실제로 다녀온 사람이 충고를 하는데 누가 딴청을 피울 수 있을까요. 현장에서 포착한 증거를 보여주는데 믿지 않을 사람이 있을까요. 그것도 흔해빠진 기계의 산물이 아니라, 사람의 손으로 이뤄진 작품을 들이미는데 누가 관심을 보이지 않을까요. 카피라이터의 땀내가 느껴지는 카피에 누구의 마음이 흔들리지 않을까요.

50

카피는 제목이다

언젠가 이런 제목의 글을 쓴 적이 있습니다. "소크라테스Socrates는 이 글을 읽을 수 없다."(이하 '소크라테스는⋯⋯') 내용은 잘 떠오르지 않지만 재미있는 글은 분명 아니었습니다. 아마 딱딱하고 사무적인 이야기였을 것입니다. 아무튼 본문을 다 써놓고도 제목을 달지 못해서 전전긍긍했던 기억은 아직도 또렷합니다.

원고를 읽고 또 읽으며 고민을 거듭했을 것입니다. 필시 이런 문제였겠지요. "다루고 있는 요소들도 하나로 모아지는 것이 아니고, 그렇다고 어느 하나에 무게중심을 두고 있는 글도 아니고. 게다가 무겁고 투박하고⋯⋯ 이렇게 어지럽고 무미건조한 글을 누가 읽겠는가. 나 같아도 안 읽겠다. 그래도 공들여 썼는데 한 사람이라도 더 읽게 할 방법은 없을까. 읽히지 않는 글이 무슨 의미가 있을까. 뭐 뾰족한 생각 없을까."

순간, 어떤 소설 제목 하나와 그것에 얽힌 이야기가 떠올랐습니다. 미국에서 실제 있었던 일인데 간추리자면 이렇습니다. 가난한 소설가 한 사람이 주인공입니다. 재주가 없었는지 운運이 따라주지 않았는지 무명작가 신세를 벗지 못해 늘 애면글면 살아가는 사람이었지요. 그러던 그가 그야말로 절치부심切齒腐心, 필생의 역작 한 편을 탈고하게 되었더랍니다. 스스로도 만족스러웠고 주변에서도 칭찬을 아끼지 않아서 왠지 좋은 예감이 들었습니다. 이번 작품이야말로 자신에게 부와 명예를 가져다줄 것이라는 확신에 가까운 느낌이었습니다.

문제는 제목을 찾지 못한 것이었습니다. 당최 생각이 나질 않더랍니다. 급기야 유명한 카피라이터를 찾아가 도움을 청하게 되었지요. 물건을 파는 카피 솜씨가 남다른 사람이었던 모양입니다. 드디어 그와 마주앉게 된 우리의 소설가. 원고 뭉치를 내려놓으며 만나자고 한 연유를 설명했겠지요. 그런데 사연을 다 듣고 난 카피라이터의 태도가 영 이해하기 힘들더랍니다.

그는 다짜고짜 이렇게 물었다는군요. "이 소설에 드럼에 관한 이야기가 나옵니까?" 별 이상한 질문을 다 한다는 표정으로 소설가가 손사래를 치며 답했습니다. "아뇨. 드럼의 '드' 자도 안 나옵니다." 카피라이터는 그럴 줄 알았다면서 고개를 끄덕이더랍니다. 계속 이어지는 질문. "그럼 트럼펫 이야기는 있습니까?" 소설가의 대답. "트럼펫요, 그런 것도 없습니다."

카피라이터는 이번에도 마치 기다렸던 대답을 들은 사람처럼 무릎을 쳤다지요. 그러고는 확신에 찬 얼굴로 결론을 내리더랍니다. "좋아요, 그럼 됐어요. 제목 나왔습니다. 노 드럼, 노 트럼펫No Drums, No Trumpets! '드럼에 관한 이야기도 안 나오고 트럼펫 이야기도 없는' 소설이란 뜻이죠. 내 말대로 해보시오. 잘 팔릴 겁니다."

카피라이터가 예견한대로 소설은 대성공을 거두었답니다. 혼신을 다해 쓴 작품답게 내용이 훌륭했던 모양이지요. 하지만 행운을 불러온 건 누가 뭐래도 제목의 힘입니다. 제목이 시원찮았다면 그 작품이 그렇게 많은 이들의 손에 들릴 수 없었을 것입니다.

'노 드럼, 노 트럼펫'! 뭇사람의 주의를 잡아끌 만큼 충분한 매력이 있지 않습니까. 그러면서 물건을 잘 설명하고 있지요. 아니, 설명은 하지 못해도 내용에 이어지는 '진실' 하나를 제시하고 있습니다. 적어도 음악가들의 이야기나 '악기에 관한 책'은 아니라고 말합니다. 생각해보세요. '드럼 얘기, 트럼펫 얘기'는 왜 나오지 않느냐고 따지는 독자가 있었을까요.

자, 다시 제 이야기로 돌아가야겠군요. 벌써 알아차리셨겠지만, 앞에서 꺼내놓은 제 글의 제목('소크라테스는……') 역시 그 카피라이터 흉내를 내며 지은 것입니다. 당연히 제 글 속에는 소크라테스의 '소'자도 나오지 않습니다. 철학적인 대화도 없고 인생론이나 진지한 사회적 담론도 없습니다.

아무런 이유도 없이 소크라테스를 데려온 것이지요. '대체 무슨 얘기인데 소크라테스가 읽을 수 없다는 거야?' 그런 궁금증을 참을 수 없어 하는 사람을 불러모으려는 의도였습니다. '단정적斷定的 주장'이나 '선언적 외침'에는 걸려드는 사람이 많다는 사실을 미끼로 물건을 팔아보려는 속셈이었습니다.

그렇다고 너무 나무라지는 마십시오. 그 제목 역시 위의 소설 제목처럼 오로지 많이 읽히고 싶다는 일념 말고는 어떤 흑심도 없는 것이었으니까요. 너무 집요하다고요? 카피라이터란 원래 그런 사람인 것을 어쩌겠습니까. 카피라이터는 아무리 터무니없는 수사修辭를 동원하여도 소비자의 마음이나 지갑과 연결된 끈은 절대로 놓치지 않는 사람이지요.

황당무계한 비유나 과장도 그것이 '합목적성과 진정성'을 지니는 것이라면 아무도 그를 비난하지는 못합니다. 사실 카피라이터는 날이 갈수록 더 기상천외한 '생각의 범죄자'가 되어야 하는 운명을 타고 났지요. 일종의 면책특권이 있는 것이 그나마 다행입니다. 광고주와 소비자 양쪽 모두가 인정하는 권리입니다. 그것이 보장되지 않으면, 그는 상품에 대한 애정이나 자부심 혹은 자신감을 '야성의 상상력'으로 바꿔내질 못합니다.

카피라이터가 동물이라면 그는 에버랜드나 과천동물원에 있지 않습니다. 세렝게티 초원이나 아마존 강가에 있지요. 카피라이터의 사냥은 날고기처럼 '공감共感의 피'가 뚝뚝 떨어지는 제목을 찾는 일이거든요. 그런 야수적 본능의 추구야말로 제가 입버릇처럼 읊어대는 저 유명한 격언의 가치를 존중하는 일과 다르지 않습니다. "광고인이 저지를 수 있는 최악의 범죄, 그것은 눈에 띄지 않는 광고를 만드는 것이다."

일본의 공익광고 헤드라인 하나가 그런 깨달음을 천천히 되새김질하게 만듭니다. "읽으면 득得이 되는 열세 줄." 그 한 줄이 나오게 된 과정과 그렇게 말할 수밖에 없었던 카피라이터의 마음을 반추해볼까요. 그가 세상에 일러주려던 정보는 정말로 소중한 것이었습니다. 한시바삐 가르쳐주고 싶었지요. 혹시 못 보고 손해 보는 사람이 생길까봐 걱정이 이만저만이 아니었습니다.

그는 서둘렀지요. 간단명료하게 요약해냈지요. 거기까지는 그리 어렵지 않았습니다. 문제는 역시 결정적인 한 줄. 헤드라인을 찾느라 밤새 끙끙거렸을 테지요. 그렇게 마감시간이 다가왔을 때, 그는 자신도 모르게 이런 말들을 중얼거렸겠지요.

"아, 누구라도 이것만 알아두면 얻는 것이 많을 텐데…… 이거 정말로 득이 되는 소식인데! 많지도 않은 분량이고. 가만 있자. 이게 몇 줄인가. 하나, 둘, 셋…… 열세 줄!" 그렇게 자기 입에서 나온 말들이 도로 자신의 귀로 흘러드는 순간, 그는 '유레카^{Eureka}'를 외쳤을 것입니다. "그래, 득이 되는 열세 줄! 읽으면 득이 되는 열세 줄!"

물론 사실 여부야 알 수 없지요. 그러나 아주 터무니없는 '카피의 재구성'은 아닐 것입니다. 카피를 쓰는 이유야 어느 나라든 같을 테니까요. 카피라이터가 구사하는 모든 커뮤니케이션의 기술은 '진심과 진실'의 전달을 위해 존재한다는 사실이야 일본이라고 다르겠습니까.

저의 제목('소크라테스는……')도 그런 경로를 통해 '고양이'처럼 다가왔지요. 색깔은 중요하지 않았습니다. 흰 고양이든 검은 고양이든 '쥐부터 잡고 보자'는 생각이 우선이었지요. 하지만, 비겁한 도둑고양이가 되고 싶지는 않았습니다. 그래서 소크라테스라는 이름 위에다 냉큼 주^{註} 표시를 붙였습니다. 그러고는 글 끄트머리에서 이렇게 풀었지요. "그는 기원전 399년에 죽었다."

너무 당연한 이야기라고요? 그렇습니다. 그런데 그것이 어째서 문제지요? 카피 혹은 모든 '실용적 커뮤니케이션' 메시지의 결론은 수용자가 당연하게 받아들일 수 있는 선에서 마침표가 찍혀야 하는 것 아니던가요.

그러나 오해하지는 마십시오. 제목의 미덕이 오로지 '뾰족하게, 기이하게'에만 있다는 것은 아닙니다. 더구나 오늘 우리들의 소비자는 주의력만 자극하면 꼼짝없이 따라오던 '제3공화국' 사람들이 아닙니다. 궁금증만 잔뜩 증폭시켜놓으면 그것이 기사든 광고든 샅샅이 훑어보지 않고는 못 배기던 옛날의 그들이 아닙니다. 그렇게 한가하고 순진무구하던 독자나 소비자들은 우리들 시야에서 사라졌습니다.

여전히 '제목의 세상'이라는 점에서는 어제와 오늘이 크게 다를 바 없지만 내용적으로는 큰 차이를 보입니다. 그저 관심이나 끌고 호객^{呼客}이나 하는 것이 기능의 전부인 제목들은 가치를 인정받기 어려운 시대지요. 오늘 우리들의 커뮤니케이션은 단언컨대 '제목만이라도 읽히려는 자와 제목조차 읽지 않으려는 자들의 팽팽한 싸움'입니다.

제목은 '도화선導火線'이 아니라 '다이너마이트' 그 자체입니다. 나아가 '전장戰場'입니다. '설득'이라는 화약과 '공감'이라는 전리품이 화살처럼 빗발치는 싸움터지요. 제품의 핵심과 연결된 끈을 놓친 제목은 '불발탄'이 되기 십상입니다. 또, '소비자와 사회는 행진하는 군대'라는 오길비의 지적을 간과한 제목은 '오발탄'이 됩니다.

『서른, 잔치는 끝났다』(이하, 『서른』)라는 시집을 기억하십니까? 최영미崔泳美 시인의 첫 시집으로, 한 시절 이 땅의 종이 값을 올린 물건이지요. 시집으로는, 그것도 참여문학 계열의 출판사가 펴내는 책으로는 드물게 베스트셀러 반열에 들었던 책입니다.

시대와 젊음에 대한 통렬한 반성과 뜨거운 자기 고백, 성性에 관한 진솔한 표현과 도발적인 수사. 그런 여러 가지 장점들이 이 책의 상업적 성공을 이뤄낸 요인이라 할 수도 있지만, 이 시집의 상품성을 만든 결정적 포인트는 역시 제목에 있었습니다.

그런 생각을 확신으로 바꿔주는 증언이 있습니다. 『서른』을 펴낸 출판사의 주간主幹이 어느 출판 전문지에 기고한 글에서 밝힌 것입니다. 기억나는 대로 옮겨보지요.

"지은이는 『서른』보다는 다른 시에서 책 제목을 따오고 싶어 했다. '마지막 섹스의 추억'이란 작품이었다. 자신이 애착을 가진 작품이기도 하고 제목은 책 전체를 아우르는 힘이 있어야 한다는 점에서 그것이 적절한 것이라고 주장했다. 일리가 있었지만 나는 반대했다.

소비자를 생각하지 않을 수 없었다. 책도 상품 아닌가. 시집의 주요 소비자가 누구인가. 남자보다는 여성들. 이를테면 여대생, 오피스레이디, 문학소녀의 감흥을 버리지 못한 가정주부들이다. 나는 시인에게, 그들이 우리 상품을 소비하는 모습을 함께 떠올려보자고 제의했다. 그들이 버스나 지하철을 타고 가다가 그 책을 핸드백에서 꺼낸다고 하자. 찻집에 앉아 친구를 기다리며 그런 제목의 시집을 읽는다고 하자. 상상하는 순간, 답은 자명해지지 않는가. 시인이 고개를 끄덕였다."

『서른』은 참 좋은 제목입니다. 헤드라인이 지녀야 할 덕목들을 두루 갖추고 있습니다. 횟집의 수족관처럼 시집 속의 메뉴를 짐작하게 합니다. 누가 읽어야 좋은 책인지를 일러줍니다. 누구에게 선물하면 좋은지를 가르쳐줍니다. '서른 살'에 관한 시인의 주장에 동의하든, 반대하든 일단 펼쳐보고 싶게 합니다. 서른 살을 지나온 사람이나 서른 살을 맞게 될 사람이나 쉽게 지나치지 못하게 만듭니다.

우리의 상품이 책이라면 카피는 제목을 생각하는 일입니다.

copy is

카피는 거시기다

ⓒ 윤준호 2012

초판 1쇄 인쇄 2012년 11월 5일
초판 1쇄 발행 2012년 11월 15일

지은이 : 윤준호
펴낸이 : 강병선
편집인 : 김민정
편집 : 김필균 강윤정 김형균
독자 모니터 : 전혜진
디자인 : 한혜진
마케팅 : 신정민 서유경 정소영 강병주
온라인마케팅 : 김희숙 김상만 이원주
제작 : 서동관 김애진 임현식
제작처 : 영신사
펴낸곳 : (주)문학동네
임프린트 : 난다
출판등록 : 1993년 10월 22일 제406-2003-000045호
주소 : 413-756 경기도 파주시 문발동 파주출판도시 513-8
전자우편 : nanda@nate.com /트위터 : @nandabook
문의전화 : 031-955-2656(편집) 031-955-8890(마케팅) 031-955-8855(팩스)
문학동네카페 http://cafe.naver.com/mhdn

ISBN 978-89-546-1912-7

이 도서의 국립중앙도서관 출판시도서목록(CIP)은
e-CIP 홈페이지(http://www.nl.go.kr/cip.php)에서 이용하실 수 있습니다.
(CIP 제어번호 : CIP2012005053)

www.munhak.com